Morinville Public Library

Une famille aux petits oignons

Jean-Philippe Arrou-Vignod

Une famille aux petits oignons

Histoires des Jean-Quelque-Chose

Illustrations de Dominique Corbasson

GALLIMARD JEUNESSE

© Éditions Gallimard Jeunesse pour le texte et les illustrations :
L'omelette au sucre, 1999
Le camembert volant, 2003
La soupe de poissons rouges, 2007
Des vacances en chocolat, 2009
La cerise sur le gâteau, 2013

*Pour J., J.-L., J.-P., J.-F., J.-N., J.-B. et J.-C.,
en souvenir d'une enfance aux petits oignons.*

L'omelette au sucre

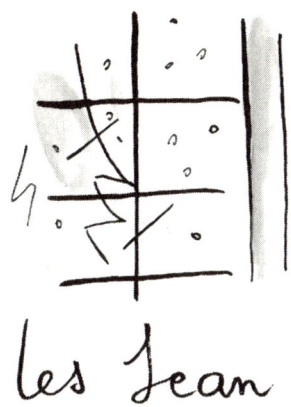

les Jean

– Les garçons, a dit maman, j'ai une grande nouvelle à vous annoncer.

C'était un soir de 1967, un peu avant Noël. Papa n'était pas rentré, on était tous dans la cuisine à préparer le dîner.

D'habitude, j'aime bien ce moment-là : ça sent bon, il fait chaud, il y a de la buée sur la vitre et on peut parler avec maman tout en lui donnant un coup de main.

Mais, cette fois-ci, les petits avaient envahi la cuisine, tout le monde se chamaillait et je sentais maman qui devenait nerveuse, je ne sais pas pourquoi.

– Une grande nouvelle ? a répété Jean-A. Chouette, tu vas nous faire des frites !

Jean-C. a ricané, vu qu'on était en train d'écosser des petits pois. Maman adore les légumes verts, l'herbe bouillie et les plats sains bourrés de vitamines.

La seule chose de drôle, avec les petits pois, c'est de les ouvrir : on fend la cosse avec l'ongle, à l'intérieur il y a une enveloppe très douce, les pois ronds et luisants rangés comme des balles de revolver.

Une famille aux petits oignons

Jean-D. en a profité pour s'en glisser deux ou trois dans le nez, il a fallu le secouer par les pieds pour les faire sortir, alors maman s'est un peu énervée :

– Ça va barder, elle a dit. Pour une fois que je vous demande de m'aider.

Puis Jean-E. a renversé le plat, on s'est tous mis à quatre pattes sur le carrelage pour rattraper les petits pois qui roulaient. On aurait dit une gigantesque partie de billes, on rigolait comme des bossus, puis la première gifle est partie et ça n'a plus été drôle du tout.

– D'accord, a dit maman. Puisque c'est comme ça, tous au salon et que ça saute.

C'est chaque fois la même chose quand tout le monde veut l'aider. Maman se met en colère pour rien, elle n'a jamais vu des enfants comme nous, on dirait qu'on le fait exprès pour la contrarier.

L'omelette au sucre

— Tant pis, elle a dit. Puisque c'est comme ça, vous ne connaîtrez pas la grande nouvelle.

— On va changer de voiture ? a demandé Jean-C.

— Mieux que ça, a dit maman.

— On va acheter la télé ? a demandé Jean-A.

— Mieux encore. Est-ce que personne ne devine ?

On s'est regardés sans répondre. Qu'est-ce qu'il pouvait y avoir de mieux que la télé ?

Jean-A., qui a le sens de l'organisation, avait fait passer le mot quelques jours plus tôt : il réglerait son compte au premier qui demanderait autre chose qu'une télé pour Noël. Pas de train électrique, de panoplie ou de carabine à flèches. Terminé les cadeaux bêtes et les sucreries. Si on s'y mettait tous, il a dit, papa et maman finiraient bien par plier.

Il avait même tenu la main des petits qui ne savaient pas écrire :

Cher Papa Noël, on a été bien sages toute l'année. Comme cadeau, on veut rien qu'une télé si te plaît.
Signé : Jean-D. et Jean-E.
P.-S. : Y a pas de cheminée, mais ça passe facilement par la fenêtre du salon.

— Et mon épée de Zorro, je pourrai l'avoir quand même ? avait protesté Jean-C.

— Rien du tout, a dit Jean-A. Une télé ou la mort.

Il faut dire que Jean-A. est l'aîné. Parce qu'il a des lunettes, il se prend pour le chef. Une sorte de Joe Dalton, surtout quand on est tous les cinq dans nos pyjamas à rayures comme ce soir-là, en arc de cercle sur le tapis du salon, les poches bourrées de petits pois pour nourrir la tortue et le cochon d'Inde.

Jean-A., Jean-B., Jean-C., Jean-D., Jean-E., c'est une idée de mon père.

Papa n'a jamais eu de mémoire. Un jour, il a dû appeler les renseignements parce qu'il avait oublié notre numéro de téléphone. Alors, quand on est nés, il a trouvé ça plus commode : on s'appellerait tous Jean-Quelque-Chose, à cause de papy Jean. Pour le

Une famille aux petits oignons

deuxième prénom, il a suivi l'ordre alphabétique. Un moyen mnémotechnique, il appelle ça, mais moi j'ai pensé : « Heureusement qu'on n'est que cinq ! » Vous imaginez un Jean-Walter, un Jean-Zothime ou un Jean-Xénophon ?

Cinq garçons, ce n'est déjà pas courant. Mais classés par ordre alphabétique, comme dans les pages d'un dictionnaire ?

Impossible d'éviter les blagues, les surnoms, les jeux de mots faciles. J'ai fait ma propre liste, « Le Dico des Jean », dans un cahier secret Clairefontaine.

- *Jean-A. : dix ans, surnommé Jean-Ai-Marre à cause de son fichu caractère. Veut toujours être le chef.*
- *Jean-B. : huit ans. C'est moi. Nom de code : Jean-Bon, parce que j'adore manger et que je suis un peu enrobé au niveau des cuisses.*
- *Jean-C. : alias Jean-C-Rien, six ans, le distrait de la famille.*
- *Jean-D. : quatre ans, aussi appelé Jean-Dégâts. Allez savoir pourquoi.*
- *Jean-E. : deux ans, le petit dernier. Pas de surnom encore, il est trop petit, sauf Jean-É-plein les couches, proposé par Jean-A.*

Dans les rues de Cherbourg, quand on se promène tous ensemble, les gens nous regardent d'une drôle de façon. Cinq frères en rang d'oignons, avec la même bouille ronde, les mêmes oreilles décollées. Une famille ? Non. Plutôt une attraction. On a l'impression d'être une troupe de cirque, une équipe de nains acrobates par exemple, qui vont sauter à travers des cerceaux ou faire une pyramide humaine.

« Ce soir, représentation exceptionnelle ! Venez applaudir les Jean dans leur ébouriffant numéro d'équilibristes ! »

Maman, qui est très organisée, nous a divisés en trois : il y a les grands (Jean-A. et moi), les moyens (Jean-C. et Jean-D.) et le petit dernier, Jean-E., le seul qui a une chambre à lui.

Moi, je partage celle de Jean-A. On a des lits superposés, des tours de semaine pour mettre la table ou pour essuyer la vaisselle, et c'est toujours nous qu'on gronde à la moindre bêtise parce qu'on est les plus grands et qu'il faut montrer l'exemple.

L'omelette au sucre

Quelquefois, j'aimerais m'appeler Jean-Tout-Seul. Être fils unique. Un nombre entier, pas une fraction. Pouvoir dormir dans le lit du haut si j'en ai envie au lieu de le laisser à Jean-A., sous prétexte qu'il est l'aîné et qu'il veut toujours commander.

Mais voilà : qui peut choisir sa famille ?

– Jean-D., a dit maman, ôte-moi ce doigt de ton nez et écoutez tous. J'ai une grande nouvelle à vous annoncer.

Elle a mis une musique de Noël sur l'électrophone, s'est assise sur une chaise en face de nous et on a senti que l'instant était grave.

Jean-C. a arrêté de se trémousser à cause des épines du sapin qui lui rentraient dans les fesses. La guirlande électrique clignotait, des rafales de pluie fouettaient les vitres. Cette fois encore, ce serait raté pour la neige à Noël, mais on était bien tout à coup, avec le poêle à hublot qui ronflait sourdement, l'odeur de résine du sapin et l'arbre immense au-dessus de nos têtes.

J'adore les jours avant Noël. Le salon est orné de guirlandes et d'angelots en papier doré, le soir, après le dîner, on ouvre chacun à notre tour une petite fenêtre sur le calendrier de l'Avent. Devant la crèche, il y a cinq petits moutons de plâtre. Un pour chacun. Et si on a été sage dans la journée, on a le droit de l'avancer un peu.

Le problème, c'est Jean-A. : il veut toujours que son mouton soit le premier, alors tout le monde triche et pousse le sien en cachette comme pour gagner une victoire d'étape. Il faut les remettre chaque soir sur la ligne de départ, on a l'impression que Noël n'arrivera jamais.

– Alors, a commencé maman, qui veut connaître la grande nouvelle ?

Jean-C. et Jean-D. ont levé la main en criant : « Moi ! Moi ! »

Jean-E. a cru qu'on voulait faire quelque chose sans lui, il s'est mis à crier lui aussi : « Moi d'abord ! Moi d'abord ! » On ne s'entendait plus, tout le monde braillait à qui mieux mieux pour être le premier à apprendre la grande nouvelle.

– Silence ! s'est emportée maman, soudain très blanche. Comment voulez-vous entendre quoi que ce soit si vous…

Elle s'est arrêtée tout net, a porté les mains à son ventre en faisant une grimace. Ça nous a coupé le sifflet d'un seul coup.

Une famille aux petits oignons

— Maman ? Maman ?

En une seconde nous étions autour d'elle. Jean-C. lui tapotait la main, je lui faisais de l'air avec le calendrier de l'Avent tandis que Jean-A. filait à la cuisine lui rapporter un verre d'eau.

— Écartez-vous, il a crié. Vous ne voyez pas que vous allez l'étouffer ?

— Ce n'est rien, a dit maman en rouvrant les yeux. Une bouffée de chaleur. Ne vous inquiétez pas.

Maman est très organisée. Elle s'arrange pour n'être jamais malade. Alors, forcément, la voir comme ça nous a fichu une peur bleue. On l'entourait tous sans un mot, la regardant reprendre doucement des couleurs.

— Ça va mieux, je vous assure. Ne vous inquiétez pas, elle a répété.

Jean-D. lui a tendu une poignée de réglisses gluants qu'il avait tirés de sa poche. Visiblement, elle allait mieux : elle les a repoussés gentiment, alors il se les est fourrés dans la bouche comme s'il avait eu besoin lui aussi d'un petit remontant.

— Tu es chûre que tu n'es pas malade ? il a demandé.

— Sûre, elle a dit en touchant son ventre. Au contraire : c'est ça la grande nouvelle…

On s'est tous regardés en ouvrant des yeux ronds. Est-ce qu'elle voulait dire…

— J'aurais aimé que votre père soit là pour vous l'annoncer, mais il rentrera tard, a continué maman. Alors voilà : j'attends un nouveau bébé.

Elle aurait tiré au canon au milieu du salon qu'elle n'aurait pas fait plus d'effet. Les dents noires de réglisse, Jean-D. restait bouche ouverte, un filet de salive coulant sur le menton. Jean-C. s'était mis à compter sur ses doigts, recommençant plusieurs fois avant de regarder, incrédule, le pouce de sa main droite.

— Un nouveau bébé ? Tu veux dire qu'on va être…

— Six ! l'a devancé Jean-D. qui est très fort en calcul mental. C'est moi qui ai trouvé le premier !

— Six ? a répété Jean-A. avec accablement.

— C'est un joli chiffre, non ? s'est extasiée maman. Tout rond, tout ventru, avec une petite queue comme une cerise… J'ai toujours

L'omelette au sucre

adoré les chiffres pairs. Est-ce que ce n'est pas une merveilleuse nouvelle ?

On était trop abasourdis pour répondre.

Imaginez qu'on apprenne à des naufragés entassés dans une barque trop petite qu'ils vont devoir se serrer un peu plus pour accueillir un nouveau passager…

Soudain, les questions ont fusé dans tous les sens. Un vrai feu d'artifice ! À chacune maman répondait avec un grand sourire, si heureuse qu'on s'en serait voulu de la décevoir.

– Un bébé pour Noël ? Mais comment on va faire pour le mettre dans la crèche ?

– Est-ce qu'il aura des lunettes comme Jean-A. ?

– Est-ce que je pourrai le tenir dans mes bras moi aussi ?

– Est-ce qu'il faudra que je lui prête mes billes ?

– Attendez, a dit Jean-A. brusquement. Vous oubliez le plus important.

On s'est tous tournés vers lui.

– Et si c'était une fille ? il a dit, remontant ses lunettes sur son nez avec son air de monsieur-je-sais-tout.

– Impossible, a dit Jean-C.

– Et pourquoi, banane ? Les filles sont plus nombreuses que les garçons, je t'apprendrai.

– Oui, une fille, une fille ! a crié Jean-E.

– Un garçon, un garçon ! a crié Jean-D.

– Il n'y a qu'à voter, a proposé Jean-C.

Maman a levé la main pour ramener le calme.

– Ce ne sont pas des choses qui se décident, elle a dit. Fille ou garçon, nous le saurons au printemps, pas avant. Jusque-là, mystère et boule de gomme !

– Comment on va l'appeler, alors ? a demandé Jean-C., toujours pratique.

– Il n'y a qu'à trouver un prénom qui marche pour les deux, j'ai proposé. Dominique…

– … ou Camille.

– … ou Daniel…

– Ça s'écrit pas pareil pour les filles, banane ! a rigolé Jean-A.

Une famille aux petits oignons

– Si on prenait un calendrier ? a proposé Jean-C.
– Non, a dit maman. Si c'est une fille, on l'appellera Hélène.
– Hélène ? on a tous crié. Encore ?

Hélène, c'est le prénom que j'aurais porté si j'avais été une fille. Et Jean-A. pareil. Et Jean-C., et Jean-D., et Jean-E... Mes parents, qui n'ont pas beaucoup d'imagination, n'ont trouvé que ce prénom-là.

Quelquefois, j'essaye de me représenter ce qu'aurait été notre famille si on avait tous été des filles. Cinq Hélène ! Une avec des lunettes, la deuxième un peu enrobée comme moi, etc. C'est papa, pour le coup, qui se serait mélangé les pinceaux.

– Hélène ! Laisse Hélène tranquille. Est-ce que tu ne vois pas qu'Hélène dort ?

Il aurait sans doute trouvé un truc : Hélène Ire, Hélène II, Hélène III, IV, V, une sorte de classement comme pour les papes ou les rois de France.

– Ça sera sûrement une fille, a décrété Jean-A. C'est statistique. Et puis les filles s'arrangent toujours pour être les chouchoutes...
– Jean-A. ! a dit maman. Ne commence pas à dire du mal de ta sœur.
– C'est aussi ma sœur à moi ! s'est écrié Jean-D.
– Non, c'est la mienne ! a trépigné Jean-E.

Ce soir-là, quand on a avancé nos moutons vers la crèche, je n'ai pas pu m'empêcher de penser au sixième santon qu'il y aurait l'année suivante : un minuscule mouton de plâtre qui, lui aussi, commencerait sa course dès le début de décembre et la terminerait, serré contre les autres dans la nuit de Noël, entre le bœuf et l'âne.

Le mouton d'Hélène Ire, reine des Jean. Ma sœur unique. Enfin, notre sœur unique. Celle qu'il faudrait se partager à cinq.

À mon avis, les ennuis ne faisaient que commencer.

Noël au Mont-d'Or

Aux vacances de Noël, on est partis à la montagne.

– Votre mère a besoin de changer d'air, a dit papa. Pour le bébé. Il lui faut de l'oxygène. Rien de mieux que l'altitude et le froid sec et vivifiant des cimes. Ça fera un bien fou à tout le monde.

Il faut dire que papa est médecin. Nous, le froid sec et vivifiant des cimes, ça ne nous disait pas grand-chose, surtout quand papa a ajouté :

– Je vous préviens, les gars : ce sera le cadeau de toute la famille. Le Père Noël, cette année, nous emmène à la montagne. Je ne sais pas si vous avez une idée de ce que ça coûte à sept… Alors, haut les cœurs, et ayez l'air contents, sinon ça va barder pour vos matricules !

Celui qui a fait le plus la tête, c'est Jean-A. Cette fois, c'était bien fichu pour la télé.

– Est-ce que je pourrai faire de la luge ? a demandé Jean-D. en poussant un cri de joie.

C'était bien le seul qui avait l'air content.

– Espèce de luge toi-même, a rétorqué Jean-A. S'il n'y a pas la télé à l'hôtel, je vais faire un malheur.

Une famille aux petits oignons

Moi, j'ai une liste spéciale pour Noël. Une sorte de liste à l'envers. Ça s'appelle : « Cadeaux à éviter ».

Je la mets à jour chaque année.

J'y écris les choses que je ne veux absolument pas avoir, comme les cravates que nous offre mamie Jeannette, et que maman nous oblige à mettre quand on va chez elle.

Cadeaux à éviter :
- *Les jeux éducatifs auxquels Jean-A. gagne toujours parce qu'il triche.*
- *Les encyclopédies reliées en douze volumes de tante Lucie.*
- *La mallette du petit chimiste. François Archampaut l'a eue, elle est nulle.*
- *Un abonnement au journal religieux de la paroisse.*

Le pire, avec ces cadeaux-là, c'est qu'ils ne vous font pas plaisir et qu'on est quand même obligés de prendre l'air ravi et de dire merci.

J'ai ajouté sur ma liste :

- *Le froid sec et vivifiant des cimes.*

C'était la première fois qu'on allait tous ensemble à la montagne, alors il a fallu emprunter aux cousins Fougasse des vêtements pour la neige. À sept, ça fait tellement de bagages que maman, qui est très organisée, a été de mauvaise humeur pendant huit jours.

Sur le quai de la gare, on s'est retrouvés en anoraks et bonnets de ski tricotés à la main pendant que papa recomptait les valises. Il était un peu rouge lui aussi. Pas question que maman porte quoi que ce soit dans son état. Papa est très fort, mais quatre valises et deux sacs à dos c'est beaucoup, et sous le bonnet à oreillettes que lui avait prêté l'oncle Fougasse, je sentais qu'il perdait son enthousiasme.

Ce qui est bien, à sept, c'est qu'on peut louer un compartiment entier. On s'est battus pour avoir les couchettes du haut, alors papa s'est énervé et les premières gifles ont commencé à voler.

— Si tu descendais sur le quai avec les grands, chéri ? a proposé maman. Je m'occupe de l'installation.

La nuit était tombée. On a fait les cent pas avec papa jusqu'à ce

L'omelette au sucre

qu'il soit calmé, puis il nous a montré la loco pendant que les petits écrasaient leur nez sur la vitre en nous faisant des grimaces.

– C'est quoi, papa, cette espèce d'antenne repliée sur le toit de la locomotive ? j'ai demandé.

Papa a pris l'air savant :

– C'est un pantographe monophasé, mon fils. En fait, ça sert à… C'est un machin pour… Une sorte de…

On l'a laissé se débattre un moment, puis on s'est précipités dans le train parce que le contrôleur sifflait en agitant un drapeau.

C'est quand le train a démarré que maman a demandé :

– Et Jean-C. ? Où est-il ?

– Jean-C. ? a répété papa. Mais je croyais qu'il était avec toi !

– Mais non ! Je croyais qu'il était avec toi !

Papa s'est rué hors du compartiment.

Dans le couloir, personne.

C'est alors qu'on a aperçu Jean-C. Il était sur le quai, en pyjama, le pouce dans la bouche, nous regardant nous agiter derrière la vitre comme si on avait été des poissons exotiques dans un aquarium.

Par chance, le train n'avait pas encore pris de la vitesse. Papa a sprinté dans le couloir, bousculant les voyageurs et criant : « Pardon, pardon ! » Il a ouvert la portière de la voiture d'un coup d'épaule, s'est penché sur le marchepied…

Juste à temps. Suspendu à la poignée, il a crocheté Jean-C. par le fond de sa culotte de pyjama à l'instant où il passait à sa hauteur et l'a hissé dans la voiture d'un seul bras, aussi facilement que si Jean-C. avait été un jouet en peluche.

Papa est très fort.

Éberlué, Jean-C. avait l'air de ne rien comprendre à ce qui lui arrivait. Mais à voir la tête de papa, inutile d'être devin pour se douter qu'il allait passer un sale quart d'heure.

– Espèce de… de…, s'est étranglé papa en le soulevant par le col.

Ce qui a sauvé Jean-C., ce sont les passagers de la voiture. Sortis de leur compartiment, ils se sont mis à applaudir l'exploit de papa. Il a remonté le couloir, très digne, poussant Jean-C. devant lui et secouant la tête en murmurant de petits « merci, merci » à peine audibles.

Une famille aux petits oignons

«Les fabuleux Jean dans leur célèbre numéro d'acrobatie aérienne, j'ai pensé. Une figure de difficulté mondiale!»

Papa a claqué derrière nous la porte du compartiment.

– Cette fois, les gars, il a dit, ça va barder...

C'est l'instant qu'a choisi le contrôleur pour venir vérifier nos billets. Papa est devenu blême en découvrant qu'il avait oublié sa carte de réduction Famille Nombreuse, il a fallu parlementer un long moment et, quand on s'est enfin couchés, l'ambiance était vraiment retombée.

Pelotonné sur la couchette du milieu, je regardais les lumières glisser au plafond. Les rails faisaient tom-tom togodom, on aurait dit qu'on était dans une petite maison douillette qui filait dans la nuit, c'était magique.

– Tu dors? a chuchoté Jean-A.

Je n'ai pas répondu. J'aurais bien allumé ma lampe de couchette pour lire mon Club des Cinq, mais ça n'était pas le moment.

Soudain, devant mon visage, quelque chose est apparu: une sorte d'énorme chauve-souris, suspendue la tête en bas, qui me regardait en grimaçant.

– Alors, tu dors, oui ou non? a répété Jean-A. en tordant sa bouche avec ses doigts.

– Silence! a rugi papa dans l'ombre. Le premier qui bronche, je le... je...

Jean-A. a réintégré prestement sa couchette et, bientôt, il n'y a plus eu que le lent tom-tom togodom du train qui filait à travers la nuit.

– Respirez! a dit papa en gonflant la poitrine. Respirez l'air sec et vivifiant des cimes!

C'était le matin, on était tous à grelotter devant la petite gare du Mont-d'Or, l'estomac vide, pendant que papa recomptait une nouvelle fois les bagages. La neige était sale, une bouillasse pleine de traces de pneus.

En fait d'air sec et vivifiant, le petit bus de l'hôtel lâchait de gros prouts de gasoil.

– Je crois que je vais vomir, a murmuré Jean-A. en devenant vert comme un extraterrestre.

L'omelette au sucre

– Vous allez voir, a dit papa avec entrain. Rien de tel que l'altitude pour se forger une santé de fer !

L'Hôtel du Mont d'Or était une sorte de gros chalet, avec des toits pointus et des balcons en bois sculpté. On s'est installés dans deux chambres communicantes : une à quatre lits pour nous et une autre pour papa, maman et Jean-E., qui donnait sur un grand champ de neige immaculée.

– Allez, les garçons ! a décidé papa pendant que maman défaisait les valises. Concours de bonhomme de neige ! Tous en bas dans deux minutes…

Papa a été moniteur de colonies de vacances dans sa jeunesse. Il adore nous appeler « les garçons », organiser des activités et faire marcher tout le monde au sifflet.

On a dévalé l'escalier en hurlant.

– Couvrez-vous ! a crié maman. Il fait un froid glacial !

On s'est dispersés dans le champ, en s'enfonçant dans la neige qui nous montait jusqu'aux chevilles.

Une famille aux petits oignons

Papa s'amusait comme un petit fou. C'est lui qui a commencé à lancer la première boule. Bientôt, ça a été une bataille générale. Jean-A. et moi contre les autres. Les moufles pourries des cousins Fougasse prenaient l'eau, on avait les doigts gelés, la neige nous coulait dans le cou, mais c'était vraiment une super bataille.

Puis Jean-D. s'est mis à pleurer en se tenant l'œil, il a accusé Jean-C. de faire exprès de mettre des pierres dans ses boules, alors papa a dit :

— Retour au calme. On va faire le plus énorme bonhomme de neige que la terre ait jamais porté. Au boulot, les enfants.

— Un bonhomme de neige, maintenant ? a râlé Jean-A. Quand est-ce qu'on va rentrer regarder la télé ?

Papa dirigeait les travaux.

Jean-D. et Jean-E. cherchaient des branches pour faire les bras, nous on roulait dans la poudreuse des boules de plus en plus énormes : une pour le corps, une plus petite pour la tête. Elles étaient si grosses qu'il fallait s'arc-bouter pour les faire bouger, tandis que maman, du balcon de la chambre, nous regardait d'un air attendri et prenait des photos.

— Hardi, moussaillons ! nous encourageait papa.

Il semblait fier de sa petite équipe, les oreillettes de son bonnet dressées par le gel au-dessus de sa tête. Comme il est très fort, il nous a aidés à rouler la plus grosse boule, et c'est là qu'il s'en est aperçu…

— Qu'est-ce que c'est que ça…, il a murmuré en reniflant ses moufles.

On a regardé à notre tour nos gants, nos anoraks. Sur tous les endroits qu'avait touchés la neige s'étalaient de longues traînées jaunâtres.

— Flûte, a juré papa en jetant un regard désespéré vers le balcon où maman prenait des photos. De la crotte de chien.

Pas de doute : en roulant les boules, on avait enduit les vêtements des cousins Fougasse avec les crottes de chien cachées sous la neige.

D'un coup, ça n'a plus été drôle du tout. On est revenus à l'hôtel, la tête basse en se pinçant le nez.

C'est maman, surtout, qui a été fâchée. Elle s'est mise à crier qu'elle était sûre que ça allait dégénérer. Comment elle allait faire, mainte-

L'omelette au sucre

nant, hein ? Des vêtements presque neufs que les cousins avaient eu la gentillesse de nous prêter ! Décidément, on n'en ratait jamais une…

Papa a voulu plaisanter, mais il a tout de suite compris que ce n'était pas le moment.

On s'est déshabillés sans un mot, restant en caleçon long et sous-pull dans la chambre pendant que maman lavait tout dans le minuscule lavabo de la chambre.

– Bah ! a essayé papa, c'est le charme de la montagne…

Maman lui a décoché un regard si noir qu'il s'est mis à siffloter en contemplant au loin les cimes enneigées.

– Voilà, a dit maman quand elle a eu fini. Il faut attendre que ça sèche maintenant. Pas de gants, pas d'anoraks. Bravo ! La journée est fichue.

– Tant pis, a dit Jean-A. Et si on descendait regarder la télé ?

Le lendemain, papa a eu une nouvelle idée.

Il est revenu du syndicat d'initiative tout excité avec des poignées de prospectus.

– Comment, pas encore prêts, les garçons ? Il fait un temps radieux. C'est le jour idéal pour aller à la Grande Aiguille. Rassemblement devant l'hôtel dans un quart d'heure.

Les anoraks avaient séché durant la nuit. On s'est tous équipés en râlant, mais papa ne voulait rien entendre : on n'était pas à la montagne pour s'abrutir toute la journée devant des programmes idiots.

La Grande Aiguille, c'est le sommet qui domine le village. Pour s'y rendre, il faut prendre le téléphérique. Papa a essayé d'avoir un prix mais, comme il avait oublié sa carte de réduction à la maison, il a dû payer des billets plein tarif.

– Aller et retour ? a demandé l'employé en mouillant ses doigts sur une petite éponge.

– Aller simple, a ricané papa. On compte bâtir un igloo et dormir tout nus là-haut.

– C'est vous qui voyez, a dit le type en détachant les billets.

– Quel crétin ! a murmuré papa tandis qu'on se rangeait devant le portillon. Qu'est-ce qu'il croit ? Qu'on va redescendre en parachute ?

La cabine était bondée, alors il a fallu attendre la suivante.

Une famille aux petits oignons

Quand ça a été à notre tour, on s'est entassés tous les sept dans le téléphérique, puis l'employé est monté avec nous et a claqué la porte.

– Attention au départ, il a dit.

Il y a eu une secousse, le grincement d'un mécanisme, puis la cabine a plongé au-dessus du vide.

– Alors ? Formidable, non ? a dit papa.

Personne n'a répondu. On avait l'impression d'être enfermés dans un emballage de Kinder, une sorte d'œuf en plastique à peine gros comme une balle de ping-pong. Jean-D. et Jean-E. se sont serrés contre maman, alors le type a dit :

– Déplacez-vous, monsieur, pour équilibrer la cabine. C'est plus prudent quand il y a du vent.

Quand j'ai pu regarder en bas, on était déjà à une hauteur vertigineuse. On apercevait les toits du village couverts de neige, des skieurs minuscules qui dévalaient les pentes.

– Des chamois ! a crié papa en désignant de petites taches sombres étagées sur le versant. Regardez, les enfants !

– Ce sont des vaches, a corrigé le type d'un air placide. Juste des vaches.

Papa a ri bruyamment, comme s'il venait de faire une bonne plaisanterie, mais ça n'a pas eu l'air d'amuser le type. De toute façon, à cette hauteur, on ne voyait plus rien, surtout avec le brouillard qui commençait à monter et noyait la vallée.

– Aïe ! a fait le type.

– Pardon ? a dit papa.

– Rien, rien, a dit le type.

– Vous avez fait « aïe », a insisté papa. Quelque chose ne va pas ?

– Non, non. Enfin, pour l'instant…

– Comment ça, pour l'instant ? s'est énervé papa.

Le type a eu un petit mouvement de menton vers la grisaille qui nous entourait :

– Mauvais signe, il a dit. Quand la brume monte… Mais le pire, ce sont les orages. Vous avez déjà vu la foudre traverser une cabine comme un coup de bazooka ?

– Un temps radieux, hein ? a fait maman en regardant papa dans les yeux.

L'omelette au sucre

— Bah, a dit le type, c'est la montagne. Le temps n'arrête pas de changer. Remarquez, ces cabines sont prévues pour résister à des rafales de plus de deux cents kilomètres heure.

— Papa, a murmuré Jean-C., je veux descendre.

— Allons, allons, a dit papa avec un sourire apaisant, il n'y a rien à craindre. C'est juste un nuage prisonnier dans la vallée. Là-haut, il fera beau.

Mais plus on montait, plus il faisait sombre. Les pylônes surgissaient du brouillard comme des fantômes géants, on avait chaque fois l'impression qu'on allait s'écraser contre les montants métalliques.

Puis une sonnette s'est mise à retentir dans la cabine.

— Bizarre, a fait l'employé en mâchonnant sa moustache. C'est le signal de surcharge. Ce téléphérique est pourtant prévu pour huit passagers.

On s'est comptés du regard, puis tous les yeux ont convergé vers maman et le petit passager clandestin qu'elle transportait dans son ventre. Avec le bébé, ça faisait neuf. Nous sept, bientôt huit, plus l'employé. Mais que peut bien peser un futur bébé qui ne naîtra que dans six mois ?

Beaucoup trop sans doute car le téléphérique a eu une sorte de hoquet avant de s'immobiliser.

— Papa, j'ai peur ! a gémi Jean-D.

— Pas de panique, a dit l'employé en se fourrant un chewing-gum dans la bouche. Les câbles ont dû geler à la station du haut.

— Est-ce qu'on va s'écraser, papa ? a zozoté Jean-E.

Nous avions stoppé entre deux pylônes et la cabine a commencé à se balancer au vent. Cramponné à la rambarde, je me suis tourné vers Jean-A., le roi des bricoleurs, comme s'il avait pu faire quelque chose. Mais, pour le moment, il était trop occupé à vomir dans le bonnet des cousins Fougasse.

— Remarquez, a dit l'employé, il y a rarement des accidents sur ce genre de cabine. Le dernier, c'était il y a un an : ils sont restés coincés toute une nuit dans le blizzard avant que l'équipe de secours ne vienne les délivrer.

— Formidable, a dit papa en déglutissant avec peine.

Une famille aux petits oignons

– Vous êtes avec des professionnels, a continué le type. Tenez, mon collègue, l'année dernière, le jour de l'accident : comme la cabine était trop chargée, il s'est sacrifié. Un saut de l'ange parfait.
– Et alors ? a demandé papa.
– Il s'est écrasé trois cents mètres plus bas comme un vulgaire caca d'oiseau.
– Ne vous gênez pas pour nous, a dit papa qui avait de plus en plus de mal à garder son calme. Je ne voudrais surtout pas vous priver de cette joie.
– Ce que j'en dis, a fait le type en haussant les épaules, c'est juste pour raconter.
– Eh bien, je vous prierai de vous taire. Il y a là des enfants impressionnables et…

Il n'a pas continué car une secousse a ébranlé la cabine qui a repris son ascension.

On a fini le voyage dans un silence de mort. Quand la cabine a touché le quai, au sommet de la Grande Aiguille, j'avais les genoux qui tremblaient et le cœur au bord des lèvres.

On s'est retrouvés sur une espèce de plate-forme métallique à battre la semelle pendant que papa essayait désespérément de déplier la carte que lui avait donnée le syndicat d'initiative.

– Nous y voilà, il a dit avec un entrain forcé. Le Belvédère de la Grande Aiguille. Les enfants, apprêtez-vous à contempler l'un des plus admirables panoramas qu'on puisse imaginer.

Imaginer, c'était bien le mot. Le brouillard était encore plus épais qu'en bas, on arrivait à peine à voir la pointe de ses propres chaussures. En plus, il devait bien faire soixante-douze degrés en dessous de zéro, car quand Jean-A. a voulu cracher dans le vide, il s'est retrouvé avec une sorte de petite stalactite de glace qui lui pendait de la lèvre.

– Oui, euh, bon… D'après ma carte, vous devriez apercevoir ici les magnifiques contreforts du Petit Bernard rutilant au soleil… Et ici, niché dans un vallon riant, le délicieux village de Cenis, à l'architecture si pittoresque…
– Super, a dit Jean-A. en claquant des dents. Tous aux abris maintenant…

L'omelette au sucre

Papa a quand même voulu prendre une photo de notre expédition. On voit juste sa main en gros plan tâchant de protéger l'objectif des rafales de vent, et nous six derrière, agglutinés comme les rescapés d'une catastrophe aérienne.

C'est tout ce que j'ai gardé de notre visite de la Grande Aiguille. Cette photo, et un petit piolet taille-crayon que Jean-A. a volé dans la boutique où on s'est abrités en attendant le téléphérique du retour.

– Au moins, a dit Jean-A., on n'aura pas fait le voyage pour rien.

Le lendemain, on avait tous trente-neuf de fièvre, sauf papa et maman qui circulaient dans les chambres en distribuant des cuillères de sirop.

J'avais l'impression d'avoir du coton dans les oreilles, les lignes de mon Club des Cinq dansaient devant mes yeux. J'ai dû dormir une partie de la journée.

Quand je me suis réveillé, Jean-A. sautait à pieds joints sur mon lit en poussant des cris atroces.

– Regarde, il a dit, avant de fourrer sous mon nez la manche vide de sa veste de pyjama. Ma main ! Gelée au huitième degré ! Papa a dû m'amputer avec les ciseaux à ongles.

– Tant mieux, j'ai dit. Ça t'empêchera de te mettre les doigts dans le nez.

Il s'est roulé sur le lit en mimant des spasmes d'agonie :

– Manchot, je suis manchot ! On va devoir me greffer une pince à sucre sur ce moignon sanguinolent…

– Eh bien, ça a l'air d'aller mieux là-dedans, a lancé papa en faisant irruption dans la chambre. Opération de la Terre à la Lune, et que ça saute !

Il nous a tendu à chacun un thermomètre, et on s'est tous enfouis sous les couvertures le temps de prendre notre température.

– 38,2 de moyenne, a dit papa. Ça baisse. Quand je vous le disais : rien de tel que l'air sec et vivifiant de la montagne ! Vous serez tous sur pied demain pour le réveillon de Noël.

Papa est très fort comme médecin.

Le soir de Noël, on avait tous quarante. Jean-A. et moi, parce qu'on est les plus grands, on a eu le droit de descendre un moment,

Une famille aux petits oignons

pour dîner. Il y avait de la dinde aux marrons, une bûche glacée, mais on n'a rien pu avaler. Jean-A. était écarlate, j'avais la tête qui tournait, l'impression que le sapin qui ornait la salle du restaurant allait s'effondrer dans l'assiette des dîneurs.

Après, on est remontés se coucher. C'était un drôle de soir de Noël, mais papa et maman ont quand même passé une bonne soirée avec M. et Mme Vuillermoz, leurs nouveaux amis.

M. et Mme Vuillermoz viennent à l'Hôtel du Mont d'Or depuis quarante ans. C'est peut-être pour ça que M. Vuillermoz passe ses journées en chaussons dans le hall à renseigner les skieurs sur le temps qu'il va faire. Mme Vuillermoz s'assied toujours dans le même fauteuil, celui près de la fenêtre, dans le salon de l'hôtel. Elle tricote sans arrêt des chaussettes et des caleçons de laine avec des restes de pelote, puis elle les met dans un colis et les envoie aux enfants pauvres du Togo.

Mme Vuillermoz est très bonne. Chaque fois qu'elle croise maman, elle lui dit :

– Quelle délicieuse petite famille vous avez là. Comme elle doit vous en donner, du travail !

– Oh, dit maman d'un air modeste, il suffit d'être organisée, voilà tout.

Papa adore passer ses après-midi à écouter M. Vuillermoz lui parler de sa collection de fossiles. Il en a deux cent cinquante-trois, tous anciens, rangés dans de petites vitrines de sa maison de Paris. M. Vuillermoz aussi est très bon : la fois où papa s'est endormi en face de lui, il a continué à parler, comme si de rien n'était.

De toute façon, il n'y a rien d'autre à faire, parce que la neige tombe sans discontinuer.

– Ça va se lever, pronostique chaque matin M. Vuillermoz en scrutant le ciel poudré de flocons. C'est moi qui vous le dis, ça va se lever.

C'est une chance que papa et maman aient pu se faire de nouveaux amis. Le soir de Noël, ils ont dû bien s'amuser ensemble, parce que quand ils sont remontés, j'ai entendu papa qui disait :

– Un mot de plus et je crois que je l'aurais étranglé avec ses propres bretelles.

– Ça ne se fait pas, a dit maman. Pas le soir de Noël.

L'omelette au sucre

— C'est vrai, a reconnu papa en riant. Joyeux Noël, chérie. Quelle idée j'ai eue de vous emmener ici ! Les enfants sont malades, impossible de mettre le nez dehors…

Maman a dit :

— J'adore ce Noël. Toute cette neige, ce chalet… J'ai l'impression d'habiter dans une boule de verre.

— En tout cas, a dit papa, en rentrant je pourrai me présenter à un jeu radiophonique : je suis devenu incollable sur les fossiles.

On avait quand même mis, au cas où, nos après-skis en rond devant la fenêtre, avec un verre de lait et une carotte pour les rennes du Père Noël.

— Est-ce qu'il aura notre adresse à la montagne ? s'est inquiété Jean-D.

Jean-A. a haussé les épaules avant de ricaner :

— Parce que tu crois qu'il existe, toi, le Père Noël ?

— Bien sûr que j'y crois, a dit Jean-D. Je sais qu'il existe pas, mais j'y crois quand même.

— Et qui t'a dit qu'il existait pas ? a demandé Jean-A.

— Un copain, à l'école. Il dit que c'est les parents qui mettent les cadeaux la nuit dans les chaussures.

— Le crétin, a pesté Jean-A. Si je le rencontre, il va passer un sale quart d'heure.

— Et pourquoi ? a demandé Jean-D.

— Parce qu'il a pas le droit de toucher à tes rêves d'enfant.

— Et moi ? Et moi, z'ai le droit d'y toucer ? a zozoté Jean-E. en posant ses petites pantoufles à côté de nos chaussures.

— Toi oui, a dit Jean-A. en se fourrant la tête sous l'oreiller. Maintenant, fermez-la. J'ai envie de dormir.

Papa l'avait bien dit : notre cadeau de Noël, cette année, c'était le séjour à la montagne. Mais quand on s'est réveillés, le matin, on avait tous un petit paquet dans nos chaussures.

— Ouah ! a crié Jean-C. en déballant le sien. Un piolet taille-crayon !

— Super ! a renchéri Jean-D. Moi aussi !

On avait tous le même petit piolet décoré d'un ruban, qui faisait stylo d'un côté et taille-crayon de l'autre. Exactement le même que

Une famille aux petits oignons

celui que Jean-A. avait fauché dans la boutique de souvenirs, à la Grande Aiguille.

Jean-A. et moi, on s'est regardés, et on a trouvé plus prudent de ne rien dire. On a fait semblant d'être super contents, même si on était horriblement déçus, juste pour faire plaisir à papa et maman qui nous contemplaient d'un air attendri.

– Oh, c'est une bricole, a dit papa, un petit cadeau symbolique. Parce que le vrai cadeau…

– C'est les vacances à la montagne, on a tous terminé en chœur.

N'empêche… Quand on a quitté l'hôtel, à la fin des vacances, on avait le cœur gros.

Les Vuillermoz, qui sont très bons, avaient tenu à nous accompagner jusqu'à la gare. Même que, quand papa recomptait les valises, Mme Vuillermoz nous a offert à chacun une des paires de chaussettes qu'elle tricote pour les petits Africains pauvres.

Cette fois, on a bien vérifié que Jean-C. montait avec nous dans le train.

– C'est entendu, n'est-ce pas ? a crié M. Vuillermoz en agitant la main. Si vous passez à Paris, j'aurai des tas de nouveaux fossiles à vous montrer !

– Bien sûr, bien sûr ! a dit papa. Vous pouvez compter sur nous.

– Quel dommage que vous partiez déjà, a conclu M. Vuillermoz. Ça allait juste se dégager…

On a retrouvé Cherbourg, notre voiture bien sagement à sa place, sur le parking de la gare.

Il avait un peu neigé ici mais à peine, une couche légère qui ne semblait pas vraie.

Quand on est arrivés devant l'immeuble, papa a dit :

– Je monte le premier avec les bagages. Donnez-moi juste quelques minutes.

On a attendu l'ascenseur suivant.

Mais quand on est entrés à notre tour dans l'appartement, une surprise nous attendait.

On est restés pétrifiés sur le seuil, bouche ouverte, contemplant le salon où attendait papa, une petite lueur de triomphe dans les yeux.

L'omelette au sucre

Comment avait-il fait pour tout préparer en si peu de temps ? Je ne le saurai jamais.

Les lumières du sapin brillaient de mille feux. Le petit Jésus était à sa place, au milieu de la crèche, nos cinq moutons rangés autour de lui.

Dessous, il y avait cinq bottes en caoutchouc, rangées par taille décroissante, et devant chacune…

Des paquets. D'énormes paquets, certains carrés, d'autres rectangulaires, tous enveloppés dans du papier cadeau rouge et doré, avec une petite carte scotchée dessus : « Pour Jean-A. » « Pour Jean-B. » « Pour Jean-C. »…

Une famille aux petits oignons

– Joyeux Noël, a dit papa d'une voix un peu enrouée. Tous ces paquets étaient trop gros à transporter à la montagne. Le Père Noël a dû les déposer ici en notre absence.

– Comment il a fait ? a demandé Jean-D. en jetant des regards éberlués autour de lui. Les volets étaient fermés.

– Bah, a dit maman. Il a dû penser que vous le méritiez tous les cinq. Le reste, c'est son secret...

À la piscine municipale

Le samedi n'est pas un jour comme les autres.

D'abord parce que papa vient nous chercher à la sortie de l'école.

Quand on passe le portail, on l'aperçoit de loin, dans la foule des parents. Papa est si grand qu'à côté les autres pères paraissent des pères pygmées.

Tous nos copains sont jaloux. Même François Archampaut dont le père est très riche et possède plusieurs usines.

François Archampaut dit que son père fait du karaté et qu'il est tireur d'élite, mais je l'ai vu une fois : un petit type tout chauve avec un costume à rayures qui attendait François, assis sur la banquette arrière d'une grosse DS 19. Ses lunettes arrivaient à peine à hauteur de la vitre. Le chauffeur a ouvert la portière et François a sauté à l'intérieur comme s'il avait honte.

– Il faut être petit pour être ceinture noire, il a dit. T'as qu'à voir les Japs. Petits et rapides. Tu te glisses sous les grands balèzes, et hop ! tu utilises leur force pour les flanquer par terre.

– Sûrement, j'ai dit.

– Tu ne me crois pas ? Mon père, il est spécialiste de planchette japonaise. Une prise terrible ! Tu meurs ou tu restes paralysé à vie.

Une famille aux petits oignons

– C'est du judo, j'ai dit. Pas du karaté.
– Et alors ? Quand il était homme-grenouille, mon père, il pratiquait tous les arts martiaux !
– Dis-lui qu'il peut enlever son masque de plongée, a ricané Jean-A.
– D'abord, c'est pas un masque, a dit François. C'est des verres correcteurs. Il a failli perdre la vue en mission spéciale, même qu'on l'a décoré pour ça…

Jean-A. déteste François Archampaut. Sans doute parce que c'est mon meilleur ami, qu'on est en CM1 alors que Jean-A. est en 6ᵉ.

Tous les soirs, le chauffeur vient chercher François Archampaut dans la DS 19.

François dit que ce n'est pas un chauffeur, mais un garde du corps. Son père est menacé de mort par des espions mongols, il a besoin de protection vingt-quatre heures sur vingt-quatre.

C'est pour ça que François ne peut jamais rentrer à pied, ni aller jouer chez des copains le jeudi après-midi, des fois qu'on voudrait l'enlever pour le torturer à mort.

– À mon avis, le Mongol, c'est toi, prétend Jean-A. Mon père, il mettrait une dérouillée au tien rien qu'avec la main gauche.

Le samedi, on n'a pas le temps de se disputer à la sortie de l'école parce que papa nous attend. Il est passé chercher Jean-D. à la maternelle, il veut toujours porter nos cartables et nous acheter une bricole sur le chemin du retour, juste parce que c'est samedi et qu'il ne travaille pas.

Alors on passe par les Magasins Réunis, on fouine au rayon jouets devant les étalages de soldats et de petites voitures.

Jean-A. fait la collection de soldats de plomb. Il les prend tout bruts, puis les décore avec de minuscules pinceaux et de petits pots de peinture spéciale. Il a des grenadiers, des dragons, des maréchaux à cheval avec un chapeau à plumet, des soldats du ravitaillement qui portent en bandoulière des barriques et des sacs de poudre.

– Celui qui touche à mes soldats, il est mort, il dit.

Moi, ce serait plutôt les cyclistes. J'en ai du Tour de France, avec les maillots et les casquettes aux couleurs de l'équipe, les dossards

L'omelette au sucre

et les bidons fixés sur le cadre. C'est surtout un jeu d'été, à cause du Tour de France qui commence en juillet, mais j'en profite pour en avoir un de plus, en prévision, et on rentre à la maison en parlant des notes qu'on a eues durant la semaine.

Enfin, surtout des bonnes…

Parce que si on a bien travaillé, le samedi après-midi, papa nous emmène à la piscine municipale, sauf Jean-E. qui est trop petit.

La piscine de Cherbourg, c'est un grand bâtiment en béton, sur le port, avec des vitres immenses qui donnent l'impression de se baigner au milieu d'une tempête. La piscine est chauffée, mais par les baies vitrées, on aperçoit les vagues qui se brisent sur la jetée, la pluie qui tombe au-dehors, on a toujours la chair de poule.

Quand on entre, ça sent le chlore et les chaussettes, on entend la voix du maître nageur qui résonne, le bruit de ses tongs qui claquent le long du bassin. On se déshabille à deux dans les cabines pour gagner du temps, puis on fait semblant de passer sous la douche, parce qu'elle est glacée.

Jean-A., qui sait déjà nager, nous nargue en faisant la danseuse africaine, avec la clef du casier à vêtements serrée autour de la cheville par un bracelet de plastique.

– C'est la banquise ! il hurle. L'eau est gelée à moins cent vingt degrés ! Les survivants à bout de forces s'accrochent des ongles aux blocs de glace à la dérive !

Profitant que papa ne le voit pas, le maître nageur lui allonge une taloche puis il nous range le long du bassin.

– Alors, les crevettes ! On a la pétoche, hein ? Vous allez voir ce que vous allez voir ! Échauffement ! Et pas question de tirer au flanc, hein ? Je vous ai à l'œil, moi.

Le maître nageur s'appelle Michel. Papa a beaucoup de respect pour lui, peut-être à cause des énormes biscoteaux qu'on voit sous son tee-shirt. Il a un minuscule maillot, des tongs en plastique jaune et des cheveux en brosse plantés au ras des sourcils.

– Flex-xion… ! Res-spiration… ! Flex-xion… ! il beugle, un poing sur la hanche, s'appuyant de l'autre à une perche métallique. Hé toi, le petit gros, là-bas ! Tu me les plies, ces genoux, oui ?

Le petit gros, c'est moi. Je déteste être en maillot de bain parce

Une famille aux petits oignons

que j'ai le ventre qui plisse. Jean-C., lui, est tout maigre, alors c'est toujours lui qui montre les exercices.

Mais le plus veinard, c'est Jean-D. Comme il a juste quatre ans, il apprend à nager dans le petit bassin avec Isabelle. Isabelle est très gentille, elle a des cheveux blonds tressés en natte, un maillot olympique et s'occupe du mini-club. Elle appelle Jean-D. « mon canard » et a gagné des tas de médailles aux derniers championnats de France.

Michel, notre maître nageur, n'a rien gagné du tout. Il a tellement de muscles sur le torse qu'il a du mal à rapprocher les bras.

Dès qu'il a cinq minutes, il monte sur le grand plongeoir et fait des sauts acrobatiques. On entend la planche vibrer, un grand plouf, mais comme Isabelle ne regarde pas, il remonte sur le plongeoir et s'exerce à des sauts de plus en plus compliqués avec l'air dégagé du type qui fait ça chaque matin avant son petit déjeuner.

Nous, pendant ce temps, on enchaîne les longueurs avec la planche. Chaque fois que je sors la tête de l'eau, j'aperçois Michel suspendu dans les airs avec des poses de statue vivante.

Le plus drôle, c'est la fois où il a essayé de se repeigner au milieu d'un plongeon carpé… Ça a dû le déséquilibrer, parce qu'il s'est mis soudain à battre des bras et des jambes avant de faire un plat tonitruant qui a vidé la moitié du bassin.

Jean-A. se gondolait de rire sur les gradins, alors Michel est sorti de l'eau très rouge et nous a donné cinq longueurs de plus à faire en s'époumonant dans son sifflet.

Mais le mieux, c'est quand on rentre.

Avec toutes les tasses qu'on a bues, on a l'estomac qui pèse des tonnes. Dehors, il pleut parce que c'est l'hiver et qu'on est à Cherbourg, on grelotte à cause de nos cheveux mouillés et on se sent tout faibles d'avoir tant nagé.

Chaque samedi, quand on revient de la piscine, maman a préparé une gougère.

C'est une espèce de couronne en pâte à choux dorée, moelleuse et chaude comme une brioche qui embaume jusqu'en bas de la cage d'escalier.

J'adore la gougère. C'est mon plat préféré. Le menu spécial du retour

L'omelette au sucre

de la piscine. Une sorte de promesse dorée et succulente flottant au-dessus des courants d'air et de l'odeur de désinfectant de la piscine…

On commence par se faire gronder parce qu'on ne s'est pas bien séché les cheveux, on étend les maillots et les serviettes au-dessus de la baignoire, puis papa dit :

– Qu'est-ce qu'on mange de bon, ce soir ? J'ai une faim de loup !

– C'est une surprise, dit toujours maman. Un reconstituant pour mes grenouilles.

Quand elle apporte le plat du four, on pousse tous des cris émerveillés comme si on ne s'était doutés de rien. Nos diplômes de 25 mètres brasse trônent sur la commode, on se gave de pâte à choux jusqu'à avoir l'estomac qui explose. La croûte craque sous la dent, la pâte chaude fond dans la bouche, on raconte nos exploits nautiques tandis que la pluie fouette les carreaux et que la corne de brume mugit dans le lointain.

Un samedi, ça a bardé.

Papa était venu comme d'habitude nous chercher à l'école, mais à sa manière de se mordre l'intérieur de la joue, on a vite compris que quelque chose n'allait pas.

Il a dit :

– Qui a encore bouché les toilettes avec des kilomètres de papier ?

On s'est tous regardés d'un air innocent. Les toilettes ? Des kilomètres de papier ? Nous ?

– La cuvette a débordé, a dit papa. J'ai passé la matinée à chercher un plombier. Si personne ne se dénonce, tant pis : il n'y aura pas de piscine cet après-midi.

On est rentrés au pas de charge. Papa marchait en tête, nous on suivait avec nos cartables sur le dos, l'oreille basse, en s'accusant les uns les autres.

– Puisque vous n'avez pas le courage de vos actes, a déclaré papa quand on a été à la maison, vous resterez consignés dans vos chambres pour l'après-midi.

– Y en a marre, a dit Jean-A. quand on s'est retrouvés seuls. Marre de payer pour vos bêtises !

– C'est pas moi, a dit Jean-C.

Une famille aux petits oignons

– C'est pas moi non plus, a dit Jean-D. D'abord, je suis trop petit : je sais même pas ce que c'est, des kilomètres...

– Je t'apprendrai que c'est toi qui as inondé la maison, l'autre soir, a dit Jean-C. Quand papa et maman étaient au cinéma.

– Non, c'était la faute de Jean-B. Il avait ouvert les robinets à fond et je n'ai pas su dans quel sens les tourner.

Cette fois-là, le soir de l'inondation, on était tous dans le coup. On s'était amusés à donner un bain à la tortue dans le lavabo, puis on avait oublié de fermer le robinet.

Quand papa et maman étaient rentrés du cinéma, l'eau dégoulinait déjà dans les escaliers. Ils nous avaient trouvés en pleurs, debout sur des chaises, avec la tortue qui se promenait dans dix centimètres d'eau à travers tout l'appartement.

Pour la cuvette bouchée, personne ne voulait reconnaître que c'était lui. On a commencé à se disputer, puis Jean-A. a dit :

– J'ai un plan. On n'a qu'à dire que c'est Jean-E. Comme il ne va pas à la piscine et que c'est le chouchou, papa ne dira rien.

Tout le monde a été d'accord, sauf Jean-E. qui s'est mis à trépigner en menaçant de tout raconter.

– Et si on tirait à la courte paille ? j'ai proposé.

Aussitôt dit, aussitôt fait. Jean-A., qui veut toujours être le chef, a cassé cinq baguettes du Mikado, les a cachées dans sa paume, et on a tous tiré à notre tour.

Évidemment, je suis tombé sur la plus petite.

– Tu as triché ! j'ai dit. Tu l'as fait exprès !

– Qu'est-ce que tu risques, banane ? s'est défendu Jean-A. Tu te dénonces, tu prends un bon savon et on va tous à la piscine... Pas plus compliqué que ça !

– Facile à dire pour toi. T'as qu'à y aller, si c'est si simple.

– Pas question, a dit Jean-A. Le sort, c'est le sort. J'ai remarqué que ça tombe toujours sur le plus gros.

– Je suis pas gros, d'abord. Répète un peu pour voir !

Mais ça n'était pas le moment de se disputer si on voulait encore avoir une chance d'aller à la piscine.

– Allez, courage, a dit Jean-C. en me serrant la main avec émotion. Je suis content de t'avoir connu, vieux frère.

L'omelette au sucre

– Promets-moi de me léguer ton couteau suisse si les choses tournent mal! a crié Jean-A. comme je quittais la chambre.

J'ai pris une grande inspiration et j'ai tapé à la porte du salon.

– Entrez! a tonné papa.

Un instant, j'ai failli me défiler. Après tout, je déteste la piscine. Mais une vision de gougère dorée et odorante m'a traversé l'esprit, me faisant presque défaillir de gourmandise.

C'était Jean-A. qui avait raison après tout : papa allait crier un bon coup puis, « faute avouée étant à moitié pardonnée » comme il dit, tout serait terminé… On n'aurait plus qu'à enfiler nos maillots et on n'en parlerait plus.

En fait, ça n'est pas du tout comme ça que ça s'est passé.

Papa devait être dans un sacré pétard parce que j'ai pris la première fessée déculottée de ma vie!

– Alors? a demandé Jean-A. quand je suis revenu, tout raide et crispant le menton pour m'empêcher de pleurer. C'est gagné?

J'ai fait non de la tête.

– Tu es trop nul! il a dit. Tant pis : j'y vais. On va voir ce qu'on va voir.

Quand il est revenu à son tour, très rouge et tenant ses bretelles, il n'a pas eu besoin d'expliquer.

Jean-C. y est allé, puis Jean-D., puis Jean-E., mais lui c'est pas pareil : il a encore des couches pour le protéger.

Chacun à notre tour, on a défilé dans le salon pour s'accuser d'avoir bouché les cabinets.

Mais papa a dû sentir le coup monté, parce qu'on n'est pas allés à la piscine non plus.

Pas de piscine, pas de gougère. On a fini l'après-midi enfermés dans nos chambres sans pouvoir nous asseoir tant les fesses nous cuisaient.

– Toi et ta courte paille, je te retiens, a fait Jean-A. en me foudroyant du regard. En plus, c'était mon jeu de Mikado! Il est fichu, maintenant. T'as intérêt à me le repayer sur ton argent de poche.

Je lui ai envoyé une beigne, alors tout le monde s'y est mis.

Jean-E., qui est le plus petit, griffait et tirait les cheveux, Jean-D. essayait de faire avaler à Jean-C. le contenu d'un encrier pendant

Une famille aux petits oignons

que Jean-A. et moi on se roulait sur le linoléum. Une vraie castagne générale, comme dans les westerns.

Piscine ou pas, ça a été un sacré bon samedi quand même.
Surtout quand la cuvette des cabinets a débordé une nouvelle fois.
On était encore en train de se battre quand on a entendu le glouglou des tuyaux et un énorme juron.

On s'est précipités dans le couloir pour voir papa sortir en pataugeant, la ventouse dans une main et la serpillière dans l'autre.
– Si je tenais ce… ce… ce tartempion de plombier! il a commencé.
Puis il nous a vus tous, hilares, embusqués dans l'angle du couloir :
– Ça vous amuse, hein? il a rugi. Vous ne perdez rien pour attendre! A la rentrée prochaine, je vous inscris tous en pension à l'École des enfants de troupe!

L'omelette au sucre

C'est la menace qu'il brandit toujours quand il est en colère.

Nous, on a filé dans nos chambres avec un petit sifflotement de triomphe, claquant les portes un peu trop bruyamment.

On était bien vengés.

Je ne sais pas si ça a un rapport, mais, le soir, j'ai entendu maman qui disait à papa :

– C'est gentil de vouloir m'aider parce que je suis enceinte, chéri, mais quelle idée t'a pris de jeter là-dedans la litière du cochon d'Inde ?

La semaine d'après, on est retournés à la piscine et on n'a plus jamais reparlé du coupable.

Allez savoir pourquoi.

Un jeudi du club des Cinq

Un jeudi qu'il pleuvait, Jean-A. a dit :
– Si on faisait un club de détectives ?

À Cherbourg, il pleut toujours le jeudi. Les autres jours aussi, mais le jeudi c'est embêtant parce qu'on n'a pas école.

Dans notre manuel de géographie, Cherbourg est cité dans les records : c'est la ville de France où il pleut le plus souvent. Nous, on est plutôt fiers d'habiter dans un record mais, le jeudi, on préférerait que ce soit celui du beau temps.

Le matin, on va à la bibliothèque municipale avec Jean-A. Il ne lit que des livres de modélisme et des bouquins d'histoire sur les armées de Napoléon, moi seulement des livres d'aventures et de mystères.

J'adore toutes les séries. Celles pour garçons, bien sûr, les Club des Cinq, les Clan des Sept, les Michel, les Langelot, les Jacques Rogy et les Signe de Piste, mais aussi les enquêtes d'Alice Roy, des sœurs Parker et de Fantômette, ce qui fait ricaner Jean-A. :
– Trop débile, il dit. Des livres de filles, pouah !

Il a de la chance, parce que souvent, en fin d'après-midi, le jeudi, il va voir *Zorro* chez Stéphane Le Bihan.

L'omelette au sucre

Stéphane Le Bihan est le meilleur copain de Jean-A. Peut-être parce qu'il a la télé et qu'il habite le même immeuble que nous. Ils se font des échanges de timbres, de vignettes de footballeurs et des porte-clefs publicitaires qu'ils ont en double.

– Aahah ! rigole Jean-A., quand il revient de chez Stéphane Le Bihan avec sa boîte à secrets sous le bras. Le crétin : je l'ai encore roulé !

Comme Jean-A. est l'aîné, papy Jean lui a donné sa collection de timbres personnelle. Dedans, il n'y a que des timbres minuscules et tout jaunis, avec des portraits de reines aux tons passés et des noms qui ressemblent à des éternuements : Republik Magyar, Czekozlovakia, Belouchistan…

Jean-A. est très maniaque. Il les manipule avec une petite pince, les classe par séries à l'aide du catalogue Thiaude que lui achète chaque année papy Jean. Sur son bureau, il y a toujours un bol rempli d'une eau un peu gluante dans laquelle il met à tremper des bouts d'enveloppe. Le timbre se décolle au bout d'une journée, il le met ensuite à sécher entre deux buvards.

– Le premier qui touche à ma collec', il dit, il est mort.

Un jour, pour lui faire une surprise, j'ai échangé une de ses séries de vieux timbres fripés à 6 *pence* contre des timbres magnifiques qu'avait François Archampaut. D'immenses timbres en couleurs flambant neufs qui représentaient toutes les épreuves des jeux Olympiques d'hiver.

J'ai cru que Jean-A. allait tomber malade. En ouvrant son album, il est devenu blanc, puis vert, puis rouge.

– Aaargh…, il a fait en dégrafant son col. Au secours ! De l'air ! J'agonise !

Le soir, ça a bardé pour mon matricule.

– Ce n'est pas la taille qui fait le prix d'un timbre, a hurlé papa. C'est sa rareté ! Ces petits trucs mités, comme tu les appelles, valent une fortune pour les collectionneurs !

Papa a dû prendre son téléphone et tout expliquer à M. Archampaut. Que c'était une méprise, une bêtise de gosse, qu'il serait heureux d'aller lui-même rechercher les timbres chez M. Archampaut quand ça lui conviendrait, sans le déranger surtout…

Une famille aux petits oignons

Comment je pouvais savoir, moi, que ces ridicules rectangles dentelés valait chacun dix fois plus que la série complète des jeux Olympiques d'hiver ?

Depuis, Jean-A. appelle François Archampaut « l'escroc de la philatélie », et mon père ne salue plus le sien quand ils se rencontrent, le samedi, à la sortie de l'école.

– Un club de détectives ? j'ai dit. Pourquoi tu n'en fais pas un avec Stéphane Le Bihan, puisque vous êtes si forts ?

– Impossible, il a dit. Stéphane Le Bihan a un appareil pour les dents. Tu le vois faire des enquêtes avec ce machin dans la bouche ?

– D'accord, j'ai dit. Mais à une condition : c'est moi qui serai le chef.

Comme il tombait des cordes, on a commencé par se fabriquer des cartes de détective sur de petits rectangles de bristol.

Sur la mienne, j'ai marqué :

Jean-B.
Détective Spécial
(Enquêtes, Filatures, Opérations secrètes.)
Ordre à toutes les polices d'aider
le titulaire de cette carte.

Signé :
Commandant X,
Responsable des Services Secrets.

– Commandant X ? a ricané Jean-A. Tu parles d'un nom !

– C'est un pseudonyme, j'ai expliqué. Personne ne peut connaître son identité puisqu'il est chef des services secrets.

– Pourquoi il signe, alors ?

– T'occupe, j'ai dit. C'est un secret.

Jean-A. a pris sa loupe de philatélie pour relever les empreintes, moi mon couteau suisse à huit lames, au cas où on aurait des serrures à forcer, et un petit carnet à indices.

– Et maintenant ? a demandé Jean-A.

– Il nous faut un code secret, j'ai dit. Pour pouvoir communiquer sans être compris des bandits.

L'omelette au sucre

Jean-A. a pris un des talkies-walkies que nous avait offerts papy Jean à Noël et il s'est enfermé dans la salle de bains.

— Allô ? j'ai dit. Delta Bravo à Tango Alpha. Me recevez-vous ?

Le talkie a crachoté.

— Qui veux-tu que ce soit d'autre, crétin ? a fait la voix horriblement déformée de Jean-A.

Je lui ai lu lentement le message que j'avais préparé.

— Tango Alpha, ici Delta Bravo : fkafsfar prpmbzq bk srb... Je répète : fkafsfar prpmbzq bk srb...

Jean-A. est sorti furieux de la salle de bains :

— Qu'est-ce que c'est que ce charabia ? Tu as eu une attaque cérébrale, ou c'est juste pour m'embêter ?

— Espèce de banane ! j'ai dit. Ça veut dire : individu suspect en vue. C'est un code secret de mon invention : tu décales les lettres de l'alphabet de trois crans et...

— J'en ai marre, a coupé Jean-A. D'abord, détectives, c'est un jeu nul. On n'a même pas de mystères à résoudre.

— Qu'est-ce que tu crois ? j'ai dit, un peu vexé. Les mystères, il faut les trouver.

— À quoi vous jouez ? a demandé Jean-C. en entrant en coup de vent dans la chambre. On s'ennuie. Est-ce qu'on peut jouer avec vous ?

— Pas question, a dit Jean-A. On fait un club de détectives : les nains ne sont pas acceptés.

— C'est maman qui l'a dit ! a décrété Jean-D. en entrant à son tour, une ceinture de cow-boy trop grande lui tombant sur les fesses.

— Et moi ? Et moi ? a pleurniché Jean-E. en se propulsant à toute vitesse sur son pot. Ze veux zouer aux détectives, moi aussi.

— S'il faut s'occuper des petits, a dit Jean-A., je préfère me mettre la tête dans le four tout de suite.

On a commencé à se disputer salement, alors maman a crié qu'elle allait nous donner les chambres à ranger à fond si on n'était pas capables de passer un après-midi sans se chamailler.

— D'accord, j'ai dit. D'accord. On va jouer au Club des Cinq, mais je vous préviens : c'est moi qui serai le chef.

Au début, tout le monde a été d'accord. Je faisais Mick, Jean-A. était François.

Une famille aux petits oignons

– Qui veut faire le chien Dagobert ? j'ai demandé.
– Moi, moi ! a crié Jean-E.
Il s'est jeté à quatre pattes et a commencé à nous mordiller les pantalons en aboyant comme un forcené.
J'ai continué à distribuer les rôles :
– Jean-C. sera Claude, et toi, Jean-D., tu seras Annie.
C'est là que tout s'est compliqué.
– Je fais pas les filles, a décrété Jean-C.
– Claude n'est pas une fille, a essayé d'expliquer Jean-A. C'est un garçon manqué.
– Moi non plus, a protesté Jean-D. Je joue pas les rôles de filles.
Jean-A. a haussé les épaules avec accablement :
– J'étais sûr que ça tournerait en eau de boudin si on acceptait ces sous-développés.
– J'y peux rien, j'ai dit, s'il y a deux filles dans le Club des Cinq.
Jean-A. et Jean-C. ont commencé à se taper dessus, ça a dégénéré, et maman a dû intervenir.
– Les moyens dans leur chambre, elle a dit. Puisque vous êtes incapables de jouer avec les plus jeunes, Jean-A. et Jean-B., vous allez sortir me faire des courses. Ça vous rafraîchira les idées…
C'est toujours pareil : dès qu'il y a un rôle de princesse ou de mutante extraterrestre, personne ne veut le faire. Impossible de jouer aux chevaliers, aux pionniers intersidéraux ou à Thierry la Fronde délivrant Isabelle comme dans le feuilleton de la télé.
C'est le problème d'être une famille de cinq garçons.
Au moins, quand Hélène sera née, on pourra la déguiser et imaginer qu'elle est la fille d'un roi enlevée par des seigneurs félons. Mais, comme dit papa, le temps qu'elle soit assez grande pour jouer avec nous, on aura tous du poil aux pattes…
Heureusement, il ne pleuvait plus.
On a pris la liste des commissions et c'est en bas de l'immeuble que j'ai eu une idée :
– Si on en profitait pour s'entraîner à faire des filatures ?
On est partis vers l'épicerie en cherchant un suspect à l'air louche. Les trottoirs étaient trempés, les gens se hâtaient de rentrer, un cabas à la main, surveillant le ciel qui menaçait.

L'omelette au sucre

On a d'abord suivi un curé en soutane et sandales jusqu'au cinéma Rex. Là, il s'est arrêté devant les affiches, a eu l'air d'hésiter, puis il a pris un billet et a disparu à l'intérieur.

– Mince, s'est exclamé Jean-A. Un curé qui va voir le dernier James Bond !

– Et si c'était un agent russe déguisé ? j'ai dit.

La séance venait de commencer de toute façon, impossible de l'attendre pour vérifier.

On a cherché quelqu'un d'autre, mais dans la vitrine du magasin d'électroménager, il y avait des télés qui marchaient. Comme c'était l'heure de *Zorro*, Jean-A. a voulu rester.

J'avais beau le tirer par la manche, impossible de le décoller de la vitrine. Le type du magasin est sorti sur le pas de sa porte, il nous a demandé ce qu'on faisait là à regarder gratuitement ses télés, alors Jean-A. s'est un peu énervé :

– Vous avez qu'à pas les allumer si vous voulez que personne les regarde, il a dit.

– Petit malappris ! a fait le type. Je vais t'apprendre la politesse, moi.

– C'est facile de s'en prendre à un enfant qui porte des lunettes, a rétorqué Jean-A. Vous feriez moins le fier si mon père était là.

Le type s'est un peu énervé à son tour, alors il a pris Jean-A. par une oreille et lui a demandé l'adresse de ses parents. Jean-A., sans se démonter, a donné celle de François Archampaut, mon meilleur copain.

– Très bien, a dit le type en le relâchant. Ton père aura de mes nouvelles, fais-moi confiance.

On a détalé en se poilant comme des bossus.

– La tête que va faire le père Archampaut ! a rigolé Jean-A. J'aimerais être là pour voir ça !

On a continué à marcher dans les rues. Le soir tombait. Près du marché couvert, il s'est mis à pleuvoir, alors on s'est abrités sous un porche en attendant que ça passe, et c'est là qu'on a aperçu le suspect…

Un type qui descendait du bus, parapluie à la main. Grand, avec un manteau gris à col relevé, une épaisse écharpe de laine et un chapeau qui lui dissimulaient complètement le visage.

Une famille aux petits oignons

J'ai pincé le bras de Jean-A. :
— Regarde : l'homme sans visage !

Sous l'abri, notre suspect a bataillé avec son parapluie, l'ouvrant et le refermant plusieurs fois avant de s'éloigner sur l'avenue. Un vieux truc d'espion pour avertir un complice que la voie est libre.

Mon sang n'a fait qu'un tour :
— Vite, suivons-le ! j'ai lancé.

On s'est précipités derrière lui.

Le plus difficile, dans une filature, c'est de ne pas se faire repérer.

Le suspect marchait d'un pas décidé, nous obligeant presque à courir. La pluie tombait dru, il fallait sautiller entre les flaques, se glisser d'une porte cochère à une autre avec des ruses de Sioux pour ne pas être vus. Les gouttières nous ruisselaient dans le cou, on était trempés, mais qui a dit qu'être détective est un métier facile ?

Une ou deux fois, l'homme s'est arrêté devant la vitrine d'un magasin, faisant mine d'admirer la devanture pour vérifier que personne ne le suivait.

À un moment, à cause de la nuit, on a cru l'avoir perdu.

Mais non : il était entré chez le droguiste de la Grand-Rue. Planqué sur le trottoir d'en face, je l'ai vu glisser dans son sac une paire de gants pour la vaisselle, un grand couteau et un rouleau de ficelle à gigot.

— De plus en plus bizarre, j'ai murmuré pendant qu'il payait à la caisse.

— On rentre, a dit Jean-A. J'ai froid, j'ai les pieds trempés. Y en a marre des filatures.

— Tu n'as donc rien compris ? j'ai dit, au comble de l'excitation. Il achète de quoi se débarrasser d'un cadavre encombrant ! Il le coupe en morceaux, le saucissonne comme une momie, et ni vu ni connu !

— Tu crois ? a fait Jean-A.

On a eu juste le temps de se dissimuler derrière une voiture en stationnement. L'assassin sans visage sortait de la droguerie et repartait à grands pas vers le centre, son matériel sous le bras.

La poursuite aurait pu durer longtemps.

Brusquement, l'homme a traversé devant les Magasins Réunis et s'est engouffré par la porte à tambour.

Le temps de traverser à notre tour, il avait disparu.

L'omelette au sucre

On s'est mis à sprinter dans le magasin, mais avec la foule du soir, les animations de la Semaine du blanc, impossible de le retrouver.

– Un truc classique, j'ai dit, hors d'haleine. Il y a une sortie par-derrière. Il en aura profité pour nous filer entre les doigts.

– Tu rigoles, a dit Jean-A. On est des as du camouflage : il n'a pas pu nous repérer.

– Je vous y prends, mes gaillards ! a tonné une voix derrière nous.

J'ai poussé un cri. L'assassin sans visage venait de surgir de l'abri d'un portant chargé de pantalons pour hommes.

Avant qu'on ait eu le temps de dire ouf, il nous avait crochetés tous les deux par le col et nous secouait comme des pruniers.

– Ça ne va pas se passer comme ça ! Je vais vous apprendre, moi, à suivre les gens dans la rue !

– Lâchez-moi ! j'ai crié, me débattant comme un beau diable.

– Pas avant que vous ne m'ayez expliqué votre petit manège ! a grondé le type sans lâcher prise.

Dans sa hargne, son écharpe avait glissé, révélant un visage écarlate sous de fines lunettes à montures noires.

Jean-A. a poussé un gargouillis de surprise.

– Monsieur Martel ?

– Jean-A. ? a dit l'homme en écho. Mais qu'est-ce que tu fais là ?

Sa poigne s'est desserrée brusquement pendant que le rouge me montait au visage.

– Monsieur Martel ? j'ai dit à mon tour.

Catastrophe ! Notre assassin sans visage n'était autre que M. Martel, le maître de CM2 de Jean-A. !

Mes doigts de pieds se rétractaient dans mes chaussures tandis que je balbutiais des explications :

– On ne vous avait pas reconnu… À cause de la pluie… Jean-A. et moi, on fait un club de détectives et… C'est-à-dire… On avait pensé…

M. Martel est super sévère. Il porte un cache-nez en classe et soulève les élèves par les oreilles quand ils se trompent dans les divisions à retenue. Un jour, Stéphane Le Bihan a eu six cents lignes à copier parce qu'il s'était fait prendre à lancer des boulettes au tableau. On allait vraiment passer un mauvais quart d'heure !

Une famille aux petits oignons

– Un club de détectives, hein ? a fait M. Martel en retenant un sourire. Et à qui croyiez-vous avoir affaire ?

– C'est-à-dire…, a commencé Jean-A. C'est la faute de Jean-B… À cause des gants et de la ficelle… Il a pensé que vous vouliez découper un…

Sa bouche s'est ouverte et refermée, mais aucun mot n'en est sorti.

– J'ai lu ça une fois dans un livre, j'ai bredouillé. Pour se débarrasser d'un… euh… cadavre compromettant…

– Hon hon, a fait M. Martel en hochant lentement la tête. Pas trop mal raisonné. Félicitations, messieurs ! Une déduction digne des Trois jeunes détectives d'Alfred Hitchcock. Tu n'as pas lu cette série, Jean-B. ?

J'ai fait non de la tête.

– Eh bien, rappelle-moi de t'en prêter un tome l'année prochaine. J'ai toute la série au fond de la classe.

J'ai eu l'impression que ma pomme d'Adam se bloquait dans ma gorge.

– L'année prochaine ? j'ai répété.

– Quand tu seras dans mon CM2, a dit M. Martel avec un clin d'œil malicieux. En attendant, je vous salue, messieurs les détectives. Et si vous découvrez un autre assassin, prévenez-moi, n'est-ce pas ? Je serai ravi de vous aider.

– C'est ta faute, aussi, a explosé Jean-A. tandis que M. Martel disparaissait par l'escalier roulant. Toi et tes jeux débiles !

– Comment ça, mes jeux débiles ? Je te rappelle que c'est toi qui as voulu qu'on fasse un club !

– En tout cas, moi, quand je serai grand, j'ouvrirai un club pour fils uniques… On jouera au billard toute la soirée en buvant du Fanta citron !

– T'auras même pas le droit d'y entrer…

– Excuse-moi, mais de nous tous, je suis le seul à avoir été fils unique pendant deux ans.

– En tout cas, j'ai dit, ça n'est pas toi qui vas te taper M. Martel l'année prochaine. De quoi je vais avoir l'air, moi ?

On s'est disputés tout le long du retour.

L'omelette au sucre

Il faisait nuit noire quand on est arrivés à la maison. Il était plus de sept heures, on était trempés comme des soupes. Maman allait nous passer un bon savon, c'était sûr.

En plus, on avait oublié les commissions.

– C'est ta faute ! a dit Jean-A.

– Non, c'est la tienne !

On a commencé à se taper dessus dans l'ascenseur.

Quand la porte s'est ouverte, papa était sur le palier. Il a mis tout le monde d'accord d'une bonne paire de gifles et on a filé au lit sans dîner.

– Tu dors ? j'ai demandé à Jean-A. quand on a été couchés.

Il n'a pas répondu. Il devait ruminer dans le noir en se gavant de raisins secs qu'il garde en prévision sous son oreiller.

J'ai sorti ma lampe de poche et, sur mon carnet à indices, j'ai écrit :

Règle n° 1 : ne jamais faire de filature avec un assistant qui porte des lunettes comme Jean-A.

Règle n° 2 : ne pas oublier de demander à M. Martel de me prêter les livres d'Alfred Hitchcock.

le camp scout

Quand les vacances de Pâques sont arrivées, le ventre de maman était devenu de plus en plus rond.

Maman n'est pas très grande, contrairement à papa. Les gens s'étonnent toujours quand ils nous voient tous les cinq avec elle :

– Ils sont à vous, tous ces garçons ? ils disent d'un air apitoyé comme si on était des bêtes curieuses.

– Non, elle répond. C'est une colonie de vacances que j'ai adoptée.

Papa, qui est médecin, dit que, dans son état, il faut qu'elle se repose. Quand on est enceinte, on mange pour deux, on se fatigue aussi pour deux. J'ai calculé que ça faisait comme si on était quatorze à la maison, ce qui est vraiment beaucoup, même si maman est très organisée.

Alors papa a décidé que, pour les vacances, il nous enverrait, nous les trois plus grands, au camp scout, à Varangeville.

– Ça vous fera le plus grand bien, il a dit. Le bon air, la campagne, la vie saine et disciplinée de la meute.

Moi, je déteste les louveteaux.

Je veux dire : en vrai. Parce que, dans les histoires des Signe de Piste ou de La Patrouille des Castors, il arrive des aventures sans

L'omelette au sucre

arrêt, les héros savent faire des nœuds hyper compliqués et allumer un feu de camp avec une seule allumette même quand le bois est mouillé.

Dans la réalité, il faut porter des culottes courtes en hiver, un béret sur la tête et un pull marin qui gratte, assister à des messes en plein air et connaître par cœur le livret de chants.

Comme je suis un peu enrobé, les gars de la meute m'appellent Ours Glouton, je ne suis jamais choisi pour les parties de ballon prisonnier mais c'est toujours moi qu'on envoie pour tester la solidité d'un pont de singe ou d'une corde à nœuds.

Jean-A., lui, adore les louveteaux. Comme il est chef de meute, il porte le totem et distribue les corvées. Son surnom, c'est Chacal Aimable, mais on n'a pas intérêt à l'appeler comme ça si on ne veut pas récurer les gamelles de tout le camp.

Quant à Jean-C., c'est la mascotte de la meute parce qu'il est le plus petit. Il passe son temps à pleurnicher pour que la cheftaine le console. Elle l'appelle « mon doudou », lui fait ses nœuds de foulard et l'autorise à garder la lumière dans la tente, la nuit, pour qu'il n'ait pas peur du noir.

Quand on est arrivés à Varangeville, la cheftaine nous a tous fait mettre en rang.

– Je vous présente M. Tournicot, elle a dit. M. Tournicot est agriculteur. Il a la gentillesse de nous prêter son champ pour installer nos tentes. Un ban pour M. Tournicot!

On s'est tous époumonés, sauf moi qui ouvrais et fermais la bouche en silence.

Puis la cheftaine a dit :
– Scouts toujours…
– Prêts! on a hurlé.

Puis on a tous couru avec nos sacs de tente pour avoir le meilleur emplacement.

Il fallait se dépêcher, parce que le ciel était de plus en plus noir.
– Concours de tente! a décidé la cheftaine en déclenchant son chronomètre. Le perdant montera la mienne.

Quand elle est passée pour l'inspection, je me battais encore avec

Une famille aux petits oignons

les piquets. Les sardines ne voulaient pas s'enfoncer, la toile de toit était à l'envers et menaçait de s'envoler.

– D'accord, elle a dit. Puisque tu le fais exprès, tu seras de corvée de patates ce soir.

Après le dîner, on a chanté autour du feu puis on est allés se coucher. La cheftaine a fait le tour des tentes pour nous dire bonsoir, une lanterne à la main. Quand elle est arrivée dans celle que je partage avec Jean-A., elle a dit :

– Vous fumez un cochon, là-dedans, ou c'est vos Pataugas qui sentent ?

– J'adore Bagheera, a dit Jean-A. d'une voix rêveuse en s'enroulant dans son sac de couchage.

Bagheera, c'est la cheftaine. Elle a dix-huit ans, des couettes et un short trop étroit pour ses cuisses, mais Jean-A. pourrait traverser les chutes du Niagara sur une corde si elle le lui demandait.

– Dormez bien, les louveteaux, elle a dit.

J'ai cherché une position pour la nuit, mais le sol était plus dur qu'une planche à clous, mon duvet sentait le moisi, et Jean-A. n'arrêtait pas de me donner des coups de coude dans les côtes en se retournant.

Puis la pluie s'est mise à tomber. Elle tambourinait sur la toile de plus en plus fort, s'infiltrait par les trous des piquets.

J'ai allumé ma lampe torche, mais Jean-A. dormait comme un sonneur, un sourire d'extase sur les lèvres.

– À mon commandement ! il a balbutié en rêve. Droite, gauche, droite, gauche...

Quand la pluie s'est enfin calmée, ça a été le tour des crapauds. Ils se sont tous mis à coasser en chœur. J'ai essayé de penser à une jungle pleine de bêtes fauves et de boas constrictors pour me donner du courage, mais ça n'était bon que dans mon petit lit douillet, à Cherbourg. Impossible de dormir.

J'ai remonté mon duvet jusqu'aux yeux et là, juste à l'instant où j'allais trouver le sommeil, une tête atroce est apparue par l'ouverture de la tente.

J'ai poussé un hurlement.

– Aah !

L'omelette au sucre

– Chut ! ce n'est que moi, Putois Puant... Vous n'avez pas entendu le cri de ralliement ?

Putois Puant, c'est Stéphane Le Bihan. Personne ne veut dormir dans la même tente que lui, même Jean-A. qui est son meilleur copain.

Son visage était déformé par la lampe torche qu'il plaquait sous son menton et j'entendais derrière lui des ricanements et des murmures.

– Rassemblement sous l'arbre creux, il a lancé. Et pas un bruit, hein, ou on va se faire prendre...

J'ai réveillé Jean-A.

– Qu'est-ce qui se passe ? il a fait d'une voix pâteuse en tâtonnant autour de lui pour trouver ses lunettes.

– Je ne sais pas, j'ai dit. Rassemblement.

On a enfilé nos pulls et nos capes de pluie en vitesse, puis on est sortis dans la nuit.

L'herbe était trempée, on n'avait pas fait deux pas hors de la tente qu'on pataugeait pieds nus dans des choses tièdes et gluantes.

– Qu'est-ce que c'est que ça ? a gémi Jean-A. d'une voix blanche.

– Bouses de vache, j'ai dit avant de déraper et de m'étaler de tout mon long.

Il y en avait partout. De grosses bouses encore fraîches qu'avaient laissées les vaches de M. Tournicot en traversant le campement.

Quand on est arrivés sous l'arbre creux, on était crottés jusqu'aux genoux.

– Ugh ! a dit Putois Puant en nous éblouissant avec sa torche. Bienvenue à vous, visages pâles.

Ils étaient quatre ou cinq, serrés autour d'un feu qui ne voulait pas prendre.

– Qu'est-ce que vous faites là ? a demandé Jean-A. en clignant des yeux.

– Qu'est-ce que tu crois ? a dit l'un des jumeaux Brichet. On fume le calumet de la paix.

Accroupis sous leurs capes, ils faisaient circuler des cigarettes dont le bout rougeoyait dans l'obscurité. Dans l'herbe, il y avait des paquets de gâteaux, des boîtes de sardines à l'huile et des trognons de pommes.

Une famille aux petits oignons

– Vous êtes fous, les gars, a protesté Jean-A. Si Bagheera vous voit, elle va vous tuer !

– Bah, a dit l'autre jumeau Brichet, elle ronfle comme un bûcheron. Tu veux une taf ?

Si papa nous a inscrits aux louveteaux, c'est à cause des jumeaux Brichet. Des gars formidables, capables de tailler un cochonnet parfaitement rond avec un Opinel et de fabriquer une cabane avec trois branches pourries.

Papa rêve d'avoir des fils comme eux : de vrais scouts, courageux et volontaires, les champions du monde de la BA qui passent leur jeudi sur le marché à porter le panier des vieilles dames ou à vendre des tickets pour la loterie.

Les jumeaux Brichet sont les fils de son médecin-chef, à l'hôpital. C'est peut-être pour ça que papa les admire autant. Ils ont presque quatorze ans, le crâne rasé et de gros genoux pleins de cicatrices.

– Vous êtes malades ! a dit Jean-A.

– Moi, a dit Stéphane Le Bihan, mon cousin, il a douze ans et il fume sept paquets par jour.

– Et ça, il sait le faire ? a dit l'un des jumeaux Brichet.

Il a avalé son mégot allumé et l'a ressorti sur le bout de sa langue.

– Ça paraît rien, comme ça, il a dit, mais il faut des heures d'entraînement pour y arriver sans se brûler. Vraiment, t'en veux pas une, Jean-A. ?

– Sans façon.

– C'est que t'es pas cap', alors.

– Si, je suis cap'.

– Non, t'es pas cap'.

Ça aurait pu durer longtemps s'il ne s'était pas mis à tomber un vrai déluge.

On s'est séparés en se disputant et, le lendemain, on a tous pris un savon par Bagheera parce que quelqu'un avait pillé les réserves de l'intendance.

– Puisque c'est comme ça, elle a dit, vous resterez consignés au campement pendant que je vais faire des courses au village.

Elle a pris la 2 CV de M. Tournicot. Ça nous faisait une sorte de

L'omelette au sucre

quartier libre, alors on est tous descendus à la mare qui est au bout du champ.

C'était une toute petite mare entourée d'un bosquet de roseaux où les vaches venaient boire dans la journée.

– Regardez, a dit l'un des jumeaux Brichet. Un canard ! Ça vous dirait qu'on le mange à la broche ce midi ?

On a tous trouvé l'idée formidable. On a sorti nos Opinel et on a commencé à se fabriquer des arcs avec des roseaux et de la corde de tente.

En quelques minutes, le boqueteau a été saccagé. On s'est tous mis à tirer comme des malades, les flèches volaient dans tous les sens, on n'avait jamais autant rigolé de toute notre vie.

Quand Bagheera est revenue, la mare était presque entièrement recouverte de flèches. Du petit bois de roseaux, il ne restait plus que quelques moignons. Au milieu du tapis de flèches, il y avait le canard qui nageait tranquillement, l'air indifférent comme s'il nous narguait.

Il n'a même pas bougé quand Bagheera s'est mise à hurler. On était des vandales, la pire équipe de brise-tout qu'elle ait jamais connue ! Pire : des assassins !

– S'attaquer à une pauvre bestiole sans défense ! Qu'est-ce qui vous a pris ?

– Demain, a murmuré l'un des jumeaux Brichet, je fabrique un lasso. Cet idiot de canard n'a qu'à bien se tenir !

Ça a été un camp formidable.

On n'a jamais pu prendre le canard, mais le troisième jour, une autre meute de louveteaux s'est installée dans le champ à côté du nôtre.

Ça a tout de suite mis de l'ambiance. On a fabriqué des lance-pierres et on s'est amusés à se canarder avec des prunes sauvages. Ceux de Varangeville ont fini avec des cailloux, alors l'un des jumeaux Brichet s'est expliqué avec leur chef et tout est rentré dans l'ordre.

Le soir, on a fait un grand rassemblement. On a récité des prières et chanté des chants scouts tous ensemble autour d'un feu de joie. Les grands se refilaient des cigarettes en douce, on a lancé des pétards sur les vaches de M. Tournicot et échangé des fanions, puis

Une famille aux petits oignons

tout le monde s'est séparé, sauf Bagheera et le chef de la meute de Varangeville qui avaient le jeu du lendemain à préparer.

Quand les lumières ont été éteintes dans leur campement, les Brichet sont venus nous chercher.

– Expédition punitive, ils ont dit. Ces péquenots de Varangeville ne l'emporteront pas au paradis.

On s'est glissés sans bruit jusqu'à leur tente en sautillant entre les bouses. Puis on les a attaqués par surprise : les petits défaisaient leurs piquets, on attendait qu'ils sortent, et on les barbouillait avec du dentifrice.

Jean-A., qui adore la discipline, a menacé d'aller chercher la cheftaine, mais personne ne l'écoutait. On se roulait dans les bouses en se traitant de tous les noms, alors M. Tournicot est sorti en pyjama, un fusil de chasse à la main.

Quand il a tiré en l'air, ça a été la débandade. Les vaches meuglaient et galopaient dans tous les sens, Jean-A. s'est accroché dans les fils barbelés en tentant de s'enfuir, et c'est lui qui a tout pris.

– Les enfants, a dit Bagheera au rassemblement du matin, les scouts du monde sont une seule et grande famille. Pour resserrer les liens avec la meute de Varangeville, nous allons faire ensemble une course d'orientation. L'équipe qui arrivera la première gagnera le trésor.

Elle a distribué les boussoles, les cartes, et formé les binômes. Chacun avait un équipier de l'autre meute pour resserrer les liens. Puis on est partis dans la forêt et la course a commencé.

Au début, ça m'a plu.

Il faut faire un circuit en s'aidant des signes de piste que les moniteurs ont laissés. Deux branches entrecroisées, par exemple, signifient qu'on s'est trompés de chemin, les flèches indiquent les bonnes directions, et ainsi de suite.

René, mon binôme de Varangeville, était un petit rouquin nerveux au visage constellé de taches de rousseur.

C'était énervant, parce que c'était toujours lui qui trouvait en premier les marques sur le sol. À sa façon de renifler, on aurait dit un chien de chasse flairant une piste, mais c'était juste qu'il avait la morve au nez et pas de mouchoir.

L'omelette au sucre

– Dépêche, il a dit. C'est bien ma veine de tomber sur un gros !
– Tu es sûr que c'est par là ? j'ai demandé, quand il a voulu qu'on traverse un champ de ronces.
– Laisse faire les pros, il a dit.

Mais à mesure qu'on s'enfonçait dans la forêt, on entendait les cris des autres équipes qui se faisaient de plus en plus lointains.

– Il doit y avoir un os ! a reniflé René quand on s'est retrouvés complètement perdus. Je n'y comprends rien. On a pourtant suivi tous les signes.

– Sûr, j'ai dit. Du travail de pro.
– Je t'apprendrai que je suis le meilleur éclaireur de tout Varangeville, d'abord, a fait René. Si tu te traînais pas comme un mollusque, on aurait déjà gagné.

– Mollusque toi-même, j'ai dit.

Quand on est arrivés au point de rassemblement, on était bons derniers. Les vainqueurs étaient le binôme d'un des jumeaux Brichet. Pour arriver les premiers au trésor, ils s'étaient amusés à changer toutes les directions et se gavaient maintenant avec le paquet de Mashmallows qu'ils avaient gagné.

Comme toutes les équipes s'étaient perdues dans la forêt à cause d'eux, les liens avaient du mal à se resserrer. Pour créer l'ambiance, Bagheera a organisé un concours de tir à la corde qui a fini en bagarre générale.

C'est alors que Jean-A. a dit :
– Et Jean-C. ? Est-ce que quelqu'un l'a vu ?

On a fouillé les taillis alentour, mais pas de Jean-C. Son binôme, un grand crétin de Varangeville, s'est mis à ricaner :
– Qu'est-ce que vous croyiez ? Que j'allais m'encombrer d'un mioche qui a encore des couches aux fesses ?

Jean-C. est la mascotte de notre meute, alors l'un des jumeaux Brichet a filé une torgnole au grand crétin et il a fallu les séparer.

La nuit commençait à tomber. On a fait une battue dans les bois à la recherche de Jean-C., mais il restait introuvable.

– Si on revient sans lui, m'a dit Jean-A., papa va nous faire une tête au carré.

– Tant pis, a dit Bagheera. Il faut prévenir la gendarmerie.

Une famille aux petits oignons

On est revenus au campement pour les appeler sur le téléphone de M. Tournicot, et c'est là qu'on l'a trouvé.

Comme il y avait de la lumière dans la tente de Bagheera, on s'est précipités. Jean-C. dormait à poings fermés dans le duvet de la cheftaine.

Autour de lui, il y avait des paquets de petits-beurre éventrés et des quignons de pain à demi grignotés.

Mais le plus drôle, c'était le canard.

Il était couché contre Jean-C., endormi lui aussi, la tête sous l'aile. Pas étonnant, après un tel festin : il avait dû becqueter pour trois jours de provisions de goûters !

Au bruit qu'on a fait, il a redressé le cou, nous a regardés de son œil rond puis, avec un petit coin-coin de protestation, s'est rendormi aussi sec.

À partir de ce jour, la meute a eu une deuxième mascotte.

On a installé le canard sur une sorte de trône de branchage et tous les soirs, à la veillée, on lui apportait des friandises et on défilait devant lui en bramant des chants scouts.

Il a fallu toute une journée pour nettoyer le champ de M. Tournicot. Il a eu l'air soulagé de nous voir partir, et même si j'étais triste de quitter le canard et nos copains de Varangeville, je n'étais pas mécontent que le camp soit fini.

On a fait un ban d'adieu à M. Tournicot et puis on est montés dans le car.

Bagheera a joué de la guitare pendant tout le voyage. Elle avait l'air triste d'avoir quitté Akela, le chef de la meute de Varangeville. C'est normal parce que, comme elle le dit toujours, les scouts du monde sont une grande famille et qu'elle avait dû resserrer les liens avec lui.

Ce qui l'a déridée, c'est quand on a entendu quelque chose bouger dans son étui à guitare.

Un drôle de bruit, comme s'il y avait eu à l'intérieur une poignée de pois sauteurs.

C'était le canard de Jean-C.

L'un des jumeaux Brichet l'avait fourré dedans pendant qu'on disait au revoir à M. Tournicot.

L'omelette au sucre

Depuis, notre mascotte vit dans le local de la meute, sur le port.

À chaque rassemblement, on lui noue un petit foulard de louveteau autour du cou. Il dort sur un vieux béret, dans une cage qu'on lui a fabriquée.

Papa et maman ne sont pas au courant, bien sûr. C'est notre ami secret. Il a sa gamelle à lui, son quart en fer-blanc, et si les gars de Varangeville nous attaquaient pour le reprendre, on se battrait pour lui jusqu'à la mort.

Parole de scouts !

la ménagerie

Mon rêve serait d'avoir un chien.

Un labrador, comme Dagobert dans le Club des Cinq. Il serait juste à moi et il montrerait les dents quand Jean-A. lui donnerait des ordres.

En prévision de ce jour-là, j'ai acheté un livre qui s'appelle *Comment s'occuper de votre fidèle compagnon*. On voit toutes les races de chiens, ce qu'il faut leur donner à manger, les colliers antipuces, les vaccins, et comment leur faire leur toilette.

Je connais le livre par cœur. Dans mon tiroir secret, j'ai même un os en caoutchouc que j'ai acheté pour quand j'aurai un chien. J'ai préparé aussi des listes de noms : Dagobert, Rex, Prince, Rintintin… Tout dépendra à quoi il ressemblera.

J'adore y penser, m'imaginer toutes sortes de jeux qu'on ferait tous les deux. Mais en même temps ça me rend triste parce que papa et maman ne veulent pas qu'on ait un chien.

Ils disent qu'on est bien assez nombreux sans s'encombrer en plus d'un animal. Cinq enfants, bientôt six, en plus de la tortue et du cochon d'Inde, ça va comme ça : pas question de transformer la maison en ménagerie.

L'omelette au sucre

— C'est important pour notre développement, j'essaie d'expliquer. S'occuper d'un animal à notre âge donne le sens des responsabilités et permet des transferts propices à notre épanouissement affectif.

C'est ce qu'on dit dans mon livre : le chien sera toujours le meilleur ami des enfants.

— Je connais la musique, répond papa. Au début, tout le monde voudra s'en occuper, et après ce sera à moi de le descendre faire sa promenade. J'ai assez de cinq enfants comme ça.

— Mais non, papa, je te jure : c'est moi qui m'en occuperai !

— D'abord, dit maman, c'est un crime d'avoir un chien en appartement. Le pauvre s'ennuierait toute la journée.

Ça c'est un argument qui me tue. Pourquoi on n'habite pas dans une maison avec un jardin, comme François Archampaut ?

Le chien de François Archampaut s'appelle Sémiramis de la Trouillère. C'est un drôle de nom pour un chien, mais François Archampaut dit que c'est parce que son chien a un pedigree qui remonte aux rois carolingiens.

C'est un chihuahua microscopique avec des rubans sur la tête et un collier incrusté de diamants. Le chauffeur le promène tous les jours dans la DS 19, assis sur un petit coussin de soie sur le siège du passager.

François Archampaut dit que Sémiramis de la Trouillère ne peut manger que dans des gamelles en or massif parce que, sinon, ça lui donne des allergies terribles.

Jean-A., qui est jaloux, dit que le chien de François Archampaut fait des crottes plus grosses que lui.

— Je t'apprendrai, dit François, que Sémiramis a fait l'école des chiens policiers de Scotland Yard. Il est petit, d'accord, mais il peut maîtriser n'importe quel voleur armé jusqu'aux dents. Il a même failli jouer dans un feuilleton télévisé, mais on n'a trouvé aucun chien assez fort pour le doubler dans les cascades.

Ça en a bouché un coin à Jean-A. parce qu'on n'a pas la télé et qu'il n'a pas pu vérifier.

Un jour, on a trouvé un chien dans l'entrée de l'immeuble.

C'était un minuscule corniaud avec une tache noire sur l'œil. Un

Une famille aux petits oignons

chiot à la démarche pataude et maladroite, qui fouillait dans le local des poubelles.

C'est Jean-C. qui a eu l'idée : puisque papa et maman ne voulaient pas qu'on ait un chien, on le garderait en cachette, juste pour nous.

– D'accord, a dit Jean-A., mais il sera à moi.

– Pas question, a dit Jean-C. Je l'ai vu le premier.

– J'ai un livre sur les chiens, j'ai dit. Il n'y a que moi qui peux m'en occuper.

On s'est disputés un moment, puis on a décidé qu'il serait à nous trois. On l'a glissé dans mon cartable et on l'a monté en cachette jusqu'à l'appartement.

Par chance, maman était partie faire des courses avec Jean-D. et Jean-E. On lui a fait une niche dans le dernier tiroir du bureau, un panier avec une vieille corbeille de fruits confits. Comme il ne voulait jamais rester tranquille, on a passé la fin de l'après-midi à quatre pattes, à le rattraper sous les lits et à jouer avec lui.

En moins de temps qu'il ne faut pour le dire, il avait déchiqueté : un chausson de Jean-C. ; l'*Album Spirou* 1967, 674 pages, que j'avais reçu à Noël ; un paquet de Zan tout neuf ; une balle super rebondissante en caoutchouc et le rideau de la douche.

C'était génial !

L'un après l'autre, on faisait le guet à la porte, et quand maman est arrivée avec les plus petits, on était tous les trois plongés avec application dans nos devoirs de classe.

– Bonne journée, mes chéris ? elle a demandé en nous embrassant.

– Hon, hon…, on a fait sans même lever la tête de nos cahiers.

– Quel sérieux dans cette maison ! elle a dit, un peu inquiète quand même. Vous êtes sûrs que tout va bien ?

On n'a pas répondu, trop concentrés sur nos devoirs. Jean-A. avait sa flûte à portée de main au cas où notre chiot se serait mis à couiner. Quand on a rouvert le tiroir, il dormait bien sagement en boule dans sa corbeille.

– On l'appellera Grognard, a dit Jean-A. Comme les soldats préférés de Napoléon.

– Non, j'ai dit. On l'appellera Dagobert.

– Non, a dit Jean-C. Milou, comme le chien de Tintin.

L'omelette au sucre

Au dîner, on s'est mis des restes de viande dans les poches, mais quand on a voulu les donner au chien, sa corbeille était vide.

– Catastrophe ! a dit Jean-A. Il s'est échappé du tiroir.

On a fouillé partout, sous les lits, dans le placard à chaussures, la penderie. Autant chercher une aiguille dans une meule de foin : d'abord la chambre n'est jamais bien rangée, et il était si petit qu'il aurait pu se cacher n'importe où.

– Qu'est-ce qu'on va faire ? a gémi Jean-C.

– Il n'a pas pu quitter la chambre, a dit Jean-A. Préparons un appât, la faim le fera bien sortir de sa cachette.

C'était un bon plan. J'avais déjà lu ça dans une histoire de l'*Album des jeunes* qui se passait aux Indes : des chasseurs attachent une chèvre vivante à un piquet pour piéger un tigre mangeur d'hommes.

On a mis les rogatons dans une assiette, bien en vue, et on s'est mis au lit comme si de rien n'était, le drap sur la tête et surveillant l'appât.

– Tu crois que ça va marcher ? j'ai murmuré.

– Silence, a fait Jean-A. Tais-toi et guette.

On est restés comme ça pendant une heure, les yeux écarquillés dans l'obscurité et retenant notre respiration.

– Alors ? a demandé Jean-C. en venant aux nouvelles.

– Toujours rien.

– Et si on mettait des rondelles de saucisson dans l'assiette ? j'ai proposé. Peut-être qu'il préfère ça à la viande.

– Trop risqué, a dit Jean-A. Si on se fait piquer dans la cuisine, on est cuits. Il faut attendre. Il va bien se décider à sortir.

Une heure plus tard, toujours pas de chiot.

Papa et maman avaient dû aller se coucher, parce qu'on n'entendait plus un bruit dans l'appartement. Les yeux me brûlaient et je commençais à être inquiet.

– Il s'est peut-être glissé dans une de tes chaussures et il s'est asphyxié, a gloussé Jean-A.

– Très drôle, j'ai dit, mais je n'avais pas le cœur à rire.

Soudain, la lumière du plafonnier a jailli.

– Est-ce que vous auriez l'extrême amabilité de m'expliquer ce que fait cette… cette… chose dans mon lit ? a tonné une voix.

Une famille aux petits oignons

On a risqué un œil hors des draps, feignant d'être éblouis comme si on dormait depuis longtemps.

– Qui ça, nous ? a articulé Jean-A. d'une voix pâteuse.

Papa se tenait sur le seuil, en pyjama, une brosse à dents dans la main droite.

Dans l'autre, suspendu par la peau du cou, il y avait Dagobert, enfin Grognard ou Milou, qui mâchonnait tranquillement une chaussette.

– Pas la peine de jouer les innocents, a dit papa d'une voix glacée. Conseil de guerre. Je vous attends tous les deux au salon.

Ça a vraiment bardé.

On a eu beau pleurer, supplier, papa ramenait dès le lendemain notre chiot à la SPA.

– J'en suis aussi triste que vous, il a dit en revenant. Il avait une bouille bien sympathique, ce corniaud.

– Ils vont le tuer, j'ai sangloté. Ils mettent les chiens dans des sacs et ils les noient !

– Mais non, a dit papa. Il restera au chenil jusqu'à ce qu'il trouve un maître. Il sera plus heureux dans une maison où il pourra courir tout son soûl. Ici, en appartement, il serait vite devenu neurasthénique. Est-ce que vous comprenez ?

On a fait oui de la tête, mais j'étais désespéré.

Je n'ai rien pu manger de toute la journée. En classe, je me mettais à pleurer pour un rien. Chaque fois que je passais devant le local à poubelles, je m'attendais à voir surgir en jappant notre petit chiot si pataud, et les larmes me montaient aux yeux.

– Je t'assure qu'il est heureux là-bas, disait maman pour me consoler. Lui aussi a besoin d'amis. Le refuge, c'est comme une grande colonie de vacances pour lui.

Mais je sentais bien à sa voix qu'elle n'en pensait pas un mot.

Un soir, papa est rentré du travail avec un petit paquet qu'il tenait derrière son dos.

– Tenez, il a dit en toussotant. C'est pour vous.

C'était une sorte de boîte à chaussures, avec un couvercle plein de trous retenu par une ficelle.

L'omelette au sucre

À l'intérieur, il y avait une adorable souris blanche.

Elle ne devait pas mesurer plus de dix centimètres, avec un museau pointu et une petite queue toute rose. Je l'ai prise dans la main et, aussitôt, elle est allée se blottir dans ma manche, comme si elle venait de m'adopter.

– Pour nous ? j'ai répété sans y croire. Et on peut la garder ?

– Bien sûr, a dit papa. Elle est très propre et elle a tous ses vaccins. Mais attention : ne comptez pas sur moi pour nettoyer sa litière, hein !

On s'est tous jetés dans ses bras.

– Tu me promets que tu ne seras plus triste ? il a dit quand ça a été mon tour.

En quelques minutes, ça a été une joyeuse pagaille : tout le monde voulait toucher la souris et lui trouver un nom.

– Que pensez-vous de Jean-Souris ? a proposé papa. Le marchand a été formel : c'est un mâle. Ça évitera les… euh… problèmes.

Papa est très fort comme médecin.

Quand, une semaine plus tard, Jean-Souris a eu le ventre qui a commencé à s'arrondir bizarrement, il a dit :

– C'est normal : vous lui donnez trop à manger.

Là où il a été bien étonné, c'est quand il a trouvé un matin sur la litière cinq souriceaux presque transparents.

– Je n'y comprends vraiment rien, a dit papa. Le vendeur m'avait pourtant assuré…

Pour loger tout ce petit monde, on a remonté de la cave une vieille cage à oiseaux. Les barreaux étaient trop écartés, alors on l'a mise dans la baignoire pour éviter que les souriceaux ne s'échappent dans tout l'appartement.

Le problème, c'était à l'heure du bain : il fallait les rattraper un par un avant de pouvoir entrer dans la baignoire. Le temps d'en cueillir un, l'autre avait déjà filé, glissant sur l'émail comme une bille.

Moi, ça ne me gênait pas parce que je déteste me laver.

C'est papa qui faisait une drôle de tête. La salle de bains sentait le pipi de souris, le porte-savon était couvert de crottes minuscules comme des morceaux de Zan. Un jour, il a même retrouvé un souriceau dans la poche de son peignoir.

– Pas question de les garder, a dit maman. C'est contraire à toutes

Une famille aux petits oignons

les lois de l'hygiène, surtout avec un bébé à naître. Bientôt ils vont se reproduire entre eux. Je ne laisserai pas votre père transformer cette maison en ménagerie !

Papa, tout penaud, a dû discuter ferme avec le vendeur pour qu'il accepte de reprendre les souriceaux.

Ça ne m'a pas fait la même chose que quand il a rapporté mon Dagobert à la SPA. Une souris, ça n'est pas comme un chien. Au début, on s'amuse avec elle, mais une souris ne peut pas suivre à la trace de dangereux criminels ou retrouver des aventuriers enfouis sous une avalanche.

François Archampaut dit qu'il a dressé sa souris blanche à se faufiler dans des bases secrètes pour y poser des explosifs, mais la seule qu'il a eue, Sémiramis de la Trouillère l'a mangée toute crue au petit déjeuner.

François dit que son chien l'avait prise pour un agent double, mais je ne le crois pas.

Un dimanche, on jouait au foot sur la plage quand un corniaud s'est jeté comme un fou sur le ballon.

Je l'ai reconnu à la tache autour de l'œil qui lui donnait l'air d'un pirate.

Il avait grandi, portait un collier neuf mais c'était…
– Grognard ! a crié Jean-A.
– Milou ! a crié Jean-C.
– Dagobert ! j'ai murmuré.
C'était bien lui. Mon Dagobert, sauvé du refuge de la SPA !

Il avait planté ses crocs dans le ballon et le secouait dans tous les sens, gambadant joyeusement autour de nous et nous arrosant d'une pluie de sable.

Puis son maître l'a sifflé et il est reparti à fond de train, sautant autour de lui et lui faisant fête comme s'ils avaient toujours été de vieux amis.

Il ne m'a pas reconnu, bien sûr. Un après-midi, qu'est-ce que c'est dans la vie d'un chien ?

Mais moi, je savais que je me souviendrais toute ma vie des quelques heures où j'avais eu un chiot à moi.

la grève

Ça a été un drôle de mois de mai.

– Il faut une chambre pour le bébé, avait dit papa. Pas question de déménager. On l'installera dans la buanderie.

Chaque soir, en rentrant du travail, il enfilait un vieux pantalon et une chemise pleine de peinture, sortait sa boîte à outils et s'enfermait pour bricoler.

Papa est très fort en bricolage.

Il ne supporte pas que maman lui donne des conseils ni qu'on vienne se mettre dans ses pattes sous prétexte de l'aider.

Derrière la porte fermée de la buanderie, on entendait des clang!, des bong!, des zing! suivis d'énormes jurons.

– Est-ce que tu as besoin d'aide, chéri? risquait maman d'une toute petite voix.

– Surtout pas! rugissait papa. Ce crétin de menuisier m'a encore vendu une étagère qui ne veut pas tenir!

Quelquefois, sa tête échevelée surgissait par l'entrebâillement de la porte :

Une famille aux petits oignons

— Quel est le sacripant qui a collé un chewing-gum sur ma scie égoïne ? hurlait-il.

— Restez à distance, les enfants, disait maman. Papa a besoin de concentration pour bricoler.

Quand on a découvert la nouvelle chambre du bébé, on n'en revenait pas.

La buanderie ressemblait maintenant à une boîte à bonbons. Sur les murs, il y avait une jolie tapisserie rose avec une frise presque droite et des petits tableaux plantés dans tous les sens. Papa, très fier, faisait la visite :

— Voilà, il a dit. Qu'est-ce que vous en pensez ?

— Renversant, chéri, a dit maman. Mais tout ce rose ? Est-ce que ça n'est pas un peu prématuré ?

— Ce sera une fille, a dit papa, catégorique. À la façon dont le bébé est placé, je n'ai aucun doute.

Papa est très fort comme médecin.

— Alors, il a dit, est-ce que ça n'est pas une jolie chambre ?

— Géniale ! on a dit.

— Et j'ai monté moi-même la commode, a dit papa avec modestie.

— Tu me rassures, a dit maman. J'ai cru un instant qu'elle était tombée d'un camion de déménagement… C'est normal qu'on ne puisse pas ouvrir le tiroir ?

— C'est suédois, a dit papa. Des meubles increvables.

— Ah bon, a dit maman. Si c'est suédois…

Pour les finitions, papa a emprunté la perceuse professionnelle de M. Le Bihan.

— Vous ne voulez vraiment pas que je vous donne un coup de main ? a demandé M. Le Bihan qui est toujours prêt à rendre service.

— C'est juste pour poser une applique, a dit papa. Je vous la rapporte dans deux minutes.

Il est monté sur un escabeau, a commencé à percer le mur, mais la mèche s'est bloquée. La perceuse s'est mise à tourner toute seule sans qu'il puisse l'arrêter.

Elle attaquait déjà la tapisserie des voisins quand le courant s'est coupé brusquement.

L'omelette au sucre

– C'est la grève, a dit M. Le Bihan que maman avait appelé à la rescousse. Plus d'électricité, plus d'eau, plus rien.
– La grève ? a répété papa en secouant le plâtre qu'il avait dans les cheveux.
– La grève, a dit M. Le Bihan. Vous ne regardez pas la télé ?

Ça a vraiment été un drôle de mois de mai que celui de 1968.
Maman était à quinze jours d'accoucher. Son sac pour la maternité était prêt, le trou largement rebouché dans la chambre du bébé.
Un matin qu'elle était allée à la poste retirer un colis de layette tricotée par Mme Vuillermoz, elle nous a tous trouvés à la maison.
– Et l'école ? elle a fait en n'en croyant pas ses yeux.
– C'est la grève, a dit Jean-A.
– La grève ? elle a répété.
– L'école est fermée, a dit Jean-A. Les cours sont suspendus jusqu'à nouvel ordre.
– Il ne manquait plus que ça, a dit maman.
Nous, on était ravis.
La grève tombait pile : juste pour la période des compositions ! Plus de cours, plus de devoirs, des sortes de grandes vacances avant l'heure.
On passait les journées à faire du patin à roulettes et du vélo sur le parking de l'immeuble. À cinq heures, il fallait remonter les onze étages à pied à cause des coupures d'électricité.
C'était un peu énervant de devoir remonter si tôt, surtout par l'escalier avec les vélos à porter, mais maman était formelle :
– Pas question de vous laisser traîner dehors avec les événements !
En face de l'immeuble, il y avait la Maison des Syndicats. Alors, chaque soir, à cinq heures, on se mettait à la fenêtre pour regarder la manifestation.
Les gens avaient l'air de bien s'amuser eux aussi. Ils portaient des banderoles, se tenaient bras dessus bras dessous en criant : « Ce – n'est – qu'un début, continuons le – combat ! Ce – n'est – qu'un début, continuons le – combat ! »
On n'était pas les seuls à regarder le meeting. Autour de la place, il y avait aussi des policiers, avec des casques et des boucliers transparents

Une famille aux petits oignons

d'astronautes. Les manifestants criaient : « CRS, avec nous ! CRS, avec nous ! », mais eux, ça n'avait pas l'air de les amuser du tout.

– Vous avez vu ce qui se passe à Paris ? disait chaque jour M. Le Bihan à papa. Les étudiants ont pris la Sorbonne. Il n'y a plus d'essence. Que fait le Général ?

– Vous savez, moi, la politique…, faisait papa en tirant sur sa pipe avec indifférence.

– Vous ferez comme vous voudrez, disait M. Le Bihan, mais moi, je stocke du sucre à la cave. On ne sait jamais !

Avec la naissance prochaine du bébé, le bricolage de papa et les événements, maman était un peu à cran.

Le jour où on s'est mis à cracher du onzième étage sur les passants au lieu de ranger nos chambres, ça a vraiment bardé.

M. Le Bihan, tout raide, se tenait dans l'entrée, regardant son chapeau d'un air dégoûté comme s'il avait été touché par un bombardement de guano.

– Ça ne va pas se passer comme ça, a dit maman. Dans vos chambres, immédiatement. Plus de patin à roulettes ni de dessert jusqu'à nouvel ordre.

C'est Jean-A. qui a tout organisé.

Moi, je trouvais son plan un peu risqué, mais comme il veut toujours être le chef, pas moyen de discuter.

– Au travail, il a dit. Le premier qui moufte aura affaire à moi.

Quand papa est rentré le soir, on était fin prêts.

– Vas-y en premier, j'ai dit, puisque tu es si fort.

– On y va tous ensemble ou rien, il a dit. C'est une affaire de stratégie.

– Non, moi d'abord, moi d'abord ! a pleurniché Jean-E.

– On va se faire tuer, a dit Jean-C.

– Ça sera ta faute, a dit Jean-D.

– J'en étais sûr, a dit Jean-A. Vous vous dégonflez tous, bande de nuls !

On a commencé à se taper dessus, puis papa a appelé pour qu'on mette le couvert.

C'est ça qui nous a décidés.

L'omelette au sucre

— Ils ont vraiment rien compris ! Tant pis pour eux, a dit Jean-A. Les petits devant, les grands derrière.

— Pourquoi nous ? a demandé Jean-D.

— T'occupe, a dit Jean-A. C'est de la politique.

On n'était pas très fiers en entrant au salon, sauf Jean-E. qui ne sait pas lire et qui brandissait sa pancarte.

Papa et maman ont ouvert des yeux ronds.

— Qu'est-ce qui se passe ? ils ont dit.

— C'est une manifestation zénérale, a zozoté Jean-E. C'est Zean-A. qui l'a dit.

— Une manifestation générale ? a répété papa, interloqué. À quel sujet ?

Jean-A. a montré la pancarte. On l'avait fabriquée avec un vieux carton et des feutres, mais c'est Jean-A. qui avait trouvé le slogan. Jean-C. l'avait écrit en lettres énormes :

Y EN A MARRE !

— Tu es sûr que ça prend deux *r* ? il avait demandé.

— Tais-toi et écris, avait dit Jean-A. Je suis super fort en orthographe d'usage.

— Y en a marre ? a répété papa.

Une famille aux petits oignons

– Oui, a dit Jean-A. C'est la grève. On a tous voté.

J'ai cru que papa allait casser le tuyau de sa pipe. Il s'est mis à tousser tellement fort que maman a dû lui donner des claques dans le dos.

– D'accord, il a dit en reprenant son souffle. C'est la grève. Je suppose que vous avez une plate-forme de revendications à présenter ?

– Moi, j'étais pas d'accord, a dit Jean-D. C'est Jean-A. qui nous a obligés.

– Faisons les choses dans les formes, a dit papa. Qui est votre délégué ?

– C'est moi, a dit Jean-A. en tirant une liste de sa poche, mais pour la première fois il n'avait pas l'air ravi d'être le chef.

Papa a croisé ses mains sur ses genoux.

– Nous t'écoutons, il a dit.

– Je… euh, a bégayé Jean-A., je parle au nom de mes camarades de lutte.

– C'est nous, a dit fièrement Jean-E. au cas où papa n'aurait pas compris.

Jean-A. a commencé à lire sa liste :

– Premièrement, on en a marre de ne pas avoir la télé. Même Stéphane Le Bihan en a une et il est nul en classe…

– Ça sert à quoi d'avoir la télé ? l'a interrompu Jean-C., toujours pratique. De toute façon, y a pas d'électricité puisque c'est la grève.

– Deuxièmement, on veut plus d'argent de poche, a continué Jean-A. On a décidé qu'on discuterait pas d'une augmentation de moins de dix pour cent… Troisièmement, y en a marre que ce soit toujours nous, les grands, qui soyons de tour de vaisselle…

– On avait dit qu'on ne l'écrirait pas, celle-là ! a protesté Jean-C.

– Forcément, j'ai dit. Tu es un moyen et tu ne fais jamais la vaisselle.

– Pas d'autres doléances ? a demandé papa.

– Euh, non, a fait Jean-A. en relisant rapidement sa liste.

– Si, a dit Jean-D. Nous, on veut aussi des bonbons. Et un nouveau paquet de graines pour le cochon d'Inde.

– C'est pas dans la plate-forme, a dit Jean-A.

– On veut aussi un chien, j'ai essayé.

– Et dormir dans le lit superposé du haut, a dit Jean-D.

L'omelette au sucre

– Et des z'histoires avant de se coucer! a zozoté Jean-E.
– D'abord, a dit Jean-A., on continuera le combat jusqu'à la mort.
– Très bien, a dit papa en ôtant ses lunettes. Plus de revendications?

On s'est tous regardés, mais on n'avait plus d'idées.

– Très bien, a répété papa avec un petit hochement de tête. Je respecte votre mouvement.
– Tu es d'accord pour la télé? a fait Jean-A. d'une voix incrédule.
– On en reparlera demain, a dit papa. Maintenant, écoutez-moi bien : celui qui ne sera pas couché dans une demi-minute aura droit à la plus mémorable fessée de toute son existence syndicale! Suis-je tout à fait clair?
– Chéri…, l'a interrompu maman d'une toute petite voix. Chéri…
– Quoi? s'est emporté papa. Tu soutiens toi aussi ces dangereux agitateurs?
– Chéri, a dit maman, soudain très pâle en se tenant le ventre, je crois que les contractions ont commencé.
– Les contractions? a répété papa. Les contractions?
– Tout va bien, a dit maman. Je crois seulement qu'il serait temps que tu me conduises à la maternité.
– On va avoir une petite sœur! On va avoir une petite sœur! s'est mis à crier Jean-E.
– C'est pas dans la liste! a protesté Jean-A.
– Tu comprends vraiment rien! j'ai dit. Le bébé va naître!
– Du calme, a dit maman en se levant avec difficulté. Ce n'est peut-être qu'une fausse alerte…
– Mais la télé? La grève? a bredouillé Jean-A.
– Jean-A., mon garçon, a dit papa en se battant avec les manches de son imperméable, je te charge de veiller sur tes camarades de lutte pendant que je conduis ta mère à l'hôpital. Je peux te faire confiance, n'est-ce pas?
– Oui, papa, a fait Jean-A. d'un air vaincu.

On les a accompagnés jusqu'à la porte.

Papa portait le sac pour la maternité. Il semblait un peu nerveux et cherchait ses clefs partout. Maman, elle, avait un drôle de sourire

Une famille aux petits oignons

sur le visage. Elle avait attendu si longtemps ce moment ! Elle nous a embrassés un à un en nous recommandant d'être sages. Puis on les a vus depuis la fenêtre qui montaient en voiture.

Oubliées la grève, la manif, les revendications…

Maman partait à l'hôpital et quand elle reviendrait, plus rien ne serait comme avant : on serait six, pour toute la vie.

– Les gars, a dit Jean-A. en tirant le rideau, on n'est pas près d'avoir la télé, c'est moi qui vous le dis !

L'omelette au sucre

– Pas question d'avoir ta mère à la maison, avait dit papa. Je me débrouillerai très bien sans elle. Pas vrai, les garçons ?

D'habitude, mamie Jeannette débarque à la maison quand maman va accoucher.

Mamie Jeannette est très gentille, mais elle veut toujours commander. Elle surveille la salle de bains pour vérifier qu'on ne fait pas semblant de prendre une douche en laissant couler l'eau, nous fait porter une cravate pour sortir et nous laver les dents vingt fois par jour.

Papa, au début, est drôle et détendu. Il l'appelle belle-maman, la vouvoie et lui ramène un bouquet quand il revient du travail.

Ça, c'est les premiers jours.

Après ça se gâte assez vite. Papa doit mettre des pantoufles pour ne pas salir le lino et fumer sa pipe sur le balcon parce que mamie toussote discrètement derrière sa main dès qu'il fait mine de la prendre. Quand elle s'en va, papa a maigri de trois kilos, il a des cernes jusqu'au milieu des joues et la gifle si facile qu'on n'a pas intérêt à remuer le petit doigt.

Une famille aux petits oignons

— Tu es injuste, dit maman. Ma mère ne sait pas quoi trouver pour te faire plaisir.

— Rien de plus simple, dit papa. Qu'elle reste chez elle, voilà ce qui me ferait le plus plaisir.

Nous, on était contents de rester seuls avec papa. Juste nous six, entre hommes. Papa a été moniteur de colonie de vacances quand il était jeune, alors on peut chahuter avec lui, se bagarrer et dire des gros mots sans maman pour nous rabrouer. Des trucs de garçons, quoi, que les femmes ne peuvent pas comprendre.

Quand papa est rentré de la maternité, cette nuit-là, on l'attendait, Jean-A. et moi.

— Fausse alerte, il a dit en ôtant son imperméable. Mais le médecin a préféré la garder. C'est pour bientôt.

Il s'est jeté dans un fauteuil, l'air épuisé.

— Puisque les petits sont couchés, si on buvait quelque chose de fort, entre grands ? il a dit.

Il restait de la liqueur de framboise que fabrique papy Jean, alors on en a pris dans des verres minuscules pendant qu'il se servait un grand whisky et allumait sa pipe.

— À la vôtre, il a dit. Et au bébé à naître.

C'était la première fois que je buvais de l'alcool. C'était fort et sucré en même temps, un peu écœurant, mais pour rien au monde je ne l'aurais montré.

Le tabac de papa sentait le caramel, on était entre grands, on a parlé du championnat de football, des Vingt-Quatre Heures du Mans et des films de cow-boys qu'on irait voir au cinéma Rex.

— Au lit, maintenant, il a dit quand la pendule a sonné minuit. Si votre mère apprenait que je vous ai fait veiller si tard, ça barderait pour mon matricule.

Le lendemain était un dimanche.

Maman, qui est très organisée, avait préparé pour papa une liste des choses à faire.

— Bon, il a dit en chaussant ses lunettes. Procédons par ordre. Tout ça ne m'a pas l'air bien compliqué.

L'omelette au sucre

Jean-A. s'est chargé du petit déjeuner. Au début, papa chantonnait, mais quand il a fallu changer les couches de Jean-E., retrouver la chaussure de Jean-D. et éteindre en même temps les flammes qui montaient du grille-pain, il avait les mâchoires serrées et ne chantait plus du tout.

– Revue des troupes, il a dit quand on a été prêts.

On s'est tous mis en rang pour qu'il fasse l'inspection. Jean-A. ne s'était pas lavé les dents, Jean-C. portait sous son blazer sa veste de pyjama et Jean-D. avait à chaque pied une chaussette de couleur différente.

À ce moment, le téléphone a sonné.

– Est-ce que tu t'en sors ? a demandé maman depuis la maternité.

– À merveille, il a dit en giflant Jean-E. qui étalait sur la tapisserie les restes de son yaourt. Ne t'inquiète pas. Il suffit d'un peu d'organisation.

De toute façon, on était en retard pour la messe. On est partis au trot, et c'est en arrivant à l'église qu'il s'est aperçu que j'avais gardé mes chaussons. Jean-D. avait les poches bourrées de petites voitures et Jean-C. les joues gonflées de boules de gomme.

– On s'expliquera à la maison, il a grondé en nous poussant entre les bancs. Vous ne perdez rien pour attendre.

Le sermon de M. le curé a dû lui changer les idées parce que, à la fin de la messe, il a dit :

– Et si on achetait des gâteaux pour faire la fête ?

On a dû faire la queue devant la pâtisserie Boudineau. Papa dit que c'est un drôle de nom pour une pâtisserie, mais qu'elle fait les meilleurs babas au rhum de la ville. Alors, forcément, il y a toujours un monde fou à la sortie de la messe, il faut jouer des coudes pour ne pas perdre son tour et, quand on est arrivés devant la vendeuse, il n'y avait plus de babas.

– Ils sont à vous, tous ces garçons ? a demandé la vendeuse tandis qu'on se bousculait à qui mieux mieux pour coller le nez sur la vitre du présentoir.

– Ce n'est qu'un échantillon, a répondu sèchement papa. Le gros de l'élevage est resté à la maison…

La vendeuse a ouvert des yeux horrifiés.

Une famille aux petits oignons

– Remarquez, a continué papa, d'habitude je les nourris au fourrage et aux grains… Est-ce que vous avez choisi, les enfants ?
– Un paris-brest, a demandé Jean-A. Non, pardon : un baba.
– Il n'y en a plus, a dit la vendeuse.
– Une tartelette aux fraises, a fait Jean-C.
– Non, c'est moi ! a pleurniché Jean-E.
– Arrête de copier, a dit Jean-C. Tu prends toujours comme moi.
– Ze l'ai vue en premier ! a crié Jean-E.

Papa les a mis d'accord d'une calotte, alors Jean-E. s'est mis à pleurer. Les gens nous regardaient, la vendeuse commençait à perdre patience, derrière nous quelqu'un a murmuré : « Bourreau d'enfants », alors papa a commencé à perdre patience lui aussi.

– Décidez-vous, il a dit entre ses dents, ou ça va vraiment barder.
– Tant pis, a dit Jean-C. en ravalant ses larmes, je prendrai un baba.
– Il n'y a plus de baba ! a fait la vendeuse.
– Bon, a dit Jean-C. Une tarte au citron meringuée, alors.
– Je suis désolée, a dit la vendeuse en montrant Jean-D., j'ai servi la dernière à ce jeune homme.
– Ça ne fait rien, a dit Jean-C., philosophe. Mettez-moi un baba, alors.

Le sourire de papa s'est crispé et la beigne est partie toute seule.
– Bourreau d'enfants ! a lancé quelqu'un dans la queue.

Les gens commençaient à pousser, un brouhaha d'exaspération envahissait la pâtisserie.

– Et toi, mon garçon ? a fait la vendeuse en me dévisageant comme si j'avais été un monstre mutant. Qu'est-ce qui te ferait plaisir ?
– Euh…, j'ai dit en louchant sur le présentoir. Une forêt-noire… Non : une tarte aux pommes… Attendez…

C'est toujours comme ça quand je dois choisir quelque chose de bon : tout me tente, je saute d'un gâteau à l'autre sans pouvoir me décider. N'en prendre qu'un devient un vrai supplice, j'en bredouille de frustration comme si on m'arrachait tous les autres.

– Est-ce que ce gosse n'a pas bientôt fini ? a lancé une grosse dame.
Papa s'est retourné, écarlate :
– Je vous prie de parler à mon fils sur un autre ton !

L'omelette au sucre

Le mari de la grosse dame s'en est mêlé.
— Bourreau d'enfants, il a dit.

J'ai cru que papa allait lui écraser le carton à gâteaux sur la figure.

Au lieu de ça, il a poussé une sorte de mugissement, a saisi une petite main qui traînait à sa portée et a fendu la foule vers la sortie en jurant bien qu'il ne mettrait plus jamais les pieds dans un endroit où on ne respectait pas les enfants.

On est rentrés au pas de charge. Papa marchait en tête, le carton à la main, tirant derrière lui un gosse qui pleurnichait, les autres courant derrière pour ne pas être semés.

Jean-A. a bien essayé de le retenir, mais on a tous senti que ce n'était pas le moment de le contrarier.

Ce n'est qu'en montant dans l'ascenseur qu'il s'en est aperçu.
— Si tu n'arrêtes pas de chouiner…, il a rugi en levant la main.

La gifle allait partir quand il est devenu tout pâle. Ses lèvres se sont mises à bouger à toute vitesse comme s'il nous recomptait, puis il a mis la main sur sa bouche en étouffant un juron.
— Bon sang de bois ! il a dit. Qu'est-ce que tu fais là, toi ?

Le marmot qu'il tenait par la main a redoublé de sanglots. Il portait un petit blazer bleu marine, lui aussi, était de la taille de Jean-C., avec de grosses joues couvertes de taches de rousseur, mais la ressemblance s'arrêtait là.
— J'ai voulu te le dire, papa, a commencé Jean-A.
— Il n'est pas à nous, a confirmé Jean-D. Ses oreilles ne sont pas décollées.
— Bon sang de bois, a répété papa d'une voix paniquée. Je me suis trompé d'enfant ! Qu'est-ce qu'on va faire, maintenant ?
— Si on le gardait ? a proposé Jean-C. Il n'a pas de collier.
— C'est pas légal, a dit Jean-D. Il faut attendre un an et un jour avant qu'il soit à nous.
— Et si on le rejetait à la mer, comme les passagers clandestins ? a suggéré Jean-A.
— Non, on le garde, a dit Jean-D.
— Est-ce qu'il pourra dormir dans ma çambre ? a zozoté Jean-E.
— Le problème, a remarqué Jean-C., c'est qu'on n'a que six gâteaux. Moi, je partage pas le mien.

Une famille aux petits oignons

– Silence ! a hurlé papa.

Le passager clandestin s'est mis à pleurer de plus belle, alors papa s'est penché vers lui :

– Calme-toi, mon petit, il a dit en lui ébouriffant les cheveux. Personne ne va te faire de mal. On va vite retrouver tes parents, d'accord ? Dis-moi où tu habites.

L'enfant ne s'est pas calmé du tout. Au contraire, il nous regardait comme s'il venait d'être enlevé par une armée d'extraterrestres, les épaules secouées de hoquets.

– Comment t'appelles-tu ? a demandé papa.

– Il ne peut pas répondre, a dit Jean-A. Ce doit être un demeuré.

– Tu crois ? a demandé Jean-C. Peut-être qu'il est seulement sourd-muet.

Les deux gifles sont parties à la vitesse d'une fusée.

– Tout le monde à la maison, a ordonné papa. On va trouver une solution.

De toute façon, c'était fichu pour les gâteaux : il a fallu les donner au passager clandestin pour qu'il arrête de pleurer. Comme il était incapable de sortir un mot, papa a dit :

– Bon. Procédons par ordre. Vous restez là pendant que je file avec lui à la pâtisserie. Ses parents doivent l'y attendre. J'en ai pour un quart d'heure tout au plus.

Quand il est revenu, l'après-midi finissait.

Il avait l'air exténué, les yeux hors de la tête et une boule toute dure à la place des mâchoires.

– Alors ? on a demandé.

Il s'est jeté dans un fauteuil :

– Pâtisserie fermée…, il a articulé. Ai dû tourner deux heures dans le quartier avant qu'il reconnaisse sa maison… Ai cru que j'allais me faire scalper par ses parents…

– Et alors ? on a demandé.

– Ne s'étaient même pas aperçus de son absence… Famille de neuf enfants… Regardaient tous la télé…

– Z'ai faim, papa, a pleurniché Jean-E. On n'a pas manzé à midi.

– On devait faire la fête, a renchéri Jean-C. sur un ton de reproche.

L'omelette au sucre

– Bon, a dit papa en s'arrachant péniblement de son fauteuil. Buvons la coupe jusqu'à la lie.

– C'est quoi, papa, la coupejuscalalie ? a demandé Jean-D.

– Rien, a répondu papa. Trop long à expliquer. Tout le monde en pyjama et que ça saute. Je ne veux voir personne dans un rayon d'un kilomètre autour de la cuisine ou ça va barder.

On s'est dépêchés d'obéir. Quand papa a cette tête-là, mieux vaut filer doux. On a tous mis nos pyjamas, rangé nos chambres à fond avant d'envoyer Jean-E. en éclaireur.

– Papa fait la cuizine, il a zozoté en revenant.

– Aïe ! a dit Jean-A. Tous aux abris.

Quand papa fait à manger, c'est un peu comme quand il bricole. On entendait des bruits de casseroles entrechoquées, des jurons étouffés, d'autres pas étouffés du tout.

Puis on n'a plus rien entendu.

– Aïe ! a dit Jean-A. C'est pas normal. Allons voir ce qui se passe.

– Toi d'abord, a fait Jean-C.

– Bande de lâches ! a ricané Jean-A. Vous avez la trouille, hein ?

On y est tous allés ensemble. « Mieux vaut une bonne fessée sur cinq derrières que sur un seul », a remarqué finement Jean-A. Et pour une fois, j'étais d'accord.

Quand on est entrés dans la salle à manger, des bougies éclairaient la table. Papa avait sorti les belles assiettes du dimanche, les couverts en argent, et les serviettes étaient délicatement roulées dans les verres comme des fleurs de tissu.

– Ouah ! s'est exclamé Jean-C. On se croirait à Noël !

– Tu crois qu'on a des invités ? a demandé Jean-D.

– La ferme, a dit Jean-A. comme papa entrait.

– Si ces messieurs veulent bien prendre place, a dit papa. Ce soir, repas gastronomique, uniquement sur réservation !

Il portait le tablier de cuisine de maman, sur la tête une espèce de toque fabriquée dans du papier journal et, pliée sur l'avant-bras, une serviette blanche comme les serveurs dans les grands restaurants.

Comme personne n'osait bouger, il a dit :

– Eh bien quoi ? C'est la fête, non ? Pour une fois qu'on dîne entre hommes !

Une famille aux petits oignons

Derrière chaque assiette, il y avait un carton au prénom de chacun et une poignée de cacahuètes dans une coupelle.

– Quelques amuse-bouches pour vous faire patienter, messieurs ! a dit papa en disparaissant en cuisine.

Ça a été un super dîner.

Papa est très fort comme cuisinier.

C'est toujours maman qui fait à manger, mais là, elle était dépassée. Écrabouillée. Battue à plate couture. On n'avait jamais fait un festin comme celui-là !

– Pour commencer, il a dit, charcuterie maison et grand cru classé !

Un vrai régal ! En entrée, il nous a servi des rondelles de salami, accompagnées de cornichons et d'un verre de limonade, puis ça a été le tour du plat de résistance :

– Pour suivre, il a annoncé, la maison vous propose son délice de pâtes truffées à la sauce méditerranéenne !

Les raviolis en boîte avaient un peu attaché parce que papa avait voulu les faire cuire avec le fromage râpé, mais ça donnait un délicieux arrière-goût.

– Papa, a dit Jean-C. en grattant le fond de la casserole, je ne savais pas que tu cuisinais aussi bien.

Papa a pris l'air modeste.

– Bah, il a dit. Les femmes en font toute une histoire, mais ça n'est pas bien compliqué. Il suffit d'un peu d'organisation... Et maintenant, le dessert spécial !

– Qu'est-ce que c'est ? on a tous demandé.

– Surprise du chef ! il a dit. Une recette de mon invention, enviée par les plus grandes toques de cette planète !

Il a apporté avec cérémonie un long plat sur lequel s'étalait quelque chose de mou et de jaune qui ressemblait de loin à une espèce de tapis de bain roulé en boule.

– Vous allez m'en dire des nouvelles ! Le premier qui devine a droit à une deuxième ration de limonade.

On a tous goûté avec précaution. C'était sec sur les bords, un peu visqueux au milieu.

– Une tourte à rien ? a suggéré Jean-A.

Papa a haussé les épaules.

L'omelette au sucre

– Un clafoutis aux cerises sans cerises ? a proposé Jean-C.

– En tout cas, c'est super bon, j'ai dit.

– Je sais, a dit Jean-D. : on dirait la fois où Jean-A. a voulu me faire manger un buvard tout gluant.

– Bandes d'ignares, a dit papa un peu vexé en ôtant son tablier. Je comprends mieux votre mère : vous nourrir, c'est vraiment donner des perles à des cochons !

– On donne notre langue au chat, j'ai dit.

– Alors, personne n'a reconnu la surprise du chef ?

On a tous fait non de la tête. Ça me rappelait bien quelque chose, mais le goût était indéfinissable, un curieux mélange de sucré et de salé.

– C'est pourtant simple, a expliqué papa. Des œufs battus, un morceau de beurre qui donne ce bel aspect doré, le tout saupoudré en fin de cuisson d'une poignée de sucre roux.

– Une omelette au sucre ! a lancé Jean-D. en levant le doigt comme à l'école.

Une famille aux petits oignons

– Gagné, a dit papa. Une simple omelette au sucre. Original, n'est-ce pas ?
– J'adore ! j'ai dit en léchant mon assiette. Tu es le meilleur cuisinier que je connaisse.
– Ça, a dit papa, il faut avouer que ça n'est pas mamie Jeannette qui vous ferait une omelette au sucre !
– Un ban pour papa, a lancé Jean-A. en montant sur sa chaise. Hip, hip, hip…
– Hourra !
On s'est tous mis à crier, à applaudir et à taper sur nos assiettes. On aurait dit un de ces chahuts comme il y en a quelquefois à la cantine. Sauf que papa faisait l'idiot lui aussi, tout ému et dressant les bras comme un vainqueur du Tour de France.
– Merci, les gars… Merci, répétait-il.
Pour un peu, on l'aurait porté en triomphe.
– On s'en souviendra longtemps de ton omelette au sucre, a dit Jean-A. Cette fois, tu entres vraiment dans la légende !
C'est alors que le téléphone a sonné.
Papa s'est absenté un moment pour répondre pendant qu'on commençait à débarrasser.
Quand il est revenu, il était aussi jaune que son omelette. Il souriait bizarrement, comme s'il avait trop bu.
– Votre mère vient d'accoucher, il a dit.
– Ça y est ? on a hurlé tous en chœur. Ça y est ?
– Oui, il a dit. Un beau bébé qui se porte comme un charme.
– Est-ce qu'elle a les ceveux longs et des couettes ? a zozoté Jean-E.
– Des couettes ? a fait papa avec un sourire idiot. Mais qui ça ?
– Hélène, bien sûr ! a dit Jean-C.
– Hélène ? a répété papa. Mais quelle Hélène ?
Devant notre air ahuri, il a réalisé soudain et a éclaté de rire :
– Il n'y a pas d'Hélène, les enfants. Vous avez un nouveau petit frère ! Un magnifique Jean-F. de 4,2 kilos !

Les grandes vacances

– Le bébé ressemble à papy Jean, a dit Jean-D. quand maman est revenue de la maternité. Il est tout chauve, comme lui.
– Les bébés n'ont pas de cheveux, banane, a dit Jean-A. D'abord, Jean-F. aurait dû être une fille. On devrait l'appeler Jean-Faux-Cul.
– Ne critique pas mon frère, a dit Jean-C. en braquant sur lui un désintégrateur à piles.
– C'est aussi le mien, je te ferai remarquer, a dit Jean-A. en lui filant une torgnole.
– J'ai trouvé, j'ai dit en me pinçant le nez pour rire. Qu'est-ce que tu penses de Jean-Ai-Fait-Dans-Ma-Culotte ?
– Si vous continuez, a dit Jean-E., ze vais le dire à maman.
– Pourquoi pas Jean-Fiche-Pas-Une ? a rigolé Jean-A.
– Moi, a dit Jean-C., j'aurais préféré une fille.
– Fille ou garçon, qu'est-ce que ça change ? a dit Jean-A. en haussant les épaules. De toute façon, il dort tout le temps.
– J'aurais préféré quand même, a dit Jean-C.
– Tu aurais voulu que maman ne mange que des yaourts pendant neuf mois, comme la mère de Stéphane Le Bihan ? a demandé Jean-A.

Une famille aux petits oignons

– Je ne vois pas le rapport, j'ai dit.
– Stéphane dit que sa mère a trouvé un régime dans le magazine de tricot auquel elle est abonnée, a expliqué Jean-A. Tu ne manges que du yaourt bulgare et tu es sûr d'avoir une fille.

Jean-D. a porté la main à son ventre :
– Zut, il a dit. J'en ai pris un pour le goûter.
– Pas toi, banane ! a dit Jean-A. en levant les yeux au ciel.

Quelques jours après l'arrivée de Jean-F. à la maison, on a célébré son baptême.

Il y avait papy Jean et mamie Jeannette, grand-papa et grand-maman, et aussi M. et Mme Vuillermoz qui étaient venus exprès de Paris. M. Vuillermoz avait offert à Jean-F. son premier fossile, et Mme Vuillermoz une barboteuse tricotée.

Papa avait réservé une salle au restaurant du Théâtre. Comme mamie Jeannette était là, on a tous dû mettre les cravates qu'elle nous avait offertes pour Noël. Ça faisait drôle, parce qu'on portait aussi des petits masques en tissu sur le nez, à cause des microbes.

C'est papa qui avait eu cette idée.

Papa est très fort comme médecin.

On s'était tous enrhumés à la piscine, pas question de refiler nos microbes au héros de la fête.

Mais quand Jean-F. nous a vus déguisés en chirurgiens, il est devenu tout rouge et s'est mis à hurler. Impossible de l'arrêter.

N'empêche, c'était une super bonne idée. Après le déjeuner, pendant que les adultes buvaient tranquillement leur café, on a joué à Zorro avec nos masques sur le nez et des fourchettes comme épées. On se bombardait de dragées en faisant des glissades sur le parquet, puis Jean-C. s'est fendu l'arcade sourcilière sur un coin de la table, et ça a un peu gâché la fête.

Papa a dû l'emmener à l'hôpital, puis papy Jean a dit :
– Qui a posé cette saucisse sur la nappe ?

Comme c'était le fossile qu'avait offert M. Vuillermoz, ça a failli tourner au vinaigre.

Après, papy a dit qu'il l'avait fait exprès pour donner une leçon à ce raseur. Mamie s'est fâchée à son tour. Il faut dire que grand-maman l'avait un peu énervée en entrant dans l'église.

L'omelette au sucre

— Comment ça, ma fille n'est pas capable de faire une fille ? elle a dit en parlant de maman. Et votre fils, alors ?

— Ne dites pas de sottises, a répliqué grand-maman. Mon fils est médecin, tout de même.

— Ça va saigner, a dit Jean-A. en se frottant les mains de plaisir.

Mais, comme ils avaient tous beaucoup de route à faire, chacun est remonté en voiture en emportant des dragées dans des petits cornets de carton bleu.

— Dommage, a conclu Jean-A. Pour une fois qu'on pouvait rigoler !

Puis on est partis en vacances.

— Pas question d'aller chez ta mère, a dit papa. Le bébé a besoin de calme et de grand air. M. Le Bihan accepte très gentiment de nous louer sa maison de Carnac. C'est un peu isolé, mais charmant… Et puis, il a ajouté devant notre air catastrophé, ça fera du bien à tout le monde. L'iode, les embruns, le parfum du goémon ! Rien ne vaut l'air vivifiant de la Bretagne.

Comme personne ne semblait emballé, papa a invité M. Le Bihan à la maison après dîner. M. Le Bihan, qui est toujours prêt à rendre service, avait apporté son projecteur de diapositives, une rallonge et un écran télescopique.

Quand il a eu tout installé, on s'est assis tous les cinq en rond sur le tapis du salon, et papa a éteint la lumière.

— Et voilà ! a dit M. Le Bihan à la façon d'un magicien quand la première image est apparue sur l'écran.

— Vous avez eu un tremblement de terre à Carnac, récemment ? a demandé maman.

— Celle-ci est à l'envers, a dit M. Le Bihan. Une seconde, je vais réparer ça.

Mais c'est tout ce qu'on a pu voir. À la seconde image, le projecteur a pris feu.

— Ce n'est rien, a dit M. Le Bihan en étouffant les flammes avec un coussin du divan. Juste l'ampoule qui a claqué. Le temps de chercher mes outils, et en avant le spectacle !

— C'est trop gentil à vous, a dit maman en contemplant son coussin tout roussi. Vous vous êtes donné assez de mal comme ça.

Une famille aux petits oignons

– Et puis, a dit papa en raccompagnant M. Le Bihan et tout son matériel, rien ne vaut le charme de la surprise, n'est-ce pas ?

Huit jours avant le départ, maman était d'une humeur de chien.
C'est toujours la même chose avec elle quand on part en vacances. Comme elle est très organisée, c'est elle qui s'occupe des bagages. Mais avec Jean-F. sur les bras, ceux qui dérangent les piles de repassage pour chercher un tee-shirt propre et les sandales qui ne vont plus à personne, on dirait que maman n'a aucune envie de partir en vacances.

– Est-ce que je peux t'aider, chérie ? demande papa.
– Surtout pas, elle dit, ou je vais tuer quelqu'un !
Quand papa a vu la rangée de valises bouclées dans l'entrée, le matin du départ, j'ai cru qu'il allait avoir une attaque.
– Jamais je ne pourrai faire rentrer tout ça dans la voiture ! il a dit.
Il n'y avait qu'une valise pour nous cinq, une autre pour papa et maman, mais Jean-F. à lui tout seul en avait trois, les plus grosses, et si bourrées qu'elles fermaient à peine.
– C'est pas juste, a râlé Jean-A. C'est le plus petit et il a le droit d'emporter le plus d'affaires !
– Adressez-vous à votre père, a dit maman. Ce n'est pas moi qui ai choisi la Bretagne.
– Ze peux emmener mon seau et ma pelle ? a demandé Jean-E.
– Et mon pistolet de cow-boy ? a demandé Jean-D.
– Et mon épuisette ? j'ai demandé.
– Plus la place, a dit maman.
– Même pas mon ballon de plage ? a demandé Jean-C.
– Plus la place, a répété maman, inflexible, en s'enfermant dans la salle de bains pour donner son bain à Jean-F.
– On aurait dû le noyer à la naissance, a dit Jean-A. en shootant dans une valise. Au moins, j'aurais pu emporter mon album de timbres.
Au moment de charger la voiture, c'est papa qui n'avait plus du tout l'air d'avoir envie de partir en vacances.
Même avec la 404 neuve, impossible de tout loger. On l'entendait jurer sur le parking, en bas de l'immeuble, mais rien à faire. Il a dû filer au garage pour qu'on lui pose une galerie.

L'omelette au sucre

Quand tout a fini par tenir sur le toit, accroché par des sandows, il avait les mains pleines d'ampoules et sa mine des mauvais jours.

– Qu'est-ce que c'est que ça ? il a rugi en montrant les derniers paquets qui s'entassaient dans l'entrée.

– Des bricoles, a dit maman. Le chauffe-biberon de Jean-F., son lit pliant, le stérilisateur, le lait en poudre…

Quand on a enfin démarré, les mouches volaient bas dans la voiture. Papa était remonté deux fois vérifier s'il avait bien fermé le gaz, tout le monde se disputait pour pouvoir monter devant, alors papa a allongé une série de torgnoles à l'aveugle qui a mis tout le monde d'accord, et on a quitté Cherbourg.

J'adore les départs en vacances.

La 404 sentait bon le neuf, la prochaine rentrée des classes semblait à des années-lumière, j'avais l'impression qu'on partait à l'aventure tous ensemble vers des terres inconnues.

D'habitude, on va à la campagne chez mamie Jeannette, mais là, c'était différent : le nom de Carnac ressemble à celui de l'île de Claude, dans le Club des Cinq. J'avais glissé en douce ma boussole et mon *Manuel des Castors Juniors* dans la valise, mon carnet de détective, et je répétais ce nom dans ma tête : « Carnac ! Carnac ! » comme s'il avait été magique.

On n'avait pas fait vingt kilomètres que la pluie a commencé à tomber.

Papa a dû s'arrêter sur une aire de stationnement pour couvrir les bagages avec une bâche. Comme la voiture était en rodage, les camions nous dépassaient en klaxonnant, et papa déteste être doublé.

– Forcément, il a dit. On est beaucoup trop chargés. La prochaine fois, on partira avec un maillot de bain et un tee-shirt de rechange par personne.

Moi, j'aurais préféré qu'il achète une DS 19, comme le père de François Archampaut. François Archampaut dit que son père a fait les Vingt-Quatre Heures du Mans avec et que c'est le bolide le plus rapide du monde.

Le problème avec la 404, c'est la place. Jean-E. était assis sur la

Une famille aux petits oignons

banquette avant, entre papa et maman, mais nous, on était quatre à l'arrière, avec Jean-F. qui dormait dans le hamac suspendu entre les portières. Le hamac se balançait, les couches de Jean-F. étaient pleines, juste sous notre nez, alors ça n'a pas traîné. Papa venait à peine de doubler son premier camion quand Jean-C. a dit :

– Maman, j'ai mal au cœur... Je crois que je vais vomir.

On a essayé d'ouvrir la fenêtre pour qu'il puisse respirer, mais avec la pluie qui tombait, l'eau ruisselait à l'intérieur.

Papa s'est rangé en catastrophe sur le bas-côté, mais trop tard. Jean-C. avait déjà rendu son bol de porridge sur le dossier de la banquette avant.

Il a fallu tous descendre sous la pluie pendant que maman nettoyait, la moyenne de papa était fichue.

– Qu'est-ce que j'ai fait au Bon Dieu ? il a gémi. Une 404 toute neuve !

– Forcément, a remarqué Jean-D. en contemplant les dégâts, elle est beaucoup moins neuve maintenant.

On a refait quelques kilomètres en se bouchant le nez, puis Jean-A. est devenu verdâtre à son tour.

Le mal au cœur en voiture, c'est un peu comme les collections de porte-clefs ou de boîtes de camembert : il suffit qu'un de nous cinq s'y mette pour que ça donne une idée au suivant.

Maman a eu beau distribuer des bonbons à la menthe, on y est tous passés l'un après l'autre, sauf Jean-F. qui dormait toujours et faisait de petites bulles dans son sommeil.

– C'est sa faute aussi, a dit Jean-A. aussi pâle qu'une endive. Si on ne le change pas tout de suite, je ne réponds plus de rien.

– Pas question de s'arrêter, a dit papa. Et ma moyenne, alors ?

Maman, pour détendre l'atmosphère, nous a tous fait chanter « Sur la route de Louviers, Pom pom pom... », puis on a joué au jeu des plaques minéralogiques : chacun doit deviner le numéro du département de la prochaine voiture qui double.

Jean-A. ne pouvait pas tricher, alors il s'est endormi en prenant toute la place.

Bientôt, Jean-C. l'a imité, puis Jean-D.

– C'est encore loin, papa ? j'ai demandé.

L'omelette au sucre

— À ce train-là, il a dit, on a peut-être une chance d'arriver à temps pour les vacances de l'année prochaine.

J'ai dû fermer les yeux un instant. Les pneus chuintaient sur la route détrempée, les essuie-glaces grinçaient, j'entendais les voix de papa et maman qui bavardaient comme s'ils avaient été très très loin…

Quand je me suis réveillé, il faisait nuit.

Sur la banquette avant, maman se débattait avec une carte routière sous la veilleuse du plafond.

— Elle est peut-être précise, elle disait à papa, mais je te répète que c'est une carte du Portugal.

— Est-ce qu'on est perdus, maman ? a demandé Jean-C.

— Les enfants, a dit papa, ce n'est pas le moment !

— On n'est pas perdus, a ricané maman. Votre père est très fort : il essaye seulement un raccourci.

— D'accord, a dit papa penaud. Je me suis trompé. Mais qui a eu l'idée de tourner à droite au carrefour ? Il faut suivre la côte : M. Le Bihan m'a affirmé que la maison avait vue sur la mer.

— C'est bien ce que je disais, a remarqué Jean-C. On est vraiment perdus.

Quand on a enfin trouvé la maison de M. Le Bihan, il pleuvait à verse.

— C'est là, a dit papa, au bout d'un petit chemin entouré de murets. Est-ce que vous sentez ce bon air marin ?

Il a risqué le nez par la portière, humant à pleins poumons la nuit parfaitement noire avant de se replier précipitamment à l'intérieur.

— Curieuse odeur, a grimacé maman en reniflant à son tour. Est-ce que l'un d'entre vous aurait par hasard un chat crevé dans sa poche ?

— Ça vient de dehors, a dit Jean-A. Pouah !

— C'est seulement l'air iodé, a dit papa avec un petit rire embarrassé. Un peu violent au début, mais tonique !

C'est en courant sous la pluie vers la maison qu'on a eu la solution. Tout autour du jardin de M. Le Bihan s'étalaient à perte de vue des champs pommelés et odorants découpés par de petits murs…

Une plantation de choux-fleurs. Des hectares et des hectares de choux-fleurs sur lesquels la lune se reflétait !

Une famille aux petits oignons

– Une charmante maison avec vue sur la mer, hein ? a répété maman d'une voix incrédule en mettant son foulard sur son nez.

– Allons, chérie, a dit papa en se battant avec la serrure de la porte d'entrée. Pas de défaitisme. Quand le vent souffle de l'est, je suis sûr que c'est très supportable. Et puis, c'est la Bretagne, non ? Autant nous immerger tout de suite dans les spécialités locales.

Ça a été une sacrée installation.

Pendant que papa cherchait le compteur pour rétablir le courant, Jean-C. et Jean-D. se poursuivaient dans le noir en hululant comme des fantômes.

Ça a fait peur à Jean-E. qui est tombé dans l'escalier. Alors Jean-F. s'est mis à hurler, impossible de l'arrêter.

– Je vais lui préparer son biberon, a dit maman en tâtonnant dans la cuisine.

Quand elle a trouvé les boutons de la cuisinière, le gaz s'est mis à siffler. Les allumettes étaient humides, maman a dû en craquer plusieurs et, quand la dernière a pris, il y a eu une flamme bleue, un grand boum ! et tout s'est éteint d'un seul coup.

Papa a surgi comme un fou de la cave, des toiles d'araignée plein les cheveux. Par chance, la bonbonne de gaz devait être presque vide, maman n'avait rien, mais plus moyen de faire chauffer quoi que ce soit.

– Les plombs ont dû sauter avec l'orage, a dit papa. Il faudra se passer d'électricité pour ce soir.

– Plus de gaz, a récapitulé maman, plus d'électricité, du chou-fleur à perte de vue, une bonbonne qui me saute au visage... J'aurais dû faire avaler à M. Le Bihan son appareil à diapositives.

Jean-F. a bu son biberon froid. Il restait des sandwiches du voyage, quelques chips écrasées dans leur sachet, alors on a pique-niqué à la bougie dans le salon, entourés de casseroles et de récipients parce que le toit fuyait.

Les gouttes tintaient avec des petits pling ! des chtong ! des floc !, alors Jean-A. a dit que ça ressemblait à un concert de pots de chambre mais ça n'a pas fait rire maman.

Puis Jean-C., qui cherchait la salle de bains, est revenu en criant :

L'omelette au sucre

– J'ai vu la mer ! J'ai vu la mer !
– J'en étais sûr, a triomphé papa. On peut faire confiance à M. Le Bihan.
– En montant sur la baignoire, a dit Jean-C. On voit la mer par le vasistas !
– Je pense qu'il est temps d'aller se coucher, a dit papa en toussotant. Demain sera un autre jour. Tu ne crois pas, chérie ?
Maman n'a pas répondu.
Elle a pris Jean-F., une bougie, et est montée sans un mot dans sa chambre.
– Ça ira mieux demain, a répété papa. Votre mère déteste le camping, mais c'est qu'elle n'a jamais été louveteau. Dès qu'on aura de l'eau chaude, tout sera oublié, vous verrez.
À part Jean-F., on dormait sous la soupente, dans une espèce de grenier transformé en dortoir.
Papa nous a aidés à faire les lits avec de vieilles couvertures qui sentaient le moisi.
– Compte tenu des circonstances, il a dit, je vous dispense de vous laver les dents. Bonne nuit, maintenant, les garçons… J'emporte la bougie. Il ne manquerait plus que l'un d'entre vous mette le feu à la maison de M. Le Bihan…
Il avait l'air un peu déçu quand même, alors on l'a tous embrassé en disant que c'était une super maison de vacances, bien mieux que chez mamie Jeannette, et que, de toute façon, avec l'odeur de moisi, on ne sentait presque plus le chou-fleur.
– Bravo, les gars, il a dit. Je savais que je pouvais compter sur vous.
– Bonne nuit, papa ! on a crié.
– Bonne nuit, mes fils.
Mais quand le noir est tombé sur le dortoir, on ne rigolait plus du tout. Le vent geignait par les trous du toit, les meubles craquaient tout seuls, on aurait dit que quelqu'un marchait au rez-de-chaussée avec une jambe de bois.
Enfoui tout au fond des draps, j'ai sorti avec précaution la lampe torche que j'avais emportée en cachette.
Jean-A., qui ne lit pas le Club des Cinq, devait claquer des dents

Une famille aux petits oignons

dans le noir, j'ai pensé... Ça lui ferait les pieds. Moi, je ne me déplace jamais sans mon matériel d'aventurier.

J'ai allumé avec précaution, mais les couvertures étaient bien épaisses, aucun risque d'être découvert.

– Jean-D., tu dors ? a fait la voix de Jean-C.

– Non. Et toi ?

– Bien sûr que non, imbécile, puisque je te parle.

– Et toi, Zean-A., tu dors ? a murmuré la petite voix de Jean-E. depuis le lit du fond.

– Non. Et toi, Jean-B., tu dors ?

Je n'ai pas répondu.

– Jean-B., tu dors ? a insisté Jean-A.

J'ai sorti la tête en râlant de sous ma couverture.

– Comment veux-tu que je dorme avec le boucan que vous... ?

La surprise a ravalé les derniers mots dans ma gorge.

Quatre têtes hirsutes avaient jailli des couvertures en même temps que moi et, dans chaque lit, il y avait une petite loupiote qui luisait sous les draps !

– Qu'est-ce que tu crois, banane ? a ricané Jean-A. Que tu es le seul à avoir des idées géniales ?

Maintenant que le pot aux roses était découvert, chacun a sorti sa torche et on s'est amusés à s'éblouir en bondissant sur les matelas.

– J'ai une super idée, a dit ensuite Jean-A. en sautant à bas de son lit. On va faire un igloo.

Il a rapproché trois chaises, a défait un drap de lit qu'il a jeté sur les dossiers et on s'est tous glissés dessous avec nos lampes torches.

– Pas mal, hein ? il a dit.

On a tous acquiescé en chœur.

– On serait des explorateurs perdus dans le blizzard, a proposé Jean-C.

– Oui, a dit Jean-D. en frissonnant. Des explorateurs à traîneaux.

– Dommage qu'on n'ait pas de chien, j'ai soupiré.

– De toute façon, a dit Jean-C., on va crever de faim si personne ne nous retrouve.

– J'ai des réserves, a fait Jean-D. en fouillant dans la poche de son

L'omelette au sucre

pyjama. Est-ce qu'on peut survivre longtemps dans le blizzard juste avec du Zan ?

– Moi, j'ai des raisins secs, a dit Jean-A. en sortant ses propres réserves secrètes. C'est plein de protéines. On peut tenir un mois.

– C'est quoi, les protéines ? a demandé Jean-E.

– T'occupe, a fait Jean-A. Aboule seulement tes provisions.

– Zuste un biscuit de Zean-F., a fait Jean-E. en sortant un truc tout mâchonné de sa poche.

– Belle mentalité ! a dit Jean-C. Tu fauches la nourriture des bébés, maintenant ?

On a étalé nos trésors au milieu : il y avait un sachet de réglisses, une Vache-Qui-Rit écrasée, une demi-plaque de chocolat au lait, du Zan, des raisins secs, trois morceaux de sucre, quelques tranches de pain écrasées et deux boules coco… De quoi faire un vrai festin.

– Il faudra les économiser, a dit Jean-A. C'est nos rations de survie.

– Dommage que Jean-F. ne soit pas là, a remarqué Jean-D. On serait tous les six.

Une famille aux petits oignons

– C'est vrai, a approuvé Jean-A. Six frangins, ça fait un chiffre rond.

– De toute façon, a dit Jean-C. en croquant un carré de chocolat, les filles ne savent que pleurnicher. Autant avoir un frère.

– Tu imagines une fille dans un igloo de survivants perdus en plein blizzard ? a ricané Jean-A.

– Les filles sont beaucoup moins résistantes, j'ai dit. Elle mourrait la première.

– Moi, a dit Jean-C., je voudrais pas d'une sœur dans mon igloo. On ne pourrait jamais avoir la salle de bains.

– Et puis, a dit Jean-A., quand Jean-F. sera grand, on pourra faire une équipe de basket.

– À onze ? a dit Jean-D. soudain paniqué.

– Mais non, banane, a dit Jean-A. Onze, c'est au football.

– Ah bon, a dit Jean-D. Tu m'as fait peur.

– Est-ce qu'on peut monter à six sur un traîneau ? a demandé Jean-C.

– De toute manière, j'ai dit, quand on sera grands, on ne se déplacera plus qu'en vaisseau spatial.

– Je vous préviens, c'est moi qui piloterai, a dit Jean-A.

– Et nous ? a demandé Jean-E.

– Vous serez mon équipage. On aura tous des désintégrateurs à neutrons au cas où on voudrait nous attaquer.

– Moi, j'ai dit en piochant une poignée de raisins secs tout collés, ce qui m'inquiète, c'est la nourriture : il n'y aura plus que des pilules hyper concentrées.

– C'est pas sûr, a dit Jean-C.

– Ils le disent dans *Tout l'Univers,* a confirmé Jean-A. Même les spaghetti *bolognese* seront en pilules. C'est plus facile à manger quand on porte un casque d'astronaute.

– Ce que je me demande, a dit Jean-D., c'est comment les chiens feront pour faire pipi en apesanteur.

On s'est tous mis à rigoler, alors Jean-A. a dit :

– François Archampaut pourra toujours s'accrocher pour nous doubler avec sa DS pourrie !

– À six, on sera super chargés, a dit Jean-C. Même pour passer le mur du son.

L'omelette au sucre

– De toute façon, a dit Jean-A., c'est encore loin, l'an 2000. On a le temps de s'entraîner.

On a tous hoché la tête en silence.

– Quand on sera grands…, a commencé Jean-D. En l'an 2000…

– Ben quoi ? Accouche, a dit Jean-A.

– Est-ce que tu crois qu'il y aura aussi des pilules hyper concentrées pour l'omelette au sucre ?

– Bien sûr, j'ai dit. Qu'est-ce que tu crois ?

– Et elle aura exactement le même goût ?

– Le même, a dit Jean-A.

– Ah bon ! a dit Jean-D. avec un soupir de soulagement.

Le vent soufflait, on était à l'abri dans notre igloo avec nos provisions secrètes, nos lampes électriques et le bruit de la pluie sur le toit.

– J'adore les grandes vacances, a dit Jean-D.

– Tu parles ! a dit Jean-A.

Et on s'est tous mis à rigoler comme des bossus.

le camembert volant

Ce matin-là, on rentrait tous de l'école avec maman quand on a rencontré le nouveau facteur devant l'entrée de l'immeuble. Il tenait son vélo d'une main, et dans l'autre une grosse enveloppe couverte de timbres et de tampons.

– Vous allez pouvoir m'aider, il a dit en soulevant sa casquette. J'ai une lettre pour un certain Jean-Quelque-Chose qui habite au onzième.

– C'est moi, a dit Jean-A.

– C'est moi, j'ai dit.

– C'est nous, ont dit Jean-C. et Jean-D.

– Mettez-vous d'accord, les enfants, a dit le facteur qui avait l'air de trouver ça très drôle. Lequel d'entre vous s'appelle Jean-Quelque-Chose ?

Mais il a moins rigolé quand il a senti une petite main qui s'agrippait à son pantalon.

– C'est moi qui s'appelle Zean ! a zozoté Jean-E. qui a un cheveu sur la langue.

C'est le moment qu'a choisi Jean-F. qui ne sait pas parler pour s'agiter dans sa poussette.

Une famille aux petits oignons

— Il a raison, a dit maman. Pourquoi n'aurait-il pas de courrier, lui aussi ?

Le facteur, les yeux ronds, a regardé les initiales brodées sur le bavoir de Jean-F. avant de nous dévisager lentement tous les six comme s'il était victime d'une hallucination.

— C'est une blague ? il a fait en déglutissant. C'est pour *La Caméra invisible* ?

— Je vous prie de rester poli, a dit maman.

— C'est quoi, *La Caméra invisible* ? a demandé Jean-C.

— T'occupe, banane, a dit Jean-A. qui regarde chaque jeudi la télé en cachette chez Stéphane Le Bihan.

— Bon, a dit le facteur avec un drôle de rire. Je la donne à qui, cette lettre ?

— À moi, a dit Jean-A.

— À moi, j'ai dit.

— À nous, ont dit Jean-C. et Jean-D.

— À moi, a dit Jean-E.

— Ouin ! a hurlé Jean-F.

— Un peu de silence, a ordonné maman, très calme, avant de se tourner vers le facteur qui n'en menait pas large : ça vous amuse de faire crier des enfants ?

Maman est très impressionnante quand elle est calme. Même Jean-F. a dû le comprendre, parce qu'il s'est arrêté instantanément de hurler comme si on l'avait débranché.

— C'est ma première tournée, a bredouillé le facteur en montrant la ruche de boîtes à lettres qui tapissent le mur de notre immeuble de Cherbourg. Je suis un peu perdu... Je cherche juste un Jean-Quelque-Chose.

— Eh bien, c'est nous, a dit maman en lui prenant la lettre des mains.

— Comment ça, c'est vous ? a répété le facteur. Vous êtes tous des Jean ?

— Est-ce que vous insinuez que je ne connais pas le prénom de mes propres enfants ? a demandé maman.

Elle a glissé la lettre dans sa poche et on est passés en file indienne, la tête haute, devant le facteur médusé.

Le camembert volant

C'est toujours comme ça quand on sort tous ensemble.

Les gens n'arrivent pas à croire qu'on est juste une famille, pas une colonie de vacances ni une troupe de sosies échappés d'un cirque.

Six frères, ce n'est déjà pas courant. Mais six Jean-Quelque-Chose, ça frise le livre des records. Comme on a tous les oreilles décollées et un épi sur la tête, papa, qui n'est pas très physionomiste, a trouvé un truc imparable : nous ranger par ordre alphabétique, comme dans un répertoire.

Il y a Jean-A., onze ans, alias Jean-Ai-Marre parce qu'il râle tout le temps.

Moi, c'est Jean-B., alias Jean-Bon parce que je suis un peu rondouillard.

Dans la famille des Jean, j'ai tiré le numéro deux.

« Mauvaise pioche », dit souvent Jean-A. qui se croit le plus fort parce qu'il a des lunettes et qu'il était le chouchou de M. Martel. Comme il est l'aîné, il prend le lit superposé du haut et en profite pour éteindre la lumière quand je lis ou me lancer ses chaussettes sales sur la figure.

Dans la chambre des moyens, il y a Jean-C., sept ans, nom de code Jean-C-Rien parce que c'est le distrait de la bande.

Il y a aussi Jean-D., cinq ans, surnommé Jean-Dégâts, avec qui Jean-C. a inondé deux fois l'appartement depuis qu'on habite à Cherbourg.

Les petits, c'est Jean-E., trois ans, alias Zean-Euh parce qu'il a un cheveu sur la langue, et le bébé Jean-F., alias Jean-Fracas, qui n'a encore qu'un an et pas beaucoup de cheveux sur la tête.

Quand il est né, tout le monde attendait une fille, histoire de changer un peu, et papa, qui est très fort en bricolage, avait tapissé sa chambre d'un joli papier rose qui cloquait tellement qu'on aurait pu croire que quelqu'un avait caché derrière des noyaux de cerises.

Au début, on a tous été déçus que Jean-F. ne soit pas une fille. Comme il a toujours faim, il s'arrête de respirer, devient tout rouge et se met à crier si fort que les gens dans la rue croient que c'est la sirène de la défense passive qui s'est déclenchée par erreur.

Moi, j'aurais voulu être fils unique comme mon meilleur copain, François Archampaut. Il habite dans une maison si grande qu'il est

Une famille aux petits oignons

obligé de prendre son vélo pour aller jusqu'à la salle de bains. Enfin, c'est ce qu'il raconte... Comme son père est agent secret, François Archampaut n'invite jamais personne chez lui à jouer le jeudi. Jean-A. dit que c'est un menteur, mais moi je le crois. Son père a une DS 19 bourrée de gadgets prototypes et François Archampaut dit qu'on sera agents secrets nous aussi, quand on sera grands, et qu'on fera équipe tous les deux. On s'est déjà fabriqué des cartes d'espion et, sur la mienne, j'ai juste mis mes initiales, J. B. : ce sont les mêmes que celles de James Bond, mon héros préféré.

Héros, c'est le métier que je veux faire plus tard. Détective, karatéka ou agent secret, je ne sais pas encore. Mais est-ce que vous imaginez James Bond traînant derrière lui cinq frères aux oreilles décollées ?

Ce jour-là, papa nous attendait sur le pas de la porte.

Papa est très fort comme médecin. Il a toujours beaucoup de travail, alors c'est rare qu'il rentre déjeuner, surtout quand on a école et qu'il faut manger avec un lance-pierres si on ne veut pas être en retard et avoir cent lignes de M. Martel. Il avait gardé sa blouse blanche de l'hôpital, ce qu'il ne fait jamais non plus, et on s'est tous regardés en grimaçant, cherchant à deviner qui avait fait une bêtise assez grave pour qu'il rentre à midi.

– Mes enfants, il a dit en embrassant maman, j'ai une grande surprise à vous annoncer !

– Aïe ! a murmuré Jean-A.

La dernière fois qu'on nous avait fait le coup de la surprise, c'était maman pour nous annoncer qu'elle attendait un nouveau bébé. Ça n'allait pas recommencer !

Quelque temps après la naissance de Jean-F., une main anonyme avait griffonné « COMPLET » à côté de notre nom, sur la porte de l'appartement, et comme personne n'avait voulu se dénoncer, papa avait privé tout le monde de piscine pour une semaine.

Mais celui qui avait écrit ça avait bien résumé l'opinion générale. Six garçons, ça suffit largement.

– Vous en faites une tête ! a dit papa avec un sourire malicieux. Vous n'aimez pas les surprises ?

le camembert volant

Quand papa est de bonne humeur, c'est que des catastrophes se préparent. Il s'est penché sur la poussette et a voulu chatouiller Jean-F. sous le menton. Grosse erreur : Jean-F. a agrippé le stéthoscope qui pendouillait autour de son cou, a tiré dessus et l'a relâché brusquement. Paf! en plein dans l'œil de papa!

Ça nous a tous fait rire, sauf Jean-F. qui s'est mis à hurler, alors on n'a plus ri du tout en voyant la mine que faisait papa.

– Très bien, il a dit. Puisque c'est comme ça, on parlera de la surprise plus tard.

– Tout le monde à table, alors, a lancé maman.

On a filé se laver les mains sans demander notre reste.

Papa a dû trouver que ce n'était pas une si bonne idée finalement de rentrer déjeuner parce que c'était juste le jour où maman avait fait des épinards. Il mastiquait de minuscules bouchées, mâchoires serrées, en jetant des regards d'envie sur la purée au jambon de Jean-F.

À un moment, il a profité que maman soit allée à la cuisine pour chiper discrètement une bouchée dans l'assiette de Jean-F. Jean-F. s'est arrêté aussitôt de respirer, il est devenu écarlate et s'est mis à hurler si fort que maman est revenue en criant :

– Lequel d'entre vous trouve très malin de faire pleurer le bébé?

Papa, l'air dégagé, s'est mis à siffloter innocemment pendant qu'on plongeait tous le nez dans notre assiette.

– Personne, bien sûr, a fait maman en nous fusillant du regard. Quand je reviens, je ne veux plus rien voir dans les assiettes ou ça va barder!

C'était l'heure de la sieste de Jean-F. Elle l'a pris dans ses bras et l'a emmené dans la chambre.

– Merci, les gars, a murmuré papa. Je vous revaudrai ça.

Ôtant le couvercle de la casserole, il a ajouté précipitamment :

– Vite, tendez-moi vos assiettes!

On a vidé dedans les épinards qui nous restaient, puis papa a filé ni vu ni connu les jeter dans la poubelle de la cuisine.

– J'ai débarrassé, chérie! il a lancé. Qu'est-ce que j'apporte comme dessert?

Papa est vraiment très fort.

– Et la surprise? on a demandé quand le repas a été terminé.

Une famille aux petits oignons

– Ce soir, a dit papa. Il est l'heure que vous partiez à l'école. Et puis il faut que j'en parle avec votre mère d'abord.
– À propos de surprise, a dit maman en sortant la lettre qu'avait apportée le facteur, j'allais oublier ce mystérieux courrier…

À la maison, recevoir une lettre, c'est toujours un événement. Sous prétexte qu'on est six, personne ne nous écrit jamais. Je veux dire : à nous les enfants. À part nos grands-parents pour les anniversaires, ou les cousins Fougasse qui nous envoient leurs images de communion et des cartes de vœux pour Noël dessinées à la main.

Mais l'enveloppe que tenait maman était trop grande pour des images de communion. Une enveloppe jaune en papier kraft, avec l'adresse tapée à la machine, comme celles qu'envoient les notaires, dans les livres, pour vous dire que vous venez d'hériter par surprise un milliard d'anciens francs.

Impossible de savoir à qui elle était destinée : la deuxième partie du prénom était illisible. Alors maman a décidé de la lire elle-même.

Cher Monsieur Jean-X.,
Permettez-nous, d'abord, de vous remercier de la confiance que vous manifestez à l'égard de notre maison, et de vous féliciter pour la qualité de votre choix.
Le modèle Z 833 E que vous nous avez commandé est en effet l'un des fleurons de notre production…

Là, maman a marqué un petit temps d'arrêt, avant de reprendre plus lentement :

… Votre bon de commande appelle cependant deux remarques de notre part :
1/ L'achat de pistolets d'alarme est strictement réservé aux adultes de plus de vingt et un ans.
2/ Nous ne pouvons accepter, comme vous le proposez, un règlement par timbres de collection et vignettes du Tour de France. Seuls les chèques sont acceptés.
Pour ces deux raisons, nous avons le regret de vous informer que

nous ne pouvons malheureusement répondre favorablement à votre commande.

Veuillez agréer, cher Monsieur Jean-X., l'expression de nos sentiments les meilleurs.

Un silence de plomb a suivi. On aurait dit qu'une météorite de la taille d'un terrain de football était tombée sur le salon. Puis papa a dégluti bruyamment avant de prendre la lettre des mains de maman et de nous la présenter à la ronde.

– Je suis très calme, il a dit. Je suis très très calme, mais je ne le répéterai pas deux fois... Que le destinataire de cette lettre sorte des rangs IMMÉDIATEMENT !

Personne n'a bougé d'un millimètre.

– Je vous préviens, a repris papa, la voix enflant dangereusement. Si le zigoto qui tente d'introduire dans cette maison des pistolets d'alarme...

– Modèle Z 833 E, a précisé Jean-C.

– ... ne se dénonce pas IMMÉDIATEMENT, a explosé papa, vous serez tous privés de dessert jusqu'à... jusqu'à... votre majorité !

– C'est pas moi. Z'ai dézà mon pistolet à flèces ! a zozoté Jean-E.

– Comment je l'aurais commandé ? a fait Jean-D. Je sais même pas écrire.

– C'est pas moi non plus, a fait Jean-C. Je suis trop nul en orthographe.

Tous les regards ont convergé sur Jean-A. et sur moi. Forcément, parce qu'on est les grands, c'est toujours nous qu'on accuse.

– C'est Jean-B. ! a dit Jean-A. en devenant tout blanc. Même qu'avec François Archampaut, ils se sont fabriqué aussi des vestes de survêtement pare-balles !

– C'est même pas vrai ! j'ai dit. C'est toi qui as eu l'idée qu'on paye avec des timbres et des vignettes du Tour de France parce qu'on n'a pas assez d'argent de poche !

Je l'avais bien dit à François Archampaut : jamais on n'aurait dû prendre Jean-A. dans notre club d'agents secrets ! D'abord, les traîtres ont toujours des lunettes, et depuis que Jean-A. est en 5ᵉ, il se croit le plus fort et veut toujours être le chef.

Une famille aux petits oignons

Quand on avait découpé le bon de commande dans le catalogue de l'armurier, j'étais sûr qu'on était en train de faire une grosse bêtise. Mais l'idée de signer Jean-X., c'était moi : un vieux truc d'agent secret pour cacher son identité.

– Mes fils achètent des armes à feu par correspondance ! a murmuré papa en se laissant tomber dans le fauteuil avec accablement. Qu'est-ce que j'ai fait pour mériter ça ?

– Moi, je voulais pas ! a balbutié Jean-A. C'est eux qui m'ont forcé !

– C'était juste pour jouer, j'ai dit.

– Pour jouer ? a répété papa. Des pistolets d'alarme ?

– Génial ! a dit Jean-C. qui ne comprend jamais rien. Est-ce qu'on pourra jouer avec vous ?

– Silence tout le monde, a dit maman, et écoutez-moi bien…

Elle était très calme et avait l'air d'avoir un peu de mal à garder son sérieux.

– Six Jean dans cette maison, elle a dit, c'est bien assez comme ça il me semble. Pas question d'y ajouter un quelconque Jean-X., Jean-Y. ou Jean-Z…

Sur ce point, on était tous d'accord. Elle a continué :

– Quant à ceux qui auraient l'idée saugrenue de vouloir s'amuser dans le salon avec un lance-flammes, des grenades dégoupillées ou un quelconque joujou explosif, qu'ils se préparent à recevoir la fessée de leur vie… Même s'ils sont agents secrets et rompus aux techniques de combat les plus sophistiquées, a-t-elle ajouté en nous fixant droit dans les yeux, Jean-A. et moi. Nous sommes bien d'accord ?

On a hoché la tête en silence, rassurés de s'en sortir à si bon compte.

– Maintenant, il est grand temps de filer à l'école si vous ne voulez pas être en retard. Et qu'aucun espion amateur ne s'avise de laisser traîner une seule de ses petites oreilles décollées pendant que votre père me parle de sa surprise, sinon…

Attrapant nos cartables, on a tous détalé sans attendre qu'elle ait fini sa phrase.

– C'est ta faute, sale rapporteur, j'ai dit à Jean-A. dans l'ascenseur.

– Rapporteur toi-même, a ricané Jean-A. Elle était nulle, ton idée, d'abord.

le camembert volant

– De toute façon, j'ai dit, on ne prendra plus jamais de 5ᵉ à lunettes dans notre club. Bien fait pour toi !
– M'en fous, a dit Jean-A. Un club de primaires, c'est trop débile.
– Débile toi-même, j'ai dit.
– Répète un peu si t'es un homme, a ricané Jean-A.
Et on s'est séparés en courant pour ne pas arriver en retard à l'école.

la surprise de papa

Quand on est revenus à la maison ce soir-là, papa n'était pas encore rentré.

– Une surprise est une surprise, a dit maman en refusant de répondre à nos questions. Il vous faudra patienter jusqu'au dîner. Vous n'auriez pas vos devoirs à faire, par hasard ?

C'était l'heure de *Rintintin* sur la télé des voisins, alors on a dit « si si ! » et on a filé aux toilettes.

Nous, on n'a pas la télé. Maman dit qu'on a d'autres choses à faire que s'abrutir devant des émissions stupides. Pour voir *Rintintin*, on est obligés de monter sur le siège des cabinets : par le petit vasistas, on a une vue géniale sur le poste de M. Bertholin. Comme il habite l'immeuble d'en face, sa télé ressemble à un minuscule timbre-poste, mais avec les jumelles de Jean-A., on arrive à deviner l'histoire, même s'il n'y a pas de son.

Seulement, on n'a qu'une paire de jumelles, et Jean-A. veut toujours la prendre. En plus, la cuvette des toilettes n'est pas assez large

le camembert volant

pour y tenir debout à trois. Jean-C. n'arrêtait pas de crier : « À moi de voir, maintenant ! » en nous tirant par le pantalon. Alors Jean-A. lui a filé une beigne et ça s'est mal terminé.

– Je croyais que vous deviez faire vos devoirs ! a crié maman. Dans vos chambres, immédiatement !

C'était la fin de l'année. À part Jean-A. qui fait initiation latin parce qu'il est en 5e, on n'avait pas de travail à faire. Comme M. Martel est très sévère, j'en ai quand même profité pour préparer des lignes d'avance, ça pouvait toujours servir.

J'ai une technique spéciale pour ça. Je copie deux cents fois :
Je ne…
Je ne…
Et je laisse le reste de la ligne en blanc. Comme ça, selon la punition, il n'y a plus qu'à compléter :
… me moque pas de l'une de mes camarades parce qu'elle a un appareil dentaire.
Ou bien :
… lance pas des boulettes de papier mâché pendant la leçon de morale.

Comme on a un bureau à deux places, Jean-A. n'arrêtait pas de loucher par-dessus mon bras.

– « Je ne, je ne… », il a ricané. Trop débiles, les primaires !
– Banane, j'ai dit. Tu y as été, toi aussi, en primaire.
– Oui, mais moi j'avais jamais de lignes de M. Martel.
– Forcément, j'ai dit. T'étais son chouchou.

Jean-A. déteste qu'on dise qu'il était le chouchou de M. Martel. Il a pris son stylo à plume, l'a dévissé et a vidé sa cartouche sur mes lignes d'avance en répétant : « Je ne, je ne ! » comme s'il était atteint d'une maladie mentale incurable.

– Tu vas le payer, j'ai dit.

On a commencé à se rouler sur le tapis quand Jean-C. est entré dans la chambre.

– Maman, maman ! il a crié. Les grands sont encore en train de se battre !

– Sale rapporteur, a fait Jean-A.

Et il lui a lancé une chaussure. Jean-C. s'est baissé et Jean-D. qui

Une famille aux petits oignons

arrivait au triple galop, son épée à la main, l'a reçue en pleine figure. Alors il s'est jeté dans la mêlée en appelant Jean-E. à la rescousse.

Ça a été une sacrée bagarre.

À un moment, Jean-C. a voulu sauter sur le lit du haut, mais Jean-A. a été le plus rapide.

– Sortez de notre chambre ou vous êtes des hommes morts, il a dit en brandissant son polochon.

– Jamais! ont ricané Jean-C. et Jean-D. On est les moyens venus de l'espace! Votre planète nous appartient!

– Les Pygmées attaquent! j'ai dit en sautant à mon tour sur le lit. Ils ne nous prendront pas vivants!

– Pas de quartier! ont lancé les moyens.

– D'accord, j'ai dit, mais on ne touche pas aux affaires.

– T'inquiète, a ricané Jean-A. en enlevant ses lunettes. Qu'ils essayent un peu et ça va sacrément dégénérer…

– Dégénéré toi-même, a dit Jean-C.

– Les enfants! a appelé maman. Papa vient d'arriver!

Juste au moment le plus intéressant… On s'est quand même envoyé quelques beignes, histoire de ne pas tout gâcher, puis on a filé au salon pour découvrir la surprise de papa.

Même si on n'a pas la télé, ça avait quand même été une super fin d'après-midi.

Dans le salon-salle à manger de notre appartement de Cherbourg, il y a un grand canapé, deux fauteuils et des petites tables gigognes. Maman les a achetées l'hiver dernier dans un magasin de meubles suédois. Six tables basses toutes pareilles, mais de tailles différentes pour pouvoir les ranger les unes dans les autres.

– Chacun la sienne, a dit maman qui est très organisée. Ça évite les disputes et ça ne prend pas de place sur le tapis.

Même Jean-F. a sa table gigogne, ce qui est un peu bête vu qu'il a déjà une tablette sur sa chaise de bébé. Mais si on oublie de sortir la sienne, il arrête de respirer et se met à crier si fort qu'on regrette vraiment qu'il ne soit pas une fille.

Ce soir-là, en l'honneur de la surprise de papa, maman avait préparé des tas de petites assiettes remplies de canapés au beurre de saumon, de chips, de cacahuètes et de gougères individuelles.

le camembert volant

J'adore quand on fait un apéritif dînatoire. C'est comme ça qu'elle dit quand elle n'a pas envie de faire la cuisine ou les soirs d'anniversaire. On a le droit de manger avec les doigts et de boire autant de boisson gazeuse qu'on veut, assis tous en rond sur le tapis du salon. Sauf Jean-F., bien sûr, parce que maman dit que les bulles ballonnent l'estomac.

Papa a profité de l'occasion pour utiliser le cadeau de Noël que lui a offert papy Jean : une drôle de bouteille en métal argenté qu'on appelle un siphon et qui ressemble à l'extincteur de l'école. On glisse à l'intérieur de petites cartouches de gaz et, quand on appuie sur le bec, ça projette de l'eau de Seltz en faisant des éclaboussures partout.

– Messieurs, a dit solennellement papa en levant son doigt de whisky, à la santé de tous les Jean !

C'est le signal qu'on attendait pour se jeter sur l'apéritif : Jean-A. a gobé trois gougères d'un seul coup, Jean-D. se remplissait les poches de chips, et quand Jean-C. et Jean-E. ont commencé à se bombarder avec les cacahuètes, maman a dû mettre le holà.

– C'est un apéritif dînatoire, elle a dit, pas le repas des fauves.

Ça a un peu cassé l'ambiance, surtout que personne ne voulait goûter les canapés au beurre de saumon. Papa a tenté de reprendre un doigt de whisky, mais il a vite compris au regard de maman que ce n'était pas le moment de refaire des éclaboussures sur la table avec son nouveau siphon.

– Bon, il a dit. Qui veut connaître la grande surprise ?

– Moi, moi ! on a tous crié.

Il a pris sa pipe, l'a bourrée de tabac et a attendu de faire des petits pop-pop de fumée avant de commencer.

– Voilà, il a dit. Votre mère a beau être très organisée, cet appartement est devenu trop petit pour nous huit depuis la naissance de Jean-F. Et je ne parle pas du désordre qui règne dans vos chambres : même une chatte n'y retrouverait pas ses petits…

Tout le monde s'est senti visé, sauf Jean-F. qui s'est mis à pédaler dans sa chaise de bébé en entendant son nom.

– Après en avoir longuement discuté, a repris papa, votre mère et moi avons pris une grande décision.

– On va avoir la télé ? a demandé Jean-A.

Une famille aux petits oignons

– Non, a dit papa. On va déménager.
– Déménazer ? a répété Jean-E.
– On quitte Cherbourg, a opiné papa en expédiant un rond de fumée vers le plafond. Je suis nommé à la rentrée prochaine à l'hôpital de Toulon.

Un silence de mort a suivi. On aurait dit qu'il venait de lâcher un champignon atomique au milieu du salon.

Bouche ouverte, on remuait tous les lèvres mais aucun son n'en sortait, comme les héros de *Rintintin* sur la télé de M. Bertholin.

Jean-C. en a profité pour enfourner une poignée de cacahuètes, puis Jean-A. le premier a retrouvé l'usage de la parole :

– Tu veux dire qu'on s'en va pour toujours ? il a bégayé.
– Qu'on verra plus nos copains ? j'ai balbutié.
– Et qu'on n'ira plus à la piscine municipale ? a demandé Jean-C.
– Ni acheter des gâteaux à la pâtisserie Boudineau ? a poursuivi Jean-D.
– Ni zouer au zardin public ? a zozoté Jean-E.
– Ouin ! a fait Jean-F. en arrêtant de respirer.
– Pas de panique, a dit papa. D'abord on ne part pas avant la fin du mois de juillet…
– Et puis, a ajouté maman, on a décidé autre chose : pas question de déménager si la majorité n'est pas d'accord.
– C'est quoi, la mazorité ? a questionné Jean-E.
– C'est quand on ne demande pas leur avis aux minus, a dit Jean-A. qui se croit le meilleur en vocabulaire parce qu'il est en 5e.
– Banane, a dit Jean-C. La majorité, c'est quand on a le droit de piloter une voiture de course.
– Banane toi-même, a ricané Jean-A.
– La majorité, c'est le droit de chacun d'exprimer librement son avis, a expliqué maman qui a des principes éducatifs. N'est-ce pas, chéri ?
– Exactement, a dit papa. Et le premier qui n'est pas d'accord, je l'expédie séance tenante en pension chez les enfants de troupe !

Mais avant de voter, il a voulu d'abord nous montrer où se trouve Toulon sur la carte routière.

Papa est très fort, sauf pour déplier les cartes. Quand il a réussi à

le camembert volant

l'étaler, elle était toute déchirée à l'endroit des plis. C'est le moment qu'a choisi Jean-E., que personne ne surveillait, pour envoyer dessus une giclée d'eau de Seltz avec le nouveau siphon offert par papy Jean.

Papa a poussé un juron, Jean-F. s'est arrêté de respirer, et ça allait tourner à la catastrophe quand maman a eu l'idée de sortir l'atlas de la bibliothèque et de servir à papa un nouveau doigt de whisky.

Pendant qu'elle allait coucher Jean-F., on a tous fait cercle autour de lui.

– Regardez, il a dit en chaussant ses lunettes : Cherbourg est ici, sur cette petite pointe qu'on appelle la presqu'île du Cotentin. Vous la voyez ? On dirait une sorte de verrue sur un nez... Eh bien, Toulon se trouve exactement ici.

Son doigt a traversé toute la France et a pointé un endroit tout en bas de la carte. Tellement loin de Cherbourg, j'ai pensé avec un pincement au cœur, que c'était fichu pour notre club d'agents secrets avec François Archampaut. En plus, comme a expliqué papa, il fait toujours beau à Toulon. Est-ce que vous imaginez des espions professionnels portant un short et des sandales en plastique ?

– Vous voyez cette mer ? a continué papa. C'est un peu comme la Manche, sauf qu'on peut s'y baigner sans devenir bleu de froid... On l'appelle la Méditerranée parce que... eh bien...

– Ça vient du latin, a dit Jean-A. qui en fait depuis qu'il est en 5e.

– Merci ! a dit papa un peu vexé. Si vous m'interrompez sans arrêt...

– Est-ce qu'il y aura une piscine municipale à Toulon ? a demandé Jean-C.

– Bien sûr, a dit papa. Avec une eau tellement chaude qu'il faut y apporter ses glaçons !

– Et un zardin public pour zouer ? a demandé Jean-E.

– Bien sûr ! Mais qu'est-ce que vous diriez d'avoir une maison, avec un vrai jardin rien que pour nous ? a dit papa avec un petit sourire.

– Une maison ? Alors j'aurai ma chambre à moi tout seul ? s'est écrié Jean-C.

– Et je pourrai avoir un chien ? j'ai fait.

– Et moi une télé dans ma chambre ? a renchéri Jean-A.

Une famille aux petits oignons

– Et un portique dans le jardin ? a proposé Jean-D. Pour faire de la corde lisse et jouer à cochon pendu ?

– On verra quand on sera là-bas, a dit maman en revenant de la chambre de Jean-F. Vous oubliez un détail important, il me semble… Nous n'avons pas encore voté.

– Tu es certaine que c'est bien utile, chérie ? a demandé papa en soupirant.

– Certaine, a dit maman.

Comme la carte routière était fichue de toute façon, papa a découpé dedans des petits bouts de papier qu'il a distribués avant d'expliquer les règles du vote.

– Le principe est simple : ceux qui sont pour qu'on déménage, vous écrivez « oui » sur votre bulletin. Pour les autres, je rappelle qu'il existe une excellente pension qui s'appelle les enfants de troupe…

– C'est un vote à bulletin secret, a corrigé maman. Chacun a le droit de donner librement son avis.

– Qu'est-ce que j'ai dit ? a protesté papa.

On est tous passés au vote. Il a fallu que maman aide Jean-E. et Jean-D qui ne savent pas écrire et quand on a eu fini, papa s'est éclairci la gorge avant de tirer un à un nos bulletins et de les lire solennellement.

Même sans voir l'écriture, c'était facile de reconnaître ce que chacun avait voté.

Oui, à condition qu'on ait la télé : du Jean-A. tout craché.

Ze veux bien déménazer à Toulon : Jean-E.

Jé pas vu ou été Toulon : ça c'est Jean-C. qui ne comprend jamais rien et qui est nul en orthographe.

D'accord si on va à la piscine municipale le samedi après-midi comme ici : Jean-D.

Le dernier était un « NON ! » en énormes majuscules. Comme c'est un vote à bulletin secret, je ne dirai pas qui l'a écrit, même sous la torture.

– « Non » ? a répété papa. « Non » ? Que celui qui refuse de déménager se dénonce immédiatement !

– C'est Jean-B. ! a ricané Jean-A. Il ne veut pas quitter François Archampaut !

le camembert volant

– Silence, a dit maman. Chacun a le droit de s'exprimer librement.

Papa a fait rapidement les comptes. Au total, il y avait trois oui, un bulletin nul (celui de Jean-C.) et un seul non.

– Mes enfants, il a dit en ôtant ses lunettes, la majorité d'entre vous s'étant largement prononcée pour le oui, la décision est adoptée : nous ferons la prochaine rentrée scolaire à Toulon, charmante ville de la côte méditerranéenne et sous-préfecture du Var, célèbre pour la clémence de son climat et l'exceptionnelle qualité de son corps médical ! Hip, hip, hip…

– Hourra ! ont crié les autres. Vive Toulon !

– Chut ! a fait maman qui déteste quand on chahute avec papa parce que ça dégénère toujours. Vous allez réveiller Jean-F.

Ça m'a donné une idée tout à coup.

– Attendez, j'ai dit. Jean-F. a le droit de voter lui aussi.

– Jean-F. ? a ricané Jean-A. Il sait même pas parler, je t'apprendrai !

– C'est pas une raison, j'ai dit. C'est un Jean comme les autres.

– Jean-B. a raison, a dit maman. Ce n'est pas parce que Jean-F. est le petit dernier qu'il n'a pas le droit de s'exprimer.

– S'exprimer ? a répété papa. Mais enfin, chérie, c'est un nourrisson ! Pourquoi ne pas faire voter la tortue tant qu'on y est ?

– Très bien, chéri, a dit maman très calmement. Si tu compares mon fils à une tortue…

En fait, quand il agite les jambes dans son Babygro, Jean-F. ressemble plutôt à une grosse grenouille. Mais au regard que m'a lancé papa, j'ai pensé que ce n'était pas la peine de le contredire.

C'est le moment qu'a choisi Jean-F. pour se mettre à hurler dans sa chambre.

– Tu vois ? a triomphé maman. Il proteste contre cette injustice flagrante.

– Bon, a dit papa avec accablement, je te propose un compromis : si Jean-F. pleure moins de trois minutes trente, c'est qu'il accepte de déménager. Plus, c'est qu'il refuse. D'accord ?

– D'accord, a dit maman.

Papa a ôté sa montre-chronomètre et on a fait cercle autour de lui en se bouchant les oreilles.

Une famille aux petits oignons

C'est long, trois minutes trente à écouter Jean-F. hurler, même pour une décision aussi importante qu'un déménagement !

Une minute... Une minute trente... Deux minutes... Trois moins le quart... J'avais l'impression que la trotteuse de papa marchait au ralenti... Trois minutes dix... Trois minutes vingt...

À l'instant où je pensais que c'était gagné, Jean-F. a fait une sorte de petit gargouillis et s'est tu subitement.

– A voté ! a dit lugubrement papa en arrêtant son chronomètre.

Quatre contre un. La majorité avait décidé : à la fin du mois de juillet, on quittait Cherbourg, François Archampaut, les gâteaux du dimanche à la pâtisserie Boudineau, la piscine municipale et le magasin de farces et attrapes de la rue de l'école...

Je suis allé me coucher avec une drôle de boule dans la gorge. Même si l'appartement était trop petit et que je devais partager ma

le camembert volant

chambre avec Jean-A., c'était notre appartement à nous, et je n'arrivais pas à penser qu'on allait devoir vivre ailleurs.

Où est-ce que j'achèterais mon *Journal de Spirou* chaque semaine ? Et mes boules coco ? C'en était fini du patin à roulettes au pied de l'immeuble, des déjeuners du dimanche au restaurant du Cercle Naval, des télés allumées dans la vitrine de la boutique d'électroménager... Même la pluie du jeudi après-midi allait me manquer, et les jours où il faut monter les onze étages à pied parce que l'ascenseur est en panne.

Même si j'aimerais être fils unique quelquefois, je déteste que les choses changent. Et un déménagement, c'est le pire bouleversement qui puisse arriver. Je ne souhaiterais ça à personne, même à mon pire ennemi.

– T'inquiète, banane, a fait Jean-A. depuis le lit du haut. Tu verras, à Toulon, les copains, c'est pas ça qui manque. Et puis tu seras chez les grands, comme moi. On pourra toujours se castagner tous les deux à la récréation.

Il a ricané dans l'ombre, mais je sentais sa voix mal assurée.

– Banane toi-même, j'ai dit.

Mais le cœur n'y était pas vraiment.

Une télé sur la lune

L'année scolaire a filé à toute vitesse.

Pour une fois, j'aurais voulu qu'elle ne s'arrête jamais. Il y avait tellement de choses que j'avais envie de faire encore avant de quitter Cherbourg : aller voir un film de cow-boys au cinéma Rex, lire les Club des Cinq que je n'avais pas eu le temps d'emprunter à la bibliothèque municipale, ou parler à Nathalie, la fille de M. Martel, qui a des couettes et qui est à l'école des filles à côté de la nôtre…

En 6e, ce n'est pas la même chose qu'en primaire. Garçons et filles sont mélangés dans la même classe : si on n'avait pas déménagé, j'aurais pu être avec elle à la rentrée. J'aurais même pu lui parler, qui sait.

Jean-A. dit qu'avec ses couettes, la fille de M. Martel ressemble à Annie dans le Club des Cinq. Lui, sa préférée, c'est Claude parce que c'est un garçon manqué.

De toute façon, il dit que les filles sont nulles, mais c'est parce qu'il a des lunettes et que la sœur de Stéphane Le Bihan a de meilleures notes que lui en latin.

Jean-C. dit que Jean-A. est amoureux en secret de la sœur de Stéphane Le Bihan, et que c'est pour ça qu'il passe des heures à se coiffer dans la salle de bains, le matin, avant de partir à l'école.

le camembert volant

– J'ai un épi, banane, a ricané Jean-A. Et puis d'abord, quand je serai grand, je ne me marierai jamais. J'aurai un bolide à une place et une maison avec marqué « Interdit aux filles ».

Seulement, quand Jean-C. s'est amusé à faire des grimaces à la sœur de Stéphane Le Bihan derrière la vitrine de l'épicerie où elle achetait des bonbons, Jean-A. lui a collé une beigne sonore dont Jean-C. a gardé l'empreinte sur la joue pendant toute une semaine.

C'est ça que je regretterai le plus quand on quittera Cherbourg : nos disputes en rentrant de l'école.

Le dernier jour de classe, M. Martel a organisé un goûter pour fêter la fin de l'année.

Il avait invité les CM2 de l'école des filles, mais on est restés dans notre coin à ricaner entre garçons pendant que les filles gloussaient en se goinfrant de nos gâteaux.

Après, on est sortis dans la cour, mais elles se sont mises à jouer à l'élastique et à rigoler en se disant des trucs secrets à l'oreille. Nous, pour rigoler aussi, on s'est mis à leur tirer dessus avec le ballon de foot, alors ça a dégénéré. À un moment, le grand Cyril a shooté tellement fort qu'il a fracassé la fenêtre de la classe. M. Martel est sorti avec son sifflet, personne ne voulait se dénoncer, alors Nathalie, la fille de M. Martel, a montré le grand Cyril du doigt et on est tous rentrés copier cent lignes pendant que les filles nous faisaient des grimaces par la fenêtre.

– C'est toujours comme ça avec les filles, a dit François Archampaut. Tu comprends maintenant pourquoi je n'ai pas voulu avoir de sœur…

Quand je lui ai demandé ce qu'il faisait pour les vacances, il a pris son air mystérieux qui énerve Jean-A.

– Désolé, il a dit. Mission top secrète. Il vaut mieux que tu ne saches rien. Je ne voudrais pas qu'on te torture pour te faire avouer où je suis.

Comme François Archampaut apprend la télépathie, ça n'était pas grave que je n'aie pas encore d'adresse où il pourrait m'écrire à Toulon. On s'est juré qu'on s'enverrait des messages codés et qu'on resterait copains jusqu'à la mort. Puis il est monté dans la DS 19 de son père, le chauffeur a mis les gaz et il a disparu en agitant la main,

Une famille aux petits oignons

me laissant seul sur le trottoir avec mon gros cartable et une boule de chagrin dans la gorge.

Tout le monde criait, lançait ses cahiers en l'air. Les grandes vacances commençaient, mais pour la première fois, ça me donnait envie de pleurer.

Nous, à cause du déménagement, on ne partirait qu'au mois d'août en vacances, dans la nouvelle maison de campagne de papy Jean et de mamie Jeannette.

Jean-A., qui râle tout le temps, dit que c'est nul de rester à la maison quand tous nos copains sont partis. Heureusement, il y a le Tour de France : on passe les après-midi à jouer aux petits cyclistes en écoutant les étapes sur le poste de radio du salon. Comme il veut toujours être le maillot jaune, on se met des peignées et ça finit toujours mal parce que maman est un peu à cran à cause du déménagement.

Elle a déjà commencé à mettre dans des cantines toutes les choses qu'on n'utilisera pas avant le départ : les moufles pourries des cousins Fougasse, les pantalons de ski, les chaussettes de laine et les blazers d'hiver qu'on porte le dimanche quand on va à la messe.

Depuis que le déménageur a cassé un vase en prenant les mesures de la bibliothèque, elle a décidé de tout préparer elle-même. D'un côté, il y a les bagages spéciaux, toutes nos affaires pour les grandes vacances, et de l'autre les cartons où elle emballe les choses qui cassent pour le déménagement, avec des étiquettes « Fragile » et le nom de ce qu'il y a dedans inscrit en gros au marqueur indélébile.

– Rien de tel qu'un peu d'ordre et une bonne liste, répète souvent maman qui est très organisée.

– Chérie, dit papa chaque matin en fouillant les placards vides, tu n'as pas vu ma cravate à rayures ? Et mes lames de rasoir ? C'est curieux, mais je n'ai plus qu'une seule chaussure marron.

Comme il a vite vu que ça n'amusait pas du tout maman, il part à l'hôpital avec une chaussure noire et une marron et la cravate en lainage qu'il déteste, celle que lui a tricotée Mme Vuillermoz avec des restes de layette.

Les Vuillermoz sont des amis de mes parents. Quand elle a appris

le camembert volant

qu'on déménageait, Mme Vuillermoz, qui est très serviable, a proposé à maman de venir s'installer chez nous pour l'aider.

– C'est très aimable de sa part, a dit maman, mais si elle passe cette porte, je ne réponds plus de rien.

Le pire, c'est quand il a fallu vider nos chambres pour tout mettre dans des cartons.

On avait à peine commencé à s'occuper du bureau qu'il y en avait déjà partout : des boîtes de jeux déchirées, la collection de timbres complète de Jean-A., mes porte-clefs publicitaires, des cartouches d'encre mâchonnées, un ballon de foot, une paire et demie de patins à roulettes, une pompe à vélo, des cahiers de classe Clairefontaine, ma boîte à secrets, un reste de sandwich au jambon, une mallette de magicien, le manuel d'origami de Jean-C., des miettes de porte-avions, une chaussette sale roulée en boule, des baguettes de Mikado et un vieux chien en peluche tellement écrasé que personne ne l'a reconnu…

En retrouvant au milieu le tournevis qu'il cherchait pour démonter les lits superposés, papa a commencé à dire quelque chose sur les enfants de troupe, puis il est sorti brusquement avec son tournevis pour faire du bruit dans la cuisine.

– C'est un déménagement ou vous comptez ouvrir une quincaillerie ? a dit maman. Pas question d'emporter tout ce capharnaüm.

Seulement, Jean-A. ne voulait jeter que mes affaires, alors on a commencé à se les envoyer à la figure.

– Ta peluche pourrie, à la poubelle !
– À la casse, ta maquette nulle !
– Regarde ce que je fais de ton Monopoly !
– Si tu touches ma boîte à secrets, tu es mort !
– Tu veux ta pompe à vélo dans la figure ?
– Maman, les grands sont en train de se battre ! a rapporté Jean-D.
– Viens le dire ici si t'es un homme, a fait Jean-A.
– Ça t'amuse de t'en prendre à un plus petit que toi ? a demandé Jean-C. en rappliquant à son tour.
– Tant pis pour vous, les minus, a ricané Jean-A. Vous l'aurez voulu.

Une famille aux petits oignons

Je suis allé fermer la porte de la chambre pour qu'on soit plus tranquilles et on a commencé à se taper dessus comme des malades.

À un moment, maman a crié depuis le couloir :

– Ça va, les grands ? Vous vous en sortez ?

– On range ! on a crié.

Et la castagne a repris de plus belle.

En fait, ça a été un super mois de juillet.

Dans le salon, il y avait des caisses partout. On avait l'impression de camper dans un appartement que des voleurs étaient en train de cambrioler. Comme les tapis étaient roulés contre les murs, on pouvait faire des glissades en chaussettes sur le parquet ou lancer des billes contre les plinthes. Les pièces résonnaient, on jouait aux alpinistes en grimpant sur les caisses de verres ou de vaisselle marquées « Fragile » dès que maman avait le dos tourné.

Et puis, un soir, juste une semaine avant le départ, papa est rentré du travail en portant dans les bras un gros carton carré qu'il a posé au milieu du salon.

– Il me semblait que l'idée, c'était de vider l'appartement, a fait remarquer maman, pas de le remplir.

– Ne t'inquiète pas, chérie. Ce n'est qu'une location, a dit papa.

– Une location ? a répété maman.

– Chérie, a dit papa en toussotant, je sais que c'est contraire à tous nos principes éducatifs. Mais il faut savoir vivre avec son temps quand les événements l'exigent...

– Les événements ? a répété maman. Quels événements ?

Sans répondre, papa a ouvert le carton et en a sorti avec précaution...

– Une télé ! a beuglé Jean-A. en tombant à genoux.

Je n'en croyais pas mes yeux. C'était bien une télévision ! Un petit poste ventru avec une double antenne télescopique comme celle de M. Bertholin dans l'immeuble d'en face.

– C'est le plus beau jour de ma vie ! a murmuré Jean-A. On va pouvoir regarder *Rintintin* !

– *Nicolas et Pimprenelle* ! a dit Jean-D.

– *La Piste aux étoiles* ! a dit Jean-C.

le camembert volant

— Une minute, a dit papa. Je n'ai pas loué ce téléviseur pour vous laisser vous abrutir devant des émissions stupides…

— Pour quoi, alors ? a demandé Jean-A. très déçu.

— … Pour vous permettre, mon garçon, d'assister à un événement qui entrera bientôt dans vos livres d'histoire !

— Jean-A. va essuyer la vaisselle à ma place ? a suggéré Jean-C.

— Plus incroyable encore, a dit papa. Cette nuit, en direct à la télévision, nous pourrons voir le premier homme marcher sur la Lune !

C'était le 21 juillet 1969.

Je me rappellerai toujours cette nuit-là.

On était assis en rond, tous les huit, dans le salon de notre appartement de Cherbourg. Dehors, la pluie tombait, il faisait noir, avec juste l'écran de notre petite télé de location à antennes télescopiques qui luisait dans la pénombre… Et pendant ce temps-là, tout là-haut, au-dessus de nos têtes, une mission spatiale était en train de se poser sur la Lune.

C'était magique, un peu comme de lire une bande dessinée de science-fiction en sachant que l'histoire qu'elle raconte est vraiment en train de se dérouler.

Comme c'était une vieille télé, l'image n'était pas très bonne, avec des bandes verticales qui défilaient et plein de petits points blancs qui traversaient l'écran en tous sens.

— Est-ce qu'il neige sur la Lune ? a demandé Jean-D.

— Non, a dit papa en bougeant les antennes télescopiques. C'est la retransmission. Vous vous rendez compte, tous ces milliers de kilomètres que l'image doit franchir à travers l'espace pour apparaître dans cette petite boîte ?

Jean-E. s'était posté près de la fenêtre et braquait sur la Lune les jumelles de Jean-A.

— Ze vois les z'astronautes ! il a crié. Ils z'arrivent !

— On ne peut rien voir d'ici, banane ! a ricané Jean-A.

À mesure que l'heure fatidique approchait, on était tous au comble de l'excitation. C'était la première fois qu'on faisait une soirée télé. Sauf que la seule chose qu'il y avait à regarder, c'était des bandes en noir et blanc qui se poursuivaient sur l'écran…

Une famille aux petits oignons

— Ils vont m'entendre, au magasin de location ! tempêtait papa en tortillant les antennes dans tous les sens. On va rater le moment historique !

Au même instant, l'image est apparue.

On a tous poussé un cri en découvrant la capsule, posée sur la Lune comme un gros insecte de métal tout hérissé d'antennes. Autour, on aurait dit un désert glacé. Tout était immobile, figé.

— C'est ça, la Lune ? a demandé Jean-D. un peu déçu. Je croyais que c'était un croissant.

— Pourquoi pas une brioche ? a ricané Jean-A.

— Chut ! a fait maman en installant Jean-F. confortablement sur ses genoux.

Puis la porte de la capsule Apollo s'est ouverte, et Neil Armstrong, le chef de la mission, est apparu sur l'écran qui tremblotait.

Il bougeait si lentement qu'on aurait dit une grosse chenille s'extirpant de son cocon. À cause de la visière de son casque, on ne voyait pas son visage. Il portait une tenue molletonnée d'astronaute, un peu comme les pyjamas de Jean-F., des chaussures plombées mais pas de désintégrateur laser, ce qui, d'après François Archampaut, est très risqué quand on part pour une mission spatiale.

— Aucun danger, banane, a fait Jean-A. Y a pas de Martiens sur la Lune.

— Et les Luniens, alors ? a dit Jean-C.

— Chut ! a dit papa. Le moment est historique.

L'astronaute a commencé à descendre l'échelle de la capsule au ralenti, à cause de l'apesanteur, comme un scaphandrier à l'entraînement dans le grand bain de la piscine municipale.

Parvenu au dernier échelon, il a sauté, toujours au ralenti. Quand ses semelles plombées ont touché la poussière lunaire, on aurait dit qu'elles se posaient sur un oreiller de plume un peu mou et qu'il allait rebondir.

Un instant, il est resté planté là, jambes écartées, comme s'il attendait que des milliers de photographes saluent son exploit. Puis il a dû se rappeler que ce n'était pas possible, vu qu'il était le premier homme à se poser sur la Lune. Alors il a fait un pas, tanguant d'avant en arrière comme un culbuto, avant de déplier le drapeau qu'il por-

le camembert volant

tait à la main et de le planter dans le sol lunaire à la façon d'un alpiniste parvenu au sommet d'une montagne inaccessible...

– Bzzrrrr... Scrouitch ! a fait la télévision.

Des bandes ont traversé l'écran en tous sens et l'image s'est brouillée définitivement.

C'était fini. L'astronaute Neil Armstrong venait de marcher le premier sur la Lune.

– Les enfants, a résumé papa qui a le sens des formules dans les grandes occasions, c'était un petit pas pour l'homme, mais un pas de géant pour l'humanité...

Cette nuit-là, j'ai eu du mal à m'endormir.

Jean-A. aussi, mais lui, c'est parce qu'il s'était relevé en cachette pour regarder la télé. Comme il était très tard, les émissions étaient

Une famille aux petits oignons

finies, il n'y avait plus que la mire de l'ORTF au milieu de l'écran, une bête horloge égrenant les secondes.

– Et alors ? il a dit. Pour une fois qu'on a la télé, autant en profiter jusqu'au bout.

Dans l'appartement, tout le monde dormait à part nous. Il avait cessé de pleuvoir et la lumière de la lune entrait par les fenêtres, pâle et un peu inquiétante.

Est-ce que les astronautes dormaient, là-haut, dans leur navette spatiale ? Est-ce qu'ils regardaient eux aussi la télé, comme Jean-A. ?

Je me suis promené dans les pièces désertes au ralenti en essayant de rebondir, me demandant quel effet ça me ferait, quand je serais grand, d'être le premier homme à poser le pied sur Mars.

– Allô la Terre, me recevez-vous ? baragouinait Jean-A. dans sa main comme s'il était assis devant un écran de contrôle. Ici la navette Apollo… Me recevez-vous ?

– Cinq sur cinq, a dit papa en surgissant en pyjama.

Les gifles sont parties comme des fusées.

Papa a dit que, puisque c'était comme ça, il rapporterait dès le lendemain la télé au magasin de location et on a filé se coucher sans demander notre reste.

En fait, rien n'avait vraiment changé depuis que l'homme avait marché sur la Lune. Dans une semaine, on allait quitter Cherbourg.

Pourtant, c'est drôle, tout à coup je n'avais plus peur de déménager.

Qu'est-ce que c'était, quelques centaines de kilomètres, comparé aux années-lumière qui m'attendaient quand je serais astronaute, filant dans un bolide galactique ultra-rapide et envoyant à travers l'espace des messages codés à François Archampaut ?

le déménagement

– Jour J, a dit papa ce matin-là en faisant irruption dans notre chambre. Tout le monde sur le pont.

D'habitude, il faut qu'il revienne plusieurs fois pour nous réveiller, Jean-A. et moi. Mais cette fois-ci, on a sauté du lit avant même qu'il ajoute : « Ça sent le fauve, là-dedans ! », et on a filé à la salle de bains.

– Je compte sur vous, les garçons, a dit papa. Nous avons une dure journée devant nous. Alors de l'ordre et de la discipline !

Ce qui est bien, les jours de déménagement, c'est que personne ne pense à vérifier si on s'est bien lavé les dents. Maman s'occupait de Jean-F., papa réveillait les moyens, alors on a poussé le verrou de la salle de bains, ouvert l'eau à fond et on s'est assis sur le rebord de la baignoire en commençant les bandes dessinées que papa nous avait achetées pour le voyage.

– Vous avez bientôt fini ? a lancé papa à travers la porte.

– Argg-gle-gle-gleu ! a répondu Jean-A. en faisant semblant de se gargariser.

Puis il a attendu que papa s'éloigne, a entrebâillé la porte et a craché toute l'eau sur les moyens qui attendaient leur tour en pyjama.

Une famille aux petits oignons

– Papa, les grands lisent leurs bandes dessinées au lieu de se laver ! a rapporté Jean-C.

– Jean-C. veut se laver les dents avec une brosse à chaussures ! a contre-attaqué Jean-A.

Au moment où papa se ruait sur Jean-A. et Jean-C., on a sonné à la porte : c'était les déménageurs.

– C'est bien ici, le déménagement pour Toulon ? a demandé le chef d'équipe.

– Oui, pourquoi ? a dit papa.

– Pour rien, a dit le chef en nous découvrant tous assemblés dans nos pyjamas à rayures, les cheveux hérissés sur la tête. J'ai cru un instant être tombé au beau milieu d'une bataille d'eau…

– Ne vous inquiétez pas, a dit papa. Tout est prêt… Enfin, presque.

C'est le moment qu'a choisi Jean-E. pour débouler à fond sur son tricycle. Les bagages pour les vacances étaient préparés dans l'entrée, avec des étiquettes « Ne pas emporter » pour que les déménageurs ne se trompent pas. Jean-E. a tenté de les éviter, mais comme il était en chaussettes, il n'a pas pu freiner et est allé s'encastrer dans la chaise haute de Jean-F.

Papa l'a attrapé par le fond de son pyjama.

le camembert volant

– Je vais t'apprendre à faire du vélo dans l'appartement ! il a dit en le secouant comme un prunier.
– Z'ai raté mon viraze ! a zozoté Jean-E. C'est pas ma faute !
– C'est vrai : ce n'est pas sa faute, a répété le chef des déménageurs.
– Comment ça, pas sa faute ? s'est étranglé papa.
– À cet âge, a dit le chef, c'est toujours les parents qui sont responsables. Pas vrai, vous autres ?
– Sûr, ont fait les déménageurs en hochant la tête. Ce n'est pas sa faute…
– Vous voyez bien, a dit le chef. Et puis, fesser un enfant, c'est toujours un constat d'échec pour les parents.
– Merci de vos conseils, a dit papa, mais je vous prierais de ne pas vous mêler de nos principes éducatifs !

Le chef des déménageurs mesurait au moins deux mètres de large, avec des muscles qui débordaient partout de sa salopette. Papa est très fort lui aussi, mais comme les déménageurs étaient trois, il n'a pas voulu se montrer impoli en insistant davantage.

– Très bien, il a dit en reposant Jean-E. sur le sol, mais ce petit sacripant ne perd rien pour attendre…

Il a laissé maman s'occuper des déménageurs et il est descendu charger la voiture en jurant que c'était bien la dernière fois qu'il partait en vacances un jour de déménagement.

Le problème, c'est la voiture. Comme les bagages ne tiennent pas tous dans la malle, à cause des affaires de Jean-F., il faut en mettre sur la galerie. C'est toujours quand il a fini de sangler la bâche qui les protège de la pluie que papa s'aperçoit qu'il a oublié une valise et qu'il faut tout recommencer.

En plus, avec les déménageurs qui monopolisaient l'ascenseur, il devait faire tous les étages à pied. À voir sa tête s'allonger à chaque voyage, on a vite compris qu'on avait intérêt à se tenir à carreau si on ne voulait pas finir aux enfants de troupe.

À un moment, il a voulu donner un conseil aux déménageurs qui dévissaient les lits superposés de nos chambres. Papa est très fort en bricolage. C'est lui qui avait démonté les meubles de la cuisine, mais il doit avoir une technique bien à lui parce que quand le chef des déménageurs a vu le travail, il s'est gratté la tête et a dit :

Une famille aux petits oignons

– Il y a eu une attaque nucléaire par ici récemment ?

– Non, a dit papa fièrement. Ce sont des meubles de cuisine suédois. Je m'en suis occupé moi-même.

– Ah bon, a dit le chef. Alors j'espère que vous avez gardé la notice pour les remonter, parce que ça va pas être de la tarte, c'est moi qui vous le dis.

Heureusement que maman avait tout préparé à l'avance, parce que les déménageurs n'avaient pas l'air d'être pressés. Papa ne cessait de regarder sa montre, et quand ils se sont arrêtés pour s'asseoir sur les caisses du salon, j'ai cru qu'il allait s'étrangler.

– C'est une grève ? il a dit.

– Non, un casse-dalle, a dit le chef en mordant dans un énorme sandwich aux cornichons.

– À cette heure-ci ? a dit papa. Mais vous venez à peine de commencer !

– C'est syndical, a dit le chef.

– Et retarder une famille de six enfants qui s'apprête à faire une longue route pour partir en vacances, c'est aussi syndical ? a dit papa en tentant de garder son calme.

– Avantage acquis, a dit le chef en haussant les épaules. Vous n'auriez pas une petite bière ?

– Laisse, chéri, a dit maman. De toute façon, c'est l'heure du biberon de Jean-F.

– Si on jouait à cache-cache ? a proposé Jean-C. quand les déménageurs ont repris le travail.

– D'accord, a dit Jean-A. qui veut toujours commander, mais c'est moi qui compte.

– Non, c'est moi, a dit Jean-D.

– Tu sais même pas compter jusqu'à cent, banane, a ricané Jean-A.

– Et toi tu triches toujours, a dit Jean-C.

– On tire au sort, j'ai dit.

– Moi aussi, ze veux zouer avec vous ! a zozoté Jean-E.

On s'est marrés comme des baleines.

Débarrassé de ses meubles, l'appartement semblait plus grand, plein d'endroits inconnus, de placards vides, de recoins entre les caisses où se glisser. Papa et maman étaient occupés avec les démé-

le camembert volant

nageurs, on pouvait chahuter et se faire des croche-pieds, poursuivis par Jean-E. en danseuse sur son tricycle qui hurlait à tue-tête :

– C'est pas du zeu ! Attendez-moi !

Jean-A., qui triche tout le temps, nous trouvait à chaque fois. Jean-D. a profité qu'il était caché avec lui dans le placard à balais pour lui mordre la fesse, alors Jean-A. lui a filé une beigne. Il s'est mis à hurler, Jean-C. les a trouvés, alors Jean-A. lui a filé une beigne à lui aussi.

– À moi de compter maintenant, j'ai dit pour les mettre d'accord.

– Tu ne me trouveras jamais ! a dit Jean-C. Je suis l'homme invisible !

– Non, c'est moi, a dit Jean-D.

Ils ont tous filé se cacher pendant que je commençais à compter. J'en étais à vingt-cinq quand maman a crié :

– Les enfants ! Les déménageurs ont fini ! C'est l'heure de partir !

Juste quand c'était mon tour et qu'on commençait à bien s'amuser… J'ai rejoint papa et maman dans l'entrée en râlant pour dire au revoir aux déménageurs.

– Félicitations, ma petite dame, a dit le chef. Déménager avec six enfants, ça n'est pas de la tarte !

– Bah, a dit maman. Il suffit d'un peu d'organisation.

– Et encore, a dit papa, vous n'avez pas vu les six autres…

– Les six autres ? a répété le chef. Vous avez douze garçons ?

– Je les commande en gros dans une centrale d'achat, a dit papa très sérieusement.

– Vous rigolez ? a dit le chef en sortant à reculons.

– Non, non, a dit papa. C'est moins cher qu'à l'unité…

– Chéri, a dit maman, je ne suis pas sûre que ces messieurs partagent ton sens de l'humour.

Elle devait avoir raison, parce qu'au regard que les déménageurs nous ont lancé en montant dans l'ascenseur, on aurait dit qu'ils quittaient une maison de fous.

– Et voilà le travail, a dit papa. Tout s'est bien passé, finalement.

Ça faisait quand même drôle de penser qu'on ne reviendrait plus jamais ici. Maman a fait un dernier tour dans l'appartement vide, histoire de vérifier qu'on n'avait rien oublié. Puis elle a pris Jean-F.

Une famille aux petits oignons

dans les bras, nous nos bandes dessinées, papa les derniers bagages, et il a fermé la porte à clef pour la dernière fois.

– Au revoir, Cherbourg, il a dit. Et merci. On a été heureux ici tous les huit…

– Au revoir, Cherbourg, on a répété.

Mais c'était comme si on avait tous eu une sorte de chat dans la gorge.

– Et maintenant, a ajouté papa, en route pour les vacances ! Hip, hip, hip…

– Hourra ! on a crié tous en chœur.

Enfin, tous… Pas exactement. C'est seulement quand on est montés dans la voiture qu'on s'est aperçus que Jean-C. n'était pas avec nous.

– Comment ça, Jean-C. a disparu ? s'est étranglé papa. Il a dû rester là-haut !

– Impossible, a dit maman. J'ai fait le tour de l'appartement.

– Il n'a pas pu disparaître comme ça !

– Oh, avec Jean-C., tout est possible, a dit maman.

– Si on partait sans lui ? a proposé Jean-A. Ça fera plus de place dans la voiture.

Papa s'est retourné vers lui, blanc comme un linge.

– Inutile de s'énerver, chéri, a dit maman. Réfléchissons. Il ne doit pas être bien loin.

– Je crois que je sais, a dit alors Jean-D. d'une toute petite voix.

Moi aussi, je commençais à avoir ma petite idée. Mais comme c'est toujours sur nous que ça retombe, j'ai préféré laisser parler Jean-D.

– On jouait à cache-cache, il a expliqué. J'ai vu Jean-C. entrer dans l'armoire du salon…

Papa et maman se sont regardés.

– Mais alors…, a commencé papa.

– Chéri, a dit maman très calme, je pense qu'il faut rattraper au plus vite le camion de déménagement.

Papa a émis une sorte de mugissement en regardant sa montre.

– Mais ce n'est pas du tout la route qui va chez tes parents !

– J'ai peur que tu doives renoncer à ta moyenne, a dit maman. Je crois qu'on n'est jamais partis en vacances aussi vite.

le camembert volant

On se serait crus dans la DS 19 supersonique de François Archampaut. Les mains crispées sur le volant, papa conduisait sans un mot, fixant la route comme s'il s'attaquait au record du tour des Vingt-Quatre Heures du Mans.

À l'arrière, on s'était faits tout petits. D'habitude, sur la route des vacances, on chante, on se dispute, on vomit les uns après les autres et papa est obligé de s'arrêter en catastrophe tous les dix kilomètres. Mais cette fois-ci, à voir la couleur de ses oreilles, on a tous pensé que ce n'était pas le moment d'avoir mal au cœur.

– Vous croyez qu'on va le retrouver ? a demandé timidement Jean-D.

Personne ne lui a répondu.

Il nous a fallu près de deux heures pour rattraper le camion de déménagement. C'est Jean-E. qui l'a vu le premier.

– Les déménazeurs ! Les déménazeurs ! il a crié.

Par chance, le camion était dans une station-service en train de faire le plein. Papa a pilé net. Arrêtant la voiture, il s'est rué dehors et tout le monde l'a suivi.

– Qu'est-ce que vous faites là ? a demandé le chef éberlué en nous reconnaissant tous les sept.

– Une légère méprise, a fait papa. Vous allez rire…

– Ça m'étonnerait, a dit le chef.

– Voilà, a commencé papa. Mes fils jouaient à cache-cache et le troisième a eu la malencontreuse idée de… de… Enfin, qu'importe. Je vais vous demander d'avoir l'extrême obligeance de bien vouloir ouvrir immédiatement la porte de ce camion.

– Impossible, a fait le chef.

– Impossible ? a répété papa. Et pourquoi donc ?

– C'est syndical, a dit le chef. Interdiction d'ouvrir jusqu'à Toulon.

– Très bien, a dit papa.

Retournant à la voiture, il a ouvert la malle, en a sorti quelques valises pour atteindre le démonte-pneu et il est revenu avec jusqu'au camion.

– Qu'est-ce que vous faites ? a demandé le chef.

– Je libère mon fils ! a dit papa en faisant sauter le cadenas.

Heureusement, les meubles du salon avaient été chargés en dernier.

Une famille aux petits oignons

Ils étaient retenus par des sangles, avec des couvertures pour les protéger des chocs, mais papa n'a pas eu à chercher bien longtemps.

Le plus étonné, ça a été Jean-C. quand papa a ouvert la porte de l'armoire.

Pelotonné à l'intérieur, il était en train de compter à mi-voix comme s'il était encore caché dans le salon de Cherbourg :

– … Six millions sept cent trente-trois mille quatre cent cinquante-quatre… Six millions sept cent trente-trois mille quatre cent cinquante-cinq…

À la façon dont papa l'a extrait de sa cachette par le fond du pantalon, il a compris qu'il se passait quelque chose. Suspendu à vingt centimètres au-dessus du sol, il gigotait comme un poisson au bout d'une ligne, les yeux ronds et l'air complètement ahuri.

– Où suis-je ? il a bégayé. Qu'est-ce qui se passe ?

– J'attends des explications, a fait papa en le secouant comme un prunier.

– On jouait à l'homme invisible, a bredouillé Jean-C.

– L'homme invisible ? a répété papa. Quand j'en aurai fini avec toi, tes fesses seront tellement rouges qu'on pourra les voir depuis la Lune !

– C'est pas ma faute ! a protesté Jean-C. en gigotant de plus belle. C'est Jean-B. ! Il devait compter jusqu'à cent !

– C'est vrai, a dit le chef des déménageurs. Ça n'est pas sa faute.

– Vous, je vous prierai de vous mêler de vos affaires ! a dit papa.

– D'abord, Jean-B. triche tout le temps quand on joue à cache-cache, a dit Jean-A.

– Et qui a eu l'idée géniale de lancer une partie de cache-cache en plein déménagement ? a demandé maman.

– C'est Jean-A., a dit Jean-D. Nous, on voulait pas, mais il nous a forcés.

– C'est même pas vrai ! a dit Jean-A.

– Si, c'est vrai ! a dit Jean-C., toujours suspendu au-dessus du sol par la poigne de papa. Et si Jean-B. n'avait pas triché, jamais vous ne m'auriez découvert !

– Est-ce que tu te rends compte que tu as failli te retrouver tout seul dans un garde-meuble à Toulon ? a rugi papa.

– Avec des rats qui t'auraient grignoté les orteils ? a ricané Jean-A.
– C'est décidé, a dit papa. Je vous expédie tous aux enfants de troupe !
– Ne nous emballons pas, a dit maman qui sentait que ça tournait au vinaigre. Après tout, Jean-C. est sain et sauf, c'est l'essentiel…
– Tu as vu l'heure ? a protesté papa. À cause de ce petit scélérat, nous ne serons jamais chez tes parents avant la nuit !
– Dites, a fait le chef des déménageurs. Je ne veux pas me mêler de ce qui ne me regarde pas, mais on a du chemin à faire, nous aussi, et c'est vous qui paierez le retard.
– Comment ça, c'est nous qui paierons le retard ? a explosé papa en lâchant Jean-C.
– C'est syndical, a dit le chef.
– Les enfants, a dit maman, très calme, je crois qu'il vaudrait mieux que vous remontiez tous en voiture.

Quand papa a eu fini de s'expliquer avec le chef des déménageurs, il s'est rassis sans un mot au volant. Il a passé une vitesse, a fait demi-tour sur les chapeaux de roue au milieu de la station-service et, toujours sans un mot, a repris la route dans l'autre sens.

Dans la voiture, on aurait entendu une mouche voler.

– Eh bien, a essayé maman un peu plus tard. Finalement, tout est bien qui finit bien. N'est-ce pas, chéri ?

Papa s'est tourné vers elle :

– La prochaine fois qu'on doit déménager et partir en vacances chez tes parents, il a dit, rappelle-moi de me casser une jambe, chérie.

Super Jean

Dans la famille, on n'a pas beaucoup d'imagination. Mon grand-père aussi s'appelle Jean, et ma grand-mère mamie Jeannette.

Jean-A., qui achète des BD en cachette avec son argent de poche, a trouvé un surnom pour papy : Super Jean, comme les héros de ses magazines préférés. On n'a pas beaucoup d'argent de poche, alors Jean-A. ne prend que ceux où il y a une page sur deux en couleurs. Il dit que « super » est un mot latin qui veut dire « le plus grand » et que ça l'aide pour ses études de lire ses BD pourries.

La vérité, c'est que Jean-A. se prend pour Superman parce qu'il a des lunettes, comme Clark Kent. Moi, pour rigoler, je l'appelle « Super Banane », on commence à se taper dessus, mais ça c'est une autre histoire…

– Tu peux pas comprendre, ricane Jean-A., parce que tu es en primaire. « Super Jean », ça veut dire « l'aîné des Jean », pas que papy saute des gratte-ciel avec une cape…

L'année dernière, papy Jean et mamie Jeannette ont eu une idée géniale ; acheter une grande maison à la campagne où ils pourront nous inviter.

– Rien de tel pour des enfants que le bon air de la nature, a dit

le camembert volant

mamie Jeannette qui a très peur des microbes et qui veut toujours qu'on se lave les mains au moins dix fois par jour.

– Et puis comme ça, a dit papy Jean, toute la petite tribu aura un lieu où passer des vacances saines et familiales.

Maman déteste les vacances à la campagne. Papa aussi, mais c'est parce qu'il faut qu'il supporte les parents de maman. Surtout mamie Jeannette...

– Pas question de lui raconter l'incident avec Jean-C., a dit papa juste avant qu'on arrive. Ça ferait trop plaisir à ta mère.

Maman s'est tournée vers nous pour nous donner les dernières recommandations.

– Premièrement, pas de chahut pendant la sieste. Deuxièmement, défense absolue de sauter sur les lits. Troisièmement, le premier qui mange son poulet avec les doigts aura affaire à moi... C'est bien compris ?

– Trop génial, a grincé Jean-A. dans sa barbe. Ça va être des super vacances...

– Papy et mamie sont d'une autre génération, a continué maman. Je compte sur vous pour vous tenir comme il faut.

– Ta mère serait trop heureuse de critiquer nos principes éducatifs, a marmonné papa à son tour.

– Pardon ? a dit maman.

– Rien, a dit papa.

– J'ai cru que tu étais injuste avec mes parents, a dit maman. Après tout, ils ont acheté cette maison pour nous.

– Cette ruine ? a dit papa en franchissant la grille pour se garer devant la maison. À mon avis, ils ne l'ont pas achetée : on les a payés pour la prendre !

– Tu es injuste, a dit ma mère en faisant elle aussi la grimace. C'est en plein jour qu'il faut voir la maison.

– Si elle ne s'effondre pas d'ici là, a ricané papa. En tout cas, chérie, ne compte pas sur moi pour tenter de retrouver ta mère dans les décombres...

Comme il faisait nuit à notre arrivée à cause de Jean-C. on s'est couchés presque aussitôt pour être en forme le lendemain.

Mamie Jeannette nous avait installés tous les cinq dans une

Une famille aux petits oignons

grande chambre glaciale, avec trois lits recouverts d'énormes édredons. Comme il n'y avait qu'un seul lit à une place, on a commencé à se chamailler pour l'avoir, mais mamie Jeannette avait tout décidé d'avance : je dormirais avec Jean-A., Jean-C. avec Jean-D. et Jean-E. prendrait le lit individuel.

– D'accord, a ricané Jean-A. dès qu'elle a eu quitté la chambre. Puisque c'est comme ça, la guerre des pieds est déclarée.

Je déteste dormir dans le même lit que Jean-A. Il essaie toujours de me mettre ses pieds dans la figure et de prendre toute la place. Alors je contre-attaque en lui collant sous le nez mes chaussettes sales, et forcément ça dégénère.

– Malheur à toi, Super Banane ! j'ai dit en me jetant sur lui.

Pendant ce temps, Jean-C. et Jean-D. sautaient à pieds joints sur leur lit pour jouer au premier homme à marcher sur la Lune.

Scrouintch ! scrouintch ! scrouintch ! Les matelas de mamie Jeannette étaient si épais et rebondissaient tellement bien qu'on s'est mis à faire la même chose, Jean-A. et moi. Jean-E. a voulu s'en mêler lui aussi, alors Jean-A. a eu une idée :

– Et si on disait qu'on est des naufragés galactiques obligés de sauter de planète en planète ?

– D'accord, a dit Jean-C. Mais c'est moi qui commence.

– Attention, j'ai dit. Celui qui rate son coup tombe dans l'espace et on ne retrouvera pas son corps avant des années-lumière.

– Moi aussi ze veux zouer ! a zozoté Jean-E.

– Non, a dit Jean-D. Toi, tu es trop petit pour être astronaute volant. Reste dans la navette et préviens-nous si les Luniens arrivent, d'accord ?

– Et si on éteignait les lumières ? j'ai dit. Ce sera plus drôle dans le noir.

– « C'est un petit pas pour l'homme », a dit Jean-A. en prenant son élan, « mais un bond de géant pour l'humanité ! »

Et il a sauté. Comme les lits étaient séparés d'au moins trois mètres, il fallait vraiment décoller pour éviter de tomber dans le vide sidéral. Jean-A. a dû mal mesurer la distance parce qu'il s'est mis à pédaler en l'air avant de piquer du nez et de s'écraser comme un yaourt nature sur la descente de lit.

le camembert volant

– Splatch! Un petit pas pour l'homme, mais un pas de nain pour l'humanité, j'ai ricané avant de prendre mon élan à mon tour.

Ça a été une super partie de rigolade. On avait l'impression de flotter en apesanteur, avec les matelas qui faisaient scrouintch! scrouintch! et les édredons épais de mamie Jeannette pour amortir les chocs.

Heureusement qu'on avait laissé Jean-E. en surveillance. Quand papa est entré dans la chambre pour vérifier qu'on dormait, on était tous innocemment enfouis dans nos oreillers, les yeux fermés mais le cœur cognant à cent à l'heure.

– Les pauvres petits, a murmuré papa en nous regardant dormir avec attendrissement. Le voyage les a éreintés.

– Rien de tel qu'une bonne nuit à la campagne pour remettre tout ce petit monde d'aplomb, a dit mamie Jeannette. Vous savez, avec les enfants, il suffit d'un peu de bon sens et de quelques principes éducatifs.

– Oui, belle-maman, a dit papa avec résignation en refermant doucement la porte.

Notre nouvelle maison de vacances paraissait immense : une enfilade de pièces au parquet glacé sous les pieds, avec des fenêtres si hautes que papa avait dû monter sur un escabeau pour fermer les volets de notre chambre. Après la nôtre, il y avait celle de mes parents et de Jean-F. De l'autre côté, une entrée-bibliothèque, avec une petite cheminée et du papier peint qui se décollait par bandes, comme si des fantômes s'étaient amusés à se glisser derrière.

Il y avait aussi un salon avec du parquet qui craque et de gros fauteuils sous des housses, un immense débarras plein de meubles au rebut, d'autres pièces inutilisées, des cagibis, des recoins pleins de poussière et qui sentaient le renfermé.

Maman, en arrivant, avait éternué aussitôt et passé un doigt soupçonneux sur les meubles pour savoir où poser son sac.

Maman déteste la poussière, les odeurs et les vieilles maisons de campagne.

La nuit, c'est vrai, les choses paraissent toujours sinistres et un peu inquiétantes. Mais c'est le lendemain matin qu'on a vraiment

Une famille aux petits oignons

découvert la maison. Un beau soleil filtrait à travers les volets quand on s'est levés, Jean-A. et moi.

Les moyens dormaient encore. Papy Jean nous attendait dans la cuisine où il avait allumé la cuisinière à bois et préparé d'énormes tartines de pain grillé.

– Alors, mes grands, il a dit, vous avez bien dormi ?

– Super, a dit Jean-A. Sauf que Jean-B. n'arrête pas de ronfler et de me mettre les pieds dans la figure.

– C'est même pas vrai, j'ai dit.

– Si on déjeunait entre hommes ? a proposé papy Jean.

Moi, j'adore papy Jean. Avec lui, on a le droit de boire du café au lait et de tremper nos tartines dedans. Il avait sorti du miel, des pots de confiture du jardin et un bol de petites prunes jaunes qui donnent la colique si on en mange trop.

– Est-ce que quelqu'un veut du jambon ? il a demandé. Des œufs à la coque ? Je suis allé les chercher tout frais à la ferme d'en face. À votre âge, c'est important de bien manger le matin.

En fait, on aurait dit un goûter du Club des Cinq, pas un petit déjeuner. Quand on a eu fini de se goinfrer, papy Jean nous a emmenés au cagibi sous l'escalier, là où il range les bottes en caoutchouc. Elles étaient tellement grandes qu'on pouvait les enfiler en gardant nos chaussons aux pieds. On a choisi chacun une paire, et papy Jean a dit :

– Venez. Puisque vous êtes les premiers réveillés, je vais vous montrer quelque chose.

On est sortis avec lui par la porte vitrée de la cuisine.

L'herbe était couverte de rosée, et des nappes de brume flottaient dans les champs. On a contourné la maison avec nos bottes qui couinaient et on est entrés dans le hangar où papy Jean range son tracteur.

– Ne faites pas de bruit, il a dit en mettant son doigt sur sa bouche.

Il s'est approché d'un tas de planches adossées au mur, en a retiré une avec précaution et nous a fait signe de nous pencher.

Derrière, il y avait une caisse pleine de chiffons. Et dessus, une petite chatte très maigre, couleur caramel, qui nous regardait en allaitant deux minuscules chatons à peine plus gros que des bogues de marron !

le camembert volant

– Ils ne sont pas beaux ? il a dit. Vu qu'ils sont noir et blanc, comme la télévision, je les ai appelés Première et Deuxième Chaîne… Vous ne trouvez pas que ça leur va bien ?

C'était un drôle de nom pour des chatons, j'ai pensé, mais ils étaient si mignons qu'on avait envie de les prendre dans la main et de souffler dessus pour les réchauffer.

– Ils sont trop petits pour le moment, a expliqué papy Jean en remettant la planche qui les cachait. Ils ont encore besoin de leur mère, mais d'ici à la fin des vacances, vous pourrez jouer avec eux, je vous le promets.

Papy Jean adore les animaux, comme moi. Seulement moi, maman ne veut pas que j'en aie à la maison. Elle dit que ça fait des saletés partout et qu'elle a bien assez de six garçons pour ne pas s'encombrer en plus d'une ménagerie.

– Elle a raison, a dit papy Jean. Les animaux ne sont pas faits pour vivre dans un appartement. Ils ont besoin d'espace et de liberté, sinon c'est comme s'ils étaient en prison. Ils s'ennuient, deviennent tristes et finissent par mourir.

À Cherbourg, on a quand même eu des souris blanches, une tortue, un cochon d'Inde, un canard fétiche chez les scouts et même,

Une famille aux petits oignons

pendant une journée, un chien secret que j'avais appelé Dagobert et que papa avait fini par ramener au refuge de la SPA.

Un chenil, c'est un peu comme une prison pour chiens.

– Est-ce que Dagobert a été plus heureux là-bas qu'avec moi qui l'adorais ? j'ai demandé à papy Jean. En plus, j'ai ajouté, dans mon *Album des jeunes,* ils disent qu'avoir un animal est important pour le développement affectif des enfants.

– Pourquoi ne pas en reparler à votre maman quand vous serez à Toulon ? a suggéré papy Jean d'un air malicieux. Peut-être que si vous avez une maison…

Il nous a aussi emmenés dans son établi pour nous montrer une tourterelle qu'il avait recueillie. Comme elle s'était cassé une patte, il lui avait fabriqué une petite attelle avec deux allumettes. Lorsqu'on est entrés, elle a reconnu papy Jean et s'est mise à sautiller en tous sens dans sa cage.

– Je l'ai appelée Long John Silver, a dit papy Jean. Comme le pirate à la jambe de bois de *L'Île au trésor.* Qui veut lui donner des graines ?

– On pourra lui donner aussi des vers de terre pour la pêche ? a demandé Jean-A.

– Bien sûr, a dit papy Jean. C'est plein de calcium et ce sera très bon pour réparer sa patte.

Quand on est revenus dans la maison, tout le monde était réveillé et prenait son petit déjeuner autour de la grande table de la cuisine.

– Où étiez-vous passés ? a demandé maman en nous embrassant.

Papy Jean nous a lancé un clin d'œil.

– Je faisais faire à mes grands le tour du propriétaire, il a dit.

À son air, on a compris que les chatons Première et Deuxième Chaîne seraient notre secret, à nous les grands et à papy Jean.

Pas question d'en parler aux moyens, ni à papa et maman. De toute façon, ils avaient l'air d'avoir mal dormi et se grattaient sans arrêt… C'est le moment qu'a choisi Jean-F. pour piquer une colère parce que mamie Jeannette avait eu l'idée de remplacer dans son biberon le lait en poudre par du bon lait de ferme avec des peaux.

– C'est pourtant bien meilleur pour la santé, a dit mamie Jeannette qui oublie toujours que papa est très fort comme médecin.

le camembert volant

– Euh, bien sûr… Vous avez raison, belle-maman, a fait papa d'un air vaincu.

Comme il n'y a pas encore de salle de bains dans la maison, papy Jean avait installé un tuyau d'arrosage et un bac dans la remise du fond. On y a défilé l'un après l'autre, mais il était impossible de tricher : mamie Jeannette, qui est très stricte avec l'hygiène, nous surveillait depuis la porte avec des serviettes aussi douces que du papier de verre.

– C'est excellent pour fouetter le sang ! elle a dit à Jean-A. qui grelottait tellement qu'il n'arrivait même plus à enfiler son pantalon. N'est-ce pas, mon grand ?

– Gla-gla-gla ! a répondu Jean-A.

– Pardon ? a dit mamie Jeannette.

– Gé… éé… ni… al ! a bredouillé Jean-A.

On y est tous passés, en file indienne, sauf Jean-F. qui est trop petit, et puis mamie Jeannette a dit :

– Maintenant que vous voilà bien récurés, allez jouer dehors, les enfants, et profitez du bon air !

Papa aidait déjà papy Jean à bricoler dans le jardin.

Papa adore le bricolage. Juché sur une échelle, il repeignait la grille quand Jean-E. est arrivé comme une fusée sur son tricycle. Il a tenté de freiner, mais à cause du sable de l'allée, le tricycle a dérapé et pan ! en plein dans l'échelle !

Papa a poussé un juron, le seau de peinture s'est renversé et papa s'est retrouvé suspendu à la grille par la bretelle de la salopette que lui avait prêtée papy Jean.

Ça a fait rire tout le monde, sauf papa qui n'avait pas l'air de partager notre sens de l'humour. Papy Jean a dû monter sur l'échelle pour l'aider à se décrocher, et quand il a posé le pied à terre, on a su que ça allait barder pour Jean-E.

– Dans ta chambre, immédiatement ! a dit papa.

Puis ça a été au tour de Jean-C. et Jean-D.

Papa, qui commençait à moins aimer bricoler, était en train d'aider papy Jean à monter une clôture de fil de fer autour de la mare pour éviter qu'on tombe à l'eau. Jean-C. avait trouvé un vieux ballon crevé dans le hangar et jouait avec Jean-D. à tirer des penalties.

Une famille aux petits oignons

À un moment, le ballon est parti comme une fusée, a traversé la clôture et atterri en plein milieu de la mare, projetant sur papa une gerbe d'eau verte et de cresson.

– Dans votre chambre, immédiatement ! a dit papa.

Dehors, il ne restait plus que Jean-A. et moi.

Pendant que papa aidait papy Jean à décaper les volets qui en avaient bien besoin, Jean-A. se balançait mollement sur la balançoire en râlant qu'il s'ennuyait et que, de toute façon, la campagne, c'était nul.

– Y a rien à faire ici ! Il fait trop chaud et ça pue le bon air, d'abord…

La balançoire grinçait, oscillant d'avant en arrière, alors forcément Jean-A. est devenu tout vert et a failli vomir dans les buissons d'hortensias de mamie Jeannette.

– Et si on se fabriquait des lance-pierres et qu'on jouait aux Texas Rangers ? j'ai proposé.

– Génial ! a dit Jean-A. Mais c'est moi qui suis le chef.

– Pas question, j'ai dit. C'est moi qui ai eu l'idée en premier.

– Prends ça, banane ! a dit Jean-A.

– Banane toi-même, j'ai dit en lui rendant sa beigne.

– Dans votre chambre, immédiatement ! a crié papa.

C'est comme ça qu'on a passé notre première journée de vacances à la campagne consignés dans notre chambre.

En fait, ça a été une super journée.

On avait trouvé des vieux albums de Tintin qui sentaient l'humidité. Allongés sur les gros édredons, on les a tous relus les uns après les autres, même Jean-E. qui ne sait pas lire et qui regardait juste les images. On avait beau les connaître par cœur, ça n'était pas pareil que d'habitude : autour de nous, il y avait la grande maison fraîche, les craquements du parquet, le parfum d'herbe coupée qui entrait par la fenêtre…

C'était magique.

Quand on est allés dîner, on avait tous les joues cramoisies et les cheveux qui se tenaient tout droits sur la tête tellement on s'était abrutis de lecture.

– Regardez-moi ces belles mines ! a triomphé mamie Jeannette

le camembert volant

en se tournant vers papa. Quand je vous disais que rien ne vaut le bon air de la campagne.

– Je vous prierai…, a commencé papa en cherchant une réplique cinglante.

– Pardon ? a dit mamie Jeannette.

– De… euh… me passer le sel, il a dit avec un sourire jaune.

Après le dîner, pour finir cette bonne journée, on a fait une partie de crapette avec papy Jean.

Pendant ce temps, au salon, papa buvait un petit verre de liqueur avec maman et mamie Jeannette qui parlaient tout le temps en regardant des photos. À cause du bricolage, il avait des pansements plein les doigts et sa mine des mauvais jours. Le bon air de la campagne ne semblait pas lui réussir parce qu'à un moment, sa tête est tombée toute seule, et il s'est endormi dans son fauteuil sans que maman et mamie Jeannette s'arrêtent de parler.

Jean-F. était couché dans la chambre du fond, tellement loin qu'on n'aurait pas pu l'entendre s'il s'était mis à hurler. On a fait une première partie de crapette que j'ai gagnée, puis Jean-A. a triché et il a fallu redistribuer les cartes. Mais comme c'était au tour de Jean-E., il n'arrivait pas à les tenir toutes dans ses petites mains, alors Jean-D. lui a mis un coup de pied sous la table et ça a failli dégénérer.

– Au lit, maintenant, a dit papy Jean. Il est déjà très tard.

– On commençait juste à s'amuser ! a râlé Jean-A.

– Oui mais demain, a murmuré papy Jean, il faudra que tout le monde soit en forme. Pas question d'en voir un seul somnoler !

– Pourquoi ? Qu'est-ce qu'on va faire ? a demandé Jean-E.

– Demain, les garçons, a dit papy Jean en lui ébouriffant les cheveux, pendant que votre papa bricole tranquillement, je vous emmène tous à la pêche. Mais seulement si vous êtes sages…

– Hourra ! on a crié tous en chœur, ce qui a réveillé papa en sursaut.

– Quoi ? Qu'est-ce qui se passe ?

– Rien rien, a dit papy. Puis, se tournant vers nous : Allez, tout le monde en pyjama… Et défense de faire les singes sur les matelas cette fois.

– D'accord, on a promis en défilant tous pour l'embrasser.

151

Une famille aux petits oignons

Quand ça a été au tour de Jean-A. et de moi, papy Jean nous a retenus discrètement par la manche.

– Une minute, vous deux. Rendez-vous dans cinq minutes près de la grange. Et prenez vos lampes torches…

On l'a regardé avec des yeux ronds.

– Et Première et Deuxième Chaîne ? il a dit. Vous les avez oubliés ?

Il a baissé la voix, regardant autour de lui pour vérifier que personne ne nous entendait :

– Leur mère a besoin de reprendre des forces. Allez chercher discrètement la bouteille de lait dans le placard de la cuisine et rejoignez-moi dehors… Mais sans vous faire prendre, surtout ! Mission archiconfidentielle !

– Compte sur nous, papy, on a dit, Jean-A. et moi, avant de filer vers la cuisine.

Quelquefois, notre papy mérite vraiment son surnom de Super Jean !

La pêche au dinosaure

Le lendemain matin, on est partis tous les cinq dans la 4 L de papy Jean.

Comme il fallait arriver tôt à l'étang, on a juste eu le temps de se débarbouiller rapidement au robinet de la cuisine, ce qui a mis tout le monde de bonne humeur.

– Les poissons n'attendent pas, a dit papy Jean avec un clin d'œil. Et puis votre mamie n'en saura rien…

Le temps d'enfiler nos bottes de caoutchouc, on était tous prêts en moins de temps qu'il ne faut pour le dire.

– Tu es sûr que Jean-E. n'est pas trop petit pour venir avec vous ? a demandé maman, un peu inquiète, en nous regardant sauter dans la 4 L.

– Penses-tu ! a dit papy Jean. Je lui ai préparé une canne à pêche spéciale : une toute petite, juste à sa taille.

– Je vous souhaite bon courage, a ricané papa. Vous ne savez pas encore à qui vous avez affaire.

Une famille aux petits oignons

– Vous ne voulez vraiment pas venir avec nous ? lui a demandé papy Jean d'un air malicieux.

– Surtout pas ! a fait papa. Puis il s'est repris : J'aurais adoré, mais euh… pour une fois que je peux bricoler tranquillement…

Papy Jean n'a pas son pareil pour mettre de l'ambiance. On était à peine partis qu'il a sorti quelque chose de sa poche.

– Puisqu'on est entre hommes, il a dit, qui veut un chewing-gum bourré de colorants chimiques ?

– Moi ! Moi ! on a crié.

Tout le long du chemin, on a fait le plus fabuleux concours de bulles de toute l'histoire du chewing-gum ! C'était à celui qui ferait la plus grosse sans qu'elle éclate, et c'est papy Jean qui a gagné. Puis, comme il n'y avait personne sur la route, on est passés chacun à notre tour sur ses genoux et il nous a laissés tenir le volant avec lui pendant qu'il conduisait.

C'était génial. La 4 L filait au moins à trente à l'heure, avec le bruit de nos cinq cannes à pêche qui brinquebalaient joyeusement à l'arrière. Dans le coffre, il y avait aussi des hameçons et du fil de rechange, un panier d'appâts et un autre pour le pique-nique, avec des sandwiches au jambon, des bouteilles de limonade et des plaques de chocolat aux noisettes. Mes préférées : celles qui font grossir et donnent des milliers de caries si on ne se lave pas les dents sept fois par jour.

Quand on est arrivés à l'étang, papy a préparé le matériel.

– Ce sont des cannes de compétition, il a dit. Mais attention ! J'installe un hameçon spécial et ultrarésistant ! Je vous dirai pourquoi tout à l'heure…

Le problème avec la pêche, c'est les appâts. Il faut fouiller dans une boîte gluante pour y chercher des vers, en prendre un tout visqueux et gigotant entre les doigts et le piquer sur l'hameçon… Je déteste ça. C'est un peu comme mettre sa main dans du porridge froid. Pouah !

– Banane, a ricané Jean-A. devant mon air dégoûté. Tu n'as qu'à penser que c'est des nouilles trop cuites.

– D'abord, j'ai dit, les nouilles, c'est pas vivant. T'aimerais finir ta vie accroché au bout d'un hameçon, toi ?

le camembert volant

— C'est pas pareil, a dit Jean-A. Je te parie un million de dollars que je suis capable d'avaler un ver tout cru.

— T'es pas cap', j'ai dit.

— Papy ! a rapporté Jean-C. Jean-B. est en train de forcer Jean-A. à gober un ver de terre !

— Il a raison, a dit papy tranquillement en finissant de préparer la ligne de Jean-E. C'est plein de vitamines et ça donne les joues roses.

— Sale rapporteur ! a dit Jean-A. À cause de toi, je viens de perdre un million de dollars.

— T'étais pas cap', de toute façon, a dit Jean-C.

C'est là que j'ai eu une idée géniale.

Profitant que personne ne me regardait, j'ai ouvert le panier à sandwiches, découpé un petit bout de jambon et je l'ai piqué sur mon hameçon. Ça ferait un appât du tonnerre, bien plus appétissant qu'un ver. Quel poisson peut résister à un morceau de couenne bien gras ?

Rapidement, j'ai tout remis en place et j'ai rejoint les autres ni vu ni connu.

Quand tout le monde a été prêt, papy nous a rassemblés pour vérifier notre équipement.

— Mes enfants, il a dit, si j'ai monté un hameçon spécial sur vos lignes, c'est qu'on raconte que cet étang abrite, en plus des tanches et des goujons, un bien curieux habitant...

— Un habitant ? a fait Jean-D.

— Personne ne l'a vu véritablement, a expliqué papy, l'air grave, mais les pêcheurs d'ici prétendent qu'il s'agirait du dernier des dinosaures...

— Un dinosaure ? a répété Jean-A. en ouvrant des yeux ronds derrière ses lunettes. Dans l'étang ?

— De petite taille parce que l'étang est petit, mais un dinosaure quand même, a fait papy Jean.

— Ça existe encore, les zinodaures ? a zozoté Jean-E.

— C'est une blague, j'ai dit pour le rassurer.

L'étang avait la taille approximative du grand bain à la piscine municipale, bordé de touffes de roseaux et d'un grand saule pleureur. Comment un dinosaure aurait-il pu survivre ici durant des millions d'années ?

Une famille aux petits oignons

– Et le monstre du Loch Ness, alors ? a fait Jean-A. Il n'existe pas, peut-être ?

– Allez savoir, a fait papy Jean. Personne ne l'a vu vraiment, mais tout le monde rêve de l'attraper.

– Ça aime les vers de terre, les dinosaures ? a demandé Jean-C.

– En tout cas, a dit papy, si votre bouchon plonge brutalement, pas de panique. Appelez-moi, et j'apporterai l'épuisette…

Jean-E. a rompu aussitôt les rangs, sa petite canne fièrement posée sur l'épaule :

– C'est moi que ze vas prendre le zinodaure en premier ! il a zozoté.

– Non, c'est moi, a dit Jean-D.

– Que le meilleur gagne, a conclu papy Jean.

On a pris position tout autour de l'étang et on a lancé nos lignes.

Jean-D. a accroché la sienne presque tout de suite dans les branches du saule pleureur. Papy Jean a dû monter à l'arbre pour la détacher, puis ça a été au tour de Jean-C. : sa ligne s'est emmêlée à celle de Jean-E., alors il a fallu la couper et remonter sa canne entièrement.

Jean-A. et moi, on s'était mis un peu à l'écart, à l'endroit où l'étang est le plus profond.

– Tu y crois, toi, à cette histoire de dinosaure ? j'ai demandé à Jean-A. en surveillant mon bouchon.

– Tu rigoles, il a ricané. Et toi ?

– Bien sûr que non, j'ai dit en haussant les épaules. Tu me prends pour une banane ?

– Alors tais-toi, a dit Jean-A. Tu fais peur à mes poissons.

– Ça va, les grands ? a lancé papy Jean.

– Super ! on a dit.

Puis le silence est retombé. Papy en a profité pour aller faire une petite sieste sur la couverture qu'on avait apportée, et on est restés seuls tous les cinq, concentrés sur nos bouchons qui flottaient paresseusement.

En fait, je n'en menais pas large. L'eau était noire, pleine de reflets et de choses troubles qui s'agitaient au fond. Des herbes ? Des branches mortes ? Impossible de le savoir…

À la réflexion, le coup du jambon n'était pas une si bonne idée que ça : entre quatre vers de terre visqueux et un bout de couenne

le camembert volant

bien gras, c'est mon appât que le dinosaure risquait de choisir... Et je n'avais aucune envie de me retrouver face à un monstre préhistorique affamé par un jeûne de plusieurs millions d'années !

Soudain, le bouchon de Jean-A. a plongé. Quelque chose de gros et de vorace l'avait aspiré sous la surface de l'eau.

Impossible de savoir quoi, à cause du bouillon que ça faisait, mais j'avais eu le temps d'apercevoir une forme ronde, emmanchée d'un long cou et d'une toute petite tête...

– Papy ! Le nido... le zino... le dino... ! a bégayé Jean-A. en tirant un grand coup sur sa ligne.

Il y a eu un gros sploutch ! semblable à celui d'un évier qu'on débouche et un machin verdâtre a jailli de l'eau, accomplissant un vol plané par-dessus les arbres avant de retomber aux pieds de papy Jean qui accourait, épuisette à la main.

– Bravo, Jean-A. ! Belle prise, il a dit.

– Il est... euh... mort ? a fait Jean-A. aussi pâle qu'un ver de terre.

– On ne peut plus mort, a dit papy en brandissant triomphalement la prise de Jean-A. Un magnifique spécimen d'ustensile de jardin qui ne doit plus respirer depuis longtemps, vu son état !

– Un quoi ? a répété Jean-A.

Au fond de l'épuisette dégoulinait un arrosoir décoloré, couvert de boue et d'herbes aquatiques.

– Tiens, tiens ! On brrraconne par ici ? a fait une voix derrière nous.

C'était le garde champêtre.

À cause de l'exploit de Jean-A., personne ne l'avait entendu arriver. Il portait un képi, une moustache en forme de brosse à dents et roulait tellement les *r* qu'on aurait dit qu'il avait la bouche pleine de dragées de communion.

– Messieurs, bonjourrr ! il a dit en portant la main à son képi. Prrrésentation des perrrmis, s'il vous plaît.

– Des permis ? a fait papy Jean.

– Vous n'avez pas lu la pancarrrte ? a dit le garde champêtre en sortant de sa poche un carnet à souches. Interrrdiction de prrrendrrre du poisson ici sans autorrrisation. Je vais devoirrr verrrbaliser...

– On pêche pas le poisson, est intervenu Jean-C.

– Et quoi, alorrrs ?

Une famille aux petits oignons

– Le zinodaure, a zozoté Jean-E.
– Le quoi ?
– Le dinosaure, a corrigé Jean-A.
– On a déjà attrapé son arrosoir, a dit Jean-D. en lui collant l'épuisette sous le nez.
– Pour le jardinage, a dit Jean-C.
– Un dinosaurrre, ici ? a répété le garde champêtre en ouvrant des yeux effarés.
– Allons, a dit papy avec un sourire entendu. Vous n'avez jamais chassé le dahu sans autorisation quand vous étiez petit ? Depuis quand faudrait-il un permis pour les rêves d'enfant ?

Le garde champêtre s'est lissé pensivement la moustache, nous regardant l'un après l'autre.

– Vous avez rrraison, il a soupiré enfin en rangeant son carnet. Surrrtout que si cette bête existe, il serrrait bon d'en débarrrrasser la rrrégion avant qu'elle ne fasse un malheurrr... Alorrrs, bonne jourrrnée, messieurs. Et bonne chasse !
– Bonne journée ! on a dit tous en chœur.
– Et merci pour eux ! a lancé papy Jean.

Il l'a regardé s'éloigner, puis se tournant vers nous, il s'est essuyé le front :
– Ouf ! On a eu chaud, mes Jean, il a dit. Et si on pique-niquait maintenant ?

Toutes ces émotions nous avaient donné une faim de loup. Abandonnant nos cannes autour de l'étang, on a rejoint la 4 L et sorti les provisions, salivant déjà à l'idée du festin qui nous attendait.

J'adore les pique-niques, surtout avec papy Jean. On a pris place sur la couverture à carreaux, débouché la limonade et papy a commencé la distribution des sandwiches.

– Qu'est-ce que c'est que ce... aaargh ? a fait Jean-A. avec horreur en lâchant le sien.

Du pain à moitié mangé dépassaient de curieux tronçons blanchâtres qui gigotaient en tout sens.

– Un sandwich à la pieuvre ! a crié Jean-C.
– Les tentacules ! a bredouillé Jean-D. en devenant blanc comme un linge. Ils bougent encore !

le camembert volant

J'ai senti mon estomac se révulser. Dans ma précipitation tout à l'heure, je m'étais trompé en rangeant les sandwiches et les avais glissés dans le panier d'asticots…

Les vers grouillaient au milieu des tranches de pain et les sandwiches étaient tous immangeables. Même un monstre préhistorique dégénéré n'en aurait pas voulu.

– Qui veut ma part ? j'ai murmuré.

– N'approche pas ça de ma figure ! a hurlé Jean-A.

– Tu disais que c'était comme des nouilles ! j'ai ricané, avant qu'un haut-le-cœur me cloue le bec.

– Papy, a fait Jean-C. d'une voix mourante, je crois que je vais vomir…

– Plus jamais je ne mangerai de sandwiches de ma vie ! a gémi Jean-D., le visage verdâtre lui aussi.

Ça a été un fabuleux pique-nique, mais surtout pour les poissons de l'étang. Les sandwiches ont fini dans l'eau et on a dû se contenter de limonade et de carrés de chocolat.

Ce n'était pas trop grave, parce que personne n'avait plus très faim tout à coup. Chacun grignotait du bout des lèvres, vérifiant chaque bouchée de crainte d'y découvrir un habitant clandestin.

En plus, le vent s'était levé. De gros nuages s'amoncelaient dans le ciel. Papy Jean, qui ne rate jamais une occasion pour mettre de l'ambiance, a lâché un petit rot et a dit :

– Tiens, le tonnerre gronde… Le temps est à l'orage !

Ça résumait bien la situation, alors on s'est tous mis à rigoler comme des bossus.

Avec papy Jean, c'est un peu comme quand on est seuls avec papa : on a le droit de dire des gros mots entre hommes ou de faire des choses interdites sans risquer d'être grondés.

– C'est la limonade, s'est excusé papy Jean pour rire. Je n'ai pas l'habitude d'en boire.

– Moi, a commencé Jean-A., j'ai un copain, même sans limonade, il peut réciter l'alphabet rien qu'en…

– Papy ! s'est soudain exclamé Jean-E. Ma clocette ! Elle sonne !

On avait presque oublié nos cannes à pêche, disposées en cercle autour de l'étang pendant qu'on pique-niquait.

Une famille aux petits oignons

Celle de Jean-E. était si petite qu'elle dépassait à peine des hautes herbes. Une canne de nabot, avait ricané Jean-A., sur laquelle papy Jean avait fixé un minuscule grelot.

C'était lui qu'on entendait tinter. Diling-diling! Diling-diling!

– C'est le zinodaure! a triomphé Jean-E. Ze l'ai attrapé!

Papy a saisi l'épuisette et on est partis à fond de train vers l'étang.

Ce devait être une sacrée prise parce que le bout de la gaule pliait presque à toucher l'eau. Diling-diling! Diling-diling!

– Remonte-le en douceur ou la ligne va casser, a conseillé papy Jean, prenant la tête des opérations. Voilà, comme ça... Doucement...

Arc-bouté sur sa canne, Jean-E. bataillait ferme, la langue tirée, tandis qu'on faisait des bonds sur la berge en hurlant pour l'encourager :

– Vas-y! vas-y!

M. Martel, mon maître de CM2, nous avait parlé d'un livre dans lequel un vieil homme se bat toute la nuit pour remonter de l'eau un espadon géant. C'était un peu la même chose qui nous arrivait, sauf que lorsque Jean-E. a ramené sa prise sur le bord, c'était un minuscule poisson argenté, à peine plus gros qu'une balle de revolver, qui gigotait au bout de son hameçon.

– C'est ça, le zinodaure? a demandé Jean-E.

On faisait cercle autour de l'épuisette, écarquillant les yeux pour tenter de l'apercevoir.

– Mieux que ça, mon garçon, l'a félicité papy Jean. C'est un bébé ablette. Une prise magnifique!

– On dirait un suppositoire, a ricané Jean-A.

– Suppositoire toi-même, a fait Jean-C.

– Heureusement qu'on ne comptait pas dessus pour le dîner, a plaisanté papy. On ne nourrirait même pas une famille de Pygmées avec.

– On va le manzer? a demandé Jean-E.

– Je laisse ma part, j'ai dit en pensant à tous les vers de terre qu'il avait dû avaler.

– Si on le faisait griller au barbecue? a proposé Jean-D.

– Ze veux pas qu'on manze mon poisson! a sangloté Jean-E.

– J'ai une idée, a dit papy Jean. Si on le ramenait à la maison?

le camembert volant

— On pourrait le donner comme dessert à Première et Deuxième Chaîne, a suggéré Jean-A.
— C'est qui, Première et Deuxième Chaîne ? a demandé Jean-C.
— T'occupe, banane ! j'ai fait.
— Ze veux pas non plus qu'on le manze en dessert ! a zozoté Jean-E. en recommençant à pleurer.
— De toute façon, a dit Jean-D., on n'a rien pour le ramener.
— Ne t'inquiète pas, a dit papy en séchant les larmes de Jean-E. Je sais ce qu'on va faire.

Comme le poisson était minuscule, il passait facilement par le goulot de la bouteille de limonade. On l'a remplie d'eau, puis papy l'a rebouchée avec un morceau de bois qu'il a taillé avec son canif à six lames.

— Comme ça, il a dit, on ne rentrera pas bredouilles et tu auras un poisson rien qu'à toi.
— Ze l'appellerai Suppozitoire ! a zozoté fièrement Jean-E.
— Pourquoi pas Thermomètre ? a proposé Jean-D.

C'est alors que l'orage a éclaté.

La pluie s'est mise à tomber si brusquement que ça a été la débandade. Chacun courait dans tous les sens, cherchant un endroit où s'abriter.

— Suppozitoire ! pleurnichait Jean-E. en serrant sa bouteille contre lui. Il va se faire mouiller !
— Il est déjà dans l'eau, banane ! a ricané Jean-A.

Comme il n'y avait pas assez de place pour nous six sous le saule pleureur, on est repartis comme des dératés, et c'est le moment qu'a choisi Jean-C. pour tomber dans l'étang.

Jean-D. a essayé de l'aider, mais il a glissé à son tour dans la vase.

Pendant ce temps, papy Jean se battait avec la serrure de la 4 L parce que Jean-E. avait claqué la porte en laissant les clefs à l'intérieur…

C'est papa et maman qui ont fait une drôle de tête ce soir-là en nous voyant descendre de la voiture du garde champêtre.

— Tu attendais une équipe d'égoutiers ? a demandé papa d'un air songeur.

— Non, a fait maman.

Une famille aux petits oignons

– Des hommes-grenouilles ?
– Non plus.
– Aïe ! a fait papa. Alors j'ai peur que ce soient nos enfants.
– Ils sont cinq ? a demandé maman.
– Oui.
– Tous avec les oreilles décollées ?
– Oui, a dit papa.
– Alors c'est eux, a dit maman. Fini la tranquillité…

En tête venait Jean-E., serrant fièrement contre lui une bouteille de limonade où nageait Suppositoire, la plus petite ablette du monde.

Derrière, sous une couverture trempée, venaient Jean-C. et Jean-D., les cheveux couverts de cresson.

Suivait Jean-A., les bottes lestées d'eau croupie jusqu'à ras bord et faisant à chaque pas un étrange splotch-splotch.

Je fermais la marche avec papy Jean, portant le matériel de pêche et le panier à provisions qui gouttait comme une passoire.

– Tout s'est bien passé ? a ricané papa en nous accueillant sous le porche.

le camembert volant

– Oh, une petite averse sur la fin, a dit papy, mais trois fois rien… N'est-ce pas, les enfants ?

– Trois fois rien, on a répété tous en chœur.

– Ah bon, a dit papa en détachant une feuille de nénuphar des cheveux de Jean-C. J'ai cru un instant que vous étiez entrés en collision avec une essoreuse à salade.

– Un petit problème de clefs sur la 4 L, a dit papy Jean. Notre ami le garde champêtre a eu la gentillesse de nous raccompagner.

– C'est à cauze du zinodaure, a zozoté Jean-E.

– Non, des sandwiches à la pieuvre, a expliqué Jean-C.

– C'est la faute de Suppositoire, a commencé Jean-D.

– Pardon ? a dit papa en ouvrant des yeux ronds.

– Plus tard, a dit papy. Ce serait trop long à expliquer.

– Alors à la douche, mes pêcheurs, a dit maman, ou votre grand-mère va en faire une attaque. Un bon poulet rôti vous attend, avec des pommes de terre sautées.

– Génial !

On était tellement affamés et couverts de boue que, pour une fois, on a filé se doucher à l'eau froide sans même protester.

Il pleut

J'adore les jours de vacances où il pleut. Surtout à la campagne, dans la maison de papy Jean.

La terre sent bon, la pluie résonne sur le toit, on se sent bien au sec, protégés par les murs épais. Les bottes mouillées sont rangées par taille devant la porte, un peu fumantes à cause du feu qui crépite, le temps passe très lentement et on n'a rien à faire.

J'adore m'ennuyer. J'ai la collection de Tintin un peu moisie qu'on a trouvée dans la maison, mes livres de la Bibliothèque verte. Je me vautre dans le fauteuil de la chambre, les jambes sur l'accoudoir, et je passe des heures à rêvasser en écoutant la pluie tomber.

Papa aussi adore ne rien faire. À cause du mauvais temps qu'on a depuis trois jours, il ne peut plus bricoler avec papy Jean. Ça doit le mettre de bonne humeur parce que, cet après-midi, il a lancé :

– Et si on faisait un marathon de jeux de société ?

– Super ! on a crié.

On a sorti du placard de l'entrée tous les jeux qu'on a trouvés et on s'est installés sur la grande table de la cuisine.

– C'est moi qui distribue, a dit Jean-A. Sinon je joue pas.

Comme Jean-E. et Jean-D. voulaient absolument faire le marathon avec nous, on a commencé par des jeux pour petits.

– Trop facile, les dominos ! a ricané Jean-A. en faisant une muraille avec les siens. C'est bon pour les minus !

le camembert volant

Mais quand Jean-E. a placé un double-six et gagné la partie, Jean-A. n'a plus rigolé du tout.

– Si on jouait au Cochon qui rit ? a proposé Jean-D.

– Cochon toi-même, a dit Jean-C.

– C'est moi que ze vas encore gagner ! a zozoté Jean-E.

– Non, c'est moi ! a dit Jean-D. en renversant la moitié de sa limonade.

– Gagné, a dit papa. Suppression des boissons gazeuses.

C'est rare que papa ait le temps de jouer avec nous à des jeux de société. Mais là, c'était les vacances, il se sentait une patience à toute épreuve et il était bien content d'échapper au marathon de bavardage entre maman et mamie Jeannette qui avait repris au salon.

– Si on faisait un jeu des Sept Familles ? il a proposé joyeusement en tirant sur sa pipe.

On a tous fait semblant de trouver ça génial. Papa joue si rarement avec nous que tout le monde avait envie de lui faire plaisir.

Il s'est mis avec Jean-E. pour l'aider à tenir ses cartes et la partie battait son plein quand Jean-A. a dit en ricanant :

– Dans la famille Débile, je voudrais le deuxième.

– Débile toi-même, j'ai dit. Dans la famille Bigleux, moi je voudrais l'aîné.

– Très bien, a dit papa. Les deux fils Tête-à-Claques sont éliminés du jeu.

Il n'avait pas l'air de plaisanter, alors on est restés à ruminer et à se faire des grimaces, Jean-A. et moi, jusqu'à la fin de la partie.

– C'est nul, d'abord, les marathons, a fait Jean-A.

– Pardon ? a dit papa en ôtant la pipe de sa bouche.

– Rien, rien, a dit Jean-A.

– Papa, Jean-C. n'arrête pas de regarder mon jeu ! a rapporté Jean-D.

– C'est pas vrai ! a crié Jean-C. C'est lui qui pique des cartes dans la pioche !

– Bon, a dit calmement papa. Puisque c'est comme ça, tout le monde est éliminé.

– Et moi ? Z'ai pas tricé ! a zozoté Jean-E. C'est pas zuste !

Une famille aux petits oignons

– Comment ? a fait papa qui commençait à perdre sa patience à toute épreuve.

– Il dit que c'est pas juste, a traduit Jean-C. C'est parce qu'il a un cheveu sur la langue.

– C'est pas vrai ! a pleurniché Jean-E. Z'ai pas de ceveu sur la langue !

– Ni sur le crâne, d'ailleurs, a ricané Jean-A.

Heureusement, c'était l'heure du goûter.

Maman et mamie Jeannette nous avaient préparé de grands bols de chocolat et des tartines de confiture si épaisses qu'on avait du mal à mordre dedans. On s'est jetés dessus comme des goinfres, et ça a calmé tout le monde.

– Ça va, chéri ? a dit maman. Tout le monde s'amuse bien ?

– La prochaine fois que je propose un marathon, chérie, rappelle-moi de me casser la jambe avant, a dit papa avec un petit rire.

En fait, les choses sérieuses ne faisaient que commencer.

Après les jeux pour petits, on s'est séparés en deux groupes : maman a pris Jean-D. et Jean-E. et les trois plus grands sont restés avec papa pour le choc des Titans.

– Monopoly ! a dit Jean-A. en se frottant les mains. Cette fois, ça va vraiment saigner !

– Je vous préviens, a dit papa. Les mauvais joueurs fileront directement dans leur chambre sans passer par la case départ. C'est compris ?

– D'accord, a dit Jean-A., mais c'est moi qui tiens la banque.

– Non, c'est moi, a dit Jean-C.

– Je suis premier en calcul mental, j'ai dit.

C'est comme ça chaque fois qu'on joue : Jean-A. et Jean-C. veulent toujours avoir la caisse pour pouvoir piquer dedans en cachette des billets de cinquante mille.

Papa a mis tout le monde d'accord.

– Je suis le chef de famille, il a dit. La banque, c'est mon affaire.

Comme c'est lui qui nous donne notre argent de poche, on n'a pas osé protester et la partie a commencé.

En fait, ça n'était pas très équilibré. Moi contre les autres, c'est un peu comme un champion du monde opposé à des amateurs de division d'honneur.

le camembert volant

J'ai un truc infaillible pour gagner au Monopoly : acheter un seul hôtel, mais dans la rue la plus chère, la rue de la Paix. Celui qui tombe dessus se fait tellement massacrer que j'en ai mal au cœur pour lui à l'avance. Mais tant pis : au Monopoly, pas de quartier...

Jean-C., qui n'est qu'un moyen, n'arrêtait pas d'acheter des maisons sur toutes les cases où il tombait. Au bout de deux tours seulement, il avait déjà dû faire un emprunt à la banque.

Jean-A., lui, est tellement radin qu'il passe son temps à faire des piles de billets qu'il compte et recompte en ricanant sans jamais rien acheter.

– Mes enfants, a dit papa en lâchant de petits nuages de fumée, ce jeu de société doit être pour vous une source d'enseignement.

Papa adore les jeux éducatifs. Une année, il nous a offert pour Noël La Grammaire amusante, avec des batailles de participes passés et d'auxiliaires, mais les règles étaient tellement compliquées qu'il l'a rapportée chez le marchand et qu'on n'en a plus jamais entendu parler.

– Le Monopoly, a continué papa, est un peu à l'image de la vie. Point ne sert d'être trop économe, comme Jean-A., ni un panier percé comme Jean-C... Prenez plutôt exemple sur moi : placez votre argent avec audace mais discernement, sans tout miser sur une seule case comme Jean-B.

Papa est très fort au Monopoly. Mais quand il s'est retrouvé deux fois en prison sans toucher les vingt mille francs, il a commencé à moins s'amuser.

Pendant ce temps-là, Jean-A. n'arrêtait pas de tomber sur les maisons de Jean-C. Sa pile d'argent fondait à vue d'œil et à chaque billet qu'il devait débourser, on aurait dit qu'on lui arrachait une dent de sagesse ou les végétations.

– Aboule le fric ! disait Jean-C.

– Sale richard, râlait Jean-A. Ça t'amuse de plumer les plus pauvres que toi ?

Puis papa est sorti de prison, mais pour aller directement sur la taxe de luxe.

– Restons beau joueur, il a dit en grimaçant un sourire. Après tout, c'est l'école de la vie.

Une famille aux petits oignons

Moi, je commençais à douter de ma technique infaillible : tout le monde sautait à pieds joints par-dessus mon hôtel super cher pour tomber chez Jean-C.

– Cinq, a fait Jean-A. Rue de Vaugirard…

– C'est encore chez moi ! a claironné Jean-C. qui disparaissait presque derrière les billets.

– Rue de la Paix, a dit papa après avoir lancé le dé à son tour.

– C'est chez moi ! j'ai crié en me frottant les mains. En plein sur mon hôtel ! Tu as intérêt à faire un emprunt parce que ça va te coûter un maximum !

Papa a écarquillé les yeux en découvrant le montant du loyer qu'il avait à payer.

– Erreur, il a dit en toussotant. Le dé était… euh… cassé.

– Comment ça, cassé ? j'ai bégayé.

Le dé était tombé clairement sur le trois, pile dans la rue de la Paix ! Mais papa l'avait déjà repris et le secouait dans sa paume, l'air concentré.

– Cassé, il a répété. Les règles sont formelles : « Dé cassé, dé rejoué »…

– Jamais de la vie ! j'ai protesté. Il était pas cassé !

Papa s'est tourné vers les autres, l'air indigné, pour les prendre à témoin.

– Vous l'avez bien vu, vous autres, n'est-ce pas ?

– Oui, mon papa chéri, a ronronné ce fayot de Jean-A.

– Menteur ! j'ai dit. Il était pas cassé !

– Non, a fait Jean-C. Jean-B. a raison : le dé n'était pas cassé.

– Est-ce que vous accusez votre propre père de tricherie ? a demandé papa en nous foudroyant du regard.

Ses oreilles étaient devenues écarlates tout à coup, et ses mâchoires étaient si serrées sur le tuyau de sa pipe que je l'entendais distinctement craquer.

J'ai gargouillé quelque chose pendant que Jean-C. replongeait le nez dans ses billets.

– Très bien, a dit papa en reposant délicatement le dé au centre du plateau. Je ne resterai pas une minute de plus à une table de mauvais joueurs !

le camembert volant

— Tu avais perdu, de toute façon, a risqué Jean-C.

Papa s'est levé d'un geste théâtral :

— Là n'est pas la question ! Ce jeu est stupide, d'abord, et si je tenais le fabricant qui ose l'appeler « éducatif », j'aurais deux mots à lui dire, croyez-moi !

— Tout va bien, chéri ? a lancé maman qui jouait aux dames avec les petits.

— À merveille ! a dit papa en enfonçant son chapeau d'un coup de poing. Je vais juste me dégourdir les jambes avant d'assommer quelqu'un.

— Par ce temps ? a fait maman en regardant la pluie qui ruisselait sur les vitres.

Mais papa avait déjà disparu dans la bourrasque, les pans de son imperméable flottant derrière lui.

Sa sortie nous a un peu coupé le sifflet. Enfin, surtout à moi. J'ai regardé mon hôtel, puis le dé, puis mon hôtel encore sans bien comprendre ce qui venait de m'arriver.

— Papa aurait dû te réduire en bouillie, a ricané Jean-A. en faisant mine de malaxer quelque chose.

— Juste au moment où j'allais tous vous mettre sur la paille ! a râlé Jean-C.

— Sales tricheurs ! j'ai dit. Vous aviez peur de tomber chez moi, c'est tout !

— Je te préviens, a dit Jean-A., ça va saigner.

— Deux contre un petit gros, a dit Jean-C. en ricanant à son tour. Ça va être un carnage.

— Aah ! j'ai dit. Laissez-moi rire !

On a commencé à se rouler dans les boîtes de jeux éducatifs, puis maman est intervenue.

— Puisque c'est comme ça, elle a dit, filez dans votre chambre. Et que je ne vous revoie plus jusqu'au dîner.

On est sortis la tête basse. Après papa, c'était au tour de maman de piquer une colère. Décidément, ça n'était pas notre journée.

— Dommage, a fait Jean-A. en plongeant sur le lit. On commençait juste à s'amuser.

— C'est mon oreiller, j'ai dit. Enlève tes sales pieds de là.

Une famille aux petits oignons

– Tu veux que je te fasse ma prise secrète ? a dit Jean-A.
– Essaye un peu, j'ai dit. Je te préviens, j'ai fait du judo avec François Archampaut.
– Trop nul, a rigolé Jean-A. J'ai pas peur des bretelles noires.

On a commencé à se rouler sur le couvre-lit, puis Jean-C. s'en est mêlé et ça a dégénéré.

C'est comme ça qu'a fini la journée de marathon.

C'était gentil de la part de papa d'avoir voulu nous occuper, mais en fait j'aurais préféré m'ennuyer tout seul avec les Tintin et mes Bibliothèque verte.

Il ne pleut pas si souvent pendant les grandes vacances. C'était dommage d'avoir perdu une journée à des jeux éducatifs alors qu'on aurait pu ne rien faire du tout.

Seulement, après dîner, papa est entré sans bruit dans la chambre.

Tout le monde dormait, sauf moi. J'avais pris ma lampe de poche et je lisais en cachette, la lumière tamisée par ma couverture, en grignotant des raisins secs.

J'adore faire ça quand la pluie tombe dehors. J'ai l'impression d'être dans une cabane secrète ou un igloo, bien au chaud pendant que le vent hurle et que les gouttes tambourinent sur les volets.

J'ai eu juste le temps d'éteindre ma torche quand papa est entré. Il n'a pas dû s'en apercevoir parce qu'il s'est assis au bord du lit sans se fâcher.

– Tu dors, Jean-B. ? il a murmuré.
– Oui, j'ai dit. Enfin non…
– Tu sais, a continué papa, j'ai repensé à ce dé cassé tout à l'heure…
– C'est pas grave, j'ai dit. De toute façon, tu n'avais plus d'argent pour payer.
– Je ne suis plus très sûr qu'il était cassé, il a dit en toussotant. Je pense même que c'est toi qui avais raison…
– Tu n'avais pas tes lunettes, j'ai dit. C'est peut-être pour ça.
– Peut-être, a fait papa. Mais je te dois une revanche, mon garçon. Et cette fois, promis, je mettrai mes lunettes !
– D'accord, j'ai dit.

Il m'a ébouriffé les cheveux avant de se lever.

le camembert volant

– Qu'est-ce que tu dirais de demain, s'il pleut toujours, histoire de ne pas s'ennuyer ?

– Tu vas le regretter, j'ai dit avec un grognement de plaisir. Je vais te ratiboiser jusqu'au dernier centime !

– C'est ce qu'on va voir, a répondu papa du tac au tac. Je te préviens, je vendrai chèrement ma peau. Pas question de tomber sur ton hôtel cinq étoiles pourri !

Et on s'est mis tous les deux à rigoler dans le noir comme des bossus.

La visite des cousins Fougasse

On était déjà à la moitié des vacances quand papa a dit :
— Les enfants, je compte sur vous. Nous ne serons partis que quelques jours, le temps de trouver une maison à Toulon. En notre absence, interdiction formelle de jouer avec des allumettes ou de s'approcher trop près de la mare !

C'est rare que papa et maman partent tous les deux. Six garçons, c'est un peu comme une portée de chiots qu'on n'a pas eu le courage de noyer : impossible de les caser, dit souvent papa, à moins de se fâcher à mort avec ses meilleurs amis…

— Ne vous inquiétez pas, a dit mamie Jeannette en agitant vers eux la menotte de Jean-F. Et profitez bien de votre petite escapade à deux !

Elle nous avait rangés sur le perron par ordre de taille, la raie coiffée du même côté, et elle posait fièrement au milieu comme M. Martel sur la photo de classe.

— Tu es sûre que tu sauras te débrouiller avec mes six diablotins ? a demandé maman, un peu inquiète quand même.

le camembert volant

Elle portait un foulard sur les cheveux, son nécessaire de toilette à la main, et quand elle nous a embrassés, ses joues sentaient un parfum que je connaissais bien : celui des soirs où elle sort avec papa pour dîner au restaurant ou aller au cinéma.

– Sois sans crainte, a assuré mamie Jeannette en enlevant les doigts que Jean-F. avait glissés dans son nez. Il suffit d'un peu d'organisation.

Maman a froncé les sourcils, comme si cette phrase lui rappelait quelque chose, puis elle a haussé les épaules avant de marmonner : « Après nous le déluge ! » et de sauter en voiture à côté de papa.

– Au revoir, les enfants ! elle a lancé. Et soyez bien sages !

– Chérie, a dit papa en démarrant, les vacances commencent vraiment…

Et on les a regardés s'éloigner, le cœur un peu gros, en agitant la main jusqu'à ce que la voiture ait disparu au détour du chemin.

– Eh bien, a dit mamie Jeannette, vous en faites une tête ! Est-ce que vous n'êtes pas contents d'avoir bientôt une belle maison ? Et puis vos pauvres parents ont bien mérité d'être un peu sans enfants…

Mamie ne peut pas comprendre. Bien sûr, ça nous faisait plaisir de les voir partir tous les deux, sans la galerie chargée à bloc ni six garçons qui se disputent à l'arrière. Pourtant, ils nous manquaient déjà.

C'est drôle, une famille de huit… On manque de place, on se donne des coups de coude, on voudrait être fils unique ou orphelin, sans personne pour vous mettre ses pieds dans la figure ou vous expédier séance tenante aux enfants de troupe… Mais quand l'un d'entre nous n'est pas là, c'est comme au jeu de Sept Familles lorsqu'il manque une carte : tout paraît bizarre, faussé, comme si la carte perdue avait rendu tout le jeu inutile.

– En tout cas, a dit mamie, défense de rester à l'intérieur par ce beau soleil. Amusez-vous dehors et profitez du bon air de la campagne.

Moi, il suffit qu'on me donne l'ordre de m'amuser pour que je n'en aie plus envie du tout.

C'était au tour des moyens et de Jean-E. de monter sur le tracteur de papy Jean pour aller arroser, alors on s'est retrouvés tout seuls, Jean-A. et moi, à traîner dans le jardin, les mains dans les poches en se demandant ce qu'on pouvait bien faire.

D'abord, on a voulu se fabriquer des lance-pierres pour décaniller

Une famille aux petits oignons

des boîtes de conserve vides au bout du champ. Mais mamie a crié que c'était interdit d'aller aussi loin.

Alors, on a pris les vieux vélos et organisé une course de vitesse autour de la pelouse, mais c'était interdit aussi, à cause des morceaux de carton qu'on faisait vrombir dans les rayons et qui risquaient de réveiller Jean-F.

Ensuite, on a voulu jouer avec Première et Deuxième Chaîne, mais mamie nous a crié qu'il était interdit d'aller dans le hangar. Qu'on n'avait pas le droit non plus de saccager le potager avec nos bottes, ni d'essayer de nous rompre le cou en grimpant dans les arbres du bosquet...

À quoi ça sert d'avoir un jardin si on ne peut rien y faire ?

En nous retrouvant vautrés sur le perron comme deux malheureux, mamie s'est vraiment mise en colère : puisqu'on était incapables de s'amuser tout seuls avec tout l'espace qu'on avait, elle allait organiser des jeux, et on allait voir ce qu'on allait voir !

Le lendemain, elle avait préparé des tas d'idées, rédigées sur des petits papiers pliés en quatre et mélangés dans un chapeau.

– « Concours de dents blanches », a lu Jean-C. en tirant la première.

– « Jeu de la chambre la mieux rangée », a déchiffré Jean-D. en tirant la seconde.

– « Championnat du monde de politesse », a lu Jean-A. en roulant des yeux effarés derrière ses lunettes.

« Jeux Olympiques de l'épluchage de carottes », disait le dernier papier.

– Il y a un prix pour chaque épreuve, a dit mamie, toute contente de ses idées. Par laquelle voulez-vous commencer ?

– Les dents blanches ! a zozoté Jean-E. qui n'a que la moitié des siennes et comptait bien gagner le prix.

– J'ai comme l'impression qu'on s'est fait avoir, j'ai dit quand on a tous été réunis dans la salle de bains à se brosser les dents comme des malades.

– Tu crois ? a ricané Jean-A. J'ai jamais vu des jeux aussi nuls !

– C'est moi que ze vas gagner ! a zozoté Jean-E. en s'échappant le premier, la bouche pleine de dentifrice.

– Non, c'est moi ! a crié Jean-D. en le poursuivant dans le couloir.

le camembert volant

On a fait semblant de s'amuser avec mamie un petit moment, histoire de lui faire plaisir, mais on tirait tous une telle mine, à part Jean-E., que même elle n'avait plus l'air d'avoir envie de distribuer des récompenses.

Alors Jean-A. a essayé de proposer le concours de celui qui regarderait la télé le plus longtemps, mais mamie a refusé tout net. Pas question de nous laisser nous abrutir devant des émissions stupides alors que nous avions une grande maison et un immense jardin à notre disposition.

C'est là que ça a dégénéré...

– D'accord, a marmonné Jean-A. Puisque c'est comme ça, je vais porter plainte à la Société protectrice des enfants...

– Pardon ? a fait mamie Jeannette.

– Rien, a fait Jean-A.

– Tu viens de perdre le Championnat du monde de politesse, a dit mamie d'un air pincé.

– M'en fous, a fait Jean-A. dans sa barbe.

– Pardon ? a dit mamie.

– « Meftou ! » a bredouillé Jean-A. en devenant jaune comme un citron. C'est... euh... du latin... Ça veut dire... euh...

– « Pardon », a traduit papy Jean qui rentrait à cet instant des courses. C'est ce que disaient les Romains quand... euh... quand les mots avaient dépassé leur pensée... Une façon de s'excuser, en quelque sorte. N'est-ce pas, Jean-A. ?

– Oui, papy, a fait Jean-A., pas très fier de lui.

Heureusement que papy lui aussi a fait du latin en 5e, parce que sinon ça aurait sacrément cassé l'ambiance.

– Et maintenant, il a dit en déballant ses paquets, si on faisait le concours du plus gros mangeur de bifteck et de pommes frites ? J'ai une faim de loup, pas vous ?

– Super ! on a crié.

Sauf cet étourdi de Jean-C. qui s'était jeté sur les carottes et en avait déjà épluché une douzaine pour gagner le premier prix.

– Mais d'abord, a dit papy, venez m'aider à vider la 4 L. Je crois que j'ai une ou deux petites choses dans le coffre qui devraient vous intéresser...

Une famille aux petits oignons

– Et le concours d'épluchage ? a fait Jean-C. qui ne comprend jamais rien.

En fait, il y avait six paquets dans la 4 L. Un pour chacun, enveloppés dans du papier brillant et marqués de nos initiales.

– Un camion de jouets a perdu ça sur la route, a dit papy Jean avec un clin d'œil. J'ai pensé qu'il valait mieux le ramasser.

Papy Jean trouve toujours des cadeaux incroyables.

Il y avait un clown en tissu pour Jean-F., un pistolet à eau pour Jean-E., un Jokari pour Jean-D., un ballon de football pour Jean-C., une sarbacane pour moi, tirant de vraies fléchettes avec des ventouses, et pour Jean-A. le *Manuel des Castors Juniors*.

– C'est la dernière édition, a dit papy Jean. On y apprend à construire une cabane et à devenir aimable en six leçons.

– Meftou ! a dit alors Jean-E. qui venait de l'arroser avec son nouveau pistolet à eau.

– Pardon ? a fait papy.

– Ze m'excuze, a zozoté Jean-E. Meftou !

– C'est du latin, a expliqué Jean-D.

On a tous remercié papy et, pour une fois, on s'est presque battus pour mettre la table et préparer l'apéritif.

Plus tard, papa et maman ont téléphoné : ils avaient trouvé une jolie maison moderne, toute blanche, avec des volets verts et un bout de jardin ! Il n'y avait que quatre chambres, mais très grandes, avec des placards immenses et des fenêtres ouvrant sur une petite cour.

Puis maman a voulu nous dire un mot à chacun.

– Est-ce qu'il fait beau à Toulon ? je lui ai demandé.

– Un temps merveilleux, a répondu maman. Mais vous nous manquez tous les six… Soyez bien sages, d'accord ?

– Jean-B. ? a dit papa en prenant le téléphone à son tour. Tu sais quoi ? À côté de notre nouvelle maison, il y a une petite bibliothèque de paroisse avec tous les Club des Cinq ! Il paraît qu'on a le droit d'y emprunter quatre livres par semaine !

Dans mon lit, cette nuit-là, j'ai rêvé de notre nouvelle maison.

Elle avait un toit de tuiles roses, et ma chambre était presque aussi grande qu'un terrain de football. J'y avais installé mon circuit

le camembert volant

de voitures Scalextrix Spécial Vingt-Quatre Heures du Mans. Il était si long qu'il sortait de la pièce, grimpait l'escalier, faisait le tour de l'étage et revenait par le salon, après une série de boucles et de chicanes interminables sur lesquelles je faisais rugir à cent à l'heure un bolide aux pneus fumants.

Derrière la mienne, la voiture de Jean-A. avait un tour de retard. J'allais franchir la ligne d'arrivée en grand vainqueur quand soudain, dans la ligne droite près des tribunes, quatre paires de grosses galoches se sont posées sur le circuit...

Impossible de freiner! Mon bolide est parti en vol plané et, à l'instant où il allait se désagréger sur le carrelage, je me suis réveillé.

– Debout là-dedans, a dit mamie Jeannette en tirant les rideaux. Assez traîné au lit. Il fait un temps magnifique et j'ai une merveilleuse surprise à vous annoncer.

Une série de grognements lui a répondu à mesure qu'on sortait un œil de sous les draps.

– Devinez, a continué mamie. Vos cousins Fougasse viennent passer la journée avec vous!

– Meftou! a fait Jean-A. en laissant retomber sa tête sur l'oreiller.

Il ne manquait plus que ça! On déteste les cousins Fougasse. Ils nous refilent leurs vieux vêtements pourris lorsqu'ils ont fini de les user à fond, nous envoient des images de communion et, à chaque Noël, des cartes de vœux faites à la main, avec des Pères Noël obèses et des sapins qui ressemblent à des brosses à bouteille déplumées.

Mamie Jeannette adore les cousins Fougasse.

– Je compte sur vous pour me faire honneur, elle a dit. Vos cousins ont reçu une excellente éducation, contrairement à certains ici que je ne nommerai pas... N'est-ce pas, Jean-A.? Alors inutile de chercher à les épater avec de nouveaux mots latins.

Quand ils sont arrivés, on les attendait en rang d'oignons sur le perron, les cheveux encore mouillés de la douche et un sourire de bienvenue scotché de force sur la bouche.

– Pierre-A., Pierre-B., Pierre-C. et Pierre-D... Dites bonjour à vos cousins, les enfants, a fait oncle Pierrot.

Ils étaient quatre, en rang d'oignons eux aussi, avec les cheveux

Une famille aux petits oignons

ras et des oreilles si décollées que leurs têtes ressemblaient à de petites soupières avec des anses sur les côtés.

– Bonjour, cousins ! ils ont claironné tous en chœur.

– Comme ils sont bien élevés ! s'est extasiée mamie.

Ils portaient les mêmes shorts ridiculement courts, des gilets tricotés qui pendouillaient et de grosses galoches montantes, les mêmes que celles que j'avais vues en rêve massacrant mon circuit de voitures Scalextrix.

– 'On'our ! on a répondu, les mâchoires à demi paralysées par notre sourire de bienvenue.

– Ze vous présente mon poisson, a zozoté Jean-E. en montrant fièrement aux cousins son ablette dans sa bouteille.

– Plus tard, a dit mamie. Le déjeuner n'attend pas. Comme vous avez certainement beaucoup de choses à vous dire entre cousins, je vous ai tous mis à la même table. C'est une merveilleuse idée, n'est-ce pas ?

En fait, ça ne l'était pas tellement.

On a passé le repas à ricaner chacun de notre côté en s'observant à travers la table d'un air dégoûté. Les oreilles de plus en plus rouges, les cousins Fougasse n'arrêtaient pas de faire des bulles avec leur paille et d'essuyer leurs doigts graisseux sur leurs gilets tricotés.

– Et si vous alliez jouer tous ensemble ? a proposé papy un peu plus tard. On vous appellera pour le dessert.

Les cousins Fougasse en ont profité pour quitter la table en hurlant et courir à travers la maison avec leurs grosses galoches.

– Qu'est-ce que c'est que cette crotte de nez ? a demandé Pierre-A.

le camembert volant

en tombant en arrêt devant la bouteille de limonade où tournait le poisson de Jean-E.

— Sortez de notre chambre ou vous êtes morts, a dit Jean-A.

— C'est pas une crotte de nez, a fait Pierre-B. en tapant du doigt sur le verre pour terrifier Suppositoire. C'est un bout de réglisse mâchouillé.

— Non. C'est Suppozitoire, mon poisson, a zozoté Jean-E.

— On dirait un têtard ! a ricané Pierre-C.

— Têtard toi-même, a dit Jean-C.

Pierre-A. avait pris la bouteille et l'agitait comme un malade. Alors Jean-E. s'est mis à pleurer et ça a dégénéré.

— Pose le poisson de mon frère, j'ai dit, ou ça va finir dans un bain de sang.

— Essaye un peu, a ricané Pierre-A. Je te préviens, je fais de la boxe française.

— Ça t'amuse de faire pleurer les plus petits que toi ? a fait Jean-A. en enlevant ses lunettes.

Et il a mis une beigne à Pierre-A.

— Vous vous entendez bien, les cousins ? a demandé mamie avec un grand sourire en passant la tête par la porte de la chambre.

— Super ! on a tous crié en chœur.

Elle était à peine sortie que Pierre-C. s'est mis à sauter à pieds joints sur le matelas des moyens.

— Interdit de sauter sur les lits ! a fait Jean-A. C'est mamie qui l'a dit.

— M'en fous, m'en fous, m'en fous ! a chantonné Pierre-B. en s'y mettant à son tour.

— C'est mon lit, a fait Jean-C. Enlevez vos galoches pourries de là.

— Nous touchez pas, d'abord, ou on le dit à mamie, a ricané Pierre-C. en rebondissant de plus belle.

— Essaye un peu ! a dit Jean-C. en se jetant sur lui.

Comme c'était aussi son lit, Jean-D. a mis une gifle à Pierre-D. qui s'était assis tranquillement à regarder les Tintin.

— Touche pas nos livres avec tes doigts graisseux, il a dit.

— Mamie ! Il m'a frappé ! a trépigné Pierre-D. en devenant écarlate comme une écrevisse.

Une famille aux petits oignons

Il s'est jeté sur Jean-D. et ils ont commencé à se rouler sur la descente de lit.

– Quatre contre quatre, a dit Pierre-A. en ôtant ses lunettes à son tour. Sinon, on le dit à mamie.

– D'accord, a dit Jean-A. Vous l'aurez voulu. Mais on touche pas aux affaires.

Et il a balancé à Pierre-A. un grand coup de polochon.

En une seconde, ça a été la bagarre générale.

Pour que ce soit équilibré, Jean-E. s'était retiré dans son coin, le pouce dans la bouche, protégeant la bouteille de son poisson des coussins qui volaient.

On allait mettre une sacrée dérouillée aux cousins Fougasse quand mamie Jeannette nous a appelés depuis le jardin.

– Les cousins ! Si vous jouiez plutôt dehors tous ensemble ? Il fait un temps magnifique !

– Y a pas de dessert, dans cette baraque ? a râlé Pierre-A. en remettant ses lunettes.

– C'est les miennes, a dit Jean-A. en les lui reprenant des mains. Les tiennes sont pleines de traces de doigts graisseux.

– Tu crois ? a fait Pierre-A.

– Sûr, a fait Jean-A.

Ils ont échangé leurs lunettes et on est sortis dans le jardin.

– Vous avez de la chance, a ricané Pierre-B. Une minute de plus, et on vous écrabouillait.

– Répète un peu pour voir ? a fait Jean-C.

Comme on était un peu trop près des adultes qui prenaient le café sous le noyer, on a traîné un moment sans savoir quoi faire.

– D'abord, a dit Pierre-A., on vous passera plus nos vêtements quand ils seront trop petits.

– Vous pouvez les garder, j'ai fait. Ils grattent et ils sont nuls.

– Surtout qu'on crache dessus avant de vous les envoyer ! a ricané Pierre-C.

– Et si on faisait une course sur vos vélos minables ? a proposé Pierre-A. en montrant les vieilles bécanes grinçantes que nous avait rafistolées papy Jean.

– Pas touche, a dit Jean-C. C'est des vélos de compétition.

le camembert volant

— Nous, au camping, a dit Pierre-C. en haussant les épaules, on a les mêmes demi-course que ceux du Tour de France, avec douze vitesses et un porte-gourde sur le cadre.

— Ça vous gêne pas pour le sprint d'avoir les oreilles décollées ? a ricané Jean-C.

— Et si on allait dans le potager ? a proposé Pierre-D.

— D'accord, a fait Jean-A. Mais si on se fait prendre, on dira que c'est à cause de vous.

— De toute façon, a dit Pierre-A., on est les chouchous de mamie Jeannette. Elle vous croira jamais.

On s'est tranquillement assis sur le muret tandis que les cousins Fougasse couraient comme des dératés d'arbre en arbre, se goinfrant de prunes et saccageant les cerisiers.

— Mamie va les massacrer ! a fait Jean-C. avec un frisson de plaisir.

— Sûr, a dit Jean-A. En plus, les prunes sont pleines de vers.

— Quand je pense à la colique qu'ils vont avoir ! a fait rêveusement Jean-C.

Puis on a commencé à se bombarder avec des reines-claudes trop mûres en se poursuivant dans le potager.

On commençait juste à s'amuser quand Pierre-A. a mis les mains sur son ventre, le visage déformé par une atroce grimace. Puis ça a été au tour de Pierre-B., de Pierre-C. et de Pierre-D. de filer à fond de train dans la maison.

— Qu'est-ce que j'avais dit ? a murmuré Jean-C.

Quand ils sont revenus, ils étaient blancs comme du papier à cigarette.

— Si on faisait un jeu calme ? a proposé Pierre-A.

— D'accord, on a dit. Mais c'est nous qui commençons.

— Non, c'est nous, ils ont dit.

— Pas question, a fait Jean-A. On l'a dit en premier.

— Bon, d'accord, a dit Pierre-B. Mais à quoi on joue ?

Comme on ne savait pas quoi faire, on est rentrés dans la chambre et Pierre-B. a commencé à regarder dans mon cahier secret.

— Pas touche, j'ai dit, ou ça va mal finir.

Pierre-A. avait trouvé ma sarbacane et s'amusait à tirer des fléchettes à ventouse sur Jean-A., alors ça l'a un peu énervé. Pendant

Une famille aux petits oignons

ce temps, Pierre-C. et Pierre-D. avaient sorti le Jokari de Jean-C. et tapaient comme des malades dans la balle. Comme c'était une balle super rebondissante, elle sautait d'un mur à l'autre et a manqué de renverser la bouteille de Suppositoire.

Jean-E. s'est mis à pleurer, alors Pierre-C. lui a mis une taloche.

– Ça t'amuse de frapper des plus petits que toi ? a dit Jean-C. en lui rendant sa beigne.

– Laisse mon frère tranquille ! a dit Pierre-A. en lui faisant une prise de boxe française.

– Vous l'aurez voulu, les gars, a fait Jean-A. en ôtant ses lunettes.

– Et si on faisait un jeu calme ? a proposé Pierre-D.

Mais personne ne l'a entendu. On était trop occupés à se peigner comme des malades pendant que Jean-E., sa bouteille à la main, sautait sur le lit en criant :

– Ze vous préviens ! Ze sais faire du zudo !

On a juste eu le temps de remettre un peu d'ordre avant que les cousins s'en aillent. Quand mamie Jeannette, oncle Pierrot et tante Pierrette sont entrés dans la chambre pour annoncer qu'ils partaient, on était tous assis sur le tapis, le dos contre les lits, tranquillement plongés dans la lecture de la vieille collec' de Tintin.

– Vous vous êtes bien amusés ? a demandé mamie.

– Hon hon, on a fait sans lever la tête de nos livres.

– Puisque vous vous entendez aussi bien, a suggéré tante Pierrette, pourquoi les petits Jean ne viendraient-ils pas passer avec nous une journée au camping ?

– Quelle merveilleuse idée, a fait mamie. Vous êtes d'accord, les enfants ?

– Super ! on a crié tous en chœur.

Heureusement que mamie ne pouvait pas voir la tête qu'on faisait derrière nos Tintin.

– Cette fois, on va vous massacrer ! a ricané Jean-A. en se penchant vers l'aîné des Fougasse.

– Jamais vous n'en sortirez vivants ! a ricané Pierre-A. à son tour.

N'empêche, ça nous a fait un drôle de vide quand ils sont partis. Pour une fois qu'on pouvait se battre autrement qu'entre nous !

le camembert volant

On est restés un moment sur le perron, agitant hypocritement la main jusqu'à ce que leur voiture disparaisse, puis mamie a dit avec un gros soupir :

– Vos cousins sont si charmants, n'est-ce pas… Et si bien élevés !

– Meftou ! a ricané Jean-A. dans sa barbe.

– Pardon ? a fait mamie.

– Euh… c'est fou ! a acquiescé Jean-A.

– Comme quoi, a dit mamie en souriant, rien ne vaut un peu de discipline et quelques bons principes éducatifs !

On a tous opiné gravement.

Malgré leur crâne en soupière et leurs oreilles prodigieusement décollées, les cousins Fougasse avaient au moins raison sur un point : ils seront toujours les chouchous de mamie Jeannette.

le camembert volant

C'est toujours comme ça avec les grandes vacances.

On a l'impression qu'elles ne finiront jamais et puis, un jour, on découvre avec surprise que le moment de partir est arrivé et qu'on n'en a pas assez profité.

Déjà, maman commence à rassembler les bagages. Les vêtements pour le départ sont préparés sur une étagère de l'armoire. Défense de salir et de semer nos affaires partout! Depuis son retour de Toulon, maman passe ses journées à faire des lessives en pestant contre la campagne qui verdit les pantalons et qui laisse sur les chaussettes des épines de chardon.

Moi, j'adore les fins de vacances, quand on commence à mettre des pulls le soir et à penser à la rentrée.

Avec Jean-A., un matin, on a fait une course à vélo jusqu'au village d'à côté pour aller acheter les dernières vignettes du Tour de France qui manquaient dans nos albums. Le papetier avait sorti les affaires de classe et ça sentait une délicieuse odeur de plastique, de craie et de cartables neufs… On est restés un long moment à tripoter les trousses, les répertoires, les rapporteurs et les protège-cahiers de couleur, et j'avais presque hâte qu'on soit le premier jour de classe.

– Tu verras, a dit Jean-A., la 6e, c'est génial ! En plus, comme on sera ensemble, les grands n'ont pas intérêt à t'embêter ou ils auront affaire à moi !

Quand on est revenus, papa nous attendait avec les photos qu'il a prises de notre nouvelle maison. On s'est assis autour de lui et il les a fait circuler, tout fier, en guettant nos réactions.

– Alors ? il a dit. Qu'est-ce que vous en pensez ?

– Un doigt ! a fait Jean-C.

– Un morceau de maman ! s'est exclamé Jean-D.

Papa est très fort comme photographe. On aurait dit des prises de vue sous-marines, avec des objets non identifiés qui flottaient au premier plan.

– C'est la faute de ce maudit appareil, il a dit en toussotant. Voilà le… euh… salon, à moins que ce ne soit…

– Le garage ? a proposé Jean-A.

– Un lavabo ! a crié Jean-C. C'est la salle de bains !

– Tu la tiens à l'envers, banane, j'ai dit en la retournant. Regarde : c'est un portrait très ressemblant de la chaussure de papa.

– Tu as refait les papiers peints ? a demandé Jean-A. en louchant sur une autre photo. Parce que là, on dirait que le mur est tout gondolé…

– Puisque vous y mettez de la mauvaise volonté, a dit papa un peu vexé en reprenant les photos, tant pis pour vous… Vous garderez la surprise.

Inutile de vous raconter la journée qu'on a passée avec les cousins Fougasse. Un vrai carnage comme l'avait prédit Jean-A.

Le camping où ils partent en vacances est immense, avec des centaines de caravanes dispersées dans les dunes, une seule douche collective et un vent de force 4 qui penche les pins à angle droit. Forcément, comme les cousins Fougasse jouaient sur leur terrain, on a été un peu désavantagés au début… Tante Pierrette avait voulu organiser un concours de châteaux de sable sur la plage, mais ça a

Une famille aux petits oignons

vite dégénéré. Après, oncle Pierrot a fait un barbecue, on a mangé sur une table pliante et bu des litres de limonade tiède avant d'aller dans les rochers ramasser des crabes avec nos épuisettes.

On a joué à s'envoyer des paquets d'algues gluants à la figure et, à la fin, on avait tellement de sable dans le maillot qu'on aurait dit qu'on avait tous des couches pleines, comme Jean-F.

Ça a été une super journée.

Juste avant de partir, Pierre-B. qui avait pris une pelle dans l'œil a appelé à la rescousse un copain qu'il s'est fait au camping.

– C'est mon meilleur ami, a averti Pierre-B. Je vous préviens, son père a une DS 19 et il sait casser des briques rien qu'avec ses poings. Il va tellement vous massacrer que ça me fait pitié pour vous.

– Mince! j'ai fait en voyant son meilleur copain débouler. Ça alors!

– Ça alors! a fait son meilleur copain en s'arrêtant net de courir. Vous le croirez si vous voulez, mais c'était François Archampaut. Mon meilleur copain à moi.

– Qu'est-ce que tu fais-là? j'ai balbutié.

– Et toi? il a dit.

En fait, il m'a tout expliqué. Comme son père est agent secret, ils font juste semblant de faire du camping. En fait, ils passent la nuit à surveiller la plage à la jumelle infrarouge au cas où des nageurs de combat arriveraient par la mer avec leurs fusils-harpons et leurs grenades sous-marines.

– Mince! j'ai dit. Ça alors!

– Eh oui, mon vieux, a dit François Archampaut d'un air modeste.

François Archampaut n'est pas le genre à se vanter, même s'il a la plus belle caravane du camping, entièrement équipée de meubles d'époque et d'un appareil sonar ultra-sophistiqué.

– Dommage que mon père dorme, il a dit, sinon je t'aurais fait visiter.

Ce qui m'embêtait quand même, c'est que Pierre-B. prétende être le meilleur copain de François Archampaut, vu que le meilleur ami de François Archampaut, c'est moi.

– Laisse tomber, il a dit. C'est juste une couverture. Nous deux, on restera fidèles jusqu'à la mort.

– Au fait, j'ai dit, un peu gêné de le trahir. J'ai… euh… changé de

le camembert volant

métier pour plus tard : je voudrais être astronaute, et plus trop agent secret…

– C'est comme moi, il a dit en hochant la tête. C'est quand même incroyable ! Comment tu as deviné ?

Celui qui n'en croyait pas ses oreilles quand je lui ai raconté, c'est Jean-A.

Comme il a des lunettes, aucun fils d'agent secret ne veut être son ami. Alors il dit que François Archampaut n'est qu'un menteur, qu'il raconte des histoires parce qu'il a perdu sa mère quand il était tout petit et que ça lui a un peu tapé sur le ciboulot.

Mais moi je crois François Archampaut. À quoi ça servirait d'avoir un meilleur ami, sinon ?

Il y a d'autres grandes nouvelles pour cette fin de vacances.

D'abord, on est retournés à l'étang avec papy Jean pour relâcher Suppositoire. Il avait tellement grandi en quelques jours qu'il n'avait plus la place de nager dans sa bouteille de limonade.

Jean-E. a un peu pleuré de perdre son poisson. Mais Suppositoire n'aurait pas été heureux dans notre maison de Toulon, et encore moins de faire tout le chemin en voiture jusque-là. Un poisson, même de la taille de Suppositoire, c'est fait pour être libre et vivre avec les siens, pas pour servir de décoration sur une étagère ni grignoter toute sa vie des miettes de biscottes ou de barquettes à la fraise.

Ce qui a un peu consolé Jean-E., c'est Première et Deuxième Chaîne. Maintenant qu'ils ont un mois, papy Jean les laisse rentrer dans la maison et a même installé leur panier dans le placard de notre chambre, dans un petit coin bien chaud et bien protégé.

Jean-E. leur a fabriqué un Jokari spécial, avec une balle de ping-pong attachée à une ficelle. La nuit, quelquefois, on entend le toc-toc ! de la balle qui rebondit sur le parquet, des bruits de poursuite et de dérapages. Première et Deuxième Chaîne cherchent à se faufiler sous nos couvertures, nous mordillent le bout des pieds, mais dès qu'on allume, ils filent sous le lit et ça recommence.

– Je préférerais une vraie télé, râle à chaque fois Jean-A. en se fourrant la tête sous l'oreiller. Au moins, on peut l'éteindre quand on veut dormir !

Une famille aux petits oignons

Maman a beau dire que ce n'est pas sain, deux chatons qui dorment dans une chambre, elle n'a pas osé nous l'interdire vu que c'était une idée de papy. L'après-midi, quand elle prend le café sous le noyer, allongée dans une chaise longue, Première et Deuxième Chaîne ont l'habitude de venir tous les deux faire la sieste sur ses genoux, et elle fait attention à ne pas faire de bruit en tournant les pages de son livre pour ne pas les réveiller.

Est-ce que les animaux sont nécessaires aussi au développement affectif des parents, comme ils le sont à celui des enfants ? Il faudra que je regarde dans mon *Album des jeunes* quand on sera à Toulon.

Depuis quelques jours, Jean-A. et moi, on prépare une surprise pour la fin des vacances.

C'est moi qui en ai eu l'idée, même si Jean-A. dit le contraire.

Chaque après-midi, avec l'aide de papy Jean, on s'enferme dans son établi pour bricoler en grand secret. On a trouvé les plans dans le *Manuel des Castors Juniors,* avec la liste du matériel nécessaire : colle, fil de pêche avec un moulinet comme dévidoir, baguettes de bois, papier, plus un sachet de douze feutres de couleur pour la décoration.

Long John Silver, la tourterelle de papy Jean, nous regarde travailler, clignant de son œil rond à chaque coup de marteau. Sa patte est guérie. Elle ne boite plus du tout et papy dit qu'il va pouvoir lui rendre bientôt sa liberté.

Quand le grand jour est arrivé, mamie Jeannette a dressé une table au bout du champ, avec une grande nappe blanche et des serviettes en papier pliées dans les verres de tous les jours.

Mamie est une grande cuisinière et elle s'était surpassée pour l'occasion. Il y avait des tartes aux fruits du jardin, une montagne de réglisses, des fraises, de la crème fraîche, des caramels maison au beurre et un délicieux cocktail d'été à base de limonade et de sirop de cerise.

De son côté, Jean-C. qui est nul en orthographe avait préparé un programme, copié sur une grande feuille de papier Canson brûlée aux coins pour qu'elle ressemble à un vieux parchemin :

Rassemblemen dans la prérie
Surprise des grand
Goûté pour tou le monde

le camembert volant

Jean-D. et Jean-E. avaient été chargés de disposer les chaises pliantes en arc de cercle, comme au théâtre, et de vendre les tickets.

Ça, c'était une idée de Jean-A. : cinquante centimes par place assise, avec une réduction pour papa et maman, mais sur présentation de la carte Famille Nombreuse uniquement.

– Sur présentation de la carte ? s'est étranglé papa qui avait oublié la sienne. Mais enfin, tu me reconnais ! Je suis votre père !

– C'est le règlement, a dit Jean-D. Pas de carte Famille Nombreuse, pas de réduction.

Papa a eu beau râler, comme au Monopoly, il a dû payer plein tarif pour lui et pour maman, plus les places de Jean-E. et de Jean-F. qui n'ont pas d'argent de poche parce qu'ils sont trop petits.

Quand tout le monde a été assis, Jean-A. et moi avons présenté notre surprise.

C'était un grand cerf-volant triangulaire, à peu près de la taille de Jean-D., avec une armature renforcée et une toile sur laquelle j'avais dessiné des écoutilles comme sur un vrai module spatial. De chaque côté, Jean-A. avait ajouté des ailerons plus petits qui ressemblaient à des panneaux solaires, et sur la pointe inférieure, une longue traîne où pendait une boîte à camembert recouverte de papier d'aluminium.

– C'est magnifique, a applaudi maman. Mais à quoi sert cette petite boîte ?

C'était ça, mon idée. Elle m'était venue en voyant Neil Armstrong planter son drapeau sur la Lune.

À chaque fin de vacances, on fait des vœux pour l'année suivante, on prend de bonnes résolutions, comme de bien travailler en classe, de ranger notre chambre ou de ne pas nous disputer. Cette fois, nos souhaits enfermés dans la petite boîte à camembert partiraient dans l'espace, accrochés au cerf-volant. Qui sait : si les extraterrestres existent et qu'ils ont autant de super pouvoirs qu'on le dit dans les bandes dessinées, peut-être voudraient-ils nous donner un coup de main et réaliser nos vœux ?

– C'est une idée formidable, a approuvé papa.

– On peut demander ce qu'on veut ? a dit Jean-D., incrédule.

– Bien sûr, j'ai dit. Tout ce qu'on veut.

Une famille aux petits oignons

– Sauf une sœur, a précisé Jean-A. De toute façon, les extraterrestres sont trop intelligents : ils n'acceptent pas les filles dans l'espace.

Il a distribué des crayons et des feuilles de papier, et chacun s'est isolé pour écrire son vœu. Puis, l'un après l'autre, on a plié notre message avant de le glisser dans la boîte à camembert.

– Moi, z'ai demandé à maman d'écrire mon vœu : que Suppozitoire ne soit pas manzé par le zinodaure ! a zozoté Jean-E.

– Et moi qu'on aille tous les samedis à la piscine municipale de Toulon, a dit Jean-D.

– Et moi d'être dispensé de tour de vaisselle, a dit Jean-C.

– Parce que tu crois que les Martiens savent ce que c'est, un tour de vaisselle ? a ricané Jean-A.

Ce n'était pas bien difficile de deviner son vœu à lui : avoir enfin la télé et pouvoir regarder *Rintintin* en rentrant de l'école.

Je me suis bien gardé de révéler le mien : pour que les souhaits se réalisent, ils doivent rester secrets, et ce dont je rêve le plus au monde, c'est d'avoir un chien rien qu'à moi. J'ai même écrit son nom, Dagobert, mais après je me suis demandé si les extraterrestres lisaient aussi le Club des Cinq et s'ils pourraient comprendre.

Le plus compliqué, ça a été de donner un nom à notre cerf-volant spatial. Jean-D. voulait l'appeler Meftou 1, Jean-E. Super-Zino-Volant, Jean-C. n'avait aucune idée et Jean-A., qui veut toujours être le chef, a dit que si on ne l'appelait pas Prototype Jean-A., il refusait de le faire décoller.

– Et pourquoi pas le Camembert volant ? j'ai proposé.

– Camembert volant toi-même, a ricané Jean-C.

C'est mamie Jeannette qui, pour une fois, a mis tout le monde d'accord :

– Que diriez-vous de l'appeler tout simplement… Apollo Jean ?

C'était une super idée. Je me suis dépêché de l'écrire sur un petit coin de la toile au marqueur indélébile, puis papa a pris une photo de nous tous, le soleil dans les yeux, avec le cerf-volant qui tirait déjà sur son fil comme s'il était pressé de s'envoler.

– Moi, a dit papa en rebouchant son objectif, je n'ai qu'un vœu à formuler : que mes six Jean soient heureux à Toulon et qu'ils continuent d'être des enfants aussi formidables. Qu'en penses-tu, chérie ?

le camembert volant

— Oui, a dit maman. Je n'ai rien d'autre à demander.

— Moi si, a dit mamie Jeannette : que vous reveniez tous ici pour les prochaines vacances.

— Et cette fois, a dit papy Jean, le dinosaure n'aura qu'à bien se tenir !

— Hourra ! on a crié. Vive Super Mamie et Super Papy !

Il ne restait plus qu'à lancer Apollo Jean. Comme papa, Jean-A. est très fort en bricolage, mais notre appareil avait une forme si spéciale qu'il lui a fallu s'y reprendre à deux fois pour lui permettre de s'envoler.

Jean-F. s'est mis à pédaler comme un malade dans sa chaise haute quand il a vu le cerf-volant filer à l'oblique, encore retenu par le fil qui se dévidait en sifflant. Il a rasé la cime des arbres puis, soudain, s'est rétabli pour grimper tout droit comme un ballon dans le ciel bleu.

Quand le fil est arrivé au bout du dévidoir, le cerf-volant s'est immobilisé. Comme on voulait encore en profiter un peu, Jean-A. a noué l'extrémité du fil au pied de la table et on a goûté tous ensemble en le regardant se balancer au-dessus de nos têtes comme une minuscule ablette au bout de sa ligne.

Celle qui a paru la plus étonnée en découvrant notre cerf-volant, c'est la tourterelle quand papy l'a libérée. Avec de petits rou ! rou ! étonnés, Long John Silver a clopiné jusqu'à la porte de sa cage, clignant de l'œil comme si elle n'osait pas encore se lancer. Puis, dans un battement d'ailes, elle a pris son essor et a filé au ras des herbes.

On l'a vue s'élever au bout du champ, revenir, repartir encore, voltigeant autour du cerf-volant comme si elle ne supportait pas de le voir prisonnier et qu'elle l'invitait à la suivre.

Le soleil commençait à baisser, il fallait se résoudre à lâcher Apollo Jean s'il voulait gagner la stratosphère tant qu'il faisait encore jour.

— À toi l'honneur, Jean-B., a fait Jean-A., la bouche pleine de tarte à la cerise.

— À moi ? j'ai dit, un peu étonné.

— C'est ton idée, banane, il a dit avec un haussement d'épaules. Moi, c'est une vraie fusée que je voulais fabriquer, avec des pétards et un module pour Première et Deuxième Chaîne. Ils auraient été les premiers chats à voyager dans l'espace.

Une famille aux petits oignons

C'est papy qui n'avait pas voulu, de peur que Première et Deuxième Chaîne finissent en saucisses grillées.

– Tu crois qu'un cerf-volant peut monter jusqu'à la Lune ? a demandé Jean-D.

– Bien sûr, a dit papy. Et bien plus haut encore.

– Alors, les astronautes, là-haut, ils vont le voir passer ? a demandé Jean-C.

– Qui sait ? a fait papy Jean.

L'instant solennel était arrivé. Retenant mon souffle, j'ai dénoué le fil qui retenait le cerf-volant à la table pendant que les autres entamaient le compte à rebours :

– Six ! Cinq ! Quatre ! Trois…

Le cerf-volant, encouragé par Long John Silver, tirait si fort que j'étais obligé de le retenir à deux mains.

– … Deux ! Un ! Zéro !

J'ai tout lâché.

Apollo Jean a fait un bond et il est monté comme une flèche, aspiré par les courants. Même Long John Silver avait du mal à le suivre.

Puis il s'est stabilisé et a commencé à dériver. Un moment, on l'a suivi des yeux en silence, filant vers l'horizon jusqu'à ne plus être qu'une minuscule virgule noire égarée dans l'espace, emportant avec lui nos vœux pour l'année prochaine.

Et puis, juste au moment où il disparaissait dans une montagne de nuages couleur de crème Chantilly, une petite voix s'est exclamée :

– Meftou !

On s'est tous retournés.

– Chérie ! a balbutié papa. Jean-F. vient de prononcer son premier mot !

– Impossible, a dit maman. Il est trop petit !

– Meftou ! a répété Jean-F. en pédalant fièrement dans sa chaise.

– Meftou ? a répété papa. Mais qu'est-ce que ça veut dire ?

– C'est du latin, a dit Jean-A.

– Du latin ? a dit papa, rouge de fierté en sortant Jean-F. de sa chaise. Chérie ! Notre petit dernier a dit son premier mot en latin !

– Incroyable ! a dit maman qui n'en croyait pas ses oreilles. Quelle intelligence !

– C'est tout mon portrait ! a dit papa en serrant Jean-F. dans ses bras.

Comme on se pressait autour de lui pour l'applaudir, Jean-F. est devenu tout rouge et s'est arrêté de respirer, alors papa s'est dépêché de le repasser à maman en disant :

– J'ai peur que les couches de notre latiniste soient pleines, chérie…

– Mais au fait, a dit maman. Qu'est-ce que ça veut dire « meftou » ?

Papy nous a adressé un grand clin d'œil complice :

– « Le mot de la fin », je crois, non ? Qu'en pensez-vous, mes Jean ?

Ce soir-là, après la fête, dans la maison endormie, j'ai sorti mon cahier secret et j'ai écrit le titre du roman que j'ai décidé d'écrire quand on sera à Toulon.

Ça s'appellera *Le Camembert volant*. C'est l'histoire d'un équipage de six astronautes, commandé par un super héros du nom de Jean-B., qui part en mission vers la planète Mars. Comme ils ont décidé

Une famille aux petits oignons

d'emmener tous leurs meubles, leur vaisseau ressemble un peu à un camion de déménagement intergalactique, avec une galerie à bagages sur le toit du module et un lieutenant à lunettes qui n'arrête pas de râler et de vouloir être le chef...

Je ne sais pas encore ce qui leur arrivera. Juste qu'ils auront un chien, un poisson voyageant dans un aquarium spécial, et quatre cousins félons au crâne en forme de soupière lancés à leur poursuite à travers l'espace-temps...

Le reste, j'ai tout le temps de le découvrir.

Mais quand j'aurai fini mon histoire, je l'enverrai à mon meilleur copain, François Archampaut.

Je suis sûr qu'il va l'adorer.

La soupe de poissons rouges

Photo de famille

– Cette fois, a dit maman, ça va vraiment barder.

Depuis une semaine au moins, tout était prêt. On avait fait nos cartables, on avait plié au pied du lit les vêtements qu'on allait mettre, on avait établi le tour de passage à la salle de bains et mis à sonner trois réveils au lieu d'un.

La veille, maman nous avait même rassemblés pour donner les dernières consignes.

– Pas question d'être en retard un jour comme celui-là, elle a dit. Les grands, je compte sur vous pour aider les moyens…

– Moi, j'aide pas les bananes, a décrété Jean-A.

– Les moyens, je compte sur vous pour obéir aux grands…

– Banane toi-même, a répondu Jean-C.

– Tu veux une tarte ? j'ai dit.

– Essaie un peu, a fait Jean-D.

– Les petits, a continué maman, je compte sur vous pour être sages…

– Ze suis pas une banane ! a zozoté Jean-E.

– Ouin ! a crié le bébé Jean-F.

– Et surtout : défense absolue de vous disputer ! a conclu maman. Est-ce que c'est bien compris ?

– Oui oui ! on s'est tous écriés en chœur.
– Je rappelle, avait précisé papa en nous dévisageant tour à tour, qu'il existe une excellente pension pour les enfants de troupe…
– Tout va bien se passer, chéri, l'avait rassuré maman. Il suffit d'un peu d'organisation.

Mais dans une famille comme la nôtre, rien ne se passe jamais bien. Même quand on a une mère très organisée et un père qui sait tout faire de ses dix doigts.

Sur la photo qu'a prise papa ce jour-là, on pose en rang d'oignons tous les six, par ordre de taille, à la façon des frères Dalton.

Dans l'album où il l'a collée, papa a écrit : « Toulon, septembre 1969 : une joyeuse rentrée des classes. » Vu la tête qu'on fait tous, c'est un drôle de titre. Surtout papa, d'ailleurs, parce qu'il a voulu tester son nouveau retardateur juste ce jour-là pour être aussi sur la photo.

Papa est très fort comme médecin. Mais bizarrement, les objets ne veulent jamais fonctionner avec lui. Quand l'appareil photo s'est enfin déclenché pour de bon, papa était en train de pousser un juron tellement retentissant qu'on peut presque l'entendre encore en tournant les pages de l'album.

La soupe de poissons rouges

Maman nous avait commandé nos vêtements de rentrée dans le catalogue de La Famille Moderne : chacun la même chemisette et le même bermuda qui gratte, pour éviter les histoires, mais dans des tailles différentes, bien sûr.

– C'est une tenue très à la mode et parfaitement adaptée au climat, avait-elle dit devant nos protestations. Idéal pour une rentrée !

Déjà que papy Jean, notre grand-père, nous appelle pour rire « le gang des oreilles décollées » ! On avait vraiment l'air fin sur cette photo, habillés tous pareil dans nos chemisettes à carreaux nulles de La Famille Moderne…

Le plus à droite, c'est Jean-A., l'aîné, alias Jean-Ai-Marre parce qu'il râle tout le temps. Jean-A. porte des lunettes et déteste être pris en photo, surtout en bermuda. Sur celle-là, il fait une grimace tellement atroce que si on la montre plus tard, il ne pourra jamais trouver de fiancée. Il a beau dire qu'il s'en fiche et qu'il déteste les filles, ça ne fait jamais plaisir.

À côté, c'est moi : Jean-B., dit James Bond.

Enfin, pas exactement. Plutôt Jean-B., dit Jean-Bon, parce que j'adore manger et que je suis un peu rondouillard… Du moins c'est ce que prétend Jean-A., mais c'est juste qu'il est jaloux : moi, plus tard, je serai agent secret alors que lui, forcément, avec ses lunettes, il sera recalé aux tests sportifs.

Jean-A. et moi, on est les grands. Ceux sur qui tout retombe : les responsabilités, les corvées et les punitions.

Le troisième, c'est Jean-C., huit ans, surnommé Jean-C-Rien, le roi des étourdis. Sur la photo, en fait, on voit juste son épi qui dépasse derrière la couverture de *On a marché sur la Lune.*

Depuis qu'il a découvert les bandes dessinées cet été, Jean-C. est plus distrait que jamais. Impossible de le sortir de ses Tintin, même pour une photo de rentrée. Il passe toutes ses journées une BD à la main. Là, c'est dans la main gauche qu'il tient son Tintin, parce que de la droite, il est occupé à coller une torgnole à Jean-D. qui veut le lui arracher.

Jean-D., c'est Jean-Dégâts, six ans, le casse-cou de la famille. À cause de la torgnole de Jean-C., il a les yeux fermés sur la photo.

Pour finir, il y a les petits. Jean-E., alias Zean-Euh parce qu'il

Une famille aux petits oignons

zozote tout le temps, et puis le bébé Jean-F., surnommé Jean-Fracas. Bien sûr, eux, ils ne vont pas à l'école, ils sont encore trop petits, mais maman leur a aussi acheté la même chemisette à carreaux et le même bermuda qui gratte, histoire qu'ils ne se sentent pas exclus.

Pour la photo, Jean-E. a voulu tenir Jean-F. dans ses bras. Jean-F. en a profité pour faire dans ses couches, c'est pourquoi on voit Jean-E. qui se pince le nez et Jean-F., vexé, qui hurle à pleins poumons.

– *Cheese!* a lancé papa en prenant place derrière nous. Souriez, les enfants : le petit oiseau va sortir !

– Qu'est-ce que ça veut dire, *tseeze?* a zozoté Jean-E.

– C'est du latin, banane, a fait Jean-A.

– Pas du tout, j'ai dit. Ça veut dire « marmelade » en anglais.

– Maman, Jean-D. veut me voler mon Tintin ! a crié Jean-C. en lui collant une beigne.

– Il n'est pas qu'à toi, d'abord ! a protesté Jean-D. en ripostant.

– Chéri, pourquoi le flash ne s'est-il pas déclenché ? a demandé maman qui ne connaît rien à la technique.

– Si je tenais le photographe de malheur qui m'a vendu ce fichu appareil… ! a explosé papa.

– Maman, il faut vraiment çanzer Zean-F. ! a zozoté Jean-E. en se bouchant le nez.

– Ouin ! a hurlé Jean-F.

– Répète un peu ce que tu as dit sur ma chemisette pourrie ? a fait Jean-A.

– Je frappe pas ceux qui ont des lunettes, j'ai dit.

– Cette fois, les enfants, ça va vraiment barder ! a averti maman.

Clic ! C'est à ce moment précis que l'appareil s'est déclenché.

Pour une joyeuse rentrée, c'était plutôt mal parti.

La rentrée des classes

Il faut dire que cette rentrée des classes n'était pas comme les autres.

D'abord, parce que c'était la première que nous faisions à Toulon. Ensuite, parce que je quittais le primaire pour entrer en 6e.

– Tu vas voir, m'avait averti Jean-A. Les profs, en 6e, sont archi-sévères. J'ai un copain qui a écopé de quarante-neuf heures de colle juste parce qu'il avait fait tomber sa règle en cours de maths ! Fini de rigoler, c'est plus comme en primaire. Je te préviens, M. Martel, à côté des profs que tu risques d'avoir, c'est un papa gâteau...

M. Martel, c'est le maître qu'on a eu tous les deux en CM2. Il suffisait qu'il prononce votre prénom pour que vous sentiez vos orteils se rétracter dans vos chaussures.

– J'ai un autre copain, en 6e, a continué Jean-A. d'une voix lugubre, il a eu tellement de lignes à copier qu'il a eu une crampe de la main et qu'il a fallu l'amputer.

– Qu'est-ce qu'il avait fait pour être puni ? j'ai demandé en déglutissant avec peine.

– Pas fini son assiette de gratin à la cantine...

Cette fois, je me suis étranglé.

– Tu rigoles ?

Jean-A. a eu un ricanement sinistre. Est-ce qu'il exagérait ? On

Une famille aux petits oignons

était dans le noir, couchés l'un au-dessus de l'autre dans nos lits superposés et je ne pouvais pas voir la tête qu'il faisait.

– Et encore, je ne te dis pas tout pour que tu n'aies pas trop la pétoche demain, il a ajouté.

– Je te crois pas. C'est toi qui as la trouille, en fait.

– La trouille ? Laisse-moi rire !

– Parce qu'on a quitté Cherbourg et que t'as perdu tous tes copains.

– J'ai pas besoin de copains pour te flanquer une rouste.

– Descends un peu pour voir, j'ai dit.

Mais c'était la veille de la rentrée, il était tard, alors on n'a pas bougé de nos lits superposés.

– De toute façon, a ricané Jean-A. dans sa barbe, nous, les 4e, on massacre les petits 6e à chaque récré !

Même si je ne le croyais qu'à moitié, je n'en menais pas large ce matin-là.

Toute la nuit, j'avais fait le même cauchemar : j'étais dans la cour, avec mon cartable sur le dos, le directeur faisait l'appel et, au moment où il prononçait mon nom, je m'apercevais que j'avais gardé sur moi mon pantalon de pyjama.

– En route, mauvaise troupe ! a plaisanté papa quand ça a été le moment de partir.

Ça n'a fait rire personne. On avait l'air fin, tous habillés pareil, dans notre 404 familiale flambant neuve. Maman et les petits étaient restés sur le perron et ils agitaient la main vers nous comme si on partait en expédition au pays des réducteurs de têtes.

– Bon courage à tous ! a crié maman.

– Hein que moi aussi z'irai à l'école l'année proçaine ? n'arrêtait pas de répéter Jean-E.

À part papa qui essayait de faire des blagues, personne n'a dit un mot de tout le trajet. Jean-D. finissait son petit déjeuner et Jean-C. relisait en cachette le Tintin qu'il avait glissé dans son cartable.

– Salut les minus, a fait Jean-A. quand ils sont sortis de voiture devant l'école primaire.

– Minus toi-même, a dit Jean-C.

Mais le cœur n'y était pas.

La soupe de poissons rouges

– Vous êtes sûrs que ça va aller, mes grands ? a demandé papa en nous déposant à notre tour. Pas la peine que je vous accompagne ?
– Non, non ! on a lancé d'une même voix.
En fait, je n'étais pas mécontent d'être avec Jean-A. J'avais les mains toutes moites et le cœur qui cognait quand on a franchi la grille principale du lycée Peiresc.

La cour était déjà remplie d'élèves. Rien que des garçons – manque de chance, le lycée de Toulon n'est pas mixte –, mais pas un seul en bermuda anglais ni en chemisette à carreaux. Par malchance, maman devait être la seule mère de Toulon à connaître le catalogue de La Famille Moderne.
Les listes de classes étaient affichées sur des tableaux. On a voulu s'en approcher, mais impossible sans se faire écrabouiller ou prendre un coup de coude dans l'œil.
– T'inquiète, a dit Jean-A. Ils vont faire l'appel.
– Hé ! les gars ! a lancé une voix derrière nous. Visez ces deux-là !
Le grand qui avait parlé mesurait au moins deux têtes de plus que

Une famille aux petits oignons

Jean-A. et ses cheveux étaient plantés presque au ras de ses sourcils. Aussitôt, ses copains se sont approchés, formant un cercle autour de Jean-A. et moi en nous pointant du doigt.

– D'où vous venez, déguisés comme ça ? a rigolé le premier.

– Trop fort, les chemisettes à carreaux ! a renchéri le deuxième.

– Et les culottes anglaises ! a ricané le troisième. Vous les avez volées dans un cirque ou c'est juste pour faire rire ?

– C'est quoi, votre nom, les nouveaux ? a demandé le quatrième. Les frères Barnum ?

– Je vous préviens, a dit Jean-A. en devenant tout rouge. Je fais du latin et j'ai chez moi un livre de karaté.

– Tu crois que tu nous fais peur, binoclard ? a demandé le grand.

Ils étaient une bonne douzaine, et nous à peine deux. Pour un premier contact, ça commençait mal. Jean-A. n'avait aucune chance contre le grand. Encore moins contre toute la bande.

Déjà, le grand avait saisi Jean-A. par le col de sa chemisette nulle et le secouait comme un prunier.

À cet instant précis, un grand coup de sifflet a retenti dans la cour.

– Attention ! Voilà Godillot ! a lancé un garçon de la bande.

Le grand a lâché Jean-A. et le silence est tombé brusquement, comme si le surveillant général venait de siffler un penalty.

– Ouf ! j'ai murmuré.

– Dommage, tu veux dire ! a corrigé Jean-A. Juste au moment où j'allais lui faire ma prise secrète !

En vérité, il était blanc comme un linge. C'est ça qui est agaçant avec Jean-A. Il veut toujours être le plus fort, même avec ses lunettes et sa chemisette nulle de La Famille Moderne.

– De toute façon, il a ajouté, j'ai pas besoin d'un petit 6e pour me défendre.

J'ai failli répondre quelque chose de cinglant mais l'appel venait de commencer.

D'abord les 3e, puis les 4e. Chaque nom, lancé à pleins poumons par le surveillant général, faisait l'effet d'une balle explosive. Les élèves sursautaient l'un après l'autre, comme blessés à mort, puis rejoignaient leur classe, la tête basse, pour se ranger deux par deux devant leur professeur principal.

la soupe de poissons rouges

– À ce soir, banane, m'a soufflé Jean-A. quand son tour est venu. Et il s'est avancé d'un pas décidé.

Pas de chance : sa place était juste à côté du grand qui l'avait embêté tout à l'heure…

– Tiens tiens, comme on se retrouve ! a ricané le grand.

– Silence dans les rangs ! a hurlé Godillot.

Jean-A. a disparu avec sa classe et je suis resté seul dans la cour.

En attendant qu'on appelle mon nom, je n'en menais pas large. C'est bête, je sais, mais je cherchais des yeux François Archampaut, mon ancien meilleur copain.

Il devait être en train de faire sa rentrée en 6e, lui aussi, à Cherbourg. C'était notre première rentrée l'un sans l'autre, et de penser à ça m'a mis une grosse boule dans la gorge.

Comme je regrettais tout à coup ma vieille école de Cherbourg, M. Martel et sa petite bibliothèque au fond de la classe !

Quand papa, avant les grandes vacances, nous avait fait voter pour savoir qui voulait déménager et partir à Toulon, j'avais été le seul à dire non. Même le bébé Jean-F., alors qu'il n'a pas un poil sur le caillou, était d'accord pour quitter Cherbourg. Mais lui, il n'avait pas encore de copains, ni d'épicerie préférée où acheter ses réglisses et son *Journal de Spirou,* comme moi. Il n'était pas président d'un club de détectives, comme moi, ni capable de grimper sur la cuvette des toilettes pour regarder *Rintintin* chez le voisin d'en face…

La seule chose qui me consolait, c'était qu'on s'était promis de faire la même école d'agents secrets quand on serait grands, François Archampaut et moi. Il m'avait envoyé quelques messages pendant l'été, mais tellement bien codés que même Jean-A., qui fait du latin, n'avait pas pu m'aider à les déchiffrer.

Est-ce que François Archampaut s'était déjà trouvé un nouveau meilleur copain ? je me suis demandé en sentant le trac grandir à mesure que l'instant approchait.

L'appel des 6e avait commencé. La 6^{e}1 d'abord, puis la 6^{e}2. Les élèves qui se rangeaient avaient l'air de se connaître déjà du primaire et poussaient des cris de joie d'être ensemble.

Ça a continué comme ça jusqu'à la 6^{e}5.

Une famille aux petits oignons

La dernière classe. Tout le monde avait été appelé maintenant. Sauf moi.

La 6ᵉ5 est montée derrière son professeur principal et je suis resté seul dans la cour où volaient au vent quelques feuilles mortes et des emballages vides de cartes Panini…

Avec mon gros cartable sur le dos et ma chemisette nulle à carreaux.

En levant les yeux, j'ai aperçu dans l'encadrement d'une fenêtre le visage de Jean-A. qui me fixait avec stupeur, l'air de dire : « Mais qu'est-ce que tu fabriques ? »

J'étais incapable de faire quoi que ce soit. Sauf de rester planté là, bras ballants, en me demandant pourquoi le ciel venait de me tomber sur la tête.

Sortant le nez de ses listes, le surveillant général m'a aperçu. « Comment ? Comment ? » a-t-il répété, avant de fondre sur moi, les fers protégeant ses semelles jetant à chaque pas de dangereuses étincelles.

– Pourquoi diable n'êtes-vous pas dans votre classe, jeune homme ?

– Je n'ai pas été appelé, j'ai balbutié.

– Et quel est votre nom ?

Je le lui ai donné. Il a parcouru sa liste avant de pousser une exclamation de triomphe.

– Prénom : Jean-A. Vous êtes bien sur ma liste.

– Non. Moi, c'est Jean-B., ai-je corrigé timidement. Et j'entre en 6ᵉ.

Il a levé les yeux au ciel.

– Quelle idée aussi d'appeler deux frères Jean-Quelque-Chose !

« Il y en a quatre autres », j'ai failli murmurer, mais j'ai senti que ce n'était pas le moment.

– Puisque c'est ainsi, je vous affecte en 6ᵉ5, a décrété le surveillant général. Dépêchez-vous de rejoindre votre classe, jeune homme.

– Tout de suite, monsieur Godillot, j'ai dit avec soulagement. Merci.

Je m'éloignais déjà quand je me suis senti harponné par le haut de l'oreille.

– Pas si vite, jeune homme. Comment m'avez-vous appelé ?

La soupe de poissons rouges

– Euh… « Monsieur Godillot », j'ai répété sans comprendre. Pourquoi ?

– Ah ! je vois ! s'est exclamé le surveillant général. À peine arrivé et on fait la forte tête, hein ? Apprenez, jeune homme, que je m'appelle M. Soulié, avec *é* accent aigu à la fin.

J'ai ouvert la bouche pour tenter d'expliquer mon erreur, mais aucun son n'en est sorti.

– Maintenant, a continué M. Soulié, si vous préférez le stupide sobriquet dont vos camarades m'ont affublé, sachez qu'il vous en coûtera une heure de retenue. Vous passerez à mon bureau ce soir, avec votre nouveau carnet de correspondance. Félicitations, jeune homme : c'est ce qu'on appelle des débuts en fanfare !

Le reste de la journée est passé très vite, comme dans un brouillard.

Le soir, Jean-A. m'a rattrapé à la sortie. Il s'était déjà fait un nouveau copain : le grand avec qui il avait failli se battre dans la cour.

– Moi, c'est Grandrégis, il a dit en me tendant la main. Décidément, ton frère et toi, vous êtes trop forts !

– Ah bon ? j'ai dit.

– Jean-A. m'a raconté : les lunettes qu'il a inventées pour voir à travers les jupes des filles… Tu sais quoi ? Il a promis qu'il me les prêterait.

– Des lunettes pour regarder à travers les jupes des filles ? j'ai répété en regardant Jean-A. avec effarement. Première nouvelle !

– Mais le meilleur, c'est toi, a continué Grandrégis. Champion, mon vieux ! Une heure de colle avant même d'avoir fait ta rentrée, c'est le nouveau record de l'établissement. Peut-être même le record du monde, va savoir ! Et à mon avis, il n'est pas près d'être battu…

C'est ce que j'ai essayé d'expliquer à papa et maman, en rentrant à la maison, mais ils n'ont pas eu l'air aussi emballés par mon exploit que Grandrégis et ses copains.

J'ai eu beau leur jurer que tout le monde dans la cour appelait le surveillant général « Godillot », que j'avais cru que c'était son vrai nom, ils n'ont pas semblé convaincus.

Quant à Jean-A., dès le lendemain, il emmenait en cachette des vêtements de rechange dans son cartable.

Une famille aux petits oignons

– Pas question de retourner en classe avec cette chemisette pourrie et ce bermuda, il a expliqué en se changeant dans une entrée d'immeuble pendant que je faisais le guet. Déjà que je suis le frère de l'Ennemi Public n° 1.

– Tu veux qu'il te mette un gnon, l'Ennemi Public n° 1 ? j'ai dit.

– Essaye un peu, banane, il a dit.

Et on a couru à fond de train pour ne pas être en retard dès le deuxième jour.

la pendaison de crémière

Après l'été chez papy Jean et mamie Jeannette, on s'était installés dans notre nouvelle maison.

C'est papa et maman qui l'avaient choisie tout seuls. Nous, on avait juste vu quelques photos. Elles étaient un peu floues, parce que papa avait voulu faire des photos d'art, alors on était impatients de la découvrir quand on est rentrés de vacances.

– Je vous préviens, c'est moi qui prends la plus grande chambre! a décrété Jean-A. dans la voiture.

– Quand est-ce qu'on arrive? geignait Jean-D. toutes les trente secondes.

– C'est moi que ze monterai le premier sur la balançoire! zozotait Jean-E.

– Pourquoi ce serait toi qui aurais la plus grande chambre, d'abord? râlait Jean-C.

Le voyage avait été long et l'intérieur de la 404 familiale sentait les chips tièdes et la limonade renversée.

– J'ai faim… Quand est-ce qu'on arrive?

Une famille aux petits oignons

– Enlève tes sales pieds de ma joue ou ça va saigner.
– Un peu de patience, les enfants, répétait maman.
– J'ai envie de vomir... Quand est-ce qu'on arrive ?
– Chérie, disait papa, je crois que je ne vais pas tarder à perdre mon calme.
– Moi, de toute façon, a ricané Jean-A., j'aurai la télé dans ma chambre et je m'enfermerai toute la journée pour la regarder.
– Et nous, alors ? j'ai protesté.
– Vous aurez juste le droit de regarder les émissions éducatives et religieuses.
– Elle est pas à toi, d'abord, la télé ! a riposté Jean-C. Elle est à tout le monde.
– Oui, mais elle sera dans ma chambre, a dit Jean-A. en se frottant les mains. Faudra payer, les minus.
– Payer ?
– Un franc pour *Zorro*. *Intervilles*, ce sera plus cher. Et 2,50 francs pour le western du mercredi soir.
– Maman ! Jean-A. fait rien qu'à vouloir monopoliser la télé ! a rapporté Jean-C.
– Inutile de vous disputer, a répondu maman. Je vous rappelle que nous n'avons *pas* la télévision.
– Oui mais vous aviez promis qu'on en aurait une dans notre nouvelle maison ! a protesté Jean-A.
– C'est vrai, j'ai dit. Pourquoi on serait les seuls enfants de notre génération à être privés de *La Piste aux étoiles* ?
– En plus, a renchéri Jean-A., ce n'est pas bon d'élever des enfants en décalage avec leur époque. Ils l'ont dit à la télé !
– Justement, a conclu papa. C'est pour ne pas entendre des sottises pareilles qu'on n'a *pas* la télé.

On a vite compris que ce n'était pas le moment d'insister. La patience de papa s'était effilochée comme une vieille chaussette tout au long du voyage et il était grand temps qu'on arrive.
– Chérie, il a ajouté, la prochaine fois que nous déciderons de faire un voyage en voiture tous les huit, rappelle-moi de me casser la jambe la veille, tu veux bien ?

La soupe de poissons rouges

Heureusement, les déménageurs étaient passés quelques jours plus tôt. Maman, qui est très organisée, avait laissé des consignes et la villa était presque entièrement installée quand on l'a découverte.

– Ouah! s'est exclamé Jean-C. C'est grand!

– En plus, y a un balcon! s'est écrié Jean-D.

– Et une cour pour faire du vélo! j'ai ajouté.

– Et un garage à porte coulissante télécommandée! s'est extasié Jean-A.

– Euh... Qui s'ouvre à la main, a précisé papa.

– Z'ai vu la balançoire! a zozoté Jean-E.

On s'est rués hors de la voiture et, pendant quelques minutes, ça a été une joyeuse cavalcade dans toute la maison. On montait et on descendait l'escalier, on courait dans nos nouvelles chambres en poussant des hurlements tellement on était excités.

– C'est moi qui prends le lit du haut!

– Non, c'est moi!

– Je l'ai dit avant!

Puis papa a eu une idée marrante, et c'est là que ça a dégénéré. Sous l'escalier, il y avait un minuscule cagibi, à peu près grand comme une cabine de téléphone. Papa a voulu qu'on y rentre tous ensemble, juste pour voir si on y tenait à huit.

On y arrivait pile en rigolant comme des baleines quand Jean-C., du coude, a éteint la lumière sans le vouloir. Brusquement, on s'est retrouvés plongés dans le noir, tellement tassés les uns sur les autres qu'on ne pouvait plus respirer, et on n'a plus rigolé du tout. Jean-F. s'est mis à hurler, Jean-E. et Jean-D. ont commencé à se distribuer des torgnoles à l'aveuglette sous prétexte que quelqu'un leur marchait sur le pied, et Jean-A., qui est claustrophobe, était couleur purée de pois cassés quand on a réussi à ressortir.

– Bravo, chéri, a dit maman d'une voix glacée. Pour une idée de génie, c'était une idée de génie. Pourquoi ne pas organiser une course de vélos dans la salle de bains, tant qu'on y est?

– Super! s'est écrié Jean-C. qui ne comprend jamais rien.

– Pour ta peine, tu passeras le premier à la douche, a décrété maman en lui fourrant dans les bras une serviette. Et que ça saute.

Une famille aux petits oignons

– Pourquoi c'est toujours moi ? a protesté Jean-C. Les autres sont beaucoup plus sales !

– Répète un peu, pour voir ? a fait Jean-A.

Maman ne lui en a pas laissé le temps.

– Jeunes gens, elle a dit, réglons nos montres. Je veux vous voir tous douchés-coiffés-en-pyjama dans vingt-deux minutes très exactement ! Et gare à celui qui ne sera pas prêt…

Cette première nuit, j'ai eu du mal à m'endormir. Une nouvelle maison, ça fait toujours des bruits étranges dans le noir et j'avais encore dans la tête le roulement de la voiture.

À un moment, je me suis levé pour aller boire. Je me suis glissé hors de la chambre, sans allumer pour ne pas réveiller Jean-A., et je me suis aventuré dans le couloir obscur. Il faisait noir comme dans un four et le carrelage était froid sous mes pieds. À tâtons, j'ai cherché la rampe d'escalier. C'était drôle et un peu inquiétant, comme si j'avais été un explorateur perdu dans un pays encore inconnu.

la soupe de poissons rouges

Ça m'a rappelé un jeu auquel nous jouions quelquefois à Cherbourg, en rentrant de l'école, pour nous entraîner à l'espionnage de nuit. Je fermais les yeux, me laissant conduire par Jean-A. jusqu'à la maison comme si le cartable sur mon dos avait été un volant. C'était génial. Le chemin semblait durer une éternité, j'avais l'impression que j'allais me cogner à chaque pas ou tomber dans un trou. Mais quand je rouvrais les yeux, j'étais arrivé sain et sauf devant la porte de l'ascenseur…

Ça m'a fait un sale coup de repenser à tout ça et j'ai failli remonter illico dans mon lit. L'excitation de la journée était brusquement retombée et je me sentais juste perdu dans cette grande villa inconnue qui était désormais la nôtre.

– Jean-B. ?

Papa ne dormait pas non plus. Il fumait la pipe au salon, en pyjama au milieu des derniers cartons.

– J'ai trouvé un reste de limonade, il a dit. Il n'y a plus beaucoup de bulles, mais si ça te dit…

Maman ne veut jamais qu'on boive des boissons gazeuses avant d'aller nous coucher. Elle dit que ça contient des excitants et que ça ballonne l'estomac. Du coup, on a profité qu'on était juste tous les deux, entre hommes, pour s'envoyer un grand verre derrière la cravate.

– Alors, mon Jean-B., a commencé papa, est-ce que tu seras bien ici ? Pas trop de regrets d'avoir quitté Cherbourg ?

Comme c'était maman et lui qui avaient choisi cet endroit, je n'ai pas voulu lui faire de peine.

– Non, non, j'ai répondu.

C'est vrai que notre nouvelle maison était super : grande, claire, moderne, dans un joli quartier, avec une cour devant et un bout de jardin. Mais comment expliquer que je la trouvais justement trop grande, trop claire, trop moderne à côté de notre ancien petit appartement malcommode de Cherbourg ?

– Tu verras, il a continué comme s'il devinait ce que je pensais vraiment. Encore quelques jours pour finir de s'installer et on aura l'impression d'avoir toujours habité ici.

Il a tiré sur sa pipe avant d'ajouter :

Une famille aux petits oignons

– J'ai pensé à quelque chose. Pourquoi ne pas organiser une petite fête pour célébrer notre arrivée ?
– Génial ! j'ai dit.
– Promis, demain, j'en parle à ta maman, a conclu papa en secouant sa pipe dans le cendrier. Ça va être une sacrée fiesta, je te le garantis ! Et maintenant, au lit, mon Jean-B. Si on nous découvre en train de boire en cachette au salon, ça va barder pour nos matricules !

C'est comme ça qu'on a décidé de faire la pendaison de crémière.
– C'est quoi, a demandé Jean-D. quand papa a annoncé la nouvelle, une « pendaison de crémière » ?
– Une pendaison de *crémaillère*, banane ! a ricané Jean-A.
– C'est une tradition, a expliqué maman.
– C'est quoi, une tradition ? a demandé Jean-C. qui est nul en vocabulaire.
– Une tradition, a commencé papa, c'est une habitude, un rite, un usage…
– Qu'est-ce que c'est, un uzaze ? a zozoté Jean-E. qui a un cheveu sur la langue.
– Chérie, a dit papa en faisant de gros efforts pour garder son calme, je ne suis pas sûr que ce soit une si bonne idée finalement.
– Une pendaison de crémaillère, a repris maman, c'est une petite fête où l'on invite des amis quand on emménage dans une nouvelle maison.
– Est-ce que je pourrai inviter François Archampaut, alors ? j'ai demandé sans trop y croire.
– C'est vrai, a renchéri Jean-A. Nos amis, ils sont tous restés à Cherbourg.
– Vous allez vous en faire très vite de nouveaux, a assuré maman. Mais j'ai une grande nouvelle à vous annoncer : papy Jean et mamie Jeannette seront là pour la fête !
J'ai cru que Jean-A. allait s'étrangler.
– Mamie Jeannette ? il a murmuré. Meftou !
Depuis qu'elle a voulu nous obliger à nous laver les dents douze fois par jour, cet été, Jean-A. n'est pas très copain avec mamie Jeannette.

la soupe de poissons rouges

– J'ai invité aussi vos cousins Fougasse, a continué maman. Mais ils ne pourront pas venir, malheureusement.

– Dommage, a commenté Jean-A. On aurait pu organiser un championnat du monde de beignes.

Les cousins Fougasse sont quatre garçons. Chaque année, ils nous refilent les vieux vêtements pourris qui ne leur vont plus et, au nouvel an, on a droit à une photo où ils sont tous alignés au pied du sapin par ordre de taille, en blazer à écusson et nœud papillon. Jean-A. prétend qu'ils ont les oreilles tellement décollées qu'on n'en voudrait même pas dans l'équipage de *Star Trek*.

Cet été-là, chez papy Jean et mamie Jeannette, on leur avait mis une vraie dérouillée et c'est pour ça, à mon avis, qu'ils avaient décidé de ne pas venir à notre pendaison de crémaillère.

Ça a quand même été une super fête.

Bien sûr, quand papa a décidé d'organiser le Grand Prix de la chambre la mieux rangée, on a senti le coup fourré. Mais en trois jours, les derniers cartons ont été vidés, les affaires rangées dans les armoires et les bureaux, et la villa resplendissait comme un sou neuf.

Papa n'a pas pu nous départager, alors chaque chambre a eu un prix : un abonnement d'un an à *Pif Gadget* pour nous les grands, le disque 45 tours de *Belle et Sébastien* pour les moyens et un garage en bois pour les petits.

Papy Jean et mamie Jeannette sont venus aussi avec des cadeaux. Le dernier catalogue de timbres Thiaude pour Jean-A. qui fait la collection ; pour Jean-C., la Winchester à amorces de Josh Randall, un héros de la télé ; pour Jean-D., une panoplie d'Indien avec un tomahawk, mais en plastique pour éviter qu'il fende en deux la tête de Jean-C. ; pour Jean-F., une peluche de Zébulon, un autre héros de la télévision…

Comme j'adore lire, papy Jean et mamie Jeannette m'avaient offert le dernier *Album des jeunes* : un recueil de devinettes, de jeux et d'histoires vraies, comme celle d'un homme qui attrape les crocodiles pour les zoos en les immobilisant avec une prise de catch.

Mais le plus heureux des six, c'était Jean-E. Papy Jean lui avait

Une famille aux petits oignons

apporté un couple de poissons rouges, des vrais, dans un petit sachet rempli d'eau !

– En souvenir de Suppositoire, a expliqué papy Jean.

Suppositoire, c'est la minuscule ablette que Jean-E. avait attrapée cet été durant la pêche au dinosaure, et qu'il avait dû remettre dans l'étang à la fin des vacances.

– Merci, papy Zean ! C'est zénial ! a zozoté Jean-E. en louchant sur ses poissons rouges à travers le sachet.

– J'ai apporté aussi un bocal et des flocons vitaminés, a continué papy Jean qui pense toujours à tout. Mais attention à ne pas trop les nourrir ! Seulement une fois par jour, sinon ils exploseraient.

– Beurk ! a fait Jean-A. avec une atroce grimace. De la purée de poissons rouges plein les cheveux !

– Ze veux pas qu'ils z'explozent ! a commencé à pleurnicher Jean-E.

– Personne d'autre que toi ne les nourrira, l'a consolé papy Jean. Ils ne risquent rien.

– Comment tu vas les appeler ? j'ai demandé.

– On sait même pas si c'est des garçons ou des filles, banane ! a ricané Jean-A.

– Pourquoi pas Bing et Bang ? a proposé Jean-C.

– Ou Pschitt et Boum ? a fait Jean-D.

– Et Suppo 2 et Suppo 3 ? j'ai dit.

Impossible de se mettre d'accord, alors on a commencé à se chamailler et c'est papy Jean qui a trouvé la solution.

– Si on tirait au sort dans un dictionnaire ?

Aussitôt dit, aussitôt fait. Comme c'était les poissons de Jean-E., on lui a mis un bandeau sur les yeux pour être sûrs qu'il ne trichait pas et papa a apporté de la bibliothèque le gros *Larousse illustré*.

Jean-E., qui ne sait pas encore lire, a pris le dictionnaire par la fin. Et c'est comme ça que les poissons de Jean-E. se sont appelés Wellington et Zakouski.

« De drôles de noms pour des poissons rouges », j'ai pensé, mais comme de toute façon on ne pouvait pas les reconnaître tellement ils se ressemblaient, ça n'avait pas trop d'importance.

Jean E. les a mis dans leur bocal et la fête a pu commencer.

Pour l'occasion, papa portait un tablier sur lequel était marqué :

La soupe de poissons rouges

« Silence, le chef cuisine ». Il avait acheté un barbecue tout neuf, avec pieds télescopiques et grille à hauteur réglable. Mais quand il a voulu l'allumer, ça n'a plus été une partie de rigolade.

Papa sait tout faire de ses dix doigts. Au bout de la quinzième allumette, le feu a fini par prendre, enflammant les brindilles qu'il avait disposées scientifiquement sur le charbon de bois. Ça a fait beaucoup de fumée, puis une rafale de vent a tout éteint, et il a fallu recommencer à zéro.

– Le chef a besoin d'aide ? a demandé maman.

– Ah ! surtout pas ! a dit papa.

On était tous autour de lui à l'encourager et à lui donner des conseils, alors ça l'a un peu déconcentré. Quand le feu s'est éteint une deuxième fois parce que Jean-C. avait voulu attiser la flamme avec un soufflet, j'ai cru que papa allait perdre vraiment son calme.

– Vous pourriez essayer le papier journal, a suggéré mamie Jeannette.

– Alors, vous… ! a commencé papa qui était aussi rouge que les chipolatas.

– Les enfants, a dit maman prudemment, je crois qu'il vaut mieux laisser le chef cuisiner en paix.

On a fini de mettre la table pendant que papa se démenait autour du barbecue en poussant des jurons.

– Si je tenais le fichu marchand qui nous a vendu ce charbon de bois qui ne veut pas prendre… !

À la fin, il a tenté de faire partir le feu avec de l'alcool à brûler. Il y a eu un grand BOUM ! et Jean-E. s'est mis à crier :

– Mes poissons rouzes ! Ils z'ont explozé !

Mais ce n'était pas les poissons rouges de Jean-E.

Papa, devant le barbecue, avait le visage noir de fumée et ses cheveux se dressaient sur sa tête comme si les Martiens venaient d'attaquer.

– Qu'est-ce qui s'est passé ? répétait-il. Qu'est-ce qui s'est passé ?

Par chance, il y avait plus de peur que de mal. D'autant qu'un feu d'enfer ronflait maintenant dans le barbecue.

– Vous auriez pu vous brûler gravement, a remarqué mamie Jeannette.

Une famille aux petits oignons

– Alors vous… ! a commencé papa.

Mais son feu était enfin parti, il fallait vite en profiter parce qu'on avait tous une faim de loup, et il n'avait pas envie de gâcher la pendaison de crémaillère en se disputant avec mamie Jeannette.

Papa est un grand spécialiste du barbecue. D'accord, les chipolatas ressemblaient à de petites brindilles carbonisées, mais ça compensait un peu parce que les steaks, eux, étaient presque crus.

Heureusement, maman avait préparé des tartes au citron et une grande salade de fruits. On est restés dehors jusqu'à la nuit tombée à se battre contre les moustiques et à courir dans le jardin pendant que les adultes finissaient la soirée dans la villa.

Puis les petits et les moyens sont montés se coucher en râlant, et nous, les grands, on a eu l'autorisation exceptionnelle de rester dehors jusqu'à minuit, à condition de jouer calmement. Après tout, comme l'a expliqué papa, ce n'est pas tous les jours qu'on pend la crémaillère…

La soupe de poissons rouges

Jean-A. et moi, on a pris nos torches électriques et on a commencé à se poursuivre pour s'éblouir avec. Puis j'ai voulu jouer à l'homme qui attrape à la main les crocodiles, comme dans mon *Album des jeunes,* mais Jean-A. ne voulait pas faire le crocodile, alors forcément ça a dégénéré.

On s'est mis à se rouler sur la pelouse, puis papa est sorti et on n'a plus rigolé du tout.

– Tu sais quoi ? a dit Jean-A. quand on a filé au lit.
– Non, j'ai fait.
– Ton chasseur de crocodiles, c'est de la crotte.
– Répète un peu, pour voir.
Il s'est mis à ricaner.
– Tu veux que je te fasse une clef de bras ?
– Et toi, tu veux mes chaussettes sales dans la figure ?

En fait, je crois qu'il était jaloux que j'aie reçu l'*Album des jeunes* et pas lui. On y apprend à faire des nœuds de marin super compliqués, comment marche le moteur des fusées, des histoires vraies de pieuvres géantes qui peuvent couler un paquebot rien qu'en s'enroulant autour de ses hélices, et des tas d'autres choses encore qu'on ne trouvera jamais dans un catalogue de timbres…

– Tu dors, banane ? a demandé Jean-A. un peu plus tard.
– Non, j'ai fait. Et toi ?
– Bien sûr que non, banane, puisque je te parle !

J'ai regardé le cadran lumineux de ma montre : presque minuit déjà. Papy Jean et mamie Jeannette étaient allés se coucher eux aussi et la maison était silencieuse autour de nous, à part les voix assourdies de papa et de maman qui montaient du salon comme si elles venaient de très loin.

– Prends ton talkie-walkie, a murmuré Jean-A. J'ai un truc secret à te dire et je ne veux pas qu'on nous entende.

C'était un peu bête parce qu'on était allongés l'un au-dessus de l'autre, sur nos lits superposés. En plus, comme il n'y avait plus beaucoup de piles dans les talkies-walkies, le son était faible et crachouillait, mais on s'est enfouis sous les draps comme deux agents en mission ultraconfidentielle.

– Tu m'entends ? a crachouillé Jean-A.

Une famille aux petits oignons

– Cinq sur cinq ! j'ai crachouillé à mon tour.
– Tu sais, la colline au-dessus de la villa…
– Ben quoi ?
– Brezzz kreksss…
– Comment ça, « brezzz krekssss ? » C'est un code ?
– Mais non, banane ! C'est de la friture dans le talkie. Tu m'entends mieux comme ça ?
– Brezzz kreksss…
– Bon, écoute. J'ai trouvé un passage secret dans le grillage derrière la villa. Demain, on y va en exploration. Juste nous deux.
– D'accord, j'ai dit.
– Mais à une condition… Tu me prêtes ton *Album des jeunes*.
– Je croyais que c'était de la crotte.
– Oui, mais sinon, je te montre pas le passage secret.
– Bon d'accord, j'ai dit. Mais à une condition…
– Laquelle ?
– Que tu me laisses regarder *Rintintin* gratuitement quand on aura la télé.
Il a poussé un gros soupir.
– Bon d'accord, il a dit. Mais à une condition…
– Laquelle ?
– Que tu me prêtes ta torche étanche quand on ira à la plage.
J'ai soupiré à mon tour.
– D'accord, j'ai dit. Mais à une condition…
Et on a continué comme ça jusqu'à ce que – brezzz krekssss – il n'y ait plus de piles dans nos talkies-walkies.

À la plage

Ce qui est bien, à Toulon, c'est la plage.

À Cherbourg, il y a aussi des plages, mais pas les mêmes. L'eau y est tellement froide qu'on a sans arrêt peur d'être frôlés par du cabillaud surgelé. En plus, dans la Manche, il y a la marée : quand on sort de l'eau, tout bleus et grelottants, il faut remonter des kilomètres de plage avant de retrouver la serviette qu'on a laissée au sec.

Papa est médecin de marine. Il a un uniforme et une casquette d'officier qu'il met quelquefois pour les cérémonies. Dans sa chambre, sur une photo en noir et blanc, on le voit en habit de scaphandrier, comme dans *Le Trésor de Rackham le Rouge*. C'était avant qu'il ait six garçons, et quelquefois je crois qu'il préférerait être sur un navire de guerre, à soigner des marins qui perdent leurs dents à cause du scorbut, qu'accompagner toute la famille à la plage.

La première fois, c'était un dimanche. Il faisait un temps magnifique. On prenait le petit déjeuner dans le jardin quand papa a dit :

– J'ai une idée épatante. Et si on allait pique-niquer à la plage ?

– Super ! on a tous crié en chœur.

– Rien ne vaut une belle journée de détente au soleil, a ajouté papa. Je sens qu'on va bien s'amuser.

Une famille aux petits oignons

Aussitôt dit, aussitôt fait. Mais quand on a tous été prêts, papa n'a plus eu l'air de trouver son idée si épatante.

– Qu'est-ce que c'est que tout ça ? il s'est étranglé en découvrant ce qu'on chargeait dans le coffre de la voiture.

– Le strict minimum, chéri, a répondu maman.

En plus de la glacière du pique-nique, des couches de Jean-F., de la crème solaire, des serviettes, des slips et maillots de rechange, des rabanes et du parasol, il y avait : trois paires de palmes, des masques et des tubas dépareillés, une demi-douzaine de seaux et de pelles, l'épuisette de Jean-E., le cerf-volant de Jean-C., mon Frisbee de compétition, le ballon publicitaire de Jean-A., sa canne à pêche télescopique, les brassards de Jean-D., la piscine gonflable de Jean-F., plus quelques chaises pliantes et une trousse de premier secours contre les piqûres d'oursin, les maux de ventre et les insolations…

– Bon, si tu y tiens, on se passera de cornichons dans les sandwiches, a transigé maman devant la tête que faisait papa.

Maman est très organisée. On avait tous des shorts de toile, des bobs sur la tête et des sandales en plastique transparent qui coupent les doigts de pied. Par chance, papa avait eu la bonne idée de gonfler à l'avance le canoë pneumatique qu'il avait acheté pour l'occasion. Un bateau orange de six places avec des boudins, des lattes de bois au fond et des pagaies, qu'il a fallu arrimer sur la galerie de la voiture à l'aide de tendeurs.

Après avoir déchargé tout ça et traversé les dunes avec pour se trouver une place sur le sable, papa a dit :

– Dimanche prochain, chérie, rappelle-moi d'oublier d'avoir des idées épatantes dès le petit déjeuner.

Pour qu'on puisse se changer sur la plage, maman avait fabriqué une cabine en serviette-éponge, avec une ouverture pour la tête munie d'un élastique. Jean-A., qui a toujours peur qu'on le voie tout nu, était en train de se tortiller dessous pendant que Jean-C. essayait de lui piquer les fesses avec son harpon de plongée.

– Maman, Jean-D. m'a renversé un seau d'eau sur la tête ! criait Jean-C.

C'est lui qui a commencé ! a riposté Jean-D. en lui filant une beigne.

La soupe de poissons rouges

Jean-F., installé à l'ombre sous un parasol, n'arrêtait pas d'envoyer du sable sur le gros monsieur avec un maillot trop petit qui somnolait sur la serviette à côté. À la fin, le gros monsieur à maillot trop petit s'est fâché, il a dit que la plage devrait être interdite aux colonies de vacances, alors papa s'est fâché à son tour.

– Pourquoi n'allez-vous pas vous faire cuire un œuf ? il a suggéré.

– Chéri ! a dit maman. Ne gâchons pas cette belle journée.

Pour détendre l'atmosphère, elle a proposé que papa nous emmène tous faire un tour en canoë, sauf Jean-F., bien sûr, qui ne sait pas nager. Papa lui avait installé sa piscine en plastique gonflable, et Jean-F. tapait maintenant dans l'eau avec sa pelle pour arroser le gros monsieur à maillot trop petit.

– Tout le monde à bord, moussaillons, a ordonné papa. Dans le calme et la discipline !

On a commencé à se disputer pour savoir qui allait pagayer, alors papa, d'une tournée générale de taloches, a un peu cassé l'ambiance.

– Sur un navire, il a expliqué, le capitaine est le seul maître à bord après Dieu. Alors je vous préviens : le premier qui ronchonne sera abandonné sur une île déserte avec une boussole et un demi-verre d'eau douce. Suis-je bien clair ?

Il a distribué les gilets de sauvetage et on s'est entassés deux par deux dans le canoë. Jean-A. et moi, on avait mis nos masques et nos tubas, histoire de ressembler à des nageurs de combat. De la buée s'était formée sur le verre, on avait l'impression d'être Wellington et Zakouski, les poissons rouges de Jean-E., derrière la vitre de leur bocal.

Papa est très fort comme marin. Il a pris les pagaies et, en zigzaguant entre les baigneurs, on a vite gagné le large. Quand on s'est retournés, c'est à peine si on pouvait apercevoir maman sur la plage, qui agitait les bras vers nous comme si on s'en allait pour un voyage sans retour.

Dans le canoë, Jean-A. est devenu vert comme une algue.

– Mal de mer ! il a bégayé. Je crois que je vais vomir dans mon masque.

Mais on n'a pas eu le temps de s'en occuper parce que Jean-C., qui n'en rate jamais une, venait de faire tomber dans l'eau la montre de sa première communion.

Une famille aux petits oignons

Elle a coulé comme une pierre et il a fallu plonger pour la repêcher. Elle n'était pas étanche, de toute façon, mais comme c'était un cadeau de mamie Jeannette, maman aurait été salement contrariée si on était rentrés sans.

Après, on s'est amarrés à un ponton et on s'est amusés à faire des bombes dans l'eau.

Ça a été une sacrée partie de rigolade. C'était à celui qui ferait la plus grosse et, bien sûr, c'est papa qui a gagné. Jean-A. n'avait plus du tout mal au cœur et, quand on est revenus sur la plage, on avait tous une faim de loup de mer.

Maman a distribué les sandwiches et on s'est assis en rond sous le parasol pour pique-niquer.

– Alors, que pensez-vous de mon idée ? a demandé papa que notre escapade en bateau semblait avoir requinqué.

Sa dernière bombe, un peu ratée, s'était finie en plat, Jean-D. s'était écorché les genoux en glissant sur le ponton et les sandwiches crissaient sous les dents à cause du sable que Jean-F. n'arrêtait pas d'envoyer avec sa pelle, mais tout le monde était content.

– Super ! on a crié en chœur.

– Première fois que je mange des sandwiches au papier de verre, a grimacé Jean-A.

– Il n'y a pas de sel pour les tomates ? j'ai demandé.

– Tu n'as qu'à les tremper dans l'eau de mer, a proposé Jean-C. en joignant le geste à la parole.

– C'est bizarre, des sandwiches jambon-cornichons sans cornichons ! a remarqué Jean-D.

la soupe de poissons rouges

– Pour les réclamations à propos des cornichons, adressez-vous à votre père, a dit maman.

Les Vache-Qui-Rit étaient toutes fondues tellement il faisait chaud et la limonade ressemblait à une tisane tiède avec des bulles. En plus, il fallait boire à la bouteille parce qu'on avait oublié les gobelets. Jean-A. faisait semblant de baver dedans, mais bon… À la guerre comme à la guerre, comme dit souvent papa. C'était notre premier pique-nique à Toulon et on avait bien l'intention d'en profiter.

Le problème, avec papa et maman, c'est qu'il faut attendre deux heures après le repas pour pouvoir retourner se baigner, à cause de la digestion. Papa est très fort comme médecin : il dit que sans ça, on risque d'attraper des hydrocutions.

– C'est quoi, une z'hydrocution ? a demandé Jean-E.

– C'est ce qui arrive quand on va trop vite à l'eau après avoir mangé, a expliqué papa.

Jean-E. s'est mis aussitôt à pleurer.

– Mais qu'est-ce qu'il y a ? a demandé papa.

– Ze veux pas que Wellington et Zakouski aient la z'hydrocution ! a sangloté Jean-E.

– Oh ! Ne t'inquiète pas, l'a rassuré papa en le prenant dans ses bras. Les poissons ne courent aucun danger.

– Tu es sûr ? a reniflé Jean-E. Alors ze peux les mettre à l'eau tout de suite ?

– Les mettre à l'eau ? a répété papa sans comprendre. Mais qui ça ?

– Mes poissons rouzes, bien sûr ! a zozoté Jean-E. en brandissant ce qu'il cachait depuis le matin dans son sac de plage.

C'étaient Wellington et Zakouski, enfermés dans un petit sachet transparent empli d'eau !

– Tu n'as pas amené tes poissons à la plage ! a bégayé papa qui n'en croyait pas ses yeux.

– Ze voulais pas qu'ils s'ennuient à la maizon, a expliqué Jean-E. tout penaud.

– Pourquoi ils n'auraient pas le droit d'aller se baigner, eux aussi ? l'a défendu Jean-D.

– C'est vrai, a renchéri Jean-C. Y a qu'à la mer qu'ils pourront se faire de nouveaux copains.

Une famille aux petits oignons

Papa était aussi rouge que quand il était sorti de l'eau après sa dernière bombe. Maman, toujours pratique, a tâté le sachet.

– Aïe ! Il a cuit toute la matinée au soleil… Si on ne fait pas quelque chose, ils vont finir en court-bouillon, tes poissons.

– J'ai une idée, a proposé Jean-C. Si on les mettait dans la mer pour les rafraîchir ?

– Pour qu'ils servent de croquettes aux requins ? a ricané Jean-A.

– On n'a qu'à utiliser l'épuisette, a fait Jean-D. Comme ça, on pourra les baigner sans qu'ils s'échappent.

– Ze vais leur faire faire de la zymnastique, a décidé Jean-E.

– Et pourquoi pas les jeux Olympiques, banane ? a rigolé Jean-A.

– Chérie, a dit papa avec accablement, la prochaine fois que je propose de faire un pique-nique, rappelle-moi de tourner sept fois ma langue dans ma bouche avant.

N'empêche, les seuls qui sont rentrés sans coups de soleil, c'est Wellington et Zakouski.

Pendant que Jean-E. et Jean-D. faisaient nager les poissons rouges au bord de l'eau, Jean-A. et moi, on s'est amusés à enterrer Jean-C. jusqu'au cou dans le sable humide. Papa avait piqué un petit somme à l'ombre avec Jean-F. pour se remettre de ses émotions. Découvrir la tête de Jean-C. qui semblait posée sur le rivage comme une noix de coco roulée par la marée l'a réveillé en sursaut. Il a poussé un cri, ce qui a réveillé Jean-F. qui s'est mis à hurler à son tour.

– Bon, a décrété maman. Tout le monde à l'eau. Ça vous rafraîchira les idées.

– Et la z'hydrocution ? a demandé Jean-E.

De toute façon, il y avait tellement de buée sur le verre de montre de Jean-C. qu'on ne pouvait même plus savoir si les deux heures de digestion étaient passées.

Quand, pour finir, Jean-C. a envoyé mon Frisbee de compétition en plein sur la tête du gros monsieur avec un maillot trop petit, maman a décidé qu'il était temps de rentrer. On avait tous des kilos de sable dans le maillot, les serviettes de plage étaient couvertes de goudron et Jean-F. avait réussi à déboucher la crème solaire qu'il tétait comme un tube de lait concentré.

la soupe de poissons rouges

– Une merveilleuse journée de détente, vraiment, a conclu maman pendant qu'on se tortillait à tour de rôle sous la cabine de bain pour enfiler des vêtements secs. Tu ne trouves pas, chéri ?

Papa n'a pas répondu, trop occupé à fixer le canoë ruisselant sur le toit de la voiture. Mais aux jurons qu'il poussait en sourdine, on a tous compris qu'il valait mieux se tenir à carreau jusqu'à la maison.

– Le premier qui a l'idée saugrenue de proposer un nouveau pique-nique à la plage, il a dit quand on est tous remontés en voiture, je l'inscris séance tenante aux scouts marins. Qu'on se le dise…

La colline aux Castors

Notre jardin, à la villa, n'est pas très grand. Il y a une cour, devant, où on peut jouer au Tour de France, et sur le côté une pelouse jaunie de la taille d'un terrain de handball.

Mais chaque soir, quand on rentre de l'école, Jean-A. et moi, on fait nos devoirs à la vitesse de la lumière pour pouvoir filer dans la colline.

C'est une sorte d'immense terrain vague adossé à la maison : des terrasses de pierres sèches, plantées d'amandiers et de buissons à l'abandon qui s'étagent à perte de vue jusqu'au sommet. C'est notre domaine, à nous, les grands. On y accède par un trou dans le grillage, juste derrière la haie d'ifs qui clôture le jardin.

La première fois qu'on est montés dans la colline, Jean-A. et moi, on avait emporté notre matériel d'exploration : les talkies-walkies crachouillants, une vieille corde de balançoire, la boussole de *Pif Gadget* et mon couteau suisse avec tire-bouchon, décapsuleur et tournevis intégrés. Plus une ration de survie en barres de céréales, une torche étanche et le *Manuel des Castors Juniors* où on trouve des conseils pour construire une cabane ou traverser un torrent sur un pont de singe improvisé.

La soupe de poissons rouges

— C'est moi qui serai le chef des éclaireurs, a décidé Jean-A. qui veut toujours commander.
— Un chef des éclaireurs à lunettes ? j'ai remarqué. Laisse-moi rire.
— C'est ça ou je ne te montre pas le passage secret, il a dit.
— Quel passage secret ? a demandé Jean-C. qui a toujours une oreille qui traîne.
— T'occupe, banane, a fait Jean-A. Nous, on parle pas aux minus.
— Je te préviens, je suis un spécialiste de la planchette japonaise, a menacé Jean-C.
Jean-C. déteste qu'on le considère comme un moyen. Il veut toujours faire comme nous, les grands, surtout quand on s'apprête à partir en mission d'exploration archidangereuse.
— Essaye un peu pour voir, a ricané Jean-A.
— Je pourrais te faire un étranglement de jiu-jitsu d'une seule main, s'est vanté Jean-C. en essayant de voir ce qu'on emportait dans nos sacs.
— D'abord, les moyens n'ont pas le droit d'aller dans la colline, j'ai dit. Si tu nous suis, ça va saigner.
— Grand chef indien vouloir jouer avec visages pâles, a lancé Jean-D. en accourant comme un dératé, son tomahawk à la main. Hugh !
— Moi z'aussi ! a zozoté Jean-E. qui l'avait suivi. Ze veux z'aller avec vous par le passaze secret.
Jean-A. s'est tapé le front de désespoir.
— Ça y est, il a gémi. Les nains attaquent...
— Papoose trop petit pour accompagner grand chef indien sur sentier de la guerre, a décrété Jean-D. Papoose rester à la maison. Hugh !
— Si tu lui scalpais plutôt le cheveu qu'il a sur la langue ? j'ai proposé.
— Toi vouloir moi fendre la tête toi ? a rétorqué Jean-D. en brandissant sa hache de panoplie. Hugh ?
— Hugh toi-même, j'ai dit. Tu veux une super beigne ?
— Ça t'amuse de t'en prendre aux petits alors que tu as un expert en arts martiaux en face de toi ? s'est interposé Jean-C.
— Cette fois, ça va drôlement dégénérer, les gars ! a prévenu Jean-A.
On a commencé à se taper dessus, mais on a vite compris que

Une famille aux petits oignons

c'était exactement ce que voulait Jean-C. : comme ça, maman allait punir tout le monde et nous interdire à nous, les grands, de filer dans la colline.

Ça n'a pas manqué. Alors on a recommencé à se mettre des torgnoles dans les chambres en poussant des cris de Sioux et maman est intervenue plus vite que la cavalerie.

– Les éclaireurs, mission de courses à l'épicerie, elle a ordonné. Les moyens, rangement de tipi. Quant au petit papoose, il va m'aider à éplucher les pommes pour la tarte de ce soir…

– Mais ze sais pas éplucher, moi ! a protesté Jean-E. qui, en plus du cheveu sur la langue, a un poil dans la main.

– Tous les petits Sioux savent manier le coutelas dès le plus jeune âge, a assuré maman. Pas d'épluchage, pas de tarte… Le grand chef squaw est-il bien clair ?

C'est là que Jean-A. a eu une idée de génie : lui rapporter de l'épicerie une crêpe au sucre, enveloppée dans du papier pour qu'elle reste tiède.

– Merci, mes grands, a dit maman. C'est un très gentil cadeau ! Allez, autorisation de jouer dans la colline accordée… Mais je compte sur vous. Pas de bêtises ni d'imprudences !

On a filé sans demander notre reste, mais je n'avais pas la conscience vraiment tranquille.

– Tu crois qu'elle s'est aperçue qu'on a payé la crêpe avec la monnaie des courses ? j'ai demandé à Jean-A.

– T'occupe, banane, il a dit, mais j'ai senti que lui non plus n'était pas très fier.

Ce qui est bien, dans la colline, c'est qu'il n'y a personne pour nous surveiller. On peut faire tout ce qui est interdit à la maison, disparaître au milieu des broussailles comme si on était de vrais explorateurs perdus au milieu de la jungle…

On a commencé par se fabriquer des lance-pierres, au cas où on rencontrerait des bêtes sauvages. La nuit, quelquefois, on entend des bruits étranges en provenance de la colline : des miaulements perçants à vous donner la chair de poule, des cavalcades dans les buissons, des bagarres sanglantes entre chats sauvages.

La soupe de poissons rouges

À vrai dire, on n'était pas très rassurés, Jean-A. et moi, en se glissant la première fois par le trou du grillage.

– Passe devant, a ordonné Jean-A.

– Je croyais que c'était toi, le chef des éclaireurs, j'ai protesté.

– Oui, mais comme tu es rondouillard, je peux me cacher derrière toi et prendre l'ennemi par surprise, a expliqué Jean-A.

– Tu as la trouille ?

– C'est pas de la trouille, banane, il a rétorqué. C'est de la tactique.

Avec la corde de la balançoire, je m'étais fait un lasso. Dans la poche de mon short, je sentais le poids rassurant de mon couteau suisse, mais je ne sais pas à quoi aurait pu servir le décapsuleur ou le tire-bouchon si un lynx affamé s'était brusquement jeté sur nous.

Au début, on est restés prudemment à proximité de la villa. Le sol était jonché d'amandes, on a commencé à s'empiffrer mais la plupart étaient moisies, alors on s'est mis à grimper aux arbres pour cueillir celles qui n'étaient pas tombées.

– Si on jouait à Tarzan ? a proposé Jean-A.

Jean-A. a beau dire que je suis rondouillard, je suis dix fois meilleur que lui en escalade. Chacun à son tour, on s'est mis à sauter de branche en branche, suspendus à mon lasso, et il est arrivé ce qui devait arriver : Jean-A. a lâché prise et s'est écrasé par terre comme un vieille figue trop mûre.

– À cause de toi, je me suis au moins cassé le sternum ! il a gémi en cherchant à tâtons ses lunettes qui avaient sauté sous le choc.

Jean-A. se croit toujours le plus fort parce qu'il fait du latin.

– Primo, c'est pas ma faute. Deuzio, c'est où, le sternum ? j'ai demandé en dégringolant à mon tour.

– J'en sais rien, banane, il a gémi. Mais ça fait quand même super mal.

– Si on se fabriquait une cabane ? j'ai proposé.

On a tout de suite trouvé l'endroit parfait : une sorte de grotte de verdure dans un buisson touffu. On l'a aménagée avec des restes de planches vermoulues et des parpaings pour s'asseoir. Moi, j'aurais préféré un mirador suspendu dans un arbre, comme dans *Les Robinsons suisses*, mais Jean-A. aurait passé son temps à se casser le sternum et ça aurait bardé à la maison.

Une famille aux petits oignons

— Ce sera notre base secrète, j'ai dit. Surtout, motus et bouche cousue !

— Juré craché, a opiné Jean-A. Même sous la torture.

De l'extérieur, c'est à peine si on apercevait notre cabane tellement elle était bien cachée. Mais le lendemain, quand on est revenus…

— Meftou ! a pesté Jean-A.

Les planches avaient été renversées, les parpaings jetés aux quatre vents. Notre base secrète n'existait plus.

— Qui a bien pu faire ça ?

La même idée nous est venue en même temps :

— Les moyens !

— Ils ont voulu se venger parce qu'ils n'ont pas le droit de jouer dans la colline…

Tant bien que mal, on a reconstruit la cabane. Puis on a décidé de piéger l'entrée avec un truc de trappeur : un lasso ouvert, dissimulé sous des feuilles mortes, et dont l'extrémité est attachée à une branche d'arbre flexible tendue au maximum. Le premier qui mettrait le

la soupe de poissons rouges

pied à l'intérieur de la corde déclencherait le mécanisme, se retrouvant aussitôt suspendu la tête en bas par un pied comme un vulgaire cochon fumé.

– Machiavélique! a jubilé Jean-A. Jean-C. et Jean-D. vont le payer très cher!

Tout au fond de la cabane, on a caché sous une souche une vieille boîte à cigares de papa dans laquelle on avait enfermé de quoi tenir un siège : trois sachets de réglisse, un plan de la colline fait à la main par Jean-A., une pelote de ficelle, des piles de rechange pour ma torche, plus une poignée de billes pour servir de munitions à nos lance-pierres.

– Ce sera notre trésor, j'ai dit. Surtout, motus et bouche cousue!

– Juré craché, a promis Jean-A. Même sous la torture.

Mais le lendemain, la cabane était à nouveau par terre. Le piège du trappeur n'avait pas fonctionné. Le lasso pendouillait dans le vide et notre boîte à trésors, renversée dans la poussière, était brisée en mille morceaux comme si on s'était acharné dessus à pieds joints.

– Les moyens! Ils ont remis ça! s'est écrié Jean-A. en contemplant le carnage avec accablement.

– Ça n'est pas les moyens, j'ai dit.

Cette fois, ceux qui avaient détruit notre cabane avaient laissé leur signature. Un message barbouillé à la peinture rouge sur un morceau de planche.

Propriété des Castors. Déffense d'entrée, sinon…

– Du Jean-C. tout craché, a insisté Jean-A. Il est nul en orthographe.

J'ai secoué la tête.

– Jean-C. n'aurait jamais fait ça.

Jean-A. s'est gratté le front.

– Mais qui, alors? C'est qui, ces Castors?

– On dirait un nom de code. Celui d'une secte ou d'une société secrète…

On n'a pas eu le temps de réfléchir davantage.

Tout à coup, le cri d'une chouette a retenti quelque part. Pas un

Une famille aux petits oignons

vrai hululement : un de ceux qu'on fait en soufflant dans ses mains jointes pour lancer un signal. Aussitôt, une grêle de projectiles s'est abattue sur ce qui restait de notre cabane.

— Les Ca-Ca… ! a bégayé Jean-A. Les Ca-Ca… ! Les Castors ! Ils attaquent !

Les tirs semblaient venir de partout. Une pluie d'amandes, de mottes de terre et de cailloux qui crevaient les branches au-dessus de nos têtes… Une vraie attaque en règle. Les Castors avaient dû se poster aux alentours, bien cachés à l'abri des buissons, et cernaient les ruines de la cabane en nous coupant toute sortie.

On s'est mis à l'abri comme on pouvait. Impossible de s'échapper ni de riposter à travers les feuillages.

Soudain, les tirs se sont arrêtés.

— Hé ! de la cabane ! Vous êtes toujours là ? a crié une voix.

— D'après toi, banane ? a rétorqué Jean-A.

Ils étaient sûrement beaucoup plus nombreux que nous, mais on était bien décidés, Jean-A. et moi, à vendre chèrement notre peau.

— Rendez-vous, alors ! a repris celui qui devait être le chef. Vous n'avez aucune chance !

— Jamais ! j'ai lancé à mon tour. On se battra jusqu'à la mort !

— C'est notre colline ! a claironné une autre voix. Vous avez pas le droit d'être ici.

— Tu crois que c'est des Castors nuls en orthographe qui vont nous en empêcher ? a rigolé Jean-A.

C'était bien envoyé. Il y a eu un court silence, puis une voix a demandé :

— Parce que ça s'écrit pas comme ça, « Déffense d'entrée » ?

— D'abord, a repris le chef, nous on s'en fiche, de l'orthographe !

— Je vous préviens, j'ai dit, mon frère a fait trois ans de latin et on a des lance-pierres de précision !

— Alors c'est la guerre à mort ! a déclaré le chef. Mais défense de tirer des cailloux, d'accord ?

— D'accord, a répondu Jean-A. Mais on touche pas aux cabanes non plus.

— Bon, d'accord, a dit le chef.

On s'est mis à ramasser des amandes pour nos lance-pierres, his-

La soupe de poissons rouges

toire de résister à une nouvelle attaque ou de tenter une sortie. Les Castors devaient faire pareil parce que le silence est brusquement retombé sur la colline. On n'entendait plus que des chuchotements et des bruits de branches cassées, comme s'ils étaient en train de se rassembler. Qu'est-ce qu'ils pouvaient bien manigancer ?

– Hé ! les Castors ! Vous êtes toujours là ? s'est impatienté Jean-A.

Le chef a répondu par un ricanement.

– Vous avez super de la chance que ce soit l'heure de *Zorro* à la télé, les gars ! il a dit. Mais vous ne perdez rien pour attendre : on reviendra demain. Et cette fois, ça va salement saigner !

Jean-A. a eu un hoquet.

– *Zorro ?* il a répété.

– Ça commence dans cinq minutes, a crié le chef. On veut pas rater le début.

– Nous, on n'a pas la télé ! a gémi Jean-A. en verdissant de désespoir.

– Sans rire ? a fait le chef. Pas de télé ? Ça alors ! Mince, les gars, vous avez vraiment pas de pot !

Jean-A. était anéanti. À Cherbourg, il ne ratait jamais un épisode de *Zorro* quand il allait passer l'après-midi chez Stéphane Le Bihan, son meilleur copain.

– C'est pas du jeu ! j'ai dit. On commençait juste à rigoler.

– Désolé, a conclu le chef, mais il faut vraiment qu'on y aille. Salut, les gars !

– Salut, banane, a rétorqué Jean-A., mais le cœur n'y était plus.

C'est comme ça qu'on a gagné notre première bataille contre les Castors.

On les a entendus qui détalaient, puis il n'y a plus eu un bruit dans la colline. À part celui de Jean-A. qui réduisait rageusement en bouillie nos munitions inemployées.

– Tu te feras un autre meilleur copain pour aller voir *Zorro*, j'ai dit pour le consoler.

On est rentrés à la maison la tête basse. Même la perspective de la bagarre avec les Castors qui nous attendait le lendemain ne parvenait pas à le dérider.

Une famille aux petits oignons

– Tu veux qu'on fasse un Monopoly ? j'ai proposé. Une crapette ? Je peux te prêter mon *Album des jeunes,* si ça te dit…

Il a haussé les épaules.

– M'en fiche, il a grommelé en se jetant tout habillé sur son lit. Plus tard, j'aurai un magasin de télé. Je passerai mes journées devant et personne ne pourra rien me dire parce que le magasin sera à moi…

le piège alsacien

À la villa, on a une voisine.

Elle s'appelle Mme Schwartzenbaum et son jardin est séparé du nôtre par une haie de canisses tellement usée qu'on dirait les fanons de baleine séchés du Musée océanographique.

– Les enfants, a dit maman un après-midi, allez vous laver les mains et vous redonner un coup de peigne. Nous allons rendre une visite de courtoisie, et je veux que vous fassiez bonne impression.

On avait commencé un jeu des 1 000 Bornes, alors on s'est tous mis à râler, sauf Jean-C. qui devait passer trois tours à cause d'un excès de vitesse.

– Nous sommes nouveaux dans le quartier, a ajouté maman. Ce sont des choses qui se font entre voisins bien élevés.

Faire bonne impression, pour maman, c'est ressembler aux enfants qu'on voit sur les photos du catalogue de La Famille Moderne : ils n'ont jamais d'épis sur le crâne et ils sourient aux anges comme s'ils étaient super fiers de porter leurs chemisettes nulles bien repassées.

Une famille aux petits oignons

— Ze peux apporter mon pistolet à flécettes ? a demandé Jean-E.
— Hors de question, a dit maman. Je compte sur vous pour être sages et polis ou ça va barder en rentrant.

Mme Schwartzenbaum doit avoir au moins l'âge de mamie Jeannette et elle adore les enfants.
— Quelle jolie famille ! elle a dit en nous découvrant alignés tous les six devant son portail comme des pions d'échecs. Et comme ils ont l'air sages ! Comment s'appellent-ils, ces beaux petits ?
— Les frères Jean, a dit maman avec fierté.
— Les frères Zan ? a répété Mme Schwartzenbaum. Comme les réglisses, alors ?

On s'est tous regardés. Est-ce que Mme Schwartzenbaum avait un cheveu sur la langue, comme Jean-E. ?
— En tout cas, j'espère que le bruit ne vous dérange pas trop, a continué maman. Ils sont parfois un peu agités...
— Un goûter ? a dit Mme Schwartzenbaum. Mais quelle bonne idée ! Justement, j'ai préparé une petite gâterie dont vos garçons devraient raffoler.

En fait, Mme Schwartzenbaum ne zozote pas : elle est sourde comme un pot. Malgré les protestations de maman, on est tous entrés en file indienne, ravis d'échapper aux BN nature tout secs qu'elle achète en paquet familial pour le goûter.

Dans le salon, il y avait un coucou en bois, des petits napperons partout, des photos dans des cadres. On s'est assis autour de la table en se tortillant, à cause des coussins tricotés qui nous grattaient les fesses, et Mme Schwartzenbaum a filé à la cuisine.
— Tu crois qu'on peut lui demander d'allumer la télé ? a tenté Jean-A. en louchant d'envie vers le gros poste qui trônait dans un coin. C'est juste l'heure de *Rintintin*...
— Le premier qui parle de télé sera de corvée de vaisselle jusqu'à sa majorité, a prévenu maman.

Ça nous a un peu refroidis, surtout que Mme Schwartzenbaum revenait avec le goûter.

On a vite regretté les BN nature de maman. Mme Schwartzenbaum est alsacienne, et elle avait préparé une spécialité régionale :

La soupe de poissons rouges

un gâteau aussi bourratif que de la pâte à modeler, dont elle nous a servi d'énormes parts dans de minuscules assiettes à fleurs.

D'un seul coup, on n'avait plus très faim. Mais le regard que nous a lancé maman était clair : celui qui ne finirait pas sa part serait expédié séance tenante aux scouts marins.

Heureusement qu'il y avait de la citronnade pour faire passer chaque bouchée.

– C'est une Linzertorte, a expliqué Mme Schwartzenbaum avec fierté. Vous aimez, les enfants ?

– Délicieux, madame Schwartzentruc, s'est étranglé Jean-A.

– Baum, a corrigé maman en fronçant les sourcils.

– Un vrai régal, madame Claquenbaum, j'ai dit à mon tour en m'efforçant de déglutir.

– Schwartz, a dit maman.

– Jamais rien mangé d'aussi bon, madame Schwartzenmuche, a articulé Jean-C. à son tour.

– Schwartzenbaum ! a fait maman.

– Z'adore, madame Glutzenbaum, a zozoté Jean-E. en projetant à chaque syllabe des miettes de Linzertorte à travers la table.

– Non, Schwartzenbaum ! a gémi maman en le fusillant du regard.

Une famille aux petits oignons

– Délicieux, madame Schwartzenglaube, l'a félicitée Jean-D. avant de cracher discrètement sa dernière bouchée dans son mouchoir.

Cette fois, maman n'a plus rien dit.

– Qui en reveut une petite part ? a demandé Mme Schwartzenbaum.

– Euh ! merci mille fois, a dit maman en se levant précipitamment. Mais nous avons assez abusé de votre temps comme ça…

– Alors vous allez emporter le reste, a insisté Mme Schwartzenbaum. Vos garçons sont tellement bien élevés que c'est un plaisir de les gâter un peu.

On est repartis avec la moitié de la Linzertorte et l'impression d'être un troupeau d'autruches qui auraient avalé des pierres.

– Qu'est-ce qui vous a pris, les enfants ? a demandé maman quand on est rentrés à la maison.

– Tu nous avais demandé d'être polis, on a tous protesté. Et de faire bonne impression à Mme Schwartzenchose !

– Schwartzenbaum ! a corrigé maman avec désespoir. Ce n'est pourtant pas un nom si compliqué que ça !

– De toute façon, elle est bouchée des esgourdes, a ricané Jean-A.

– Pardon ? a fait maman.

– Euh ! elle est un peu sourde, s'est rattrapé Jean-A.

– Je préfère, a dit maman.

On a dû faire bonne impression en tout cas parce que chaque semaine, désormais, Mme Schwartzenbaum nous apporte une spécialité de gâteau différente, cuisinée juste pour nous, avec des noms qui ressemblent à ceux des méchants dans les romans de Bob Morane : Apfelstrudel, Kugelhopf, Stolle, Berawecka… Il suffit de les prononcer pour avoir la langue qui se dessèche d'un seul coup et la glotte qui se rétracte.

Même papa a commencé à faire la tête quand il a vu arriver la dix-septième Linzertorte.

– Je crois qu'il est grand temps de rompre les relations diplomatiques avec l'Alsace, chérie. Et si on s'en débarrassait discrètement en l'enterrant dans le jardin ?

– Pas question de jeter de la nourriture, a décrété maman.

– Tu as raison : ça risquerait de faire crever les plantes.

la soupe de poissons rouges

– Ce serait surtout très incorrect à l'égard de cette pauvre Mme Schwartzenbaum. Elle est tellement contente de nous faire plaisir.

– J'hésite encore, a fait papa qui est un grand bricoleur. Attaquer ce bloc de béton à la pioche ou au marteau piqueur… Qu'en penses-tu, chérie ?

– Tu risquerais de te blesser, lui a fait remarquer maman en lui tendant un couteau.

– À la santé de Mme Krogenmuft, alors, a dit papa d'un air sinistre en se résignant au supplice.

Et c'est là que Jean-A. a eu l'idée de génie. Un coup de maître tellement machiavélique que tout le monde a applaudi quand il l'a proposé.

Seule maman n'était pas très chaude au début, de peur de se fâcher avec la famille. Mais papa a beaucoup insisté et, maintenant, chaque semaine, on envoie par la poste le gâteau de Mme Schwartzenbaum aux cousins Fougasse, avec un petit mot affectueux de la part de tous les Jean pour leur souhaiter bon appétit.

C'est une vieille dame charmante qui les fait, écrit maman. *J'espère que vous vous régalerez autant que nous.*

Je ne sais pas si les cousins Fougasse se régalent, ni même s'ils mangent vraiment les pâtisseries de Mme Schwartzenbaum. Mais en tout cas, depuis qu'ils reçoivent notre colis chaque semaine, ils ne nous envoient plus les vieux vêtements pourris qui ne leur vont plus.

le jeu des métiers

Jean-A. ne sait pas quoi faire comme métier plus tard. Il dit que, comme il est très fort partout, c'est plus difficile pour lui de choisir que pour Jean-C., par exemple, qui est nul en orthographe et qui ne sait même pas faire une division à retenue.

– Pourquoi pas coureur cycliste ? j'ai proposé un jour qu'il pleuvait et qu'on s'ennuyait à la maison. Tu as déjà ta casquette et le bidon du Tour de France.

– Bof, il a dit. Tu crois que je pourrais ?

– Sûr, j'ai dit.

En fait, je ne l'étais pas vraiment : Jean-A. voudrait toujours être maillot jaune sous prétexte qu'il est le seul dans le peloton à avoir fait trois ans de latin, et ça, ses coéquipiers risquaient de ne pas apprécier.

Jean-A. s'est planté devant la glace et a observé ses mollets.

– Bon d'accord, il a dit. Mais juste sprinter, alors. Pour gagner au finish.

– Comment tu veux gagner au finish si tu ne fais pas l'étape d'abord ? j'ai remarqué.

La soupe de poissons rouges

– Bon d'accord, il a dit. Mais alors pas les étapes de montagne.
– C'est obligé, j'ai dit.
– Bon d'accord, il a dit. Mais alors, juste les descentes.
– Tu ne peux pas gagner le Tour de France juste avec le sprint et les descentes. Tu ferais mieux de changer de métier.
– Pour faire quoi, alors ?
– Je ne sais pas. Pourquoi pas dresseur de tigres ? Ou alors astronaute... Mais il ne faut pas avoir envie de vomir dans son scaphandre, parce que sinon...

Dès qu'il monte en voiture, Jean-A. devient vert et il faut s'arrêter tous les cinq kilomètres. Pas facile dans l'espace, avec l'apesanteur, les trous noirs et les pluies de météorites enflammées qui passent au ras de la capsule...

– C'est pas pareil, a dit Jean-A. T'as jamais mal au cœur quand tu pilotes une fusée à la vitesse de la lumière.
– Qu'est-ce que tu en sais ? j'ai fait.
– C'est comme dans les bobsleighs, il a dit. Tu vas tellement vite qu'avec la pression, tu as l'estomac qui se colle au dossier du fauteuil comme un vieux chewing-gum...

J'ai haussé les épaules.
– T'es jamais monté dans un bobsleigh, banane.
– À cause de ça, justement, il a expliqué. Pour avoir l'estomac comme un chewing-gum mâchouillé ? Tu rigoles !

C'est ça qui est pénible, avec Jean-A. Il veut toujours avoir raison.
– Et si je faisais garde du corps, plutôt ? il a dit après avoir réfléchi un moment.
– Avec tes lunettes ? Jamais on n'engagera un garde du corps bigleux.
– Tu crois qu'elles vont m'empêcher de te mettre une baffe, mes lunettes ? il a dit.
– Essaye un peu pour voir, j'ai dit.
– Parce qu'ils n'ont pas de lunettes noires, peut-être, les gardes du corps ?
– C'est pas pareil, j'ai dit. Et puis tu ne sais même pas faire du close-combat.
– Pauvre banane, il a ricané.

Une famille aux petits oignons

En fait, Jean-A. est jaloux parce que je me suis acheté avec mon argent de poche un manuel de jiu-jitsu. Dedans, on apprend comment faire des prises paralysantes et pousser le kiaï, comme Docteur Justice dans les bandes dessinées de *Pif Gadget*. Le kiaï, c'est un cri japonais spécial. Il faut être au moins ceinture noire septième dan pour pouvoir le pousser, mais avec, on peut arrêter un tank ou tuer un cobra venimeux si on en a besoin.

Moi, je sais ce que je ferai plus tard. Avec François Archampaut, mon meilleur ami de Cherbourg, on sera agents secrets.

Le problème, c'est les études. Il doit y avoir une école pour apprendre à devenir espions, mais comme elle est secrète, on ne sait pas où s'inscrire pour l'instant, alors on se débrouille tout seuls pour être prêts dès notre première mission.

Un jour, pour s'entraîner à faire disparaître des documents confidentiels, François Archampaut a avalé une copie double entière, déchirée et roulée en petites boulettes pour que ça passe plus facilement. Il s'en est tiré avec une grosse colique, mais c'était rien par rapport à ce que les agents ennemis lui auraient fait subir s'ils avaient trouvé les papiers sur lui.

Une autre fois, en CM2, il a fait ses devoirs pour M. Martel avec de l'encre sympathique qu'on avait fabriquée en mélangeant de l'eau et du jus de citron. M. Martel ne devait pas savoir qu'il faut chauffer le papier à la flamme d'un briquet pour que l'écriture apparaisse, et François Archampaut a eu un zéro alors qu'il avait tout juste à ses exercices.

L'autre problème, c'est Jean-A. Depuis qu'on a vu *Opération tonnerre* au cinéma de Toulon, il veut être James Bond, lui aussi, et conduire des bolides décapotables équipés de pare-chocs lance-missiles.

– Impossible, j'ai dit. C'est réservé.

– Je t'apprendrai que c'est moi qui l'ai dit en premier, il a répondu.

– De toute façon, j'ai dit, c'est les méchants qui ont les oreilles décollées, pas les héros.

– Tu as les mêmes, je te ferai remarquer, a rétorqué Jean-A. en imitant Dumbo.

La soupe de poissons rouges

On a commencé à se rouler sur la descente de lit, puis Jean-A. a eu une nouvelle idée.

– En fait, je sais ce que je ferai plus tard comme métier.

– Ennuyeur professionnel ?

– Non, banane : inventeur. D'ailleurs, j'ai déjà commencé…

Il a sorti du tiroir du bureau un gros cahier à spirale dans lequel il gribouille en cachette, le soir, quand on a fait nos devoirs. Sur la couverture, il y avait une tête de mort, avec écrit dessous : « Cahier secret d'inventions. Défense d'ouvrir SOUS PEINE DE MORT ».

– Tu ne devineras jamais ce que c'est, il a dit fièrement en me montrant le dessin sur la première page.

Ça ressemblait à l'intérieur d'un Kinder Surprise, avec les pièces détachées encore en vrac dans leur sachet et plein de chiffres et de mesures griffonnés tout autour comme des crottes de mouche.

– Le plan d'un aspirateur ? j'ai proposé.

Il a enlevé ses lunettes pour rire à gorge déployée comme si j'étais un demeuré, et m'a repris le cahier des mains pour le renfermer dans le tiroir.

– De toute façon, il a dit, tu ne devineras jamais. C'est trop fort pour un petit 6e.

– Allez, j'ai dit. Je donne ma langue au chat.

– Bon d'accord, il a dit. Mais défense absolue d'en parler aux moyens !

– Juré craché, j'ai dit. C'est quoi ?

Il s'est rengorgé :

– Le plan d'un montage électrique. Je suis en train de mettre au point le premier poste de télé super miniaturisé.

– Génial ! j'ai dit. Mais pourquoi miniaturisé ?

– Justement ! Tu le caches dans une couverture de la Bibliothèque verte et pendant que papa et maman pensent que tu lis, ni vu ni connu, tu regardes tranquillement *Rintintin* !

Moi, j'adore lire, mais ça m'en a quand même bouché un coin.

– Génial !

– Ou alors, tu l'emportes discrètement en classe, et comme ça tu peux te taper un bon match de foot pendant les contrôles.

– Ou alors pendant que tu fais semblant de prendre ton bain !

Une famille aux petits oignons

— Après, j'inventerai un modèle amphibie. Comme ça, on pourra le mettre dans un masque de plongée et regarder la télé sous l'eau quand on va à la plage.

— Génial! j'ai dit. Mais comment tu feras pour l'antenne?

— Je sais pas encore. C'est justement pour ça que je veux devenir inventeur.

— Tu me fabriqueras des gadgets secrets? j'ai demandé.

— Bon d'accord. Mais je te préviens : les prototypes, c'est hyper fragile.

— Tu me prends pour une banane?

Maintenant que Jean-A. savait ce qu'il voulait faire plus tard, je n'étais plus très sûr d'avoir envie de devenir agent secret. Choisir un métier, c'est un peu comme acheter des bonbons : tant qu'on n'a pas décidé lesquels on prendra, on a l'impression de les avoir tous.

— Tu crois qu'on peut être agent secret et pilote de course en même temps? j'ai demandé à Jean-A.

La soupe de poissons rouges

– Pilote de course ? il a ricané. Toi ? Avec les raclées que je te mets quand on joue au circuit des Vingt-Quatre Heures du Mans ?

– Ou alors détective et chasseur de fauves… Mais pas pour les tuer : juste pour les mettre dans des zoos.

– Pourquoi pas explorateur ? a proposé Jean-A. en grimpant sur mon lit. Comme ça tu disparaîtrais à des milliers de kilomètres et j'aurais la chambre rien que pour moi.

– Enlève tes pieds sales de mon oreiller, j'ai dit, ou ça va sacrément barder.

– Je sais ! a dit Jean-A. en sautant à pieds joints sur le matelas. Pourquoi tu ne deviendrais pas champion du monde de trampoline ?

Je n'y avais jamais pensé, mais ça n'était pas une mauvaise idée finalement, surtout que maman ne veut jamais qu'on s'amuse à sauter sur les lits.

Alors, comme il pleuvait toujours et qu'on ne pouvait pas aller dans la colline, on a continué à jouer au jeu des métiers tout en faisant des cabrioles et des sauts périlleux de compétition.

Puis Jean-C. et Jean-D. sont entrés dans la chambre.

– Nous aussi, on veut jouer avec vous ! ils ont dit en nous menaçant avec leurs épées en Meccano.

C'est le moment qu'a choisi Jean-E. pour s'en mêler et, forcément, ça a dégénéré.

– Vous voulez que je vous aide ? a demandé maman.

Finalement, on a tous été privés de dessert ce jour-là. Mais ça ne m'a pas empêché de trouver le métier que je ferai plus tard.

Écrivain, comme Enid Blyton, l'auteur du Club des Cinq.

D'abord, je n'écrirai que des histoires qui se passent dans un monde où les moyens ont disparu, comme les dinosaures. En plus, dans chaque livre, le héros, ce sera moi. Comme ça, en imagination, je pourrai faire tous les métiers et vivre toutes les aventures que je voudrai sans rien demander à personne.

– Écrivain ? a répété Jean-A. avec une grimace dégoûtée quand on est remontés à la chambre. Tu ne sais même pas combien il faut de *n* à « banane », d'abord !

– Tu veux que je te montre combien il y en a à « grosse beigne » ? j'ai dit.

Une famille aux petits oignons

– Essaye un peu pour voir, il a ricané.

Alors, comme on en avait un peu assez du jeu des métiers, on s'est mis à s'envoyer sur la figure des chaussettes sales dans le noir en rigolant comme des bossus.

Est-ce que ça peut être un métier, ça, lanceur de chaussettes sales dans le noir ?

Parce que Jean-A. et moi, avec notre entraînement, on pourrait devenir de sacrés spécialistes. Sûrement des champions du monde.

La carabine à patate

Avec les Castors, c'est pas nous qui avons commencé.

Depuis qu'ils avaient détruit deux fois notre cabane, Jean-A. et moi, on évitait de rester trop longtemps dans la colline, histoire de ne pas chercher la bagarre.

Le jour où ils se sont mis à lancer des amandes sur le toit de la villa alors qu'on n'avait rien fait, ça a tourné au vinaigre.

– Je viens avec vous, a décrété Jean-C. Les Castors vont regretter d'être nés, c'est moi qui vous le dis !

Avoir Jean-C. dans notre camp ne nous arrangeait pas vraiment : quand il sort de ses bandes dessinées, Jean-C. est tellement abruti qu'il est capable de se planter une flèche dans le pied avant même que la bagarre ait commencé. Jean-A. l'appelle « l'homme qui tire plus vite que son ombre » mais là, il n'était plus temps de faire les difficiles. C'était une vraie déclaration de guerre que les Castors venaient de nous adresser et on avait besoin d'être nombreux.

– On prend les lance-pierres, a décidé Jean-A. Mais pas de cailloux : tir à blanc. Juste des amandes et des mottes de terre.

– Attendez, a dit Jean-C. en filant dans sa chambre. Je prends l'artillerie lourde, on ne sait jamais…

Une famille aux petits oignons

– Mince ! a fait Jean-A. en sifflant entre ses dents quand il a vu ce que Jean-C. rapportait. La Winchester à canon scié de Josh Randall !
– Presque, a triomphé Jean-C. Une carabine à patate. C'est un copain qui me l'a prêtée.
– Si maman te voit avec ça, j'ai dit, tu es bon pour les scouts marins !
Jean-C. rapporte toujours en cachette des trucs incroyables à la maison.

La dernière fois, c'était des vers de terre achetés dans une boutique de cannes à pêche. Quand maman a découvert qu'il voulait en faire l'élevage en douce pour nourrir Wellington et Zakouski avec des produits naturels, il a été privé de Tintin pendant huit jours et il a fallu récupérer un par un dans ses draps tous ceux qui s'étaient échappés de la boîte.

Cette fois, la trouvaille de Jean-C. allait nous être bien plus utile qu'une poignée de vers de terre à demi écrasés.
– Ça marche comment ? a demandé Jean-A.
– Je croyais que tu t'y connaissais en inventions, patate, j'ai ricané.
– Patate toi-même, a dit Jean-A.
Mais ce n'était pas le moment de se chamailler. À la cuisine, on a pris une provision de grosses pommes de terre pleines de germes et on a filé dans la colline.
– Je vais vous montrer, a expliqué Jean-C. quand on a été bien planqués dans ce qui restait de notre cabane.
En fait, la carabine à patate fonctionne comme un fusil à air comprimé. Sauf qu'à la place des plombs, elle tire des boulettes de pomme de terre qu'on prélève à l'aide d'une tige creuse et qu'on enfourne dans le canon.
– Les Castors vont salement dérouiller, a rigolé Jean-A. en manœuvrant la culasse. Mais défense de tirer dans la figure. Ça pourrait être dangereux.
– On vise juste les fesses, a promis Jean-C.
– Tu parles de suppositoires ! j'ai dit.
– Tu crois que ça marche aussi avec des frites ? a demandé Jean-C.
– Pourquoi pas avec des pommes de terre dauphine ? j'ai renchéri.
– La patate crue, c'est mieux, a expliqué Jean-A. C'est comme ça que ça fait le plus mal.

La soupe de poissons rouges

– Je vous préviens, a annoncé Jean-C., c'est moi qui la prends.
– Pas question, a décrété Jean-A. Les armes à feu, c'est pas pour les minus.
– Oui mais c'est celle de mon copain, s'est entêté Jean-C. Sinon, je viens pas avec vous.
– Bon débarras, j'ai dit. D'abord, je suis le seul tireur d'élite de cette famille. C'est moi qui la prendrai.
– Tu rigoles ? a fait Jean-A. Au lancer de chaussettes sales, c'est toujours moi qui gagne, je te rappelle.
– On n'a qu'à faire un concours, j'ai proposé. Le premier qui dégomme cette vieille boîte de conserve aura le droit de prendre la carabine.
– D'accord, a dit Jean-C., mais c'est moi qui tire en premier.

On a posé la boîte de conserve en équilibre sur une pierre et, chacun à notre tour, on a essayé de la dégommer.

Le problème, avec la carabine du copain de Jean-C., c'est qu'elle n'a pas de lunette de visée. Jean-C. a fermé un œil, appuyé sur la détente et le plomb de patate est parti en sifflant, déclenchant une pluie de feuilles à deux mètres au moins au-dessus de la cible.

– À moi, a lancé Jean-A.

Le coup est parti et quelque chose a tinté.

– Touché ! a crié Jean-A.
– Change de lunettes, j'ai fait. Tu viens de dégommer le toit de la cabane.

Cette fois, c'était à moi. J'ai calé la crosse de la carabine contre mon épaule pour éviter le recul, j'ai retenu ma respiration et paf ! j'ai tiré. En plein dans la vitre de Mme Schwartzenbaum.

– Bravo ! a ricané Jean-A.

Heureusement, Mme Schwartzenbaum est sourde comme un pot. Sa vitre ne s'était pas cassée mais elle s'ornait maintenant en plein milieu d'un plomb de patate écrasé comme un moustique sur un pare-brise.

– Cette fois, a fait Jean-C., je mets dans le mille !

Il s'est emparé de la carabine, a commencé à viser soigneusement en sortant la langue… quand la boîte de conserve a sauté sur son socle et roulé par terre avec un petit bruit de ferraille.

Une famille aux petits oignons

Jean-C. a redressé la tête d'un air ahuri.
– Je l'ai eue ! Je l'ai eue !
– Tu n'as même pas tiré, banane ! a remarqué Jean-A.

Au même instant, une rafale de mottes de terre s'est abattue sur la cabane.
– Les Castors !
– Aux armes ! a beuglé Jean-A. Ils attaquent !

Alertés par les détonations de la carabine à patate, les Castors avaient dû nous repérer. On les entendait qui cavalaient dans les buissons tout autour, cassant des branches pour préparer des flèches et faisant claquer les élastiques de leurs lance-pierres.
– Hé, de la cabane ! Vous êtes là ? a crié la voix du chef.
– Qu'est-ce que tu crois, banane ? a riposté Jean-A.
– On vous avait prévenus… Vous allez salement dérouiller.
– Ça vous amuse de lancer des amandes pourries sur le toit d'une villa qui ne vous a rien fait ? a demandé Jean-A.
– On veut pas d'étrangers dans notre colline ! a répondu le chef du tac au tac.
– C'est aussi notre colline ! a claironné Jean-C. En plus, on a la carabine de Josh Randall. On va vous tirer comme des lapins !
– Sans rigoler ? a dit le chef. Comment vous l'avez eue ?
– C'est un copain qui me l'a prêtée, a expliqué Jean-C.

Les Castors se sont mis à rigoler.
– Parce que tu crois que ça nous fait peur ? Vous visez comme des patates, d'abord.
– Pourquoi tu leur as dit ? a râlé Jean-A. On aurait pu les prendre par surprise.
– Qu'est-ce qu'on fait ? j'ai chuchoté. Ils sont au moins une centaine…
– Je prends le commandement, a décidé Jean-A. en rampant vers la sortie. Suivez-moi.
– Vous êtes toujours là, les gars ? a demandé le chef des Castors.

Au lieu de répondre, on a jailli de la cabane en poussant des hurlements de Sioux.

Ça a été une sacrée bagarre. Les Castors s'étaient embusqués sur les hauteurs et se sont mis à nous mitrailler avec tout ce qui leur

tombait sous la main. Heureusement qu'on avait la carabine à patate, même s'il fallait du temps pour la recharger à chaque fois. On s'est mis à riposter à l'aveuglette en s'abritant derrière les arbres. Mais dès qu'on avait débusqué un groupe de Castors, ils détalaient un peu plus loin, de peur de prendre une décharge de patate crue.

– Vous êtes malades ? a crié une voix. En plein dans la jambe ! ça fait super mal !

– Pas de quartier ! a ricané Jean-A. Vous n'avez qu'à pas être en short !

– C'est une jupe, je te signale ! a répondu la voix.

– Une jupe ? a répété Jean-A. Ils ont une fille avec eux ?

On n'a pas eu le temps de revenir de notre surprise.

Au même instant, quelque chose de mou et de brunâtre s'est écrasé en plein sur ma poitrine. Un autre projectile a touché Jean-C. tandis que Jean-A. se passait avec incrédulité la main dans les cheveux.

– Qu'est-ce que c'est que ça ?

Une famille aux petits oignons

– Des figues pourries, j'ai dit en grimaçant. Avec peut-être des vers dedans...

J'ai cru que Jean-A. allait rendre son déjeuner. Il y avait plein de figuiers sauvages sur les restanques. On avait voulu y goûter, Jean-A. et moi, la première fois qu'on était allés dans la colline. Mais elles étaient encore vertes, acides et laiteuses en même temps, et on avait juste réussi à se coller une indigestion carabinée.

– Vous êtes malades ? a crié Jean-C. aux Castors. Ça tache vachement, les figues !

– Tant pis pour vous ! a ricané le chef. Vous n'avez qu'à pas porter des chemisettes nulles !

– Je vous préviens, a lancé Jean-A., on ne fera pas de prisonniers !

– Ça tombe bien, a rétorqué le chef. Nous non plus.

On a continué comme ça un moment, figues pourries contre plombs de patate jusqu'à ce qu'on n'ait plus de munitions des deux côtés.

– Hé, les Castors ! Vous vous rendez ? a demandé Jean-A.

– Tu rigoles ? a fait le chef. On vous a écrabouillés comme de vieilles bouses de vache ! Et c'est rien à côté de ce que vous allez prendre en rentrant !

– Tu rigoles ? a ricané Jean-A. On vous a battus à plate couture !

– Ça veut dire quoi, à plate couture ? a lancé quelqu'un.

– Nous, on se bat pas avec des nuls en vocabulaire ! a décrété Jean-A. Ni avec des filles, d'abord.

– Tu sais ce qu'elle te dit, ma sœur ? a demandé le chef.

On a moins fait les fiers en arrivant à la maison.

On avait de la terre plein les cheveux et nos chemisettes de La Famille Moderne étaient constellées de grosses taches violettes et de purée de figue collante.

– Félicitations, a dit maman. C'est ça que vous appelez « des jeux calmes dans la colline » ?

– C'est pas notre faute..., a commencé Jean-A.

– À la douche, immédiatement, a coupé maman en désignant la salle de bains. Et ne vous avisez pas de laisser l'eau couler pour faire semblant de vous laver ou je viendrai vous frotter le dos moi-même avec la brosse à vaisselle. C'est bien compris ?

La soupe de poissons rouges

Heureusement, on avait eu le temps de planquer la carabine à patate. Jean-C. devait la rendre à son copain le lendemain et ça aurait bardé si maman l'avait découverte.

Là où on a eu moins de chance, c'est que maman avait prévu de faire des frites ce soir-là. C'est notre plat préféré, avec la gougère et la glace au caramel.

La bagarre avec les Castors nous avait donné une faim d'ogre, et quand on s'est assis à table tous les six, en chaussons et pyjamas à rayures, on en salivait déjà de gourmandise. Même papa était de meilleure humeur que d'habitude à l'idée du festin qui nous attendait.

– Alors, il a demandé en brandissant sa fourchette et son couteau, qu'est-ce que tu nous as préparé de bon, chérie ?

– Chou-fleur bouilli pour tout le monde, a fait maman en déposant le plat sur la table.

– Du chou-fleur bouilli ? a répété papa avec incrédulité. Mais je croyais que…

– Changement de menu, a dit maman, imperturbable. J'avais prévu des frites dorées et croquantes mais, curieusement, les pommes de terre ont disparu de la cuisine, cet après-midi. Étrange, non ?

Une famille aux petits oignons

Tous les regards se sont tournés vers Jean-C. qui a piqué du nez dans son assiette.

– Moi ze déteste le çou-fleur ! a zozoté Jean-E.

– De toute façon, a conclu maman, rien de plus sain que des légumes. C'est plein de fer et de vitamines. N'est-ce pas, chéri ?

– Si tu le dis, chérie, a grommelé papa.

On a dîné la tête basse, en pensant à toutes les frites délicieuses qui s'étaient éparpillées dans la colline cet après-midi-là en petits plombs de patates.

Et tout ça à cause des Castors ! Ils ne l'emporteraient pas au paradis, foi de Jean-B.

la boum

Un soir, Jean-A. est rentré tout bizarre de l'école.
– Bonne journée, mes grands ? a demandé maman.
– Hon hon, il a marmonné avant de filer dans la chambre sans même prendre son goûter.

D'habitude, Jean-A. et moi, on aime bien traîner avec maman à la cuisine avant d'attaquer nos devoirs. Surtout en automne, quand il pleuviote dehors. Maman épluche des légumes pour le dîner du soir, nous on grignote nos BN en lui racontant ce qu'on a fait en classe. Les petits et les moyens jouent à l'étage, papa n'est pas encore rentré. On a un peu l'impression d'avoir maman pour nous tout seuls, ce qui n'arrive pas si souvent.

Après, c'est l'heure des devoirs, des douches, des disputes pour savoir qui passera en premier ou qui mettra le couvert pour le dîner, et forcément, maman est un peu débordée. Elle appelle ça « le coup de feu ». Jean-C. cherche son pantalon de pyjama dans toute la maison, Jean-D. et Jean-E. s'aspergent de bain moussant, Jean-F. hurle à pleins poumons parce que son petit pot n'est pas prêt et l'eau des pâtes déborde sur la gazinière… Heureusement que maman est très

Une famille aux petits oignons

organisée. Quand papa rentre du travail, la villa semble avoir frôlé l'accident atomique mais tout est prêt, comme par miracle.

– Tu es sûr que ton frère va bien, mon Jean-B.? a demandé maman ce soir-là en levant un sourcil interloqué.

– Hon hon, j'ai grogné en finissant mon BN.

Mais quand j'ai retrouvé Jean-A. dans la chambre, j'ai eu un choc. L'électrophone marchait à fond et il se trémoussait en cadence au milieu des pochettes de disques comme s'il avait mis les doigts par mégarde sur une barrière électrifiée d'au moins 100 000 volts.

– Tu as raté les BN à la fraise, j'ai dit en le considérant d'un œil rond. Je te préviens, j'ai terminé le paquet.

– M'en fous, il a répondu. Choubidou-ouah!

– Choubidou quoi?

Il a claqué dans ses doigts.

– Choubidou-ouah, banane, il a dit en claquant à nouveau dans ses doigts. Tu peux pas comprendre. T'es pas dans le vent.

– C'est une attaque cérébrale? j'ai demandé comme il recommençait à se tortiller. Ou tu t'entraînes juste pour jouer dans un dessin animé?

– C'est du jerk, il a soupiré en levant les yeux au ciel.

– Du quoi?

– Du jerk. La danse des jeunes dans le vent, il a expliqué. Mon pauvre Jean-B., ça ne te réussit pas d'être dans une école de garçons!

– Tu es dans la même, je t'apprendrai.

– Oui, mais moi, je suis invité à une boum.

– Une boum?

– Chez mon copain Grandrégis, il a dit en faisant l'important. Et il y aura des filles.

– Mince! Une boum mixte?

– Bien sûr, banane, il a répliqué. Sinon, c'est pas une boum.

Je n'en revenais pas. À Peiresc, il n'y a que des garçons. Les filles, elles sont en face. On ne fait que se croiser en ricanant sur les terrains de sport, ou quelquefois à l'arrêt du bus, à l'heure de la sortie. Un jour, en CM2, M. Martel avait organisé une fête avec les filles de l'école d'à côté, mais ça ne s'était pas super bien passé, surtout quand on avait commencé à leur tirer dessus avec un ballon de football

La soupe de poissons rouges

juste pour rigoler. Comme en plus on n'a pas de sœur, savoir que Jean-A. était invité à une boum mixte, c'était un peu comme de l'imaginer au milieu d'une colonie d'extraterrestres.

– On dansera le jerk tout l'après-midi comme des malades et il y aura du Fanta orange, il a expliqué.

– Jamais papa et maman ne seront d'accord. Ils vont t'expédier illico aux scouts marins !

– Parce que tu crois que je vais le dire, banane ? il a rétorqué. Je raconterai que je vais chez un copain pour réviser un contrôle. Ils n'y verront que du feu.

Le jour de la boum est vite arrivé.

Je ne sais pas si maman s'est doutée de quelque chose, mais c'est la première fois que Jean-A. se pomponnait toute une matinée pour aller réviser ses conjugaisons latines. Quand il est sorti de la salle de bains, ses cheveux étaient tellement aplatis sur sa tête qu'on aurait dit qu'il s'était fait un shampoing à la Super Glue. Il avait vidé un demi-tube de dentifrice et il sentait si fort l'eau de Cologne que rien n'aurait pu survivre autour de lui à un kilomètre à la ronde.

Le problème, c'était les vêtements. Maman est très organisée et, à la maison, c'est comme dans la marine : on ne passe aux vêtements d'hiver qu'à date fixe, à la fin du mois de novembre. Comme on n'était qu'en octobre, Jean-A. allait devoir danser le jerk comme un malade en short de La Famille Moderne et sandalettes.

– Tu me prends pour une banane ? il a ricané. Je préfère encore me mettre la tête dans la gazinière.

En fait, Jean-A. et moi, on est encore plus organisés que maman : chaque année, on garde en douce un pantalon long planqué dans nos affaires d'été, pour les urgences. Celui de Jean-A. empestait la naphtaline, mais avec toute l'eau de Cologne qu'il s'était mis, personne ne s'en apercevrait.

Il l'a fourré dans son sac, a glissé des disques dans son classeur de latin et regardé sa montre. Il était grand temps de filer s'il ne voulait pas être en retard à la boum.

– Et tes lunettes ? j'ai demandé.

La question me brûlait les lèvres depuis un moment déjà.

Une famille aux petits oignons

– C'est quoi que j'ai sur le nez, banane ? il a dit. Un masque de plongée ?

– Pas celles-là. L'invention dont a parlé Grandrégis le jour de la rentrée : celles pour regarder à travers les jupes des filles...

– Parce que tu l'as cru, banane ? il s'est esclaffé. Comme si je m'intéressais aux filles, moi !

– Banane toi-même, j'ai rétorqué. Pourquoi tu vas à une boum mixte, alors, si tu trouves que les filles sont nulles ?

– Tu comprendras quand tu seras en 4e, il a fait en sautant sur son vélo.

En fait, ça m'arrangeait d'avoir la chambre pour moi tout seul un long après-midi, même si j'étais un peu jaloux que Jean-A. soit invité à une boum et pas moi. J'avais emprunté trois Bob Morane le matin à la bibliothèque du quartier, et je me suis jeté dessus comme un goinfre en grignotant une grosse tablette de chocolat aux amandes.

Quand Jean-A. est revenu, à la nuit tombée, j'ai tout de suite su qu'il s'était passé quelque chose.

Il avait le teint blême, la démarche d'un somnambule et les cheveux hérissés sur le crâne comme s'il avait traversé par mégarde un champ magnétique de puissance 10.

– Tu rentres tard, a remarqué maman. J'espère que vos révisions ont été fructueuses, au moins.

– Révisions ? a répété Jean-A.

– Les conjugaisons latines, a rappelé maman. C'est bizarre, d'ailleurs : tu ne m'avais jamais dit que Grandrégis faisait du latin avec toi...

– Ah bon ? a fait Jean-A. avec l'air aussi abruti que Jean-C. quand il émerge de ses Tintin.

– Ni qu'il fallait des pantalons longs pour préparer un contrôle, a ajouté maman avec un petit sourire en coin.

– Euh... *Amo, amas, amat...*, a commencé à réciter Jean-A. comme un robot dont le circuit électrique aurait été fusillé d'un seul coup. *Amabo, amabis, amabit...* Futur des verbes du premier groupe...

la soupe de poissons rouges

– Mon Jean-A., a dit maman, vous allez vraiment faire des étincelles au contrôle, ton copain et toi... Et si tu allais prendre une bonne douche pour te rafraîchir les idées ?

– Alors ? j'ai demandé à Jean-A.
– Alors quoi ?
– Raconte ! La boum !

On était étendus dans le noir, sur nos lits superposés. J'avais beau bourrer son matelas de coups de pieds, impossible de lui décrocher un mot.

– Ça va, j'ai dit. J'ai compris...
– Compris quoi ? il a fait.
– Tu es amoureux.

Cette fois, il a bondi sur son lit.

– Quoi ? Répète un peu, pour voir !
– Pas difficile à deviner, j'ai dit. Tu es amoureux.
– Pauvre banane ! il a ricané. D'abord, c'est pas vrai. Ensuite, si tu le dis aux moyens, ça va sacrément barder, je te préviens !
– C'est qui ? j'ai demandé. Une fille ?

Une famille aux petits oignons

– Non, un hamster, banane…
– Mince alors ! Et comment elle s'appelle ? Allez, je te jure que je ne dirai rien aux moyens !

Il a poussé un grand soupir.

– Pauline, il a dit finalement. C'est la sœur de Grandrégis.
– La sœur de Grandrégis ? j'ai répété. Mince alors. Et vous avez dansé tous les deux ?

Il s'est gondolé.

– Non. On a joué à la crapette.
– C'est vrai ?
– Pauvre banane de 6e ! il a soupiré. C'était une boum, je te rappelle.
– Mince alors, j'ai dit. Tu me déçois.
– C'est parce que tu es jaloux, il a fait. Avec tes oreilles décollées, jamais tu tomberas amoureux, de toute façon.
– Tu vas lui écrire des lettres, alors ? j'ai rigolé. Des petits mots doux avec des « mon amou-ou-our » ?
– Tu me prends pour une quiche ? il a riposté. D'abord, je ne suis pas amoureux. Mais si tu le répètes ou si tu lis mon courrier, je te préviens, ça va vraiment saigner.
– Parce que tu crois que tu me fais peur ? j'ai dit.
– Tu veux mes chaussettes sales dans la figure ? il a fait.
– Je ne me bats pas avec les amoureux, j'ai dit.
– Amoureux toi-même, il a lancé en enfouissant la tête sous son oreiller. Maintenant, la ferme. J'ai un contrôle de latin demain, je te rappelle…

Moi, être amoureux, ça ne risque pas de m'arriver. Les seules filles que je ne trouve pas nulles, c'est Annie et Claude dans le Club des Cinq. Annie surtout, parce que Claude est un garçon manqué. Elles, au moins, elles aiment le mystère et les enquêtes. En plus, le soir, dans la tente, c'est elles qui préparent la cuisine pour François et Mick, leurs copains du Club des Cinq, avec une seule allumette, un petit camping-gaz et une boîte de raviolis.

Rien à voir avec les vraies filles, celles qui gloussent quand on monte dans le bus et qui se parlent à l'oreille en refaisant leurs couettes. François Archampaut, mon ancien meilleur copain, dit

la soupe de poissons rouges

que c'est ça qui sera le plus dur, quand on sera agents secrets : toutes les filles nous courront après pour monter dans notre bolide décapotable équipé de super gadgets. On ne pourra jamais être tranquilles pour faire une petite partie de foot entre copains ou échanger nos vignettes Panini.

Mais bon, tous les métiers ont des inconvénients. Et comme j'ai décidé de faire écrivain, au lieu d'agent secret, de toute façon, ça n'est plus trop gênant.

Le lendemain, sur mon cahier secret, à la place de Jean-A., alias Jean-Ai-Marre, j'ai écrit : « Jean-A., alias Jean-Amoureux-de-Pauline-Grandrégis ».

Pourquoi j'aurais été jaloux, d'abord ?

Le secret de Jean-A.

Le jour où ça a failli dégénérer entre Jean-A. et moi, on était dans la colline avec Jean-C., bien décidés à mettre une bonne raclée aux Castors.

On préparait nos munitions dans la cabane quand Jean-A., brusquement, a poussé un juron étranglé.

– Jean-B., tu vas le payer cher !

– Moi ? j'ai dit. Mais de quoi tu parles ?

– Mais de ça, espèce de sale mouchard ! a explosé Jean-A.

Sur un tronc, juste au milieu de notre cabane, un cœur avait été gravé dans l'écorce. À l'intérieur, la même lame de couteau avait tracé des initiales entrelacées : « J.-A./P. »

Jean-A. et Pauline Grandrégis.

– Qu'est-ce que ça veut dire ? a demandé Jean-C. qui ne comprend jamais rien.

– T'occupe, minus, a dit Jean-A. en se jetant sur moi.

On a commencé à se rouler tous les deux dans la poussière.

– Arrête ! j'ai crié. C'est pas moi ! Je le jure sur la tête de mon *Album des jeunes* !

la soupe de poissons rouges

J'ai des défauts, comme tout le monde, mais une promesse est une promesse et je sais tenir ma langue.

– Maintenant, la terre entière va le savoir, a gémi Jean-A. quand il s'est un peu calmé.

– Savoir quoi ? a demandé Jean-C. en ouvrant des yeux ronds.

– Les Castors, j'ai dit. Il n'y a qu'eux pour avoir fait le coup.

– Mais comment ils sont au courant ? s'est étonné Jean-A. Je ne l'ai dit à personne, à part toi.

– On va le découvrir très vite, j'ai décrété. Faisons un prisonnier et on l'interrogera.

Depuis trois mois qu'on se battait avec les Castors, on n'avait jamais pu les apercevoir. Cachés lâchement derrière des arbres et des buissons, ils se contentaient de nous provoquer et de nous tirer dessus de loin avant de détaler comme des lapins.

Cette fois, on n'a pas mis longtemps à en repérer un.

– Là-bas ! a fait Jean-C. en armant son lance-pierres. Un éclaireur !

Il montrait un grand arbre touffu dont les branches retombaient jusqu'à terre. Derrière le rideau de feuilles, quelque chose venait de bouger.

– Défense de tirer, j'ai dit. On va le prendre vivant.

Profitant de l'effet de surprise, on s'est avancés avec des ruses de Sioux pour encercler la cachette. Visiblement, le Castor ne se doutait de rien. Il était seul et ça allait barder pour son matricule !

Quand on a été assez près, j'ai compté sur mes doigts et, à trois, on s'est rués à l'assaut en hurlant comme des malades.

C'est Jean-A. le premier qui s'est jeté sur le Castor. En une seconde, ça a été une sacrée empoignade. Le Castor se défendait bec et ongles, ruait, mordait, griffait, et si je n'étais pas intervenu pour les séparer, Jean-A. aurait fini en charpie.

– Tu es fait ! j'ai lancé. Inutile de résister !

Le Castor a continué à se débattre. Il n'était pas bien grand ni costaud, mais souple comme une anguille, et j'ai eu toutes les peines du monde à l'empêcher de s'échapper.

– Mince ! a dit Jean-C. C'est une fille ! On a pris une Castorette !

– Une fille ? a répété Jean-A. en remettant ses lunettes qui avaient sauté dans la bagarre.

Une famille aux petits oignons

Soudain, il est devenu blanc comme un linge.
– Pauline ? il a bégayé. Pauline ?
– Jean-A. ? a dit notre prisonnière en écho.
En fait de Castorette, elle haletait et crachait plutôt comme un chat sauvage, nous dévisageant tous les trois à travers le casque de cheveux fins qui tombaient sur son visage.
– C'est Pauline, a expliqué Jean-A. Une… euh… copine…
– Mince alors, j'ai fait. C'est ton amoureuse ?
– Sa *quoi* ? a répété Jean-C. qui ne comprend jamais rien.
Jean-A. avait du mal à reprendre ses esprits.
– Le cœur, il a bredouillé en se tournant vers la fille qui peinait à retrouver son souffle. C'est… euh… c'est toi qui l'as gravé sur l'arbre, avec nos initiales ?
– Quel cœur ? a demandé Jean-C.
Pauline a baissé les yeux. Mais elle n'a pas eu le temps de répondre : au même instant, une armée de Castors nous est tombée dessus à bras raccourcis. Ils étaient au moins dix, armés de branches et de

la soupe de poissons rouges

lassos. On a commencé à vendre chèrement notre peau, puis tout s'est accéléré brusquement.

– Hé! de la villa! a beuglé le chef en déboulant à son tour dans la bagarre. Lâchez ma sœur ou vous êtes morts!

La surprise nous a cloués sur place.

– Grandrégis?

– Les frères Jean?

La bagarre s'est arrêtée net. Heureusement, parce qu'il arrivait des Castors de partout, avec plein de petits qui tournaient autour de nous en visant les chevilles. On se serait pris une sacrée pâtée!

– Qu'est-ce que vous fabriquez avec les Castors, ta sœur et toi? a demandé Jean-A. en serrant la main de son copain.

– Ben quoi? a fait Grandrégis. C'est nous, les Castors! C'est le nom de notre résidence, là-haut.

– La résidence au-dessus de la colline? a répété Jean-A. en fronçant les sourcils. Elle s'appelle « Les Castors »?

– Ben oui! a fait Grandrégis. Là où tu es venu pour la boum…

– La boum? Mais quelle boum? a demandé Jean-C.

– T'occupe, minus, a dit Grandrégis.

– C'est pas tes oignons, a confirmé Jean-A.

– Bon, a finalement proposé Grandrégis. Venez dans notre cabane, les frères Jean. On va fumer le calumet de la paix et causer un petit coup. D'accord?

– D'accord, on a répondu tous les trois.

C'est comme ça qu'on a fait la paix avec les Castors.

Grâce à la boum de Jean-A.

La colline était bien assez grande pour nous tous. On pouvait se la partager, en voisins, même si les Castors habitaient en immeuble et nous, en villa. Et puis, qu'est-ce qui nous empêchait de nous mettre une bonne dérouillée de temps en temps, juste pour le plaisir? En souvenir du bon vieux temps?

L'embêtant, c'était pour Jean-A. Avec l'histoire du cœur gravé sur l'arbre, tous les Castors savaient maintenant que Pauline et lui étaient amoureux.

Mais quand Pauline Grandrégis a su que c'était Jean-A. qui tirait

Une famille aux petits oignons

à la carabine à patate dans les mollets, juste là où ça fait mal, elle a gratté l'écorce pour effacer le cœur et Jean-A. n'a plus jamais été invité à ses boums.

– De toute façon, a dit Jean-A. en haussant les épaules, je ne pourrai jamais tomber amoureux de quelqu'un qui écrit « Déffense d'entrée ».

– En plus, c'est une Castor, j'ai dit. Tu sais ce qu'on leur fait, aux traîtres, dans les films de James Bond ?

– Essaye un peu pour voir, il a riposté.

J'ai trouvé quand même que c'était dommage pour Jean-A. C'était pas de chance de tomber sur une Castorette. Pour une fois qu'il était amoureux…

Surtout que Pauline était plutôt jolie. Enfin, pour une fille.

La soupe de poissons rouges

Cette première année à Toulon est passée très vite.

D'abord, la famille s'est agrandie. De huit, on est passés à dix depuis l'arrivée de Batman et de Victor.

Batman, c'est le cadeau de Jean-C. pour son premier 10 sur 20 en orthographe. Pour une fois qu'il n'avait pas mis de *s* partout, papa avait voulu le féliciter, mais maman a quand même fait une drôle de tête en découvrant le minuscule museau qui dépassait de la poche de son blouson.

– Est-ce que quelqu'un pourrait m'expliquer ce que c'est que cette *chose* ? elle a demandé très calmement.

– C'est Batman, a dit fièrement Jean-C. Ma mascotte.

– Ta mascotte ? a répété maman en écarquillant les yeux.

– Il avait d'abord choisi… euh… un python, a dit papa. Mais comme il faut les nourrir avec des souris vivantes…

– Ça ne fait presque pas de saletés, a continué Jean-C. en se trémoussant parce que Batman était en train de se faufiler dans sa manche. Et puis, pourquoi il n'y aurait que Jean-E. qui aurait un animal ?

Une famille aux petits oignons

– D'abord, Zakouski et Wellington ne sont *pas* des animaux, a dit maman. Ce sont des poissons rouges.

– C'est pas un animal, un poisson rouge ? s'est étonné Jean-D. qui se mêle toujours de tout.

– Au moins, ça ne mange pas de souris vivantes, a dit maman.

– Batman non plus, a précisé Jean-C. pendant que Batman rongeait le col de son tee-shirt. Juste de la laitue bien tendre et des fanes de radis.

– Et puis, un animal permet de développer chez l'enfant le sens des responsabilités, chérie, a expliqué encore papa.

– En plus, maintenant, Jean-C. saura écrire sans fautes le nom de ses super héros dans la prochaine dictée, a dit Jean-A.

– Bon, a cédé maman. Puisque c'est un complot… Mais je vous préviens : cette… euh… *chose* ne sortira pas de sa cage. Et que je ne trouve jamais une seule petite crotte de notre ami Batman sur le tapis du salon ou ça bardera ! Suis-je assez claire ?

– Promis, maman, a dit Jean-C.

Batman, c'est un chinchilla. Une petite boule de poils à peine grande comme la main, mais Jean-C. l'a appelé Batman à cause de ses oreilles de chauve-souris. C'est un drôle de nom pour un chinchilla, alors Jean-C., pour faire plus vrai, lui fabrique une cape avec un mouchoir quand il le laisse trottiner dans sa chambre. Forcément, il s'échappe systématiquement, et comme il adore se cacher dans les cartables, tous nos cahiers d'école ont les coins grignotés comme des tranches de gruyère depuis qu'il est à la villa.

– Il n'a l'air de rien, mais il est super intelligent, a expliqué Jean-C. Quand il sera plus grand, je l'entraînerai à porter des messages secrets.

– Tu es tellement nul en orthographe que personne ne les comprendra, tes messages secrets, a ricané Jean-A.

– Tu es seulement jaloux parce que tu n'as pas de mascotte, a riposté Jean-C. en grattant le cou de Batman.

– Jaloux ? a dit Jean-A. Laisse-moi rigoler ! Moi, comme cadeau de 20 sur 20 en latin, je prendrai une mygale géante. Je l'appellerai Spider-Man et elle gobera ta mascotte tout cru comme une crotte en chocolat !

– Essaye un peu pour voir, banane, a dit Jean-C.

La soupe de poissons rouges

Depuis que Batman a mangé toutes les fleurs que papa a plantées, il n'a plus le droit d'aller dans le jardin. De toute façon, papa en avait assez de s'occuper de la pelouse et des plates-bandes. Papa adore jardiner, mais chaque fois qu'il s'y met pour se détendre après une dure semaine de travail, sa tondeuse refuse de démarrer, ses outils ont disparu et il finit le jardin tout rouge et pas détendu du tout.

Alors maintenant, on a une jardinière qui vient deux fois par semaine. Elle s'appelle Mme Bécotto. Comme c'est elle qui nous a offert Victor, maman n'a pas pu refuser.

Victor, c'est un coq nain d'à peine vingt centimètres de haut mais tellement teigneux que papa a dû mettre sur la grille de la villa une pancarte marquée « Attention, coq féroce ».

C'est surtout à cause du facteur. Dès qu'il apporte un colis ou un recommandé, Victor le poursuit dans le jardin en battant des ailes comme un malade pour lui becqueter les chaussettes. En plus, il déteste les enfants : impossible de jouer au Tour de France dans la cour sans avoir Victor aux trousses, ni de faire une partie de billes sans qu'il en gobe une ou deux.

– Chérie, a dit papa au bout d'un mois, je crois que ce coq a un grain…

– On pourrait l'appeler Joe Dalton, la terreur de l'Ouest ? a proposé Jean-C.

– Et si on le zigouillait en douce ? a suggéré Jean-A. qui en avait marre de se faire déchiqueter ses plus beaux timbres de collection.

– Je ne vois qu'une bonne sauce au vin pour l'attendrir, a décrété papa.

– Voyons, chéri ! a protesté maman.

– J'ai une idée ! s'est écrié Jean-D. Si on l'empoisonnait avec la Linzertorte de Mme Schwartzenmuche ?

– Baum, a corrigé maman.

– Je pourrais l'écraser par mégarde en sortant la voiture, a proposé papa en contemplant d'un air lugubre les revers en lambeaux de son pantalon.

– Si on le lâchait sur les Castors ? a fait Jean-C.

– Même quand on leur coupe la tête, les coqs continuent à courir, a rappelé Jean-A. C'est la prof de sciences naturelles qui l'a dit.

Une famille aux petits oignons

— Alors on est fichus, les gars, a lâché papa en tirant sur sa pipe.
— Messieurs, a dit maman qui a toujours le mot de la fin, je vous rappelle que Victor est un cadeau de notre jardinière. Tant qu'elle sera à la maison, j'ai bien peur que nous devions supporter ce monstre sur pattes…

Ça a duré jusqu'au printemps. Jusqu'au jour où Jean-D. a voulu emmener Victor en cachette à l'école pour le montrer à ses copains.

Le problème, c'est qu'à la récréation, Victor s'est échappé du cartable de Jean-C. Il a commencé par picorer toutes les craies du tableau avant de vider un encrier parce qu'il avait soif. Du moins, c'est ce qu'on a imaginé parce qu'on n'a plus jamais revu Victor. Au retour de la récréation, il n'y avait plus que les empreintes de ses pattes sur les cahiers et, près de la fenêtre entrebâillée, le foulard de la maîtresse tellement lacéré que Jean-C. a passé un sale quart d'heure dans le bureau de la directrice.

Comme punition, il a eu à conjuguer à toutes les personnes, tous les modes et tous les temps : « Je n'introduis plus subrepticement de coq de combat à l'école », et comme il devait le faire signer par les parents, ça a aussi bardé pour son matricule à la maison.

Heureusement que Jean-A. est très fort en grammaire et qu'il a pu l'aider pour les temps composés.

— Ça veut dire quoi, « subrepticement » ? a demandé Jean-C. qui est nul en vocabulaire.

— C'est un adverbe, banane, a expliqué Jean-A. en levant les yeux au ciel. Ça veut dire « bon débarras »…

— Ah bon, a fait Jean-C. Et c'est quoi, un adverbe ?

— Tais-toi et copie, a ordonné Jean-A. en lui dictant les verbes.

Sur la copie de Jean-C., ça donnait : « Que je n'introduisasse… que nous n'introduisassions… qu'ils n'introduisitèrent… »

— Ouh là ! a fait Jean-C. en tirant la langue. Tu es sûr que c'est ça ? Sinon, la maîtresse va me bananer.

— Je suis hyper balèze en imparfait du subjonctif, a affirmé Jean-A. Écoute ça : « Que je te bananasse, que tu te bananasses, qu'il te bananât, que nous te bananassîmes… »

— Mince, a dit Jean-C. avec un petit sifflement d'admiration.

La maîtresse ne devait pas connaître l'imparfait du subjonctif

La soupe de poissons rouges

parce qu'en plus, Jean-C. a eu un zéro pointé à sa punition. Mais papa et maman ne se sont pas fâchés : ils étaient trop contents d'être enfin débarrassés de Victor, le coq le plus teigneux de la galaxie.

Et puis le 24 juin est arrivé.
Le 24 juin, c'est la Saint-Jean. Notre fête nationale à nous. Une sorte de 14 Juillet des Jean.
Comme on est six, papa et maman profitent de ce jour-là pour faire un petit cadeau à tout le monde, une bonne fois pour toutes. Mais cette année, on a été super déçus quand papa et maman nous ont rassemblés au salon.
– Les enfants, a commencé papa, j'ai une grande surprise à vous annoncer…
– On va avoir un autre petit frère ? a demandé Jean-D.
– Non non, rassurez-vous, a dit papa devant notre air paniqué. Cette année, votre maman et moi avons décidé que la Saint-Jean serait une fête pas comme les autres. D'abord, Mme Bécotto nous a préparé une spécialité méditerranéenne : une bouillabaisse à sa façon.
– C'est quoi, une « bouillasse épaisse » ? a demandé Jean-D. en faisant la grimace.
– Une *bouillabaisse*, a corrigé maman. Une délicieuse soupe avec toutes sortes de poissons qu'on met très longtemps à préparer et qui coûte très cher au restaurant.
Dans le salon, c'était plutôt la soupe à la grimace, alors papa a continué :
– Cette année, nous avons aussi décidé qu'exceptionnellement il n'y aurait pas de cadeaux pour la Saint-Jean…
– Pas de cadeaux ? on s'est tous récriés. Comment ça, pas de cadeaux ?
– Pas de cadeaux *individuels*, a précisé papa. À la place, il y aura une surprise pour toute la famille. Une grosse surprise !
– Un baby-foot ? a demandé Jean-D.
– Je sais : une table de ping-pong ! a crié Jean-E.
– Des paniers de basket ! a proposé Jean-C.
Jean-A. et moi, on s'est regardés avec accablement. Tous les deux,

Une famille aux petits oignons

on déteste les cadeaux collectifs. Comme il faut qu'ils puissent plaire aux petits, c'est toujours des jeux pour les bébés. En plus, je m'étais cassé le bras une semaine plus tôt en dévalant la rue à vélo. Avec mon plâtre, je ne pourrais pas jouer au ping-pong ou au baby-foot avant au moins un mois, et j'aurais mille fois préféré le dernier Bob Morane plutôt qu'un cadeau à partager avec tout le monde.

– Mystère et boule de gomme jusqu'à ce soir, a dit papa en secouant la tête. Voici le programme des réjouissances : apéritif dans le jardin, spectacle, dîner de gala puis feu d'artifice et cadeau… Et le premier qui continue à faire la tête sera inscrit séance tenante aux scouts marins. C'est bien clair ?

Ça a été une drôle de Saint-Jean.
Comme c'était le début de l'été, on avait ressorti les chemisettes nulles de La Famille Moderne. On avait tous grandi durant l'année, alors chacun portait celle de son aîné, sauf Jean-A., bien sûr, qui en avait une neuve mais tout aussi nulle.

On a commencé par prendre l'apéritif dans le jardin et papa en a profité pour faire de nouvelles photos de groupe. Mais celles-là, il ne les a jamais collées dans un album : au moment où l'appareil s'est déclenché automatiquement, l'orage qui couvait a éclaté… Sur les photos, on nous voit courir sous la pluie battante en essayant de rentrer à l'abri les biscuits d'apéritif et la nappe en crépon avant qu'ils ne soient totalement trempés.

Ça n'a pas duré longtemps, juste une petite averse de début d'été, mais maman, qui est très organisée, a préféré qu'on reste à l'intérieur pour le spectacle.

On s'est assis tous en rond sur le tapis, nos verres de limonade à la main, et Jean-C. a commencé par des tours de prestidigitation avec la boîte de magicien qu'il avait reçue à Noël. Il s'était dessiné des moustaches avec un morceau de bouchon brûlé et avait mis la cape de sa panoplie de Thierry la Fronde. Il nous a fait le coup de la carte baladeuse, celui de la baguette qui devient molle et de la pièce invisible… À chaque fois, on poussait des « Oh ! » et des « Ah ! » de ravissement, mais en fait on connaissait tous les trucs parce qu'on avait lu en cachette la notice de sa boîte de magicien.

la soupe de poissons rouges

Quand Batman est sorti tout ébouriffé du sachet de chips, on a cru que c'était le clou du spectacle. Il y a eu un tonnerre d'applaudissements, mais c'était juste qu'il s'était échappé une nouvelle fois de sa cage pour grignoter le reste de l'apéritif.

Après, Jean-E. a zozoté une poésie qu'il avait apprise spécialement. Ça s'appelait « Doux feux de zoie de la Saint-Zean », puis Jean-D. a voulu faire un numéro de jonglage avec Jean-F., mais ça a dégénéré quand Jean-F. a expédié sa balle en plein dans l'assiette de gougères que maman venait de rapporter toutes chaudes de la cuisine. Il s'est mis à hurler si fort que Batman a détalé en couchant ses petites oreilles et on ne l'a plus revu de la soirée.

– Dire que le jour de la Saint-Jean est le plus long de l'année ! a soupiré papa en soufflant très fort pour garder son calme. La prochaine fois que nous aurons six garçons, chérie, nous les appellerons tous Agnès-Quelque-Chose…

– Mais c'est un nom de fille ! a dit maman.

– Tant pis, a expliqué papa. Comme ça, leur fête tombera le 21 décembre : c'est le jour le plus court de l'année.

L'odeur des gougères nous avait tous mis l'estomac dans les talons. Heureusement, il n'y avait plus que Jean-A. et moi à passer. On avait préparé un numéro d'imitation : je faisais James Bond et Jean-A., le docteur No, mais comme Jean-A. n'avait aucune envie de jouer le méchant ni de se donner en spectacle, personne n'a deviné qui on imitait.

Une famille aux petits oignons

– Wellington et Zakouski ? a proposé Jean-E.
– Non : Blanche-Neige et les sept nains ! a claironné Jean-D.
– Nain toi-même, a marmonné Jean-A.
– J'ai trouvé, a ricané Jean-C. : un binoclard et un petit gros qui jouent au Jokari !
– Tu veux ma main dans la figure ? j'ai dit.
– Et si on passait à table ? a suggéré maman qui a toujours de bonnes idées quand il le faut.

On est tous montés se laver les mains et Jean-A. et moi, on en a profité pour mettre une bonne peignée à Jean-C. dans la salle de bains.

– De la part du binoclard ! a fait Jean-A.
– De la part du petit gros ! j'ai renchéri. D'abord, ils étaient nuls, tes tours de magie.
– Répète un peu pour voir ? a dit Jean-C.

Mais le dîner de fête était servi et on a dû filer dans la salle à manger.

À la maison, personne n'aime la soupe. Surtout la soupe de bœuf instantanée avec les yeux de gras qui flottent à la surface. Quand maman a servi la bouillabaisse de Mme Bécotto, il y a eu un grand bruit de déglutition générale. On aurait dit une espèce de bouillon jaunâtre dans lequel flottaient des trucs, ventre en l'air comme les poissons crevés dans la rade de Toulon…

– Un tout petit peu, a essayé Jean-A. en prenant un air souffreteux. Je ne sais pas ce que j'ai ce soir, mais je n'ai pas une grosse faim…
– Taratata, a fait maman. C'est très bon pour ce que tu as. C'est plein de phosphore et excellent pour la vue.

On s'est tous regardés en faisant la grimace. À part papa qui se léchait les babines d'avance, on aurait volontiers échangé notre assiette contre une spécialité alsacienne de Mme Schwartzenbaum.

– Cessez de vous boucher le nez, les enfants, a ordonné maman. Ce n'est pas très gentil pour cette brave jardinière. Et puis il faut apprendre à goûter à tout. Surtout aux spécialités locales.
– Moi, a dit papa en nouant une serviette autour de son cou, j'adore la bouillabaisse. J'en mangerais sur la tête d'un pouilleux !

La soupe de poissons rouges

– Chéri, a protesté maman, je ne suis pas sûre que ce soit très tentant, présenté comme ça…

Le pire, c'est quand papa a demandé qui voulait de la rouille avec sa soupe.

– De la rouille de bateau ? on s'est écriés, n'en croyant pas nos oreilles.

– Mais non, a ri papa. C'est le nom d'une sauce.

– Pour faire une bouillabaisse, il faut toutes sortes de poissons, a expliqué maman qui est très forte comme cuisinière. Des poissons de roche, de la queue de congre, de la murène, du crabe, des cigales de mer…

– Des cigales ? a répété Jean-C.

– De la queue de congre ? a fait Jean-D. en écho.

– Plus jamais je n'irai à la pêche, a gémi Jean-A.

– Et *ça* ? a fait Jean-D. en montrant quelque chose qui nageait dans son assiette. C'est quelle espèce de cadavre ?

– Du poisson rouge ? a demandé Jean-C.

C'est alors que Jean-E. est devenu tout blanc.

– C'est Zakouski ! il a zozoté. Ze le reconnais !

Aussitôt, Jean-A. a recraché la bouchée qu'il mâchouillait du bout des dents. Et si Mme Bécotto, pour se venger de la disparition de Victor, avait transformé Wellington et Zakouski en soupe de poissons rouges ?

En un instant, on avait tous quitté la table, Jean-E. en tête. Mais dans la chambre des petits, plus d'aquarium. On a eu beau la mettre sens dessus dessous, les poissons rouges de Jean-E. avaient vraiment disparu.

– On les a manzés ! sanglotait-il.

– Bien sûr que non, a tenté de le consoler papa, mais la soupe dont il s'était gavé avait l'air de lui rester sur l'estomac maintenant.

C'est Jean-A. qui a retrouvé l'aquarium à la cuisine. Vide et posé tête en bas à sécher sur l'égouttoir…

– C'est sûr, maintenant, a fait Jean-C. La jardinière a cuisiné tes poissons rouges.

– Ze vais le dire à papy Zean ! répétait Jean-E. en larmes.

– Pas de panique, a dit maman. Il doit bien y avoir une explication.

Une famille aux petits oignons

Il nous a fallu une bonne demi-heure pour retrouver Wellington et Zakouski.

Sains et saufs, heureusement.

Ils tournaient en rond dans un gros bocal à confiture que maman garde au garage… Mme Bécotto avait dû les y mettre le temps de laver leur aquarium et les oublier ensuite. Ouf! Mais à nous voir tous les huit massés autour du bocal et poussant des cris de soulagement, ils ont dû nous prendre pour des fous échappés de l'asile!

– Tout est bien qui finit bien, mon Jean-E., a conclu papa. Tu vois, tu t'es inquiété pour rien.

On a remis Wellington et Zakouski dans leur aquarium et Jean-E. l'a posé sur une chaise à côté de lui, histoire de ne plus les perdre de vue de toute la soirée.

Avec tout ça, la bouillabaisse était froide. Mais de toute façon, on n'y aurait touché pour rien au monde. Même papa.

Par chance, il restait des gougères et maman avait préparé pour le dessert une énorme jatte de mousse au chocolat.

– Et si on passait au cadeau? a proposé papa quand on a eu fini de débarrasser la table.

Pour une fois, personne ne s'était disputé pour échapper à la corvée. Toutes ces émotions nous avaient presque fait oublier la Saint-Jean et la surprise de papa et maman.

– Maintenant, a dit maman, tous au salon et défense de regarder.

– De toute façon, a grommelé Jean-A. tandis qu'ils disparaissaient tous les deux dans le petit cagibi, je suis sûr que c'est un jeu éducatif nul.

– Ça a l'air gros, a remarqué Jean-C. en jetant un coup d'œil par la porte entrebâillée. Je suis sûr que c'est une table de ping-pong pliante.

– Peut-être un aquarium zéant pour Wellington et Zakouski, a zozoté Jean-E.

– Fermez les yeux! a crié papa. Le premier qui triche filera séance tenante aux scouts marins!

On s'est tous mis la tête dans les mains pendant qu'ils déballaient le cadeau collectif. Papa est très fort de ses dix doigts, mais on l'entendait qui n'arrêtait pas de souffler et de jurer:

– Si je tenais le fichu marchand qui a fait ce paquet…

la soupe de poissons rouges

On n'en a pas cru nos yeux quand on les a rouverts.

Le cadeau de notre première Saint-Jean à Toulon, ce n'était pas un jeu éducatif nul, ni une table de ping-pong pliante, ni un baby-foot, ni un aquarium géant, mais…

– Une télé ? a bégayé Jean-A.

– Une télé ! on a répété avec incrédulité.

– Et en couleurs, a précisé fièrement papa en tripotant l'antenne. Enfin, si elle veut bien marcher…

– Peut-être vaut-il mieux la brancher, chéri, a suggéré maman.

On s'est tous mis à sauter et à danser sur le tapis du salon comme des malades en criant :

– Une télé couleur ! Merci, papa ! Merci, maman ! Vive les cadeaux collectifs !

– On va pouvoir regarder *Zorro* ? a bredouillé Jean-A. comme s'il n'arrivait pas encore à y croire vraiment.

– Et *Intervilles* ? a fait Jean-C.

– Et *La Piste aux étoiles* ? a dit Jean-D.

– Et Zébulon et Le *Manèze ençanté* ? a zozoté Jean-E.

– Et Josh Randall ? j'ai demandé.

– Oui, mais seulement les soirs où vous n'aurez pas classe le lendemain, a précisé maman, toujours pratique.

– Et puis plein d'émissions éducatives tout à fait passionnantes, a ajouté papa avec enthousiasme. *Dimanche chrétien, La Vie des plantes, L'Histoire de la marine française*…

– Et les matches de foot ? a coupé Jean-A.

– « Que je regardasse la télé », a commencé à réciter Jean-C. « Que tu regardasses la télé »…

– Mais attention, a précisé papa. Que vous l'allumassiez sans notre permission et ça bardera pour vos matricules !

– Qu'ils fassent quoi, chéri ? a demandé maman.

– Qu'ils l'allumassent, a répondu papa. C'est de l'imparfait du subjonctif.

– Ah bon, a fait maman. Et si on tirait le feu d'artifice, maintenant ?

Ça a été une super fête de la Saint-Jean.

D'accord, les fusées du feu d'artifice étaient mouillées, à cause de

Une famille aux petits oignons

l'averse qui était tombée. Elles faisaient de petits pschitt !, s'éteignaient dans une gerbe d'étincelles ou filaient au contraire à ras du sol en visant les mollets, mais on a quand même eu droit au bouquet final : un grand boum qui a illuminé tout le jardin et a failli mettre le feu aux cyprès de la haie !

– Ça va, chéri ? a demandé maman quand la fumée s'est dissipée. Tu n'as rien ?

Papa était à peu près aussi noir que quand il avait essayé d'allumer le barbecue la première fois.

– Plus de peur que de mal, il a dit. Mais si je tenais le fichu marchand qui m'a vendu ces fusées qui ne veulent pas prendre...

Heureusement que Mme Schwartzenbaum est sourde comme un pot. Le bouquet final avait raté de peu le toit de sa maison.

Plus tard, quand on a été couchés, Jean-A. a dit :

– Tu sais quoi ? Si on allait dormir au salon ?

– Si on se fait prendre par papa, ça va sacrément barder, j'ai dit en sautant à mon tour de mon lit.

Mais on n'était pas les seuls à avoir eu cette idée-là. Les moyens avaient déjà installé leur campement sur le tapis et les petits, en pyjama, s'étaient fait un tipi dans le canapé avec un drap de lit.

– Qu'est-ce que vous faites là, les minus ? a demandé Jean-A.

– La même chose que vous, banane, a rétorqué Jean-C. en montrant son pistolet à flèches. On surveille la télé.

– C'est vrai, j'ai fait. Pour une fois qu'on a une télé, pas question qu'un voleur la prenne !

– Tu crois qu'elle marce touzours ? a zozoté Jean-E.

– On n'a qu'à l'allumer pour vérifier, a proposé Jean-D.

– D'accord, a dit Jean-A. Mais juste pour vérifier.

On chuchotait pour ne pas réveiller papa et maman. On s'est assis tous en rond sur le tapis du salon, autour du poste qui marchait dans l'obscurité et jetait de drôles de lueurs sur les murs.

– Un western, a murmuré Jean-A. avec un frisson de plaisir. J'adore !

Le film avait dû commencer depuis longtemps. Il y avait des Indiens qui attaquaient une diligence, des bagarres dans un saloon,

des poursuites à cheval, alors on a laissé la télé allumée, juste pour vérifier qu'on avait bien vérifié.

De toute façon, comme on avait coupé le son, ce n'est pas comme si on avait vraiment regardé la télé en cachette.

On était bien, tous les six, dans le salon silencieux. Sur mes genoux, Jean-F. suçait son pouce, Jean-E. serrait dans ses bras son bocal de poissons rouges et même Batman, sur l'épaule de Jean-C., fixait l'écran comme s'il avait été hypnotisé par un serpent.

– J'ai trouvé des provisions, les gars, a dit Jean-A.

– Chouette! a dit Jean-D. Des cacahuètes et de la mousse au chocolat!

– On va se faire un plateau télé, j'ai proposé en rapportant un reste de limonade et des gobelets en carton.

Une famille aux petits oignons

– J'ai des réglisses, a dit Jean-C. en tirant un paquet de la poche de son pyjama. Je les gardais pour une grande occasion.

– Aboule ! a lancé Jean-A. Tu parles d'une occasion !

– Personne ne veut de la soupe froide de poissons rouges ? a demandé Jean-D. Même pas une petite louchette ?

Et on s'est tous mis à rigoler comme des bananes tandis que les cow-boys se canardaient sur l'écran à coups de revolver et de carabine à répétition.

– À propos, a dit Jean-A. Bonne fête, les Jean ! Même si on doit tous être expédiés aux scouts marins, c'est la meilleure Saint-Jean de toute ma vie !

– Et nous donc ! on a fait tous en chœur. Bonne fête, les gars !

Des vacances en chocolat

La grande nouvelle de papa

Un soir, vers la fin du mois de juin, papa est rentré plus tôt du travail. À la façon dont il a grimpé les marches de la villa en sifflotant joyeusement, le nœud papillon en bataille, on a compris qu'il manigançait quelque chose.

– Mes Jean, il a lancé, tous au jardin pour un apéritif surprise. Cacahuètes, bonne humeur et boissons gazeuses à volonté !

– Çouette ! a zozoté Jean-E. Ze pourrai boire autant de Sweppes que ze voudrai ?

– Euh… exceptionnellement, a corrigé maman qui déteste les surprises. Et à condition de ne pas te ballonner l'estomac…

– Chérie, a rétorqué papa, à soirée exceptionnelle, réjouissances exceptionnelles ! Tiens, je crois même que je prendrai un petit whisky. Exceptionnellement, bien sûr…

On s'est tous regardés avec inquiétude. Quand papa est gai comme un pinson, ça ne présage rien de bon. Papa est très fort comme médecin. Mais je ne sais pas pourquoi, ses idées géniales tournent toujours à la catastrophe. Même un apéritif en famille, à la veille des vacances d'été.

Une famille aux petits oignons

– Et puis, a ajouté papa, si tout le monde est bien sage, j'aurai une surprise à vous annoncer… (Il a agité d'un air malicieux l'enveloppe qui dépassait de la poche de son veston.) Tu ne devines pas, chérie ?

– À part ballonner tout le monde avec des boissons gazeuses, a dit maman en ouvrant des yeux ronds, je ne vois pas du tout ce que tu…

– Vous nous avez commandé une petite sœur à La Famille Moderne ? a suggéré Jean-C.

– On va redéménazer ? a zozoté Jean-E.

– Je sais ! s'est écrié Jean-D. Un chien ! On va avoir un chien !

Papa a secoué la tête et rempoché son enveloppe mystérieuse.

– Vous ne saurez rien. Secret défense jusqu'à l'apéritif…

Maman, qui est très organisée, a repris la direction des opérations.

– Si vous avez cru une minute pouvoir en profiter pour échapper à la douche, les garçons, c'est raté. Tout le monde passe d'abord par la case décrassage.

– Et sans dispute, a prévenu papa. Sinon, apéritif surprise ou pas, ça va barder pour vos matricules.

– Dern' ! a fait Jean-C. quand on s'est retrouvés tous les cinq dans la salle de bains.

Des vacances en chocolat

– Non, c'est moi ! a dit Jean-D.
– Les grands d'abord, j'ai dit. Pas question qu'on s'essuie dans vos serviettes trempées.
– Moi, de toute façon, a ricané Jean-A., ça fait treize ans que j'ai pas pris de douche. C'est pas des bananes comme vous qui vont m'y obliger.
– Je n'aimerais pas être à la place de tes vieilles chaussettes, a remarqué Jean-C. en se pinçant les narines.
– Tu en veux une dans la figure ? a riposté Jean-A.
– Si on faisait une bataille d'eau ? a proposé Jean-D.
– D'accord, j'ai dit. Mais on mouille pas les montres ou ça va saigner.
– Plus z'un zeste ou ze tire ! a zozoté Jean-E. en braquant sur nous la pomme de douche.

Alors forcément, ça a dégénéré. On a commencé à remplir d'eau des flacons vides pour s'arroser jusqu'à ce que papa intervienne. Heureusement que Jean-F. est trop petit pour s'en mêler lui aussi, sinon on aurait pu dire adieu à la soirée apéritif surprise !

Vivre dans une famille de six garçons, ce n'est pas facile tous les jours.

Il faut toujours tout partager : la salle de bains, les jeux, les bons desserts, les vêtements trop petits et même, chez nous, ce qu'on a de plus personnel normalement – son propre prénom. Parce que, en plus d'être six, on s'appelle tous Jean-Quelque-Chose. Une autre idée géniale de papa, comme celle de nous classer par ordre alphabétique, comme dans un répertoire téléphonique...

Jean-A., surnommé Jean-Ai-Marre, c'est l'aîné. Il passe sa vie à râler et à vouloir être le chef. Comme il a dansé avec une fille, une fois, à une boum, il nous prend tous pour des débiles. Moi, c'est Jean-B., surnommé Jean-Bon parce que je suis le plus costaud de la famille. Jean-A. dit : le plus gros, mais avec ses muscles de crevette, il peut toujours parler... Comme on est les grands, Jean-A. et moi, on a un peu plus d'argent de poche que les autres, mais c'est aussi toujours sur nous que ça retombe en cas de bêtise.

En dessous, il y a les moyens : Jean-C., alias Jean-C-Rien, l'étourdi

Une famille aux petits oignons

de la famille, et Jean-D., appelé Jean-Dégâts à cause de son habileté légendaire. À eux deux, ils font vraiment la paire. Leur chambre est tellement en désordre qu'il faut envoyer une équipe de spéléos professionnels chaque fois qu'on veut y retrouver quelque chose.

Pour finir, il y a les petits. Jean-E., alias Zean-Euh parce qu'il a un cheveu sur la langue, et le bébé Jean-F., appelé Jean-Fracas, qui casse les oreilles de tout le monde dès qu'il n'est pas content.

Ajoutez à cela Wellington et Zakouski, les poissons rouges de Jean-E., Batman, le chinchilla de Jean-C., et vous aurez la famille des Jean au complet, rassemblée ce soir-là dans le jardin de notre villa de Toulon pour l'apéritif surprise de papa.

Pendant qu'on laissait couler la douche pour faire croire qu'on se lavait, maman avait préparé une table de fête. Il y avait des petites gougères (mon plat préféré), des canapés au saumon et à la crème d'anchois (beurk), une jatte de fromage blanc aux herbes pour y tremper des crudités (le plat préféré de Batman et de maman) et puis, bien sûr, plein de biscuits d'apéritif et de cacahuètes avec lesquelles Jean-C. et Jean-D. ont commencé aussitôt à se bombarder.

Papa s'était servi un petit whisky et il était de super humeur. Il ne s'est même pas fâché quand Jean-A., à force de se ballonner l'estomac avec des boissons gazeuses, s'est mis à roter sans pouvoir s'arrêter. Ni même quand il a trempé par distraction une branche de céleri dans l'aquarium de Wellington et Zakouski que Jean-E. avait posé sur la table pour qu'ils profitent aussi de la fête…

– Je crois que je vais très vite avoir besoin d'un autre petit verre, il a seulement dit avec un drôle de rire.

– Est-ce bien raisonnable, chéri ? a demandé maman.

Mais c'est surtout Jean-F. qui a mis de l'ambiance. Depuis qu'il sait marcher, il trottine partout, les mains en l'air comme un hors-la-loi en état d'arrestation et poussant des cris stridents dès qu'on veut lui interdire quelque chose. Pour avoir la paix, Jean-C. lui avait laissé son Jokari, vu qu'il ne sait pas encore y jouer. Mais Jean-F. apprend très vite : il a levé la raquette et, pan !, a propulsé la petite balle de mousse en plein dans le verre que papa venait de se resservir…

Des vacances en chocolat

On s'est tous mis à rigoler comme des baleines. Sauf papa, bien sûr, qui commençait un peu à perdre son sens de l'humour.

– Chérie, est-ce qu'il ne serait pas temps de coucher ce… cet… enfin ce…

– Cet enfant ? a suggéré obligeamment maman. Tu oublies ta grande nouvelle, chéri. Jean-F. a bien le droit de l'entendre, lui aussi, tu ne crois pas ?

– Oui, la grande nouvelle ! La grande nouvelle ! on a scandé en chœur.

– La prochaine fois que je rentre tôt, chérie, a dit papa, rappelle-moi que j'ai oublié de faire quelque chose d'urgent au travail…

Il s'est quand même resservi un petit verre, juste pour s'éclaircir la gorge, non sans avoir vérifié d'abord que Jean-F. était bien neutralisé.

– Eh bien voilà…, il a commencé tandis qu'on faisait cercle autour de lui.

– Stop ! l'a interrompu Jean-D., si brusquement que Batman, en équilibre sur l'épaule de Jean-C., a failli faire le grand plongeon dans la jatte de fromage blanc.

– Quoi encore ? a fait papa. Un tremblement de terre ? Une météorite ? Une épidémie de peste foudroyante ?

– Où est passé Jean-A. ?

Il avait raison. Plus de Jean-A. Et à bien y repenser, ça faisait quelques minutes qu'on n'avait plus entendu roter.

Depuis qu'il est en 4e, Jean-A. se prend pour un jeune à la mode. Il passe des heures à se regarder dans la glace et dépense tout son argent de poche en disques 45 tours… Là, Monsieur Jean-A. était rentré dans la maison sans que personne s'en aperçoive, avait allumé la télé et il se trémoussait comme un malade devant une émission de variétés !

Le sang de papa n'a fait qu'un tour. Poussant une sorte de mugissement, il s'est rué à l'intérieur, a pêché Jean-A. par le fond de son pantalon et l'a ramené *manu militari* au jardin.

C'est alors que quelque chose est tombé de la poche de Jean-A. Il a voulu le ramasser très vite, mais papa a été plus rapide que lui.

– Peux-tu m'expliquer ce que c'est que ça ? a demandé papa d'une voix glaciale.

Une famille aux petits oignons

— Un paquet de… euh… cigarettes, a fait Jean-A. de son air le plus innocent. Pourquoi ?

— POURQUOI ? a répété papa. Je te prends la main dans le sac, ou plutôt dans le paquet, et tu demandes POURQUOI ?

À son ton, on a vite compris que ça allait salement barder pour le matricule de Jean-A. Sauf Jean-C., naturellement, qui ne comprend jamais rien.

— Des Bastos sans filtre ! il s'est exclamé. Mes préférées !

— Parce que toi aussi ? a hurlé papa.

— Chéri, si nous prenions les choses avec calme ? a suggéré maman.

— Avec CALME ? a répété papa. Alors que nos fils fument des cigarettes, dansent le jerk et se bourrent de boissons gazeuses ?

Papa, lui, ne fume que la pipe. Sauf quand il est très énervé. Et là, il l'était vraiment.

— Confisqué, il a dit en piochant rageusement une cigarette dans le paquet de Jean-A.

Au contact de la flamme, la cigarette a grésillé. Papa avait beau s'époumoner, impossible de l'allumer. Le bout a commencé à ramollir, puis à fondre carrément, étoilant la chemise de papa – floc ! floc ! – de grosses gouttes noirâtres.

— Mais qu'est-ce que…

À côté du lycée, il y a une toute petite boutique qui sent la réglisse, la poussière et les fournitures de rentrée. Jean-A. et moi, on va souvent y faire un tour après la classe. C'est là qu'on achète nos copies doubles et nos cartouches neuves, qu'on lit en cachette *Zembla*, *Tartine* et *Blek le Roc*. On y trouve aussi nos bonbons favoris et un petit rayon de farces et attrapes, avec boules puantes, poil à gratter et, bien sûr…

— Des cigarettes en çocolat ! a fait Jean-E.

— Des Bastos Milk, cent pour cent chocolat au lait, a précisé Jean-C. Les meilleures.

Papa n'avait pas vraiment l'air d'apprécier. Mais devant la tête qu'il faisait, on n'a pas pu s'empêcher d'éclater tous de rire.

— Tu t'es bien fait avoir, papa, a remarqué Jean-D.

En fait, à part Jean-C., on s'était tous fait avoir.

— C'est vrai, a reconnu papa. Pardon, mon Jean-A. Je me suis emporté un peu vite.

Des vacances en chocolat

– On peut en fumer une, nous aussi ? a demandé Jean-E.
– Pas touche, a fait Jean-A. en rempochant le reste de son paquet.
– Il pourrait plus faire son malin devant les filles, j'ai ricané.
– Parce que tu crois que je m'intéresse aux filles, moi ? s'est étranglé Jean-A. Répète un peu, pour voir.

La trouille, en tout cas, lui avait passé complètement l'envie de roter. Maman est intervenue pour éviter que ça dégénère :
– Après toutes ces émotions, chéri, si tu nous expliquais enfin ta grande surprise ?
– D'accord, a fait papa. Qu'on en finisse une fois pour toutes...

C'est l'instant précis qu'a choisi Jean-F., que plus personne ne surveillait, pour déclencher l'arrosage du jardin.

Papa, afin de s'éviter cette corvée chaque soir, a eu la bonne idée d'équiper le tuyau d'un tourniquet automatique : il suffit d'ouvrir le robinet, les jets d'eau partent dans tous les sens et, en moins de temps qu'il ne faut pour le dire, la pelouse tout entière est arrosée.

Ingénieux, non ?

Heureusement qu'on avait triché tout à l'heure. Parce que là, avant d'avoir eu le temps d'intervenir, on a eu droit à une vraie douche, et tout habillés en plus...

L'apéritif dehors était fichu. Pendant qu'on rentrait en catastrophe ce qui restait à sauver, maman a trouvé plus judicieux d'aller coucher Jean-F. Tant pis s'il n'entendait pas la surprise de papa.

– Les enfants, a dit ce dernier quand on a enfin été rassemblés tous au sec sur le tapis du salon, achevons cette délicieuse soirée comme elle a commencé : dans la joie et la bonne humeur... Naturellement, il a ajouté, si l'un d'entre vous désire être expédié séance tenante chez les enfants de troupe, qu'il n'hésite pas à le faire savoir.

On a tous secoué la tête. Papa a gobé une poignée de cacahuètes toutes ramollies avant de continuer :

– Alors voilà. Cette année a été longue et difficile pour tout le monde : une nouvelle maison, de nouvelles écoles, de nouveaux amis... Chacun d'entre vous a fait beaucoup d'efforts. Pour vous en féliciter, j'ai décidé d'offrir à toute la famille de vraies vacances...

Une famille aux petits oignons

Il a sorti l'enveloppe mystérieuse de sa poche et en a tiré triomphalement un dépliant montrant une grande bâtisse blanche au milieu des pins.

– Mes Jean, il a dit, voilà l'Hôtel des Roches Rouges. Notre futur trois-étoiles, pour quinze jours en pension complète… Avec vue sur la mer, bien sûr !

Tout le monde s'est mis à crier en même temps.

– Quelle merveilleuse idée, chéri, s'est réjouie maman. Quinze jours sans faire les courses, la cuisine ni le ménage !

– Et sans mettre la table ? s'est exclamé Jean-C. qui fait toujours semblant d'oublier quand c'est son tour.

– Ze pourrai emporter mes poissons rouzes ? a zozoté Jean-E. Eux aussi, ils z'aiment les trois-z'étoiles.

– Si on réveillait Jean-F. pour le lui dire ? a proposé Jean-D.

– Surtout pas ! a dit papa.

– Vous savez quoi ? s'est écrié Jean-A. qui, pour une fois, ne râlait plus. L'hôtel est juste sur une étape du Tour de France !

– T'es sûr ? j'ai fait.

– Je connais le tracé par cœur, banane.

Des vacances en chocolat

– On pourra le voir passer ? a demandé Jean-C.
– Bien sûr, a dit papa.
Il n'était pas peu fier de sa surprise.
Je ne l'ai pas dit pour ne pas lui gâcher son plaisir. Mais avec nous six, les vacances de papa et maman risquaient bien de ressembler aux Bastos Milk de Jean-A. : pas de vraies vacances, mais plutôt des vacances en chocolat.

Les Roches Rouges

La seule fois qu'on est allés à l'hôtel en famille, c'était pour Noël, quelques années plus tôt. On avait bien rigolé. On était partis au Mont-d'Or, dans un gros chalet tout en bois, et on avait eu au moins quarante de fièvre pendant la moitié du séjour.

Cette fois, c'est dans notre 404 familiale qu'il faisait au moins quarante.

– Chéri, je crois que tu t'es trompé au dernier croisement, disait maman.

– C'est toi qui m'as dit de tourner à droite, chérie, soutenait papa, conduisant d'une main et tentant de l'autre d'empêcher Jean-F. de mâchouiller la carte routière.

J'étais sur la banquette du milieu, jouant des coudes entre Jean-C., Jean-A. et Jean-D. Jean-E., seul à l'arrière, disparaissait au milieu des bagages qui ne rentraient pas dans la malle.

– Nous n'emporterons que le strict nécessaire, avait prévenu maman qui est très organisée. Maillot, serviette de bain et deux vêtements de rechange par personne, c'est tout…

– Hourra ! avait crié Jean-D. On se lavera pas les dents de toutes les vacances !

— ... Sans oublier votre trousse de toilette, s'était dépêchée de préciser maman.
— Et nos cahiers de vacances ? avait demandé Jean-C.
— Bien sûr...
— Et mes z'affaires de coloriaze ? avait zozoté Jean-E.
— Si tu veux...
— Et les derniers Club des Cinq que m'a offerts papy Jean ? j'avais demandé.
— Si c'est un cadeau de ton grand-père...
— Je viens pas sans mon Monopoly, avait prévenu Jean-A.
— Puisque tu le demandes si gentiment...
— Et le bateau ? avait rappelé Jean-D.
Le bateau, c'est le canoë pneumatique à six places qu'a acheté papa pour la plage.
— Il a raison, chérie, il avait dit. Ce sera l'endroit idéal pour pagayer en famille, tu ne trouves pas ?
Pagayer en famille n'avait pas véritablement l'air de tenter maman, mais elle n'a pas voulu gâcher les vacances de tout le monde. Quand on est partis, la voiture était pleine comme un œuf. Le bateau, attaché sur la galerie, dépassait devant et derrière, et on

Une famille aux petits oignons

avait l'impression, au milieu des embouteillages, d'être une tribu d'Indiens descendant une rivière cachés sous un canoë renversé.

Heureusement, le voyage n'était pas long. Enfin, il n'aurait pas été long si papa n'avait pas tourné à droite au croisement. Il avait les oreilles écarlates, à cause de la chaleur sans doute, et même Jean-F. sentait qu'il valait mieux se tenir à carreau.

– C'est là ! a fait soudain papa.

Il a freiné, s'est engagé brusquement sur une petite route gardée par un écriteau indiquant :

TERRAIN MILITAIRE. ACCÈS STRICTEMENT RÉSERVÉ

Ça a jeté un froid dans la voiture. Et si papa, en fait de vacances à l'hôtel, avait mis sa grande menace à exécution et nous conduisait tous les six aux enfants de troupe ?

On a parcouru le dernier kilomètre dans un silence de mort. Papa, lui, avait subitement retrouvé sa bonne humeur.

– Alors, qui avait raison de tourner à droite au croisement, chérie ? il a demandé.

Un ultime virage et il s'est rangé sur l'arrière d'un bâtiment perdu au milieu d'immenses pins parasols.

– C'est la cazerne ? a zozoté Jean-E.

– La caserne ? a rigolé papa. Quelle idée, mon Jean-E. ! C'est un vrai hôtel, mais réservé à la Marine nationale.

– On n'est pas matelots, nous, s'est inquiété Jean-D.

– Pourquoi tu crois qu'on a emporté le bateau, banane ? a fait Jean-C.

Papa est médecin de marine. Son rêve, quand il était jeune, c'était d'embarquer sur un navire de guerre et de faire le tour du monde. Avec six garçons, il n'y aurait jamais eu de cabine assez grande, alors il a dû rester à terre. Quelquefois, j'ai l'impression que, pour avoir la paix, il disparaîtrait bien pendant des mois sous la banquise à bord d'un sous-marin atomique.

– Les familles sont tolérées, nous a rassurés papa. À condition d'avoir un comportement irréprochable, bien sûr…

– J'espère au moins qu'il y aura la télé, a bougonné Jean-A.

Des vacances en chocolat

L'Hôtel des Roches Rouges était encore plus beau que sur le dépliant de papa. Un gros bâtiment blanc sur trois étages, avec des volets et des balcons repeints à neuf, une immense salle à manger vitrée et plein de familles tolérées de la marine.

On dormait tous les six dans une seule chambre, très grande, et qui donnait sur celle de papa et maman par une porte communicante. La première nuit, ça a failli barder quand papa est entré par surprise en plein milieu d'une bataille de polochons.

– C'est ce que vous appelez lire sagement au lit? il a demandé.
– C'est les moyens qui ont commencé, j'ai dit.
– C'est les grands qui nous ont forcés, a riposté Jean-C.
– Tu vas voir quand papa sera parti, a murmuré Jean-A. en tassant discrètement la plume de son polochon pour que ça fasse plus mal.
– Et ne m'obligez pas à revenir une deuxième fois, a menacé papa.

Dès qu'il a eu refermé la porte, Jean-D. a eu une super idée.

– Et si on jouait aux pilotes de porte-avions?
– D'accord, a dit Jean-A. Mais c'est moi le chef d'escadrille.

Aussitôt dit, aussitôt fait. Chacun à son tour, dans le noir, on devait faire le tour complet de la chambre en sautant de lit en lit pendant que les autres nous canardaient. Impossible d'éviter le petit scrouitch! scrouitch! que faisaient les sommiers à ressorts. Mais ce qui a dû mettre la puce à l'oreille de papa, c'est quand Jean-C. a raté son atterrissage, touché en plein vol par une chaussette sale de Jean-A., et s'est écrasé sur le parquet comme un avion en flammes.

– Très bien, mes gaillards, a dit papa. Vous avez besoin de vous dépenser? Ça tombe bien : à partir de demain matin, réveil à huit heures pétantes pour une petite séance de remise en forme. Et pas de tire-au-flanc ou ça bardera pour vos matricules!

« Séjours et vacances sportives dans un cadre vivifiant », disait le dépliant de l'hôtel. On aurait dû se méfier : papa, qui pensait sûrement que c'était un programme obligatoire, nous a sortis du lit chaque matin à l'aube pour la séance de gymnastique.

Pendant que maman faisait tranquillement sa toilette, on se mettait en rang sur la terrasse, mains sur les hanches et jambes écartées, et il nous montrait les mouvements.

– Respirez à fond, les enfants! Une deux, une deux…

Une famille aux petits oignons

Il n'y a que les petits que ça avait l'air d'amuser de respirer à fond. Jean-A. grinçait dans sa barbe, Jean-C. dormait debout et Jean-D. s'amusait à nous filer en douce des coups de pied dans les tibias. Moi, je déteste faire de l'exercice l'estomac vide et me donner en spectacle. Vêtus tous les six des mêmes tee-shirts à rayures que maman nous avait commandés à La Famille Moderne, on aurait dit qu'on jouait dans *Les Dalton font du sport,* gesticulant en cadence sous l'œil rigolard des familles normales qui prenaient leur petit déjeuner dans la salle à manger.

– Pas question de se rendre à la plage en voiture, avait aussi décidé papa.

– On va y aller *à pied* ? avait gémi Jean-A.

– Rien de mieux qu'un peu d'exercice après une longue année de latin et de télé, avait insisté papa qui est très fort comme médecin.

Pour accéder à la plage, il fallait prendre un petit sentier étroit dégringolant à travers la pinède. Pas commode avec les sandalettes en plastique de La Famille Moderne qui donnent des ampoules. Pour descendre, ça allait encore, mais remonter à midi, en plein soleil, avec le bateau qui nous dégouline dessus, les pagaies, les bouées, les serviettes, le ballon, les pelles, les seaux et le parasol à porter… On est tous arrivés à l'hôtel au bord de l'insolation.

– C'est décidé, a haleté Jean-A. L'an prochain, j'arrête le latin. Comme ça, plus besoin de vacances vivifiantes…

– Et la télé ? j'ai demandé.

– Tu rigoles ? il a fait. Plutôt mourir !

Le moment que je préfère, dans les vacances à la mer, c'est juste après le déjeuner. Il fait trop chaud pour sortir profiter de l'air marin, alors on reste à l'intérieur, les volets à demi fermés. Jean-F. fait la sieste, comme ça on a la paix, papa et maman se retirent dans leur chambre, et nous on peut commencer nos cahiers de vacances, jouer aux 1 000 Bornes ou lire tranquillement le dernier Club des Cinq.

Ce jour-là, après notre expédition de la matinée, j'ai dû piquer du nez sur mon livre parce que, à un moment, j'ai senti qu'on me secouait.

– Réveille-toi, banane, a fait la voix de Jean-A.

Des vacances en chocolat

– Quoi ? Qu'est-ce qui se passe ? j'ai bredouillé. Dagobert a disparu ?

– Mais non, banane… C'est moi, ton grand frère chéri, a ricané Jean-A. Tout le monde dort, il a ajouté pendant que je reprenais lentement mes esprits. Si on partait explorer l'hôtel en douce ?

On a quitté la chambre sans faire de bruit. Les couloirs étaient déserts, silencieux. Dans la petite buanderie de l'étage, on a piqué des mini-savonnettes, puis on est descendus à la salle à manger. Personne. Les tables étaient déjà mises pour le dîner et j'en ai profité pour jeter un œil sur le menu.

– Mince alors ! j'ai fait. Tu devineras jamais ce qu'on aura en entrée.

– Dis toujours…

– Du singe.

– Du singe ? a répété Jean-A., incrédule. Tu me prends pour une banane ?

– Lis toi-même, j'ai dit en lui tendant le menu.

– Mince alors ! a fait Jean-A. Ils sont malades ou quoi ?

On n'a quand même pas osé entrer dans les cuisines pour vérifier. On s'est bourré les poches de tranches de pain, histoire de pouvoir sauter le dîner au cas où, et on a continué notre exploration.

Pas la peine de raser les murs ou d'éviter de faire couiner nos sandales. Tout l'hôtel semblait victime de la malédiction des sept boules de cristal : la réception était déserte et, dans le salon de lecture, un monsieur barbu dormait, bouche ouverte, un journal déplié sur les genoux.

– Tu trouves pas qu'on dirait le professeur Bergamotte ? j'ai demandé à Jean-A.

– C'est le directeur de l'hôtel, banane, il a répondu, en louchant sur les résultats de cyclisme par-dessus son épaule. J-8 avant le passage du Tour de France ! il a ajouté avec un frisson d'excitation.

Jean-A. et moi, on adore le Tour de France. Chaque année, on fait un cahier où on note la longueur des étapes, le nombre de cols, leur catégorie et le classement provisoire. On collectionne aussi les vignettes Panini des coureurs : on les achète par pochettes de cinq dans la petite boutique à côté du lycée, mais Jean-A. ne veut jamais faire des échanges quand j'ai des doubles, juste pour être le premier à finir de remplir son album.

Une famille aux petits oignons

On a commencé une partie d'échecs dans le salon de lecture mais, avec le monsieur barbu qui dormait, on avait l'impression de jouer à côté d'un mort, alors on a filé au salon de télé. Vide, lui aussi. Ça tombait bien parce que c'était juste l'heure de *Flipper le dauphin*, notre feuilleton préféré.

Mais rien à faire : le poste de télé était enfermé dans une armoire. On a essayé de forcer la serrure avec un trombone, mais il n'y a que dans les Langelot et la série des Trois jeunes détectives d'Alfred Hitchcock que ça marche, alors on est remontés dans notre chambre avant que les autres soient réveillés et découvrent notre absence.

Au passage, on a quand même remis dans la buanderie les mini-savonnettes qu'on avait piquées.

– À quoi ça nous servirait puisqu'on se lave jamais ? a ricané Jean-A.

– T'as raison, j'ai ricané à mon tour. Autant laisser ça aux maniaques de la douche.

Pour finir l'après-midi, papa a organisé un tournoi de pétanque. Jean-D. n'arrêtait pas de râler parce qu'il avait des boules en plastique, comme les petits, et papa passait son temps à rattraper Jean-F. qui courait derrière le cochonnet et se mettait à hurler dès qu'on voulait le lui reprendre.

– Tu es sûr que tu ne veux pas que je le prenne avec moi, chéri ? a demandé maman qui lisait tranquillement sur le balcon de leur chambre.

– Mais non, chérie, a dit papa. Pour une fois qu'on s'amuse entre hommes…

Je faisais équipe avec Jean-A., mais c'était pas drôle parce que Jean-A. voulait toujours tirer au lieu de placer ses boules.

– Regarde, il a fait. Je vais faire un carreau.

– Arrête, j'ai dit. Tu tires comme une savate ! À cause de toi, on va perdre la partie…

– Savate toi-même, il a dit avant de dégommer avec sa boule un pot de bégonia de l'hôtel.

Quand Jean-C. a fait tomber les siennes sur le pied de Jean-D., papa n'a plus eu l'air d'avoir envie de s'amuser entre hommes. Heureusement, c'était presque l'heure de dîner. Le temps de se laver les

Des vacances en chocolat

mains, de se donner un petit coup de peigne et on est descendus à la salle à manger.

Comme c'est un hôtel de la marine, papa appelle la salle à manger « le mess » et il met toujours une cravate pour dîner. « Je compte sur vous pour bien vous tenir, les enfants, prévient-il avant chaque repas. Sinon, je vous rappelle qu'il existe une excellente pension pour les enfants de troupe... »

– Eh bien, il a dit joyeusement ce soir-là. Qu'y a-t-il de bon ? J'ai une faim de loup !

La partie de boules nous avait tous creusés.

– Quelle gentille famille vous avez là ! a dit le serveur d'un air attendri. Ce soir, en entrée, le chef vous propose : singe ou petite soupe de légumes...

– Du singe ? a répété Jean-C. avec un haut-le-cœur.

– Du sinze ? a zozoté Jean-E. On va manzer du cinpanzé ?

– Ou du ouistiti ? a fait Jean-D.

– Avec de la mayonnaise, a confirmé Jean-A. d'un air sinistre.

– Et des cornichons, j'ai dit.

– BEURK ! ont fait Jean-C., Jean-D. et Jean-E., tandis que Jean-F., sur sa chaise haute, se mettait à hurler à pleins poumons.

Toutes les tables nous regardaient et le serveur n'avait plus l'air attendri du tout. Papa a ri jaune, comme si on venait tous de faire une bonne blague pour amuser la galerie.

– Apprenez, les enfants, il a commencé, que le singe est une sorte de pâté...

– Du pâté de babouin ? a fait Jean-A. en devenant aussi vert que la nappe.

– Ze veux pas manzer les sinzes du zoo en pâté ! a zozoté Jean-E. en se mettant à pleurnicher.

– Mais non, mon Jean-E., est intervenue maman en foudroyant papa du regard. Le singe n'a rien à voir avec du vrai singe. C'est seulement le surnom qu'on donne dans l'armée au corned-beef, une préparation de bœuf en saumure...

– C'est quoi, de la saumure ? a demandé Jean-C. à moitié rassuré.

– Une sorte de vinaigrette, a expliqué maman qui est très forte comme cuisinière.

Une famille aux petits oignons

– Du bifteck à la vinaigrette, alors ? a fait Jean-C. qui ne comprend jamais rien.

– Garçon, a dit papa au serveur, ce sera petite soupe de légumes pour tout le monde.

À part maman, on faisait tous la tête en mangeant notre entrée. Nous parce qu'on n'aime pas la soupe, et papa parce qu'il avait trempé sa cravate dans son assiette en attrapant le sel.

Par chance, après, il y avait du poulet avec des frites à volonté, et une glace à la vanille en dessert.

À la fin du dîner, papa a suggéré :

– Pendant que votre maman et moi allons prendre une infusion sur la terrasse, pourquoi ne débarrasseriez-vous pas le plancher ?

– Chéri ! l'a grondé maman.

– Euh… je voulais dire : pourquoi n'iriez-vous pas tous regarder *Intervilles* à la télévision ? s'est rattrapé papa.

– Chouette ! on a tous crié. Merci papa !

On a vite déguerpi au salon de télé avant qu'il ne change d'avis. Il y avait déjà beaucoup de monde, alors on a fini la soirée tous les six dans le même canapé, à se gondoler comme des baleines devant

Intervilles en grignotant les tranches de pain dont on s'était bourré les poches dans l'après-midi.

– Dommage que Batman soit pas là, a dit Jean-C. à un moment. Il adore *Intervilles*.

– Tu rigoles ? a fait Jean-A.

– Tu veux parier ? a dit Jean-C.

– Il préfère pas *La Vie des animaux* ? j'ai rigolé.

– Ou Bugs Bunny ? a ricané Jean-A.

– Batman est un chinchilla, a précisé Jean-C. Pas un vulgaire lapin.

– CHUT ! ont fait les familles de la marine qui regardaient *Intervilles*.

– Tu sais quoi ? j'ai murmuré à Jean-A. On est quand même mieux ici qu'au grand air, non ?

– Tu parles ! il a dit. Rien de mieux qu'une bonne soirée télé.

Et on a continué à se bidonner tous les six en espérant que papa et maman reprendraient bien une petite infusion.

Une soirée au cirque

La première semaine est passée très vite.

Papa et maman avaient eu une super idée : inscrire Jean-E. et les moyens au club Mickey de la plage. Bon débarras. Pendant qu'ils rebondissaient sur le trampoline ou faisaient des concours de châteaux de sable, Jean-A. et moi on partait pagayer avec papa.

Le canoë pneumatique, pour nous trois, était presque trop grand. Quand on était assez au large, on enlevait les gilets de sauvetage que maman nous obligeait à porter. On accrochait le bateau à une bouée, on chaussait nos palmes, puis on crachait dans nos masques, un vieux truc pour empêcher la buée de se former à l'intérieur.

– Tu veux que je bave un peu dans le tien ? ricanait Jean-A.

– Fais ça et tu es mort, je ripostais.

– Parés à plonger, les gars ? lançait papa quand on était prêts.

– Parés !

Et hop ! on se laissait tomber à l'eau à la renverse, comme de vrais nageurs de combat. Avec Jean-A., on s'était entraînés à plonger sans bouteilles. Pour ça, il faut être capable de retenir sa respiration très longtemps. Chacun à son tour, on se chronométrait dans la salle de

Des vacances en chocolat

bains avec la montre étanche de Jean-A. Moi, mon record est de deux minutes quarante. Celui de Jean-A., c'est beaucoup plus. Et encore, le jour où il l'a battu, c'est moi qui ai arrêté de chronométrer : il avait les yeux fermés, les joues gonflées comme un mérou et la main sur la bouche, soi-disant pour empêcher l'air de sortir.

– Alors ? il a demandé en haletant.

– Dix-sept minutes et vingt-trois secondes, j'ai dit.

– Pas mal, il a fait, modeste. J'ai gagné presque seize minutes sur mon record précédent !

– Tu n'es qu'un gros tricheur, j'ai dit. Tu respirais en cachette par le nez.

– Moi ? il a ricané. Répète un peu, pour voir.

– Personne ne peut s'arrêter de respirer plus d'un quart d'heure, j'ai dit.

– C'est parce que j'ai une technique spéciale, il a fait.

– Une technique ?

– J'arrête les battements de mon cœur pour économiser l'oxygène.

– Tu as appris ça dans le *Manuel des Castors Juniors* ? j'ai ricané.

– En vrai, c'est super fastoche, il a dit. Tu verras quand tu seras en 4e.

Ça marchait peut-être dans la salle de bains, mais pas dans les vraies plongées. Parce qu'à chaque fois, Jean-A. remontait au bord de l'asphyxie, les yeux hors de la tête, sans même avoir réussi à descendre jusqu'au fond.

– Mais si, j'ai touché ! il crachotait.

– Montre le sable que tu as rapporté, alors…

– C'est la faute de mon masque. Il n'arrête pas de prendre l'eau et ça m'oblige à remonter.

– Je te prête le mien si tu veux. Mais je te préviens : j'ai sacrément craché dedans !

L'eau était verte, tiède, avec des courants froids qui nous donnaient la chair de poule. Sur le fond, quelquefois, il y avait des étoiles de mer, on les rapportait dans un seau pour les montrer à maman et Jean-F. Mais elles n'étaient jamais aussi belles qu'à travers la vitre du masque, comme si elles avaient perdu leur éclat en remontant à la surface. D'autres fois, c'est des oursins qu'on attrapait – enfin, que papa attrapait. Ils vivent dans les trous des rochers, alors c'est difficile de

Une famille aux petits oignons

les saisir sans s'enfoncer des piquants sous la peau. Mais quand papa nous les posait délicatement dans la paume, on sentait les pointes bouger très doucement, à la façon de minuscules mandibules, comme si l'oursin cherchait à s'enfuir.

Si j'ai un conseil à donner, ne faites pas comme Jean-A. Au lieu de remettre notre pêche à l'eau, il a voulu faire sécher en cachette sous son lit une étoile de mer et un couple d'oursins violets. Mais au bout de quelques jours, ça puait jusque dans la chambre de papa et maman, tellement qu'ils ont cru qu'il y avait un cadavre de chaussette quelque part… Ils ont fouillé la chambre de fond en comble et les trésors de Jean-A. ont terminé à la poubelle.

À l'heure de la sieste, à cause de Jean-A. et de Jean-C. qui n'arrêtent pas de se disputer pour tenir la banque au Monopoly, maman a organisé une nouvelle activité. Elle a acheté une série de cartes postales et on doit, chaque jour, en écrire une à la famille pour dire combien on passe de chouettes vacances tous ensemble à l'hôtel de la marine.

Cet après-midi-là, c'était au tour des cousins Fougasse. Jean-A. a écrit en s'appliquant :

Chers cousins,
Merci pour les vieux vêtements que vous nous avez passés. Mais vous pouvez toujours vous brosser pour qu'on les mette, vos shorts pourris. À part ça, est-ce que vous avez toujours les oreilles aussi décollées que l'été dernier ? Nous, on rigole bien à la mer…

On allait tous signer la carte en se bidonnant comme des bossus quand un boucan inhabituel a éclaté dehors. Le temps qu'on se rue sur le balcon, tout l'hôtel était à la fenêtre, tiré en sursaut de la sieste et se demandant ce qui pouvait faire tout ce tintamarre.

C'était une Ami 6 publicitaire, peinte de toutes les couleurs, avec sur le toit un haut-parleur qui braillait à tue-tête. Elle a fait trois fois le tour de l'hôtel en répétant comme un disque rayé :

– CE SOIR À VINGT-DEUX HEURES, REPRÉSENTATION EXCEPTIONNELLE DU GRAND CIRQUE PIPOLO ! TARIF RÉDUIT POUR LES FAMILLES NOMBREUSES ET LES MILITAIRES !

Des vacances en chocolat

— Ça tombe bien, a remarqué Jean-A. : on est les deux. On aura double réduction.

— Un cirque ! a applaudi Jean-C. Génial !

— Avec un dompteur ? a demandé Jean-F.

— Et un mazicien ? a zozoté Jean-E. Et une ménazerie ?

Le seul cirque qu'on connaisse, c'est *La Piste aux étoiles*, à la télévision. En remontant de la plage, on avait bien remarqué quelques roulottes, installées en plein soleil dans un terrain vague. Mais de là à penser que c'était un vrai cirque, avec un vrai chapiteau, de vrais trapézistes et de vrais numéros de dressage !

— Ne nous emballons pas, a dit tout de suite papa. Je ne crois pas que ce soit une bonne idée…

— Mais pourquoi ? on a protesté.

— D'abord, le spectacle ne commence qu'à vingt-deux heures. Vous n'avez pas l'âge de veiller aussi tard.

— Mais c'est les vacances ! j'ai dit.

— Justement, a rétorqué papa. À une certaine heure, votre maman et moi avons le droit d'avoir la paix…

— Y a qu'à envoyer les petits et les moyens se coucher, a proposé Jean-A.

— Pas question de faire des préférences, a dit maman pendant que Jean-C. balançait une taloche à Jean-A.

— Alors on y va sans les petits, a suggéré Jean-D.

— Ze veux z'y aller aussi ! a bramé Jean-E. en lui filant un coup de pied.

Comme ça dégénérait, papa et maman ont mis tout le monde d'accord. Puisqu'on était incapables de passer cinq minutes sans se disputer, l'affaire était réglée : personne n'irait au cirque ! On ne le méritait vraiment pas… surtout après la carte postale qu'on avait rédigée pour ces pauvres cousins Fougasse, a ajouté maman à l'attention de Jean-A.

On a fait la tête le reste de l'après-midi.

— C'est pas juste, jurait Jean-A. Pourquoi tout le monde peut y aller et pas nous ?

— Moi, râlait Jean-D., quand je serai grand, je serai jongleur. Je passerai mes journées au cirque et personne pourra rien dire…

Une famille aux petits oignons

— Jongle avec des bananes, j'ai grogné en haussant les épaules. C'est à cause de vous qu'on peut pas y aller.

— Répète un peu, pour voir ? a fait Jean-C.

Le soir, au dîner, ça été un vrai supplice : on entendait les flonflons du cirque, au loin, apportés par le vent, et les familles autour de nous se dépêchaient de finir de manger pour ne pas rater le début de la représentation. On était tellement dégoûtés qu'on est montés se coucher juste après, sans même demander à regarder la télé.

On était allongés dans le noir depuis moins d'une demi-heure quand Jean-A. a murmuré :

— Tant pis ! Moi, j'y vais.

— Moi aussi, j'ai lancé.

En fait, on avait eu la même idée : on s'était couchés tout habillés pour ne pas perdre de temps.

— Et si on se fait prendre ? j'ai quand même demandé à Jean-A. tandis qu'on sortait à tâtons de la chambre pour ne pas réveiller les autres.

— Je dirai que c'est toi qui m'as forcé, il a fait.

On s'est faufilés hors de l'hôtel sans rencontrer âme qui vive. Dehors, la nuit était noire, un peu inquiétante. Le mistral s'était levé, faisant grincer la cime des pins. On en avait à peine pour dix minutes à pied mais, à mesure qu'on s'enfonçait dans l'obscurité du bois, on a commencé à baliser sérieusement.

— Tu entends ? a demandé Jean-A. à un moment.

— Quoi ?

— Des pas... Quelqu'un nous suit !

— T'es malade ? j'ai essayé de plaisanter. C'est juste le vent...

On s'est quand même mis à sprinter comme des dératés, poursuivis par l'impression de faire une très grosse bêtise, jusqu'à tomber enfin sur la musique et les lumières du cirque Pipolo.

— Tu es sûr que c'est là ? a fait Jean-A. hors d'haleine.

On s'était attendus à un immense chapiteau. À la place, éclairée par une guirlande électrique qui ballottait au vent, se dressait une tente un peu miteuse. À l'intérieur, ça sentait le pipi de chat. Pas de gradins ni d'orchestre comme dans *La Piste aux étoiles*. On s'est trouvé des places sur des chaises pliantes disposées en cercle. Juste

Des vacances en chocolat

à temps : il y a eu un roulement de tambour, le spectacle allait commencer.

– Je parie que ça va être les lions, a murmuré Jean-A. avec un frisson.

Je n'ai pas répondu. En retournant nos poches, on avait eu juste assez pour payer nos entrées. Comme c'était sur le pécule spécial vacances que nous avaient donné papa et maman, j'étais à la fois très excité et pas vraiment fier de moi.

Un grand type est apparu, équipé d'un fouet et d'un pantalon rouge qui pochait aux fesses.

– Le dompteur ! a triomphé Jean-A.

Sauf qu'à la place des lions, il y avait trois chiens vêtus de maillots de corps d'acrobates qui se sont mis à jouer à saute-mouton et à marcher sur les pattes arrière.

J'ai applaudi, parce que j'adore les chiens, mais j'étais quand même impatient de voir les lions. Ils devaient les garder comme clou du spectacle parce que le numéro d'après s'appelait « Les Soucoupes volantes ».

Je m'attendais à un truc avec des Martiens. En fait, c'est M. Pipolo qui est reparu et qui s'est mis à faire tourner des assiettes à café au bout d'une baguette. Il ne portait plus le pantalon poché de tout à l'heure, mais tout le monde l'a reconnu à cause de la moustache en forme de peigne qui lui pendait au nez.

Tout à coup, Jean-A. m'a filé un grand coup de coude dans les côtes.

– Regarde ! il a dit en montrant les spectateurs en face de nous.

Au premier rang, bouche ouverte et les yeux ronds comme les soucoupes de M. Pipolo, était assis Jean-C.

– Mince alors ! j'ai dit quand on a pu le rejoindre à l'entracte. Qu'est-ce que tu fais là ?

– Et vous deux ? il a riposté.

– Papa et maman vont te tuer quand ils vont savoir, a ricané Jean-A. en se frottant les mains.

– Toi aussi, je t'apprendrai, a fait Jean-C.

– Essaie un peu de cafter, pour voir, j'ai dit.

– J'ai voulu vous rattraper sur la route, mais vous couriez comme des malades, a expliqué Jean-C.

Une famille aux petits oignons

– C'est toi qui nous suivais, alors ?
– J'espère que personne ne t'a vu, s'est inquiété Jean-A.
– Tu me prends pour une banane ? a fait Jean-C. en haussant les épaules.

Comme il lui restait un peu d'argent de poche, on a acheté des cornets à l'ouvreuse, histoire que la fête soit complète.

– Mince alors ! j'ai réalisé soudain. Et si des gens de l'hôtel nous reconnaissent ?

On n'avait pas pensé à ça : avec nos oreilles décollées et nos tee-shirts à rayures de La Famille Moderne, on était aussi repérables dans la foule que le nez au milieu de la figure. Toutes les familles de la marine pourraient raconter au petit déjeuner qu'elles nous avaient vus au cirque en train de nous empiffrer de crème glacée…

– Séparons-nous, a proposé Jean-A. On se retrouvera incognito à la sortie.

Aussitôt dit, aussitôt fait. J'ai trouvé une place derrière l'un des piliers du chapiteau et la deuxième partie du spectacle a commencé.

L'ouvreuse s'était changée. Sa tenue d'écuyère la boudinait un peu et le poney qu'elle montait n'avait pas dû être brossé depuis longtemps parce qu'à chaque acrobatie, un panache de poussière montait dans la lumière du projecteur. Ce n'était pas un numéro terrible, mais bon, pas mal quand même pour une ouvreuse… Sauf qu'à la fin, le poney a eu un gros oubli sur la piste et qu'il a fallu apporter d'urgence une pelle et une balayette pour réparer les dégâts.

Après, ça a été le tour de « L'Incroyable Homme-orchestre ». Un type qui ressemblait comme deux gouttes d'eau à M. Pipolo s'est mis à jouer en même temps de l'harmonica, du tambourin et du banjo, tout en cognant avec un maillet sur la grosse caisse attachée dans son dos ! Incroyable… Le plus bizarre, c'étaient ses chaussures : du 54 de pointure au moins, qui se mettaient à klaxonner par moments, le faisant sursauter comme si on l'avait mordu au derrière.

Puis le Grand Magicien Pipolo a scié en deux l'ouvreuse-écuyère qu'il avait enfermée dans une caisse de déménagement. Il avait beau faire semblant, on savait tous qu'il y avait un truc, vu qu'ils n'étaient que deux et que c'était elle qui vendait les esquimaux. Mais quand

Des vacances en chocolat

les deux parties de la caisse se sont séparées, avec la tête d'un côté et les jambes qui gigotaient de l'autre, on n'a plus rigolé…

L'heure de la fin du spectacle approchait déjà. M. Pipolo est revenu sur la piste déguisé en Mexicain et il a demandé le silence absolu durant l'exécution du dernier numéro.

« Exécution », le mot était bien choisi. On retenait tous notre souffle quand l'ouvreuse – qui était réapparue entre-temps en un seul morceau – a pris place devant une grande cible de contreplaqué.

J'avais déjà vu un numéro comme celui-là dans *Les Sept Boules de cristal* : à un moment, Tintin retrouve au music-hall son ami le général Alcazar, devenu Ramon Zarate, qui gagne sa vie en lançant des couteaux sur un Indien en poncho rayé. Quand il se fait bander les yeux, à la fin, tout le monde croit que l'Indien va finir transpercé, mais celui-ci reste impassible, et la lame vient se ficher pile dans la cible qu'il tient sur sa poitrine.

Là, c'était moins impressionnant que dans Tintin. D'abord parce que M. Pipolo avait remis son pantalon poché et que son chapeau mexicain n'arrêtait pas de lui tomber sur les yeux. Peut-être aussi qu'il n'avait pas les bons couteaux : les siens ressemblaient à des couteaux de cuisine et avaient du mal à se planter dans la cible. Ils rebondissaient dessus avec un petit tsoing ! agaçant, ce qui faisait sursauter l'ouvreuse à chaque fois. Tout le monde poussait un cri, comme si elle avait été blessée à mort et, à la fin, quand elle est venue saluer, au lieu d'avoir sa silhouette dessinée par les couteaux sur le contreplaqué, la cible était criblée de trous comme une tranche de gouda.

– C'était génial ! a dit Jean-C. quand on s'est retrouvés dehors dans la nuit.

– Sûr, on a fait, Jean-A. et moi.

Je n'osais pas me l'avouer, mais j'étais super déçu, en fait. Je m'étais imaginé autre chose, je ne sais pas quoi. Maintenant, j'avais hâte de retrouver l'hôtel, mon lit, hâte d'oublier que j'avais, pour cette soirée, désobéi à papa et maman et claqué l'argent de poche du reste des vacances.

– Vous savez quoi ? a continué Jean-C. pendant qu'on remontait dans le noir. C'était mille fois mieux en vrai qu'à la télé.

Une famille aux petits oignons

– À la télé, au moins, a remarqué Jean-A., ça sent pas le crottin de poney…

– Moi, quand je serai grand, a fait Jean-C., je serai lanceur de couteaux.

– Au cirque Pipeau ? j'ai demandé.

– Pipeau toi-même, a dit Jean-C.

– Habile comme tu es, t'auras intérêt à lancer des couteaux à beurre, a ricané Jean-A.

– Puisque c'est comme ça, s'est vexé Jean-C., vous me devez 1,50 franc chacun pour les cornets.

– 1,50 pour une glace pourrie ? a dit Jean-A. Tu rigoles !

– Sinon, je le dis à papa et maman, a menacé Jean-C.

Il n'en a pas eu besoin.

On est rentrés dans l'hôtel en se chamaillant à mi-voix. Pas un chat dans les couloirs. Il était plus de vingt-trois heures trente, tout le monde devait dormir profondément. Enfin, presque tout le monde… Parce que quand on a ouvert la porte de la chambre en catimini, la lumière s'est allumée brusquement.

Papa et maman nous attendaient, en pyjama et chemise de nuit, bras croisés sur la poitrine et l'air pas contents du tout.

Ça allait sacrément barder pour nos matricules.

– Messieurs, a dit papa d'une voix glacée, j'attends des explications.
– Euh… C'est-à-dire… Le cirque Bidolo…, a balbutié Jean-A.
– Pardon ?
– Le cirque Pinocchio…, j'ai bredouillé.
– Comment ?
– Le cirque PiloPilo…, a mâchouillé Jean-C. à son tour.
– Eh bien ?
– C'est Jean-B. et Jean-C. qui ont voulu y aller, a expliqué Jean-A. En tant qu'aîné, j'ai cru de mon devoir de…
– Quoi ? j'ai protesté. C'est toi qui as eu l'idée en premier !
– En plus, ils m'ont forcé à leur payer des cornets ! a prétendu Jean-C. à son tour.
– SILENCE ! a ordonné papa. Puisque vous mentez comme des arracheurs de dents…
– C'est quoi, des arraceurs de dents ? a zozoté Jean-E.

C'est Jean-D. et lui (on l'a appris après) qui s'étaient réveillés et, ne nous voyant plus, avaient prévenu papa et maman. Soi-disant parce qu'ils étaient inquiets… Pour l'instant, assis dans leur lit, ils faisaient

Une famille aux petits oignons

les innocents à moitié endormis, papillotant des yeux comme si la lumière les blessait.

Ça se réglerait plus tard à coups de polochon. Ils ne perdaient rien pour attendre, foi de Jean-B. !

– Des arracheurs de dents, a commencé à expliquer maman qui ne rate jamais une occasion d'enrichir notre vocabulaire, c'est le nom qu'on donne…

– Chérie, l'a coupée papa, je ne crois pas que ce soit tout à fait le moment.

– Tu as raison, chéri, a approuvé maman.

– … Donc, a repris papa, puisque vous mentez comme des arracheurs de dents, vous serez punis tous les trois.

– S'ils sont privés de dessert, je pourrai avoir leur part ? a demandé Jean-D.

– T'auras plus de dents pour les manger, a juré Jean-A. en se frottant les poings.

– SILENCE ! a ordonné à nouveau papa. Demain, pour la peine, vous resterez consignés dans votre chambre.

– Impossible, a fait Jean-C.

Des vacances en chocolat

– Tiens donc ! a grondé papa. Et pourquoi, je te prie ?
– Parce que c'est le jour du Tour de France…
Jean-A. et moi, on a blêmi d'un seul coup.
– Le Tour de France ? j'ai répété. On est J-1 ?
– J-0 ! a corrigé Jean-A. avec accablement.
J'ai regardé ma montre : il était déjà minuit passé. Dans quelques heures, le Tour de France faisait étape en ville. Tout excités par notre envie d'aller au cirque, on l'avait oublié…
– Eh bien tant pis, a dit papa. Pas de Tour de France. Ça vous apprendra à courir les lieux de perdition.
Catastrophe ! On ne pouvait pas imaginer pire comme punition.
– C'est quoi, un lieu de perdition ? a demandé Jean-D.
– Un lieu de perdition…, a commencé maman, mais le regard que lui a lancé papa lui a fait comprendre que ce n'était pas tout à fait le moment non plus.
– Maintenant, au lit, tout le monde, a ordonné papa. Et que personne ne bronche avant demain matin ou vous aurez de mes nouvelles.

J'ai mis du temps à m'endormir cette nuit-là.
Mes oreilles bourdonnaient encore de la fanfare du cirque Pipolo, comme si l'Ami 6 et son haut-parleur avaient tourné sans fin tel un remords autour de l'hôtel.
Je m'en voulais et j'étais dégoûté, les deux ensemble… Furieux aussi qu'on se soit fait prendre. Cela faisait des semaines qu'on rêvait de cette étape du Tour de France, qu'on suivait le classement sur le journal, qu'on pariait sur qui allait gagner… Et à cause du cirque Pipolo, tout était tombé à l'eau.
J'ai dû m'endormir finalement parce que le chapiteau s'est transformé peu à peu en cirque romain. Habillé en gladiateur, je combattais un lion dans l'arène, armé seulement d'un couteau de cuisine, tandis que la foule s'égosillait. À la fin, l'empereur baissait le pouce et je mourais asphyxié sous une avalanche de chaussettes sales de Jean-A.…
Je me suis réveillé tout en sueur, avec l'impression que quelque chose de grave était arrivé.

Une famille aux petits oignons

La réalité m'a sauté brutalement au visage. On était à J-0, le jour où on allait rater le Tour de France.

Mais que se passait-il ? Les volets étaient grands ouverts, on entendait des coups de klaxons et toute la famille gesticulait en pyjama sur le balcon.

– Bonzour ! zozotait Jean-E. On vous rezoint pour le petit dézeuner !

Je me suis penché par le balcon à mon tour pour voir qui klaxonnait si joyeusement sous nos fenêtres.

C'était papy Jean et mamie Jeannette.

– Ça, pour une surprise, c'est une surprise, a marmonné papa en descendant les accueillir. Pour une fois qu'on pouvait échapper à ta mère...

– Chéri ! a protesté maman. Ils ont fait toute cette route pour nous voir.

Nous, on adore papy Jean et mamie Jeannette. Enfin, surtout papy Jean. Mamie Jeannette est super gentille mais un peu stricte. Par exemple, elle trouve les cousins Fougasse bien mieux élevés que nous parce qu'ils se lavent les mains six fois par jour et qu'ils lui envoient, à chaque Noël, le même assortiment de pâtes de fruits. Avec papy Jean, au moins, on peut rigoler : il nous appelle « le gang des oreilles décollées », nous emmène à la pêche et a toujours une histoire drôle ou un petit cadeau à tirer de sa poche quand ça va mal.

Là, ils ne pouvaient pas tomber mieux tous les deux.

– Cet endroit est charmant, a décidé mamie Jeannette pendant qu'on prenait le petit déjeuner tous les huit sur la terrasse. Comment l'avez-vous trouvé, mon gendre ?

– Par la marine, s'est rengorgé papa.

– La marine ? a remarqué mamie Jeannette. Tiens donc. Et on y tolère les enfants avec les cheveux aussi longs ? Les cousins Fougasse, eux...

– Et si vous vous occupiez plutôt de vos..., a commencé papa. Maman l'a coupé avant que ça dégénère.

– Quelle bonne idée d'être passés nous voir !

– Si ça ne t'ennuie pas, a fait papy Jean, je t'emprunte tes garçons pour la journée.

Des vacances en chocolat

On l'a tous regardé avec surprise.
– Enfin, sauf Jean-F. qui est un peu petit, il a précisé.
On ne comprenait toujours pas où il voulait en venir.
– Voilà, il a expliqué en se tournant vers nous avec l'air bien embêté. Je crains que votre grand-mère ne se passionne pas pour le cyclisme. Cela fait deux étapes du Tour qu'elle suit gentiment avec moi. Comme celle d'aujourd'hui arrive pas loin d'ici, je me demandais si ça ne vous embêterait pas de… enfin… de m'y accompagner.
– Nous ? on a fait, incrédules. Tous les cinq ?
– Sauf si ça vous ennuie, bien sûr, a ajouté papy Jean en nous faisant un clin d'œil appuyé.
– Un instant, est intervenu papa. Ces jeunes gens sont consignés pour la journée dans leurs quartiers.
– Chéri, a suggéré maman, nous pourrions peut-être reporter la punition…
– C'est J-0 ! Dis oui, papa, s'il te plaît ! on a supplié.
– Je rangerai ma chambre à fond tous les jours jusqu'à mes vingt et un ans ! a offert Jean-C.
– Je ne ferai plus jamais la tête ! a proposé Jean-A.
– Et moi, j'arrêterai de faire semblant de lire chaque fois qu'on m'appelle pour mettre la table ! j'ai promis.
– Et puis cela fera le plus grand bien à ces enfants d'être un peu repris en main, a ajouté mamie Jeannette.
– Bon, a cédé papa en poussant un gros soupir. Si tout le monde s'y met… Permission accordée, de manière tout à fait exceptionnelle.
On s'est précipités dans ses bras.
– Merci, papa ! Juré, craché : on n'ira plus jamais au cirque en cachette.
– J'y compte bien, il a fait. Recommencez et vous filerez directement aux enfants de troupe.
– Finalement, a conclu maman pendant qu'on se préparait joyeusement dans la chambre, tu dois être content de souffler un peu sans les enfants, chéri.
– Absolument, chérie, a approuvé papa d'une voix sinistre. Rien ne pouvait me faire plus plaisir que de passer la journée avec ta mère en maillot de bain…

Une famille aux petits oignons

Grâce à papy Jean, ça a été un super J-0.
– Je t'apprendrai qu'on dit pas J-0, a ricané Jean-C. quand on a grimpé dans la voiture.
– Ze sais, moi, a zozoté Jean-E. On dit le zour Zi.
– Le jour J, tu as raison, a confirmé papy Jean.
– Le jour J, ça veut dire le jour des Jean ? a demandé Jean-D.
– Non, le jour des Gifles, a fait Jean-C. en lui mettant une torgnole.
– T'es vraiment une banane en orthographe, a ricané Jean-A.
– Pourquoi ? a demandé Jean-C. Ça s'écrit pas avec un *j* ?
– Quel pipolo ! j'ai ricané à mon tour.
– Pipolo toi-même ! a riposté Jean-C.
– Prêts pour le Tour de France ? a demandé papy Jean en faisant ronfler le moteur de sa 4 L.
– Prêts ! on a tous crié.
Et on a démarré sur les chapeaux de roue pendant que, sur le perron de l'hôtel, maman, mamie Jeannette, papa et Jean-F. nous faisaient de grands au revoir.

La journée a filé comme dans un rêve.
Toute la ville était en fête, décorée de fanions et de petits drapeaux. Il y avait tellement de monde sur les trottoirs qu'il a fallu plusieurs fois rattraper Jean-C. pour éviter de le perdre. Heureusement qu'on avait tous nos tee-shirts de La Famille Moderne : ils sont nuls comme tee-shirts, mais c'est pratique dans la cohue parce qu'on les repère de loin avec leurs rayures pourries.
Plus on se rapprochait de l'arrivée, plus la foule était serrée. L'avenue du bord de mer était noire de monde, avec de la musique et des réclames déversées par les haut-parleurs. Les gens se pressaient derrière les barrières, certains avaient même apporté des tables pliantes et des chaises de pique-nique.
On a fini par se trouver une place en plein soleil, juste sous la banderole des 200 mètres.
– C'est là qu'ils vont déclencher le sprint, a pronostiqué Jean-A. Trop facile pour Eddy Merckx...
– Laisse-moi rire, j'ai fait. Poulidor va gagner les doigts dans le nez.

Des vacances en chocolat

– Pas commode pour tenir un guidon, a remarqué papy Jean.

Lui et Jean-A. sont à fond pour Eddy Merckx. Moi, mon coureur préféré, c'est Raymond Poulidor. Parce qu'il est français, d'abord, même si je ne suis pas chauvin, mais aussi parce qu'il est toujours deuxième, un peu comme moi avec Jean-A.

On a continué à se chamailler à propos de qui serait le futur vainqueur, puis papy Jean nous a acheté des hot-dogs et des frites, et on a profité que maman ne soit pas là pour se ballonner l'estomac à mort avec du Fanta citron.

– C'est quand qu'ils arrivent, les coureurs ? a commencé à s'impatienter Jean-D.

– Il faut qu'ils fassent le tour entier de la France ? a demandé Jean-E. Même en se dépêçant, ça va être long…

– Peut-être qu'ils ont tous crevé, a suggéré Jean-C. C'est super fragile, les pneus de course.

– C'est pas des pneus, j'ai dit. C'est des boyaux.

– Des vrais boyaux ? a grimacé Jean-D. Comme autour du boudin ? Ça doit sacrément glisser alors…

– Quelles bananes ! a fait Jean-A. en levant les yeux au ciel. Jamais on n'aurait dû emmener les minus.

– T'as raison, j'ai dit. Vivement la voiture-balai, qu'on en soit débarrassés…

On a bien dû poireauter trois heures au soleil. Trois heures, c'est long, même pour des fanatiques comme Jean-A. et moi.

Heureusement, il y a eu la caravane du Tour de France.

Imaginez un défilé de voitures et de camionnettes publicitaires décorées comme des chars de carnaval. On avait bien fait de se mettre au premier rang parce qu'on a eu droit à une avalanche de cadeaux : des autocollants, des casquettes de coureur, des porte-clefs, des fanions, des sacs de plage, des jeux de cartes, des journaux de sport, des ballons, et même des tee-shirts gratuits… Sauf que là, c'était la camionnette de La Famille Moderne qui les distribuait et, manque de chance, ils avaient les mêmes rayures pourries que ceux qu'on portait déjà…

Le plus veinard, ça a quand même été Jean-D. Je ne sais pas comment il l'a eu, mais il s'est retrouvé à la fin avec le vrai bidon Sonolor-

Une famille aux petits oignons

Lejeune de Lucien Van Impe, un autre des champions favoris de Jean-A. !

Jean-A. était vert de jalousie. Il a proposé de le lui échanger contre trois autocollants des charcuteries Grattons, gros et demi-gros, mais Jean-C. a dit que ça ne valait pas, alors Jean-A. a demandé de quoi il se mêlait et ça a failli dégénérer.

– Ils arrivent ! a lancé tout à coup papy Jean.

– Qui ça ? Qui ça ? a demandé Jean-C. qui ne comprend jamais rien.

On avait tous le cœur qui battait à cent à l'heure. D'après le speaker qui s'époumonait dans les haut-parleurs, l'arrivée allait être salement disputée. Pas d'échappée mais un peloton groupé qui fonçait vers la banderole à plus de soixante à l'heure !

– Allez Poupou ! j'ai crié.

– Allez Merckx ! a crié Jean-A.

La foule trépignait, poussait, hurlait. Un peu plus et on allait finir écrasés contre les barrières de sécurité… Même en se démontant le cou, on ne voyait toujours rien. Mais à mesure que la course se rapprochait, la rumeur gonflait, gonflait et vous donnait la chair de poule.

D'abord, il y a eu la patrouille de motards qui ouvrait la route. Puis les voitures des directeurs sportifs, celles des journalistes de la radio et de la télé, avec leur casque et leur micro. Le peloton n'était plus très loin.

– Allez les motards ! a crié Jean-C. qui ne comprend jamais rien.

– Allez le Maillot zaune ! a crié Jean-E.

– Allez les Jean ! a crié papy Jean.

– C'est qui, les Jean ? a demandé un monsieur à côté de nous.

– Une fameuse équipe, croyez-moi, a expliqué papy.

– Alors, allez les Jean ! a crié le monsieur à côté de nous.

En fait, les coureurs sont passés tellement vite qu'on a tout juste réussi à apercevoir le Maillot jaune au milieu du peloton.

Impossible de reconnaître Merckx ou Poulidor dans cette marée de dos ronds fonçant au coude à coude. Ni Lucien Van Impe, ni Ocana, ni De Vlaeminck… On avait beau les avoir en portrait sur les vignettes Panini, ce n'est pas pareil en vrai. Le temps de crier : « Allez Poupou ! Allez Merckx ! » et c'était déjà fini.

Des vacances en chocolat

On s'est quand même attardés pour voir arriver les derniers du classement, puis la voiture-balai. On n'avait pas patienté si longtemps pour repartir aussi sec, alors on est même restés pour regarder passer l'arroseuse municipale qui nettoyait derrière la course, au cas où des retardataires auraient été aussi lâchés par la voiture-balai.

On a quitté l'avenue bons derniers, avec nos cadeaux publicitaires plein les bras. C'est maman qui allait être contente qu'on rapporte ça dans les valises… Mais pas question de jeter quoi que ce soit : les souvenirs du Tour de France, c'est sacré. Seul Jean-A. était un peu déçu. Il espérait que les coureurs allaient se débarrasser de leur bidon pour le sprint et qu'il pourrait en récupérer un. Peut-être même celui du Maillot jaune, qui sait ? Ça aurait fait super bien sur le demi-course à sept vitesses qu'il a reçu pour son anniversaire. Tous ses copains auraient été jaloux, alors que là, à mon avis, Jean-A. pouvait toujours courir pour les épater avec ses autocollants des charcuteries Grattons.

– Au fait, a demandé Jean-C. quand on est remontés dans la 4 L de papy Jean, qui est-ce qui a gagné ?

C'était une bonne question. Dans le bruit et la cohue, on n'avait même pas entendu le speaker annoncer le vainqueur.

– Quelle équipe de bras cassés ! a rigolé papy Jean. Vos parents vont croire qu'à la place, je vous ai emmenés faire les quatre cents coups…

C'est papa qui nous a appris le nom du vainqueur de l'étape. En fait, il avait dû regretter de ne pas venir avec nous parce que, l'après-midi, à la plage, il avait faussé compagnie à mamie Jeannette pour écouter en douce l'arrivée du Tour à la radio du loueur de voiliers.

– Hourra, c'est Eddy Schmerck ! s'est écrié Jean-D.

– Merckx, banane, a corrigé Jean-A. en se rengorgeant comme si c'était lui qui avait gagné le sprint.

– Banane toi-même, a riposté Jean-D. Tu veux une beigne ?

– Une beigne de minus ? a ricané Jean-A. Laisse-moi rire. Tu peux toujours me supplier, jamais je t'échangerai ton bidon pourri contre mes autocollants…

Une famille aux petits oignons

Ce soir-là, avant de repartir, papy Jean nous a pris en photo tous les six sur le perron de l'hôtel.

Papa, qui avait l'air content d'être bientôt débarrassé de mamie Jeannette, a voulu en faire une autre, cette fois avec papy Jean. On a tous sur la tête une casquette du Tour, même Jean-F., et on lève les bras en criant : « Hourra ! » comme si on était premiers au classement par équipe.

Je l'ai collée dans mon cahier spécial Tour de France 1970. Et chaque fois que je la regarde, je me dis qu'on a beaucoup de chance d'avoir un grand-père comme lui.

Dans l'équipe des Jean, c'est lui notre Maillot jaune.

la carte postale

Les vacances aux Roches Rouges sont déjà presque terminées.

Plus que trois jours et il faudra rentrer à la maison. C'est drôle, parce qu'on a l'impression d'être arrivés hier. Alors on se dépêche d'en profiter au maximum.

Depuis J-0, Jean-A. se fait appeler Jean-Eddy.

– Comme Jean-Ai-Dit-Des-Sottises ? j'ai rigolé.

En fait, il a de la chance que son champion soit Eddy Merckx : Jean-Eddy, ça sonne vraiment mieux que Jean-Raymond, ou même que Jean-Poupou.

– Comme ça, a continué Jean-A., si je ne réussis pas dans le vélo, je pourrai toujours tenter ma chance comme chanteur yé-yé.

À la plage, impossible de lui faire enlever son tee-shirt. Pas par peur des coups de soleil – juste pour avoir un bronzage de coureur cycliste et frimer auprès de ses copains en rentrant... Jean-D. a fini par lui échanger son bidon Sonolor-Lejeune contre deux paquets de Bastos Milk et Jean-A., chaque fois qu'il y a une fille qui passe, fait semblant de boire dedans comme s'il se ravitaillait au milieu d'une échappée.

Une famille aux petits oignons

Moi, plus tard, le Tour de France, je le ferai comme directeur sportif, pas comme coureur. Au lieu de pédaler comme un malade, je suivrai toutes les étapes de montagne debout dans une voiture décapotable.

– Je croyais que tu voulais devenir agent secret, a remarqué Jean-A.

– Et alors ? j'ai dit. Je serai agent secret dans l'année et directeur sportif l'été.

– Pas mal, il a avoué. Comme ça, tu pourras graisser mon dérailleur et changer mes boyaux quand j'aurai crevé.

– Tu peux toujours compter là-dessus, j'ai ricané. Pas de tocard dans mon équipe.

– Tocard toi-même, il a fait.

– Bon d'accord, j'ai dit. Mais seulement si tu es meilleur grimpeur ou Maillot jaune.

– Pédaler pour l'équipe Jean-Bon ? il a ricané à son tour. Plutôt mourir.

Dommage que Jean-A. et moi on n'ait pas pu apporter nos demi-course. Le directeur des Roches Rouges, celui qui ressemble au professeur Bergamotte, nous a dégoté une vieille bécane de la marine, alors l'après-midi, on s'amuse à faire des contre-la-montre autour de l'hôtel. Le problème, c'est que c'est un tandem à deux places : Jean-A. veut toujours se mettre à l'arrière, comme ça il se laisse traîner en faisant semblant de pédaler et ça finit toujours mal.

Ce qui finit toujours mal, aussi, c'est Jean-C. Depuis la soirée au

Des vacances en chocolat

cirque Pipolo, il prépare son propre numéro. Papa et maman l'ont trouvé en train de cribler la porte de la chambre avec les fléchettes de l'hôtel, les yeux bandés, pendant que Jean-D. faisait la cible vivante. Ça a sacrément bardé pour son matricule ! Alors, depuis, il s'entraîne à jongler avec les boules de pétanque, celles en plastique, bien sûr.

Parmi les bonnes nouvelles, Jean-D. et Jean-E. ont fini septième au concours de châteaux de sable organisé par le club Mickey. Ils ont reçu chacun en cadeau un filet bourré d'illustrés et de jeux de plage, plus un diplôme officiel qu'ils emportent partout sous le bras tellement ils sont fiers.

Quant à Jean-F., il marche de mieux en mieux. Sa spécialité, c'est de courir pieds nus sur les serviettes que les gens ont étendues sur le sable. À l'hôtel, il veut toujours jouer au ping-pong avec nous. Mais comme sa tête arrive tout juste à hauteur de la table et qu'il n'aime que smatcher, personne ne veut faire de partie avec lui. Alors il se met à hurler, papa intervient et, puisqu'on est incapables de le laisser finir tranquillement ses mots croisés une seule fois durant ces vacances, papa prive tout le monde de ping-pong et nous envoie méditer dans notre chambre jusqu'au dîner.

Maman, qui commence à rassembler les affaires, fait une drôle de tête en voyant ce qu'il va falloir caser dans les bagages.

– Ne t'inquiète pas, chérie, l'a rassurée papa. Il suffit d'un peu d'organisation.

– C'est curieux, a dit maman. J'ai l'impression d'avoir déjà entendu cette phrase…

En tout cas, elle et papa sont drôlement bien reposés. Le dernier soir, papa nous a même offert l'apéritif sur la terrasse. Le soleil se couchait au loin sur la mer, on était rassemblés tous les huit, les cheveux encore humides de la douche et un pull sur les épaules parce qu'il faisait un peu frais… C'était magique.

– Alors, mes Jean, a fait papa en levant son verre. Vous avez aimé nos vacances ?

– C'était super ! on a crié.

– Un ban pour la marine et l'Hôtel des Roches Rouges, alors ? Hip, hip, hip…

– … Hourra !

Une famille aux petits oignons

Toutes les autres familles nous ont regardés avec inquiétude, comme si on venait de faire sauter des pétards oubliés du 14 Juillet. D'habitude, maman déteste qu'on se fasse remarquer, mais là elle s'en était donné à cœur joie, elle aussi.

– Tu crois qu'on reviendra un jour, chéri ? elle a demandé.

– Qui sait ? a dit papa d'un air mystérieux.

En fait, on n'était pas vraiment tristes de partir. Les grandes vacances commençaient à peine, avec devant nous la promesse de trois semaines à la campagne chez papy Jean et mamie Jeannette, comme l'an dernier.

– Et si on laissait un mot sur le Livre d'or de l'hôtel ? a suggéré papa.

– C'est quoi, un Livre d'or ? a demandé Jean-D.

– Une sorte d'album de souvenirs, a expliqué maman. Qui d'entre vous veut s'en charger ?

– Moi ! on a tous crié.

Il a fallu tirer au sort et c'est Jean-E. qui a gagné. Comme il ne sait pas écrire, il a dicté à Jean-C. :

L'Hôtel des Roces Rouzes, c'était zénial ! Le meilleur trois-zétoiles de la marine !

– Tu zozotes par écrit, maintenant ? a ricané Jean-A.

– Ze zozote pas, banane, s'est vexé Jean-E. C'est Zean-C. qui est nul en orthographe.

– Parés pour un repas de gala ? a demandé papa avant que ça dégénère.

– Parés ! on a répondu en bondissant de nos chaises.

On avait tous une sacrée faim. En plus, si on allait dîner trop tard, on risquait d'avoir moins de choix sur le chariot de pâtisseries.

– Une minute ! nous a rattrapés maman. Est-ce que vous n'oubliez rien ?

On ne voyait vraiment pas de quoi elle parlait.

– Vous avez une carte postale à refaire, elle a dit. Vous vous souvenez ? Celle pour vos chers cousins…

– Tu as raison, chérie, a opiné papa. Les bons souvenirs sont faits pour être partagés.

On a eu beau râler, pas moyen d'y couper. Maman a de la suite dans les idées, on n'irait pas dîner sans avoir écrit cette fichue carte.

Alors cette fois, tous les six, on s'est vraiment creusé le cigare et on a écrit :

Chers cousins Fougasse,
On voulait vous remercier pour les vieux shorts déjà portés que vous nous avez envoyés. Ils nous boudinent juste un peu parce qu'on est plus costauds que vous, mais ça va. En échange, est-ce que vous voulez nos super tee-shirts rayés de La Famille Moderne? On vous les donne avec plaisir, si maman est d'accord… À part ça, on est dans un hôtel trois étoiles avec frites à volonté. On fait du bateau, de la plongée, on va au cirque… Ah! tiens, on a aussi rencontré Eddy Merckx et Poulidor. Dommage pour vous que le Tour de France passe trop loin de votre camping surchauffé. C'est vraiment pas de chance!
On vous embrasse très sincèrement.

C'était bien assez long pour une carte postale. Surtout pour les cousins Fougasse.

Alors on a signé : Jean-A., Jean-B., Jean-C., etc., et on a filé comme des dératés vers la salle à manger en espérant qu'il resterait encore six parts de tarte aux pommes sur le chariot de pâtisseries.

la cerise sur le gâteau

Aïe aïe aïe !

On était tous assis en rond sur le tapis du salon quand papa a dit :
– Alors, mes Jean, comment s'est passée cette rentrée ?

Il faisait de petits nuages avec sa pipe, et son tabac répandait dans l'air une délicieuse odeur de cerise.

– Comment s'est passée cette quoi ? a fait Jean-C. qui ne comprend jamais rien.

J'ai ricané.

– Cette rentrée, sourdingue.
– Sourdingue toi-même ! Tu veux une tarte ?
– Une tarte de CM2 ? Essaye un peu pour voir.

Jean-D. a levé le doigt comme s'il était encore en classe.

– Moi, j'ai déjà eu un bon point ! il a claironné avec fierté. Quand j'en aurai dix, j'aurai une image, et quand j'aurai dix images…
– … Les poules auront des dents, a complété Jean-C.

Il s'est penché juste à temps pour éviter un noyau d'olive lancé par Jean-F.

Jean-F. est un vrai tireur d'élite. Comme il est trop petit pour

Une famille aux petits oignons

aller à l'école, il n'avait rien à raconter, alors il ne trouvait rien de plus malin que de nous canarder en douce avec des noyaux suçotés en répétant : « En plein dans le mille, mes gaillards ! » comme Josh Randall à la télévision quand il dégomme des bandits.

Le noyau d'olive a rebondi sur un verre avec un petit chtong, poursuivi par Batman, le chinchilla de Jean-C., qui a manqué de s'assommer sur la table basse.

– Est-ce qu'il serait possible de prendre tranquillement l'apéritif en famille sans que ce monstre… a commencé papa.

– Batman n'est pas un monstre ! s'est indigné Jean-C. C'est un spécimen très rare de chinchilla. Et puis il fait partie de la famille, lui aussi, même s'il ne s'appelle pas Jean-Batman.

– J'ai peur qu'il ne finisse en spécimen de pâté si tu ne le remets pas immédiatement dans sa cage, a précisé papa. Me suis-je bien fait comprendre ?

Depuis que Batman a dépiauté les pantoufles toutes neuves que maman a offertes à papa pour son anniversaire, papa et Batman ne sont plus très copains.

Jean-C. a blêmi avant de repêcher son chinchilla sous le canapé.

– En pâté, Batman ?

– Ton père plaisante, bien sûr, a fait maman, avant d'ajouter, histoire de détendre l'atmosphère : Qui veut des gougères ? Elles sortent juste du four.

– Moi d'abord, moi d'abord ! on a tous crié.

Mais l'image d'une terrine de charcutier d'où dépassaient les petites oreilles pointues de Batman nous avait un peu coupé l'appétit.

C'était dommage parce que maman, pour fêter la rentrée des classes, avait préparé un apéritif dînatoire. D'habitude, on adore ça. C'est comme un apéritif pique-nique, tellement copieux qu'il sert aussi de dîner. Il y a des bols de cacahuètes, du céleri au fromage blanc, de petits toasts tartinés à la Vache-Qui-Rit, des portions croustillantes de pissaladière… Bref, que des choses dont on raffole – à part le céleri, bien sûr, qui donne l'impression de mâchonner un paquet de fil dentaire.

Maman dispose les plats sur la table roulante, on s'assied en rond

autour et on a l'autorisation exceptionnelle de se gaver à volonté de chips graisseuses et de sodas chimiques.

– Et maintenant, qui me raconte sa rentrée ? a demandé papa en se resservant un doigt de whisky.

– Moi d'abord, moi d'abord ! on a tous crié en chœur.

Ça a été un vrai brouhaha.

– Moi, ma maîtresse, elle s'appelle Solanze Rouzoreilles ! a zozoté Jean-E.

– Rougeoreilles ? a rigolé Jean-D.

– Pas Rouzoreilles : Rouzoreilles avec un z, a rezozoté Jean-E.

Jean-E. a un cheveu sur la langue. Mais là, en plus, il s'était tellement bourré les joues de cacahuètes qu'on aurait dit qu'il avait une poignée de billes dans la bouche.

– Grandezoreilles ? a fait Jean-C. qui ne comprend jamais rien. C'est un lapin, ta maîtresse ?

– Pas Grandezoreilles : Rouzoreilles ! s'est énervé Jean-E. en zozotant de plus belle. Même qu'elle est très zolie et très zentille.

– Chacun à votre tour, les enfants, est intervenue maman avant que ça dégénère.

– Oui, apprenez à vous écouter, a renchéri papa. Qui commence ?

Une famille aux petits oignons

– Moi d'abord, moi d'abord ! on a tous crié en chœur.

Jean-D. et Jean-E. ont commencé à se distribuer des tartes pour parler en premier, alors papa a un peu perdu son flegme légendaire.

– Très bien, il a dit en se pinçant l'arête du nez entre deux doigts. Silence tout le monde ou je vous inscris séance tenante aux enfants de troupe pour la rentrée prochaine.

Les enfants de troupe, c'est une sorte d'école archi-sévère pour les fils de militaires. On y apprend à marcher au pas, à se réveiller au clairon dans un dortoir sans chauffage et à manger des rations de bœuf en conserve pour le petit déjeuner.

Quelquefois, je me dis que ce serait plus facile d'être pensionnaire aux enfants de troupe que de vivre dans une famille de six garçons.

Personne pour vous couper la parole ou vous dénoncer si vous ne vous lavez pas les dents le matin… Pas de petits pour se poursuivre pieds nus sur le plateau de jeu chaque fois que vous commencez un 1 000 Bornes ou un Monopoly entre grands… Pas de moyens pour vous piquer votre talkie-walkie ou faire du coloriage sur votre collection de Club des Cinq…

Les grands de la famille, c'est nous. Il y a Jean-A., l'aîné, surnommé Jean-Ai-Marre parce qu'il râle tout le temps, un peu comme Joe Dalton dans les bandes dessinées de Lucky Luke. Moi, c'est Jean-B., alias Jean-Bon à cause de mes joues rebondies. Enfin, c'est ce que disent les autres. Parfois, j'ai l'impression que c'est plutôt parce que je suis le deuxième, pris en sandwich entre Jean-A. et les moyens comme une tranche de charcuterie.

Il faut dire qu'on n'est pas gâtés avec les moyens. Il y a Jean-C., dit Jean-C-Rien parce qu'il est toujours dans la lune, et puis Jean-D., alias Jean-Dégâts, le brise-tout de la famille. À eux deux, ils font vraiment la paire. Impossible de lire tranquillement sans être attaqués à coups de sarbacane ou de pistolet à fléchettes… Leur chambre est juste à côté de la nôtre, dans notre villa de Toulon, et même maman, qui est très organisée, hésite à y entrer : elle est tellement en désordre que Jean-C. et Jean-D. se perdront peut-être un jour dans leur propre bazar. Un explorateur chevronné les

la cerise sur le gâteau

retrouvera dix mille ans plus tard, mais ça n'aura plus d'importance, j'aurai déjà quitté la maison depuis longtemps.

De l'autre côté du couloir, il y a les petits : Jean-E., alias Zean-Euh, qui a un cheveu sur la langue, et Jean-F., le petit dernier, surnommé Jean-Fracas. Quand il était bébé il pleurait toute la journée. Maintenant, c'est pire : il sait à peine parler mais il connaît par cœur les génériques de toutes nos émissions préférées. Les matins où on pourrait dormir, ça ne rate pas. Il déboule en pyjama dans notre chambre, coiffé d'un chapeau de Zorro trop grand, en hurlant à tue-tête : « Un cavalier qui surgit hors de la-a nuit / Court vers l'a-venture au galop… »

Je préférerais mille fois être réveillé par le clairon de l'École des enfants de troupe.

La menace de papa nous a quand même refroidis. Ce n'est pas tous les jours qu'on fait un apéritif dînatoire et qu'on a le droit de se ballonner l'estomac à volonté.

– Si nous écoutions d'abord les grands ? a proposé maman.

Papa a poussé un soupir résigné. Il n'avait plus l'air si content que ça d'être rentré plus tôt du travail. Il s'est tourné vers Jean-A. qui, bizarrement, n'avait pas desserré les dents depuis le début de l'apéritif.

– Alors, mon Jean-A., ta rentrée en… enfin… dans la classe supérieure… je veux dire, eh bien… dans ta nouvelle… euh…

Papa est très fort comme médecin mais il n'a pas beaucoup de mémoire. C'est peut-être la raison pour laquelle il nous a tous prénommés Jean-Quelque-Chose : pour être sûr de ne jamais se tromper quand il nous appellerait pour mettre la table ou l'aider à arroser le jardin.

– Jean-A. vient d'entrer en 3e, chéri, a observé maman avec un air de reproche.

Papa a eu un petit rire.

– En 3e ? Naturellement. C'est ce que j'allais dire, chérie.

Jean-A. a ouvert et refermé la bouche en produisant une sorte de gargouillis. On aurait dit Wellington ou Zakouski, nos poissons rouges, quand on les sort de l'eau avec une épuisette pour nettoyer leur aquarium.

Une famille aux petits oignons

D'habitude, il faut se lever de bonne heure pour en placer une avec Jean-A. Comme c'est l'aîné et qu'il fait du latin, il croit tout savoir et nous traite à tout bout de champ de Jean-Minus ou de frères bonsaïs.

Mais ce soir-là, pas un mot. Même quand Jean-C. lui avait fait sa blague favorite : se mettre une gougère dans la bouche, la ressortir toute baveuse et la replacer discrètement dans le plat pour que quelqu'un la prenne sans s'en apercevoir.

Jean-A. s'était fait avoir comme un bleu et l'avait gobée d'un coup, sans même remarquer les ricanements de triomphe de Jean-C.

Qu'est-ce qui lui arrivait ?

Durant l'été, il avait fait ce que papa et maman appellent une « poussée de croissance » : ses jambes de pantalons et ses manches avaient rétréci brusquement, et une petite ombre en forme de moustache de Zorro était apparue sur sa lèvre supérieure. Sa voix aussi était bizarre. Elle déraillait sans prévenir, sautant du grave à l'aigu comme si Titi et Gros Minet faisaient de la balançoire sur ses cordes vocales.

– Eh bien, mon Jean-A. ? a repris papa. Tu es devenu muet, tout à coup ?

Jean-A. a laissé échapper un nouveau gargouillis.

– *Iadéfidansmacla…*

– Pardon ?

– *Iadéfidansmacla*, a répété Jean-A.

– Tu es dans une 3e pour ventriloques ? a demandé papa. On vous apprend à parler sans bouger les lèvres ?

– Il a les molaires collées par un caramel mou, a suggéré Jean-D.

– C'est la gouzère baveuse de Zean-C., a zozoté Jean-E. Il arrive pas à la dizérer.

Je savais bien que ce n'était pas ça.

Jean-A. était rentré sans un mot de sa première journée de classe, les joues écarlates et les cheveux en bataille. À peine dans la chambre, il avait enlevé ses pinces à vélo, grimpé sur le lit du haut et s'était tourné vers le mur, son transistor coincé contre l'oreille.

la cerise sur le gâteau

– T'es malade ? j'avais demandé.
– …
– T'as des profs sadiques ?
– …
– T'as pas de copains ?
– …
– Bon, j'avais dit, si tu allais te faire cuire un œuf, alors ?

Moi, j'adore les rentrées scolaires : les cahiers Clairefontaine qui craquent, le cartable en cuir tout neuf qui sent l'étui de revolver, l'odeur du plastique transparent pour recouvrir les livres de classe… En même temps, c'est frustrant, parce qu'on n'a pas encore de devoirs pour étrenner ces fournitures ; alors je fais et défais mon cartable en essayant toutes les poches comme si je voulais m'entraîner avec du matériel de compétition.

Mais cette rentrée-là n'était pas une rentrée comme les autres. C'était la première qu'on faisait séparément, Jean-A. et moi.

À Cherbourg, puis à Toulon, on a toujours été dans la même école. Mais cette année, pour pouvoir continuer à faire du latin en 3e, Jean-A. avait dû changer d'établissement.

Moi, ça m'avait plu d'abord, l'idée qu'on ne soit pas ensemble. Pour une fois, j'allais pouvoir être fils unique quelque part. Mais à la première récréation, je m'étais surpris à le chercher dans la cour, étonné de ne pas le voir. Brusquement, je m'étais senti vulnérable, un peu perdu, comme si sa seule présence avait suffi à me protéger jusqu'alors.

Il n'était pas bien loin, pourtant, juste de l'autre côté du boulevard. Je pouvais même apercevoir les fenêtres de son nouveau bahut depuis celles du mien. Mais ce n'était pas pareil. J'avais l'impression qu'il était passé dans un autre monde, un peu inquiétant, et que plus jamais on ne ferait le chemin ensemble, le soir, sprintant comme des malades jusqu'à la maison sur nos vélos demi-course pour être le premier à choisir nos BN.

Maman est très organisée. Chaque année, à la rentrée, elle affiche nos emplois du temps sur la porte du réfrigérateur. Comme ça, elle sait à quelle heure chacun rentre le soir, qui a sport le lendemain

Une famille aux petits oignons

ou qui risque douze heures de colle s'il oublie encore une fois sa flûte pour le cours de musique.

– Alors, mon Jean-A., elle a dit en l'encourageant d'un sourire. Ces premières impressions de 3ᵉ ?

Jean-A. a dégluti comme s'il avait eu encore la gougère baveuse de Jean-C. coincée dans la gorge.

– Y a des filles dans ma classe, il a articulé enfin.

– Des quoi ? a demandé Jean-C.

– Des filles, banane, j'ai dit.

Jean-D. a ouvert des yeux ronds.

– Tu veux dire : des vraies filles, avec des couettes, des jupes et tout ?

Jean-A. a hoché la tête avec accablement.

– Mince alors, a fait Jean-C. en sifflant entre ses dents.

– T'es dans un lycée mixte ? j'ai dit sans y croire vraiment.

Mais la tête que faisait Jean-A. ne trompait pas.

– Mince alors, a répété Jean-C. Mon pauvre vieux...

Il lui a tapoté l'épaule avec pitié, comme s'il regrettait brusquement que la blague de la gougère baveuse soit tombée sur Jean-A. Ce n'était vraiment pas de veine : déjà que Jean-A. a des lunettes et qu'il a fait une poussée de croissance, il fallait en plus qu'il se retrouve dans un lycée mixte.

Même Batman, en entendant le mot « fille », s'était aplati dans sa cage, les oreilles rabattues sur la tête.

– Ça veut dire quoi, un lycée mixte ? a demandé Jean-D.

– Eh bien, a commencé papa en tirant sur sa pipe avec un air savant, apprenez, les enfants, que les êtres humains se divisent en deux catégories : d'un côté les garçons, de l'autre des créatures qu'on appelle les filles. Jusqu'alors, vous avez vécu éloignés de cette redoutable engeance, mais...

– Chéri, l'a interrompu maman, je me permets de te rappeler que je fais partie de cette engeance, comme tu dis.

– Quoi ? a fait Jean-D. Maman est une fille ? Première nouvelle.

– C'est quoi d'autre, alors ? a ricané Jean-C.

Jean-E. a pris la défense de Jean-D.

– Ze t'apprendrai qu'elle a des zupes mais pas de couettes.

– Toutes les filles n'ont pas de couettes, espèce de banane.

la cerise sur le gâteau

– Ze le sais, banane toi-même. Même que Solanze Rouzoreilles, elle coiffe ses ceveux en cignon, a riposté Jean-E.

– Oui mais c'est pas une fille : c'est ta maîtresse.

– Maman non plus, c'est pas une fille, ze t'apprendrai : c'est maman.

– Silence tout le monde, a dit papa qui avait l'air de regretter de s'être lancé dans cette leçon de vocabulaire. Je vous rappelle que l'École des enfants de troupe n'est pas mixte et que...

– Ce que votre père veut dire, l'a coupé maman, c'est qu'une école mixte est une école qui mélange les filles et les garçons.

– Avec un mixter ? a demandé Jean-D.

– Quelle banane ! a fait Jean-C. en levant les yeux au ciel.

– Moi, a zozoté Jean-E., z'ai pas envie qu'on me mélanze quand ze serai grand.

– Cela t'arrivera bien assez tôt, l'a rassuré papa. Et puis, avoir quelques camarades du sexe opposé ne me paraît pas si catastrophique que ça. Cela permet de... enfin... disons...

Il s'est tourné vers maman.

– Cela permet de quoi, au fait, chérie ?

– Eh bien, de... a commencé maman. De favoriser la... De vous apprendre à... À quoi au fait, chéri ?

Visiblement, ils n'avaient jamais réfléchi à la question.

– Le problème, a dit Jean-A. d'une toute petite voix, c'est qu'on n'est pas mélangés...

On s'est tous tournés vers lui.

– Je suis le seul garçon en latin, il a bredouillé.

– Tu veux dire qu'il n'y a que des Romaines avec toi ? a fait Jean-C. qui ne comprend jamais rien.

– Pas des Romaines : des filles.

– Mince alors, on a tous dit en chœur.

– Aïe aïe aïe ! a dit papa.

– Qu'est-ce qu'il y a, chéri ? a demandé maman.

Papa a mordillé sa pipe en poussant un soupir.

Il s'est resservi un doigt de whisky avant d'ajouter sombrement :

– J'ai bien peur que notre Jean-A. ne soit entré dans l'adolescence, chérie.

les filles

– Bravo, j'ai dit. Tu as salement gâché la fête.

On était allongés dans le noir, Jean-A. et moi, sur nos lits superposés, et je l'entendais qui se tournait et se retournait en soupirant au-dessus de ma tête. Je m'étais tellement ballonné l'estomac avec les boissons gazeuses de l'apéritif que je n'arrivais pas à trouver le sommeil, moi non plus.

– Pour une fois que papa était rentré exprès…

– Parce que tu crois que c'est ma faute s'il n'y a que des filles en latin ? a explosé Jean-A.

D'habitude, les soirs de championnat, il cache son petit transistor sous son oreiller, pour que papa et maman ne l'entendent pas, et on s'endort en écoutant les matches à la radio. Mais ce soir-là, il en avait trop gros sur la patate pour s'intéresser aux résultats de football.

– Ça t'apprendra à vouloir faire des langues mortes.

– Pauvre minus ! a dit Jean-A.

– Minus toi-même, j'ai riposté.

– Comme si tu savais ce que ça veut dire… C'est du latin, banane.

la cerise sur le gâteau

C'était du Jean-A. tout craché. Même quand il est en colère, il vous insulte en langue morte juste pour faire son intéressant.

– Tu veux que je monte t'apprendre le français ? j'ai dit.

– Essaye un peu pour voir.

Au même instant, des coups ont ébranlé la cloison. C'était Jean-C. et Jean-D. qui se bagarraient dans leur chambre, comme tous les soirs. En général, ça commence par une bataille de polochons, mais très vite ça dégénère, chacun cherchant à mettre ses pieds sales sur la figure de l'autre.

– Quelles bananes, ces moyens, a soupiré Jean-A.

– Tu l'as dit.

– Si je m'en mêle, ce sera un carnage.

– T'as raison, j'ai dit. Faut pas qu'ils nous cherchent ou ça va saigner.

On est restés un moment dans le noir à les écouter se bagarrer jusqu'à ce que le silence retombe. Aucun de nous deux n'avait envie de bouger. Cela faisait une éternité qu'on n'avait plus fait de bataille de pieds, Jean-A. et moi. Qu'est-ce qui nous arrivait ? Est-ce qu'on avait grandi sans s'en apercevoir ?

– Le pire, a repris Jean-A. après un moment, c'est qu'elles veulent toutes s'asseoir à côté de moi.

– Les filles de ta classe ? Tu rigoles !

– J'aimerais bien, il a soupiré. Une heure à côté d'une fille nulle en déclinaisons ! Je souhaiterais pas ça à mon pire ennemi.

– Je te plains, j'ai dit. Et elle est comment ?

– Qui ça ?

– Ben, ta voisine en latin.

– Parce que tu crois que je l'ai regardée ? a ricané Jean-A. Je suis en 3e, figure-toi : j'ai autre chose à faire que de m'occuper d'une fille qui a les cheveux bouclés et des petites fossettes sur les joues !

J'ai fermé les yeux pour essayer de m'imaginer à quoi elle pouvait ressembler, mais je n'ai réussi à voir que Jean-A., raide comme un piquet à sa table, les oreilles écarlates comme celles de Batman.

– Elle est plus jolie que Pauline Grandrégis ?

Jean-A. s'est à moitié étranglé.

– Que qui ?

— Tu sais bien : Pauline Grandrégis, ton ancienne amoureuse.

L'année d'avant, Jean-A. était allé à sa première boum mixte et il était tombé méchamment amoureux de la sœur de son meilleur copain, Pauline Grandrégis. Il aurait préféré se faire enlever une dent de sagesse plutôt que de l'avouer, mais on avait tous vu le cœur avec leurs initiales qu'il avait gravé sur un arbre de la colline.

Ça avait mal fini : un jour, lors d'une bagarre avec les Castors, il avait tiré dans les mollets de Pauline Grandrégis avec une carabine à patate. Il ne savait pas que c'était elle, bien sûr, mais Pauline s'était vexée à mort. Depuis, elle ne lui adressait plus la parole quand ils se croisaient chez le marchand de journaux pour acheter leur *Journal de Spirou*.

la cerise sur le gâteau

Pauvre Jean-A. Déjà que c'est nul d'être amoureux, si en plus c'est d'une fille qui fait tout un plat parce qu'on lui tire dans les mollets, il avait de quoi être furax.

– Moi ? a grincé Jean-A. Amoureux ? Je préférerais tomber dans un bocal de piranhas !

– T'as raison, j'ai dit. Qu'est-ce qu'on en a à faire, des filles ?

– Tu sais quoi ? a renchéri Jean-A. avec un petit rire sardonique. Si elles croient qu'elles vont pouvoir copier sur moi aux contrôles juste parce qu'elles ont des fossettes...

– Ah bon ? Elles ont toutes des fossettes ?

– Mais non, banane. Je te parle d'Isabelle, la fille qui est à côté de moi en latin.

– Ah ! la moche...

La tête de Jean-A. a surgi au-dessus de moi, à l'envers comme celle d'une chauve-souris.

– Comment ça, la moche ? Tu veux que je descende te mettre une tarte ?

– Parce qu'elle est pas moche ? Comment tu peux le savoir si tu ne l'as même pas regardée ?

Il a réfléchi un instant.

– Elle n'est pas laide, scientifiquement parlant. Mais ça ne veut

Une famille aux petits oignons

pas dire que *je la trouve jolie*, nuance ! Même un microscopique 5ᵉ comme toi peut comprendre, non ?

Il s'est rejeté sur son oreiller avec un petit gloussement satisfait.

– Si tu crois que ça m'intéresse, j'ai dit. C'est pas moi qui suis tombé dans l'adolescence et qui ai la voix qui déraille comme un vieux tourne-disque pourri.

– Tu veux mes pieds sales dans la figure ?

– Essaye un peu pour voir.

On n'a bougé ni l'un ni l'autre. Il était tard, presque minuit. Dans l'obscurité, les chiffres phosphorescents sur le cadran de ma montre faisaient comme une petite galaxie parfaite.

J'avais bien l'intention de ne jamais y tomber, moi, dans l'adolescence. Pour avoir des pantalons trop courts, des problèmes avec les filles et un accent circonflexe de duvet au-dessus de la lèvre, comme Jean-A. ? Merci bien ! J'allais passer directement à l'âge adulte, comme quand on joue au Monopoly et qu'on saute par-dessus la case prison.

Jean-A. avait allumé son poste de radio et se l'était collé contre l'oreille exprès pour ne pas que j'entende. Je m'en fichais parce que ce n'était pas la soirée de championnat qu'il écoutait.

– Baisse un peu tes chansons débiles, j'ai fait. Ça m'empêche de dormir.

la cerise sur le gâteau

– Débile toi-même, il a ricané. Je parie que tu connais même pas un seul tube à la mode.

– Un seul quoi ?

– Ha ha ha ! il a triomphé. Tu sais même pas ce que c'est. Un tube, mon petit vieux, c'est un super succès : un hit, dans notre langage à nous, les jeunes. Écoute ça…

Il a augmenté le son de sa radio et s'est mis à claquer des doigts dans le noir en faisant « Yé yé yé ! » et en se tortillant sur son matelas comme s'il avait eu la colique.

– T'es complètement malade, j'ai dit en m'enfonçant la tête sous l'oreiller.

Si papa s'apercevait qu'on ne dormait pas, Jean-A. allait se faire confisquer sa radio. Il a baissé le volume avant de se pencher vers moi.

– Tu sais quoi, Jean-B. ? Dès que j'ai assez d'argent de poche, je m'achète une guitare électrique.

– C'est bien ce que je disais. T'es zinzin. D'abord, papa et maman ne voudront jamais. Et puis tu chantes comme une casserole.

– Justement. Avec une guitare électrique, pas besoin de savoir chanter : tu mets ton ampli à fond et ça suffit.

– Tu veux plus être pilote de chasse, alors ?

– Non, il a fait. Tu me vois aux commandes d'un jet supersonique ? Au premier looping un peu serré, ça raterait pas : je vomirais mes céréales dans tout le cockpit.

– Beurk ! j'ai grimacé. Tu veux faire quoi alors, comme métier ?

Jean-A. n'a pas hésité longtemps.

– Idole des jeunes.

C'était à mon tour de m'esclaffer.

– Idole des jeunes, avec tes binocles ? Laisse-moi rire. Il vaut encore mieux que tu vomisses tes céréales. En plus, c'est nul, comme métier.

– Nul ? Tu rigoles ? T'as ta photo sur des posters géants, comme les footballeurs, sauf que t'as pas besoin pour ça de courir derrière un ballon comme un dératé. En plus, personne ne te dit plus quand tu peux regarder la télé *parce que c'est toi qui y passes, à la télé !* Tu y avais pensé, à ça ?

349

Une famille aux petits oignons

L'idée de voir Jean-A. se trémousser sur l'écran à la place de *Des agents très spéciaux* et de mes autres séries préférées n'avait rien de bien tentant, à vrai dire.

– T'es obligé de savoir jouer de la guitare, pour faire idole des jeunes ? j'ai demandé.

– Mais non, banane ! Des types jouent à ta place et toi tu fais semblant, comme avec la flûte en cours de musique. Sauf que là, ça s'appelle du play-back.

J'ai ouvert des yeux ronds dans le noir.

– T'as ni besoin de chanter ni de jouer de la guitare ? Qu'est-ce que tu fais, alors ?

– Rien, a dit Jean-A. Juste porter des vestes argentées. Mais même ça, t'es pas forcé.

J'ai sifflé entre mes dents. Ça commençait à m'intéresser, son histoire d'idole des jeunes. Je ne savais pas que ça existait comme métier, et c'était vraiment dommage que Jean-A. y ait pensé avant moi. Est-ce qu'il peut y avoir deux idoles des jeunes dans la même famille ?

– Y a juste un truc qui m'embête, a poursuivi Jean-A. après un silence.

– C'est quoi ?

Il a poussé un gros soupir.

– Les filles.

– Quoi, les filles ?

– Eh ben, quand t'es idole des jeunes, elles arrêtent pas de te poursuivre partout en hurlant et en tombant dans les pommes.

– Mince, alors, j'ai dit. Encore les filles !

– Oui, a murmuré Jean-A. Encore elles…

Il a soupiré à nouveau avant d'ajouter d'un ton lugubre :

– Si tu veux mon avis, mon petit vieux, on n'est pas sortis d'affaire avec ça.

– Parle pour toi, j'ai dit. C'est pas moi qui suis dans un lycée mixte.

Je me suis remonté la couverture jusqu'au menton avec soulagement. J'avais bien fait de choisir agent secret comme métier plutôt qu'idole des jeunes. Au moins, je ne serais pas embêté par les filles.

la cerise sur le gâteau

Les sous-marins miniaturisés n'ont qu'une seule place, pareil pour les scaphandres de combat. En plus, les filles ne savent pas faire du jiu-jitsu ou pousser le cri qui tue. D'accord, on tombe quelquefois sur des espionnes qui veulent vous faire parler pour obtenir la formule d'une invention secrète. Mais il suffit de déclencher la mise à feu de votre montre gadget et *boum!* terminé : elles disparaissent en fumée, et vous n'avez plus qu'à remonter dans votre bolide surpuissant et à repartir tranquillement vers de nouvelles aventures.

– Merci de ton aide, a grommelé Jean-A. La prochaine fois que je voudrai discuter de choses sérieuses avec toi, rappelle-moi de ne pas oublier que tu n'es qu'un minus.

– Minus toi-même, j'ai dit. Maintenant, la ferme. J'ai classe demain, je dors.

– C'est toi qui m'empêches de dormir avec tes salades, il a fait.

– Salade toi-même, j'ai dit.

Il a ricané.

– T'as de la chance que je dorme déjà, sinon je serais descendu te mettre une sacrée rouste.

– Tu peux toujours rêver, j'ai dit.

J'ai pris ma lampe torche, le dernier volume de Langelot agent secret que j'avais emprunté à la bibliothèque, et je me suis mis à bouquiner en cachette sous la couverture jusqu'à ce que le sommeil m'emporte.

Il faut dire qu'au mois d'août, juste après nos vacances à l'Hôtel des Roches Rouges, Jean-A. était allé en Angleterre.

C'est papa qui avait eu cette idée de génie.

– Après trois semaines dans une famille indigène, mon Jean-A., tu reviendras parfaitement bilingue, il avait expliqué.

– Ça veut dire quoi, bilingue ? avait demandé Jean-C.

– C'est quand on parle deux langues, banane, avait maugréé Jean-A., aussi enthousiaste que si on le condamnait à un mois en colo dans une tribu de réducteurs de têtes.

– Deux langues en même temps ? Déjà que Jean-E. zozote alors qu'il n'en a qu'une ! s'était exclamé Jean-D.

– Ze zozote pas, avait protesté Jean-E. Ze suis zuste zêné quand z'articule.

– Est-ce qu'on peut aussi zozoter en anglais ? avait demandé Jean-C.

Jean-F. ne connaît pas l'anglais. Mais il s'était mis à brailler :

la cerise sur le gâteau

« *I'm a poor lonesome cow-boy / I'm a long long way from home !* » en menaçant tout le monde avec le colt en plastique de sa panoplie de Lucky Luke.

Comme ça commençait à dégénérer :

– *Quiet, everybody !* avait crié papa. *Quiet, immediately !*

Puis, se tournant vers maman :

– Comment dit-on « enfants de troupe » dans la langue de Shakespeare, chérie ?

– Aucune idée, chéri. Tu veux que je regarde dans le dictionnaire ?

– Inutile, merci. Je crois que le message a dû passer.

Papa adore l'Angleterre, le rugby et les vestes en tweed avec des pièces aux coudes. On aurait dit que c'était lui, et non Jean-A., qui allait partir.

– Un pays où on peut lire le journal dans son club, le soir, entre gentlemen, en sirotant un doigt de whisky sans être dérangé ! avait-il soupiré avec envie. Tu te rends compte, chérie ?

– Assez bien, oui, avait dit maman.

Ce qui les avait décidés, c'était les cours du matin : trois heures d'anglais intensif, l'occasion rêvée pour Jean-A. de consolider ses bases grammaticales.

– Alors, qu'en dis-tu, mon garçon ? Est-ce que ce n'est pas une merveilleuse perspective pour finir les vacances ?

– Manquerait plus qu'ils aient pas la télé dans ma famille indigène ! avait marmonné Jean-A.

À voir la tête qu'il faisait le jour du départ, passer la fin du mois d'août en cours de langue intensifs ne lui semblait pas une idée si merveilleuse que ça. Il portait pour le voyage un bermuda en flanelle et un blazer bleu marine, achetés par correspondance à La Famille Moderne et que maman trouvait très chics. Mais quand le train s'était mis en marche, le visage de Jean-A. derrière la vitre du compartiment ressemblait à celui d'un scaphandrier qu'on descend de force dans une eau à moins dix-huit degrés.

– Bon débarras ! j'avais crié en agitant la main.

– Pardon ? avait dit papa.

Une famille aux petits oignons

– Euh… bon voyage ! j'avais fait semblant de répéter, mais ça n'avait plus d'importance car le train était déjà trop loin pour que Jean-A. puisse entendre.

J'étais assez excité, en fait, de récupérer notre chambre pour moi tout seul. J'allais pouvoir lui piquer son transistor, finir avant lui ma collec' de vignettes Panini et me battre toute la journée avec les Castors dans la colline sans l'avoir sur le dos.

De vraies vacances, quoi.

– Je te préviens, avait annoncé Jean-A., si tu profites de mon absence pour mettre tes cheveux gras sur mon oreiller, t'es mort.

– Dormir dans tes draps pourris ? Plutôt attraper la gale, j'avais ricané, bien décidé à prendre le lit du haut dès qu'il serait parti.

Manque de chance, en dévalant la rue le lendemain pour ne pas rater le début de *La Piste aux étoiles* à la télévision, j'avais fait un vol plané par-dessus le guidon de mon vélo demi-course.

Poignet cassé, avait diagnostiqué papa qui est très fort comme médecin. J'en avais pour trois semaines d'immobilisation.

Allez grimper sur un lit superposé ou tirer au lance-pierres avec un plâtre jusqu'en haut du coude… La fin des vacances était fichue.

Quand Jean-A. est rentré d'Angleterre, on venait juste de m'enlever le plâtre et mon bras droit, comparé au gauche, était à peu près aussi musclé qu'une aiguille à tricoter.

La cerise sur le gâteau

J'ai failli ne pas reconnaître Jean-A.

Les cheveux lui tombaient sur les oreilles et, à la place du bermuda de La Famille Moderne, il portait un pantalon orange sur lequel étaient cousues de grandes fleurs en tissu multicolores.

– *Call me John-A., brother*, il a dit en formant un V avec ses doigts.

C'était au tour de papa et maman de faire une drôle de tête. Il leur avait rapporté en cadeaux deux jolies tasses à thé avec le portrait de la reine d'Angleterre, mais ils avaient l'air de douter qu'il ait pu consolider ses bases grammaticales dans un pantalon pareil.

– Qu'est-ce que tu penses de mon pattes d'eph' ? il a dit quand on s'est retrouvés seuls.

J'étais en train de répéter devant la glace les prises paralysantes de mon manuel de self-défense et j'ai ouvert des yeux ronds.

– Ton quoi ?

– Mon *trouser*, il a expliqué en me poussant pour se camper devant le miroir. T'as vu la forme ? Étroit en haut et super large en bas. C'est pour ça qu'on l'appelle un « pattes d'eph' ».

– En british ?

– Mais non, *banana* ! Entre jeunes ! « Pattes d'eph' » comme « pattes d'éléphant », quoi, à cause de la coupe... T'es vraiment bouché quand tu t'y mets !

J'ai essayé une moue énigmatique.

– Pas mal, j'ai convenu. Tu l'as acheté chez un fleuriste ?

Il a levé les yeux au ciel.

– Ils auraient dû te plâtrer le cerveau tant qu'on y était, il a marmonné en vidant son sac sur son bureau.

Pas facile de faire du karaté avec l'allumette qui me servait de bras droit. J'ai refermé mon manuel de self-défense, je l'ai planqué tout au fond d'un tiroir pour que Jean-A. ne découvre pas mes prises secrètes, et j'ai demandé :

– À part ton pantalon de Dumbo, c'était bien, l'Angleterre, John-A. ?

Il s'est fourré un chewing-gum dans la bouche.

– Hyper top ! il a dit avant de faire claquer une énorme bulle. T'aurais mon expérience, je pourrais t'expliquer, mais là, désolé, t'es trop minus.

Une famille aux petits oignons

Il n'avait pas écrit de tout le séjour, à part une carte postale de quelques lignes qui ressemblait à un message codé.

Salut la family,
Ça va, vous ? Ça gaze ? Moi, je speake English à bloc et je regarde Top of the Pops *dans ma famille every night.*
Votre Jean-A.

— Parfaitement bilingue, tu disais, chéri ? avait commenté maman. J'ai peur que notre Jean-A. n'ait perdu son français plus vite qu'il n'a appris l'anglais.
— Aucune importance, chérie, l'avait rassurée papa. À son retour en France, nous lui trouverons un séjour en famille indigène.
— Je te rappelle que *nous sommes* sa famille indigène, avait remarqué maman.
— C'est vrai, avait fait papa qui, brusquement, n'avait plus l'air rassuré du tout.

— Allez, raconte ! j'ai insisté pendant que Jean-A. enfermait à double tour les souvenirs qu'il avait rapportés dans le tiroir de son bureau. Promis, je t'appellerai John-A. jusqu'à ta majorité.
— Pas question, il a fait en balayant la mèche qui lui tombait sur les yeux. On n'est plus dans la même catégorie, mon petit vieux, fourre-toi bien ça dans le crâne ! Maintenant, si ça ne t'embête pas de disparaître en fumée, j'aimerais bien écouter tranquillement le Hit-parade à la radio.
— Y a plus de piles.
— Quoi ? Tu m'as piqué mon transistor pendant que j'étais *abroad* ? J'ai ricané.
— Je me suis pas gêné non plus pour baver sur ton oreiller toutes les nuits.
Jean-A. a blêmi.
— T'as vraiment de la chance que je frappe pas les minus qui ont un moignon, il a grincé entre ses dents.
— J'ai pas besoin de mes deux bras pour mettre une rouste à un Anglais. Tu veux que je te montre ?

la cerise sur le gâteau

Jean-F. en a profité pour débouler dans la chambre, suivi comme son ombre par Jean-E. qui brandissait une épée en Meccano à moitié dévissée.

– On peut faire la bagarre avec vous ?
– Ça va être un carnaze !

Alors, forcément, les moyens s'en sont mêlés aussi et ça a dégénéré.

On a réussi à les repousser hors de notre chambre à grands coups de polochons et la bataille s'est poursuivie dans celle des moyens. Mais c'est exactement ce qu'avaient prévu Jean-C. et Jean-D. : embusqués sur le lit du haut, ils nous ont accueillis par un tir nourri de slips et de chaussettes tellement sales qu'on a dû battre en retraite, Jean-A. et moi, de peur de périr asphyxiés.

Ça a quand même été une sacrée bonne bagarre.

Jean-A. ne m'avait pas manqué une minute, mais c'était bien de se retrouver tous les six, au complet. Sauf quand Jean-C., en vrai tireur d'élite, a lancé une de ses chaussettes sales roulée en boule… en plein dans la figure de maman qui venait ramener le calme.

On a tous été consignés dans nos chambres, avec interdiction d'en sortir jusqu'au dîner.

Plus tard, à l'heure des douches, j'ai entendu le transistor de Jean-A. qui marchait dans la salle de bains où il s'était enfermé depuis un moment.

– T'as trouvé des piles neuves ? j'ai crié derrière la porte.
– *Yep, brother*, il a répondu. Celles de ton talkie-walkie.
– Quoi ? Tu m'as piqué mes piles ?
– Et je suis en train de me laver les pieds avec ton gant pour la figure, il a ricané.

Et il a mis l'eau à couler à fond pour faire croire qu'il se récurait pendant qu'on patientait en file indienne dans le couloir, le pyjama à la main.

– Tu me le paieras, John-A., j'ai juré entre mes dents.

Jean-A. n'en a pas raconté plus sur son séjour chez les Smith.

Terminé, en tout cas, les maquettes d'avion en balsa qu'il aimait construire. Terminé aussi nos parties de 1 000 Bornes ou de bataille navale. Sur son bureau, la photo d'un guitariste à cheveux verts

Une famille aux petits oignons

avait remplacé celle de notre première télé, et il passait des heures dans la salle de bains à contempler dans la glace son soupçon de moustache comme pour l'aider à pousser plus vite.

Il a fallu attendre qu'il fasse développer ses photos d'Angleterre pour qu'on découvre qu'il y avait une fille pile de son âge dans sa famille indigène.

– Une fille ? il a dit, rouge comme une pivoine, comme s'il la découvrait lui aussi. Ah oui, ça me revient maintenant… J'ai pas trop eu le temps de lui parler, en fait, avec les cours intensifs et mes bases grammaticales à consolider.

– Curieux, a remarqué papa. On ne voit pourtant qu'elle sur tes photos.

– Ah bon ? a dit Jean-A. en faisant l'étonné. Elle a dû se mettre devant les monuments sans que je m'en aperçoive, alors.

Maman revenait juste de la boîte aux lettres, une liasse de courrier à la main.

– Est-ce que quelqu'un s'appelle John-A. dans cette famille ? elle a demandé.

la cerise sur le gâteau

Jean-A. a dégluti bruyamment.
– Euh oui… Pourquoi ?
– Trois lettres viennent d'arriver pour lui. Envoyées d'Angleterre par une certaine Victoria Smith.
– De plus en plus curieux, a remarqué papa. Est-ce que ce n'est pas le nom de famille de tes hôtes ?
Jean-A. semblait avoir l'air de vouloir disparaître dans ses baskets.
– Tu sais, tout le monde s'appelle Smith, là-bas.
– N'empêche, a fait papa. Trois lettres d'un coup, entre gens qui se sont à peine parlé !
Jean-A. s'est tapé sur le front comme s'il venait soudain de comprendre les raisons de cette incroyable coïncidence.
– C'est sûrement pour les timbres, il a bredouillé en prenant les enveloppes de la main de maman. Comme Vic… enfin, comme cette fille Smith savait que j'en fais la collection, elle a dû croire…
Papa a hoché la tête.
– Une délicate attention de sa part. J'ai toujours pensé que la philatélie était un formidable trait d'union entre les peuples.
Puis, se tournant vers maman :
– La prochaine fois que j'ai une excellente idée comme ce séjour linguistique, chérie, rappelle-moi de la garder pour moi, tu veux bien ?

Diabolo

C'est un peu après la rentrée que j'ai trouvé Diabolo.

On est tombés dessus par hasard, Grandrégis et moi, un après-midi qu'on jouait au rugby dans la colline.

Grandrégis, c'est le chef de la bande des Castors et l'ancien meilleur copain de Jean-A. Mais depuis l'histoire avec sa sœur Pauline, ils n'étaient plus meilleurs copains du tout.

On jouait de temps en temps ensemble, dans la colline au-dessus de la villa. Il avait fait sa poussée de croissance bien avant Jean-A. mais son cerveau n'avait pas dû grandir à la même vitesse que le reste de son corps. Au lycée, il dépassait tout le monde de deux têtes, même les profs. En le voyant débouler dans son maillot de rugby-man, avec ses oreilles en feuilles de chou et son nez tout cabossé, personne n'avait envie de lui rappeler qu'il était redoublant.

C'est rassurant quelquefois, d'avoir un copain comme ça. Vous voyez Bill Ballantine et Bob Morane, les héros de romans ? Eh bien, c'est un peu Grandrégis et moi. D'un côté un géant aussi douillet qu'un boulet de canon. De l'autre un garçon au visage franc,

la cerise sur le gâteau

expert en self-défense et en codes secrets hyper sophistiqués... Les autres, au lycée, avaient compris très vite qu'ils n'avaient pas intérêt à venir nous embêter.

Ce jour-là, on s'entraînait à passer des pénalités. Le ballon à moitié dégonflé avait des rebonds bizarres et le jeu au pied n'est pas le fort de Grandrégis. Il l'a posé en équilibre entre deux cailloux, a pris son élan et *pan!* l'a expédié par-dessus les arbres d'un coup de tatane magistral.

– T'as vu ça? il fait. Une péno d'au moins cinquante mètres!
– C'est malin, j'ai dit. Il va falloir retrouver ton ballon pourri, maintenant.

On a cherché un bon bout de temps, nous enfonçant toujours plus loin dans un fouillis d'amandiers. Jamais on n'était allés dans ce coin-là de la colline.

À un moment, on est tombés sur une clôture. Derrière, il y avait un jardin à l'abandon, plein de ronces et d'herbes jaunes aussi hautes qu'un homme, une maison dont les volets tombaient en ruine. C'est à peine si on arrivait à lire « Propriété privée » sur l'écriteau accroché au grillage.

– Mince! a fait Grandrégis. Et mon ballon dédicacé?
– Laisse tomber, j'ai dit. On va se faire tirer dans les fesses.
– Y a personne. T'as la trouille, c'est ça?
– Tu rigoles? C'était une vraie patate, ton ballon. En plus, c'est pas moi qui ai shooté dedans comme un malade. Si on se fait prendre, ça va barder pour nos matricules!
– Je repars pas sans mon ballon, s'est entêté Grandrégis.

Comme il est le chef de la bande des Castors, il se croit aussi le chef de la colline. C'était clair, il n'allait pas se laisser impressionner par un vulgaire panneau « Propriété privée ».

Je me suis glissé après lui dans un trou du grillage en râlant. À cause de sa patate dédicacée, j'allais rater le début de *La Piste aux étoiles*.

On s'est séparés pour farfouiller dans l'herbe avec un bâton, et c'est comme ça que j'ai trouvé Diabolo.

Enfin, celui que j'ai appelé Diabolo et qui n'était encore qu'un minuscule chaton sans nom...

Une famille aux petits oignons

Il dormait en boule dans un morceau de carton, bien à l'abri sous les branches d'un figuier. Un bébé chat tout maigre, rayé comme une chaussette de sport et si minuscule qu'il tenait dans la main.

Quel âge pouvait-il avoir ? Quand je l'ai soulevé avec précaution, il s'est réveillé d'un coup. Mais au lieu d'avoir peur, il a poussé un miaulement étonné.

Enfin, pas exactement : il a ouvert sa petite gueule toute rose, mais aucun son n'en est sorti.

Il a recommencé une deuxième fois, pareil. On aurait dit qu'il faisait juste semblant.

Un chaton muet, j'ai pensé. Incroyable.

Je n'ai pas réfléchi. Je l'ai fourré sous ma chemise comme un voleur. Je n'avais pas envie que Grandrégis le voie. Par chance, il avait retrouvé son ballon pourri et on a détalé tous les deux sans demander notre reste.

Depuis que je suis tout petit, je rêve d'avoir un animal à moi.

Dans les romans d'aventures que j'emprunte à la bibliothèque, les héros ont toujours un chien hyper débrouillard. En plus d'être fidèle et affectueux, il est capable de les retrouver sous une avalanche, de faire passer un message secret en douce ou de sauter à la gorge d'un rôdeur qui s'approche de leur tente.

Ce n'est pas Wellington et Zakouski, nos poissons rouges, ni Batman, le chinchilla de Jean-C., qui seraient capables de faire ça. Mais papa et maman n'ont pas l'air de croire que je puisse être un jour enseveli sous une avalanche ou prisonnier d'un souterrain sans issue.

– Pas question de transformer la maison en ménagerie, répète papa. Six garçons, c'est largement suffisant.

La goutte qui a fait déborder le vase, c'est Victor, le coq nain le plus teigneux de la galaxie. Impossible d'entrer dans le jardin sans que Victor nous saute aux mollets. Même le facteur y a eu droit, et papa en a vite eu assez de se faire déchiqueter les chaussettes chaque fois qu'il arrosait les massifs ou qu'il allumait le barbecue. De quoi le dégoûter à jamais des animaux domestiques.

On a eu aussi deux petits chats, appelés Première et Deuxième

la cerise sur le gâteau

Chaîne parce qu'ils étaient noir et blanc comme les programmes de la télé. Mais ils vivaient à la campagne, chez papy Jean et mamie Jeannette, et on n'en avait plus entendu parler depuis qu'ils avaient voulu gober Suppositoire, le poisson de Jean-E.

– Comment tu vas appeler ton chat ? m'a demandé Jean-C. ce soir-là.
– Bernardo, a proposé Jean-D. Comme le serviteur muet de Zorro.

Jean-F. en a profité pour entonner à tue-tête sa chanson favorite :
– Un cavalier qui surgit hors de la-a nuit...
– Il n'est pas muet, j'ai dit en me bouchant les oreilles. Il est juste trop petit, sa mère n'a pas eu le temps de lui apprendre à miauler.
– Ça s'apprend pas, banane, a ricané Jean-A. C'est naturel, comme de zozoter.
– Il a un cheveu sur la langue, ton chat ? a demandé Jean-D.
– Les çats n'ont pas de ceveux, ze t'apprendrai, a rétorqué Jean-E.
– Une minute, a dit papa. Je rappelle à toute l'assemblée qu'il est absolument hors de question de garder cet animal à la maison.

On était tous à la cuisine, regardant le chaton bâiller dans la boîte à chaussures où maman l'avait installé. Il n'avait pas l'air intimidé du tout, comme s'il nous connaissait depuis toujours.

Il faisait chaud, ça sentait bon le dîner du soir et il s'est étiré avec confiance, si petit que ses pattes ne touchaient même pas les montants de la boîte.

On s'est tous tournés vers papa avec horreur.
– Tu veux qu'on le remette dans la colline ? En pleine nuit ? Pour qu'il meure de faim et de froid ? Ou pire, de chagrin ?

Papa est resté de marbre.
– Bien essayé, les enfants. Mais pas question d'être mis devant le fait accompli. Ce chat doit retourner d'où il vient. N'est-ce pas, chérie ?
– C'est qu'il est si petit et si maigre, a dit maman. Et puis, il prend si peu de place...
– Comment ? s'est emporté papa. Toi aussi, chérie ? Et nos principes éducatifs ?

Une famille aux petits oignons

— Il n'a pas de voix, a continué Jean-C. Jamais il ne pourra appeler sa mère s'il est attaqué par des rats géants.

— C'est peut-être un chat orphelin, j'ai renchéri. Il n'a personne pour le défendre, à part nous.

Mais papa est demeuré inflexible.

— Je refuse d'enlever ce petit être à l'affection de son foyer. Puisque c'est comme ça, je le rapporterai moi-même.

C'est alors que le miracle s'est produit.

Papa a saisi Diabolo par la peau du cou comme une vulgaire épluchure de banane. Le chaton paraissait encore plus minuscule dans ses grandes mains. Mais, soudain, un moteur de modèle réduit s'est mis en route dans sa poitrine. Une sorte de bourdonnement insistant et doux qui nous a fait passer dans le dos un drôle de frisson.

— Hourra ! s'est exclamé Jean-A. Il ronronne !

Même papa en est resté bouche bée. Il regardait Diabolo, les yeux écarquillés, comme une montre en panne qui serait repartie brusquement.

— Papa, je crois qu'il t'adore, j'ai dit.

la cerise sur le gâteau

Papa ne savait plus quoi faire. Diabolo s'était fourré contre sa poche de poitrine, fermant les yeux et ronronnant de plus belle.

– Il n'est pas muet, alors ? s'est étonné Jean-C.

– Très étrange, a dit maman. Il ne miaule pas mais il ronronne. Comment est-ce possible, chéri ?

Papa est très fort comme médecin. Il s'est raclé la gorge pour expliquer :

– C'est très simple, en réalité. C'est parce que... eh bien... en fait, les cordes vocales d'un chat... Ce qui ne l'empêche pas de... Comment dire...

Il s'est interrompu, cherchant ses mots, pendant que Diabolo, dans ses bras, ronronnait comme un bombardier B52.

– Lumineux, chéri, a approuvé maman. Tout s'explique.

– En résumé, bien sûr, a toussoté papa. Vous n'avez pas fait sept ans de médecine comme moi pour... enfin...

– En tout cas, a remarqué maman, cet animal t'a adopté, chéri. Ce serait vraiment trop cruel de lui rendre sa liberté. Et puis, c'est bientôt l'anniversaire de Jean-B. Ne serait-ce pas l'occasion d'oublier nos principes éducatifs ?

– Très bien, a capitulé papa. Puisque le chef de famille n'a plus le droit de donner son avis dans cette maison...

– On le garde, alors ? on s'est exclamés en chœur.

– Mais attention, Jean-B., a prévenu papa en me fourrant le chaton dans les bras. Que ton protégé ne s'avise pas de faire ses griffes sur le canapé du salon ou je vous inscris tous les deux séance tenante aux scouts marins, c'est bien clair ?

– Promis, papa ! Et je jure que je changerai sa litière tous les jours jusqu'à ma majorité !

Diabolo s'était blotti dans mes bras. Il a poussé un gros soupir et s'est endormi instantanément comme s'il avait compris qu'il était sauvé.

C'était le plus beau cadeau d'anniversaire de toute ma vie.

Diabolo, c'est moi qui ai trouvé ce nom. C'est celui d'un des personnages dans *Les Fous du volant*, notre série de dessin animé préférée. Et ça lui allait parfaitement : c'était un vrai petit diable.

Une famille aux petits oignons

Comme c'était encore un bébé chat, maman avait réquisitionné un des biberons Dragibus que Jean-C. achète à la confiserie du quartier. On l'a nourri avec du lait tiède pendant presque trois semaines, et il était si goulu que, quelquefois, il arrachait la tétine tellement il tirait dessus. Après, je le promenais à cheval sur mon épaule en le secouant un peu pour qu'il fasse son rot.

– Tu joues à la dînette avec ta poupée ? ricanait Jean-A.

En fait, il était jaloux à mort. Il aurait voulu que ce soit son chat à lui et, quand j'avais le dos tourné, il essayait de l'apprivoiser en lui donnant à manger en cachette ou en jouant des morceaux nuls sur sa nouvelle guitare.

– Si tu posais tes gros doigts boudinés ailleurs que sur *mon* chat ? je faisais quand je le surprenais en train de caresser Diabolo.

En fait, moi aussi j'étais jaloux à mort. J'aurais voulu qu'il ne soit qu'à moi.

– Ce sac à puces ? Tu peux toujours te brosser pour qu'il dorme dans *ma* chambre.

– C'est aussi la mienne, je te signale.

J'adorais, quand je rentrais du lycée, savoir que Diabolo m'attendait. La plupart du temps, il dormait dans sa boîte à chaussures, dans la cuisine, comme s'il s'était ennuyé toute la journée sans moi. D'autres fois, en me voyant arriver, il partait à fond de train dans toute la maison en poussant ses drôles de miaulements silencieux. Je jetais mon cartable dans l'entrée, attrapais un goûter et on se lançait tous les deux dans des jeux jusqu'au dîner.

Son préféré, c'était de courir après une balle de ping-pong scotchée à une ficelle. Au début, il était maladroit, dérapant sur le carrelage et s'assommant à moitié sur les pieds de chaise. Vexé comme un pou, il se mettait alors à sauter sur place comme un ressort, le dos rond et les oreilles dressées à la façon du Marsupilami.

Quand on faisait nos devoirs, Jean-A. et moi, il se promenait sur nos cahiers, tournant autour des stylos en reniflant nos divisions à retenue ou nos résumés d'histoire. On aurait dit qu'il cherchait à comprendre ce qu'on faisait. À moins que ce soit juste l'odeur de l'encre qui l'excitait parce qu'il adorait se rouler sur les vieux buvards tachés et les mettre en charpie.

la cerise sur le gâteau

— Ton chat m'a encore fait faire une faute d'orthographe ! hurlait Jean-A. Ce sera à cause de lui si j'ai une mauvaise note !

Bientôt, Diabolo a été assez grand pour jouer dehors. J'aurais voulu qu'il reste dans le jardin pour pouvoir le surveiller mais, à la première occasion, il a filé dans la colline et on ne l'a plus revu de toute la journée.

Le soir venu, j'étais mort d'inquiétude. Et s'il s'était perdu ? J'avais lu une histoire dans laquelle un chat traverse toute la France pour rejoindre ses maîtres qui ont déménagé. Mais Diabolo n'avait que deux mois. Est-ce qu'il saurait retrouver le chemin de la maison ?

J'ai aussi pensé à la fourrière. Pourvu qu'elle n'ait pas pris Diabolo pour un chat errant !

Et puis la colline est pleine de pièges pour un chat débutant. Il pouvait dégringoler d'un arbre, être mordu par une vipère, se faire attaquer par un autre chat ou pire encore : tomber sur les Castors. Depuis qu'ils nous avaient détruit notre cabane, à Jean-A. et à moi, on les savait capables de tout. Même de tirer au lance-pierres sur un bébé chat.

— J'y vais, j'ai dit.

— Je t'accompagne, a décidé Jean-A.

— Je viens avec vous, a décrété Jean-C.

Ce n'était pas leur chat mais on ne serait pas trop de trois si on tombait sur les Castors.

— Merci, les gars, j'ai dit. S'ils lui ont fait du mal, ça va salement saigner.

— Dommage qu'on n'ait plus la carabine à patate, a remarqué Jean-C.

— C'est ta faute, Jean-A. Si t'avais pas tiré sur les mollets de ta fiancée…

— De ma fiancée ? s'est étranglé Jean-A. Répète un peu si t'es un homme !

Mais ce n'était pas le moment de se disputer. Le soir tombait. Il fallait qu'on se dépêche si on voulait retrouver Diabolo avant l'heure du dîner. On a pris nos lampes torches, les talkies-walkies offerts par papy Jean et on s'est glissés dans la colline.

Arrivés dans la clairière, on s'est séparés. Chacun est parti de son

Une famille aux petits oignons

côté en appelant Diabolo à mi-voix pour ne pas être repéré par les Castors. Mais comment retrouver un minuscule chaton muet dans un espace aussi grand ?

À un moment, le talkie s'est mis à crachoter dans ma poche, me faisant sursauter.

– *Bzzr scrouitch...* Java-Alpha à Java-Bêta, me recevez-vous ?
– C'est toi, Jean-A. ?
– *Bzzr scrouitch...* Qui veux-tu que ce soit, banane ?
– Tu as trouvé Diabolo ?
– Cible non repérée. Je répète : cible non repérée.
– Pourquoi tu appelles, alors ?
– *Bzzr scrouitch...* Je répète : *bzzr scrouitch...*

Pas de Diabolo, pas de Castors non plus. On aurait dû s'y attendre : il fallait être stupides pour s'aventurer dans la colline à cette heure, avec la nuit qui était tombée et les branches basses qui nous griffaient la figure.

Puis Jean-C. s'est perdu, il a fallu le chercher lui aussi.

On est rentrés bredouilles à la maison, en se chamaillant comme des chiffonniers. Vu l'heure, papa et maman allaient nous passer un sacré savon !

– Ah ! vous voilà, a dit maman d'une voix glaciale. L'un d'entre vous aurait-il l'obligeance de m'expliquer où vous étiez ?

Jean-A. et Jean-C. ont répondu d'une même voix :

– C'est la faute de Jean-B. ! Il nous a forcés à chercher Diabolo dans la colline.

– Diabolo ? Mais il prend l'apéritif au salon !

Il dormait à poings fermés, roulé en boule sur les genoux de papa qui n'osait ni allumer sa pipe ni tourner les pages de son journal. Il avait dû s'en donner à cœur joie dehors. Des brindilles étaient prises dans ses poils et ses pattes s'agitaient toutes seules par instants, comme s'il rêvait qu'il poursuivait une sauterelle ou qu'il bondissait de branche en branche.

Il était sain et sauf, en tout cas, même si le dîner était froid.

Pour mon anniversaire, quelques jours plus tard, papa et maman lui ont offert un collier avec une petite plaque gravée à notre nom. Comme ça, s'il se perdait, on saurait qu'il avait une famille.

la cerise sur le gâteau

Et puis, un matin d'hiver, il ne s'est pas levé.

Quand je suis descendu à la cuisine, il était couché dans sa boîte à chaussures, le poil tout collé et les yeux ternes. Papa l'a examiné et a trouvé sa petite truffe brûlante. Il avait de la fièvre.

– Rien de sérieux, sans doute, m'a rassuré papa. Les chats attrapent des rhumes, comme les humains. Un peu de repos et il sera très vite sur pattes.

Mais son état s'est aggravé. Il ne mangeait plus, lui qui n'était déjà pas bien gros, et son corps était tout mou quand on le saisissait, comme un ressort qui se serait dévidé complètement.

Dès le lendemain matin, papa a fait venir un vétérinaire. Ils se sont parlé à mi-voix, entre médecins. Mais même au biberon, mélangés dans un peu de lait chaud, impossible de lui faire prendre ses médicaments.

L'après-midi, je suis rentré à fond de train du lycée pour savoir comment il allait.

Une famille aux petits oignons

Dans la cuisine, sa boîte à chaussures avait disparu.

– Assieds-toi, mon Jean-B., m'a dit maman en posant sa main sur mon bras. J'ai une triste nouvelle à t'annoncer.

Mais je n'avais pas besoin qu'elle m'en dise davantage. J'avais compris. J'ai attrapé le petit collier posé sur la table et j'ai filé me jeter sur mon lit pour pleurer tout mon soûl.

– Je te prête mon électrophone. Et mes tubes préférés. Tu sais quoi ? Tu peux même prendre ma guitare. Je vais te montrer des accords…

Jean-A. ne savait pas quoi faire pour me consoler.

Ça a été un triste dîner ce soir-là. Personne n'avait d'appétit ni envie de parler. Le bruit de la balle de ping-pong rebondissant sous la table nous manquait trop. Même Batman, dans sa cage, avait les oreilles en berne.

– Ce n'était pas un rhume, malheureusement, a expliqué papa, mais le typhus, une maladie mortelle qui touche les chats en bas âge comme Diabolo.

Où l'avait-il attrapé ? Impossible de le savoir, ni même si on l'aurait sauvé en le soignant plus tôt. Mais chaque soir, en revenant à la maison, j'avais le cœur qui s'emballait en pensant à Diabolo.

Il me semblait que j'allais le voir débouler de la colline, la queue en l'air et les moustaches ébouriffées, pour m'accueillir et me faire la fête.

L'âge bête

Jean-A. avait dépensé tout son argent de poche de l'année dans l'achat de sa guitare.

D'habitude, comme il est super radin, il met tous ses sous de côté dans une boîte de Nesquik fermée avec du Scotch. Quand elle est pleine, il s'achète des maquettes de planeurs ou de trois-mâts qu'il passe des heures à monter. Mais cette fois, même avec l'argent que papa et maman lui avaient donné pour son séjour en Angleterre, il n'avait pas assez pour se payer la guitare électrique et l'ampli de ses rêves.

– J'ai un super plan, il m'a dit. Tu me prêtes ton argent de poche et moi, je ne te fais pas de cadeau pour ton anniversaire, comme ça je peux économiser pour te rembourser plus vite.

Je ne suis pas très fort en calcul mental mais ça ne m'avait pas paru très égal, comme marché.

– Tu me prends pour une banane ? j'ai dit.

– J'ai un autre super plan : tu me donnes l'argent qui manque et tu auras le droit de venir gratis à mes concerts quand je serai devenu idole des jeunes.

Une famille aux petits oignons

Papa et maman avaient tenu bon. Imaginer Jean-A., guitare en bandoulière, en train de se tortiller près d'un ampli gros comme un radiateur n'avait pas l'air d'entrer non plus dans leurs principes éducatifs.

– Pas question d'avoir un yé-yé à la maison. Si tu tiens à jouer d'un instrument, pourquoi ne pas apprendre le hautbois ou la flûte à bec ?

Papa et maman n'écoutent que des disques classiques, que papa passe sur l'électrophone du salon, le dimanche matin, en battant la mesure avec sa pipe et en chantonnant « pom pom pom ». Mais qui peut devenir idole des jeunes en jouant de la flûte à bec, même en pantalon pattes d'eph' ?

– Je vous préviens, ce sera votre faute si je rate ma vie professionnelle. Pour une fois que j'ai une vocation ! s'emportait Jean-A.

Et il allait s'enfermer dans sa chambre (enfin, dans notre chambre), claquant la porte à toute volée avant de mettre sa radio si fort qu'on n'entendait même plus les « pom pom pom » de papa.

– C'est l'âge bête, chéri, soupirait maman. Ça lui passera bientôt...

– La prochaine fois que je voudrai un fils aîné, chérie, rétorquait papa, rappelle-moi de l'expédier dès sa naissance aux enfants de troupe, d'accord ?

C'est Jean-A., finalement, qui a trouvé l'argument décisif.

– Je ne pourrai jamais faire de progrès en anglais en jouant de la flûte à bec. Alors qu'avec mes chansons pop préférées...

Papa a pris une profonde inspiration avant de souffler par le nez, les yeux fermés, comme s'il relâchait progressivement le gaz d'une bouteille de soda.

– D'accord, il a fait. Puisque l'avis du chef de famille compte pour du beurre dans cette maison, tu peux t'acheter une guitare. Mais une vraie.

Jean-A. n'en croyait pas ses oreilles.

– Comment ça, une *vraie* ?

– Une guitare sèche. Un machin sans amplificateur, quoi. Quelque chose pour faire de la musique, pas des décibels.

– Ça se voit que vous ne connaissez rien à la pop ! a gémi Jean-A. Il y a mille ans que ça ne se fait plus, les guitares sèches !

la cerise sur le gâteau

– À prendre ou à laisser, a déclaré papa. Pas question de te laisser faire sauter tous les plombs du compteur ou rendre tes frères sourdingues.

Quand Jean-A. a rapporté sa guitare sèche à la maison, on aurait dit qu'il transportait une momie près de tomber en poussière au moindre choc.

Comme il n'avait pas assez d'argent pour une neuve, il avait acheté celle-là d'occasion à un grand de 1re. La housse et la caisse de l'instrument étaient recouvertes d'autocollants, le bois du manche semblait tout raboté, mais Jean-A. n'avait jamais été aussi fier de sa vie.

– Le premier qui y touche, il est mort, il a averti. Compris, les minus ?

La première nuit, il l'a montée dans son lit. Elle prenait tellement de place qu'il était obligé de se coucher sur le côté, le dos au bord du vide, et chaque fois qu'il bougeait, on entendait les cordes vibrer.

Une famille aux petits oignons

— Tu vas me casser les oreilles toute la nuit avec ta casserole ? j'ai demandé.

— Tu peux pas comprendre, il a ricané. C'est pas pour en jouer : c'est pour l'apprivoiser.

J'ai repensé à Diabolo, à la façon dont je l'avais apprivoisé, moi, et les larmes me sont montées aux yeux. À cause de Jean-A., mon chat n'avait jamais pu dormir avec moi, sur mon lit, et maintenant, c'était trop tard.

— Tu sais quoi ? il a continué. Je viens de créer mon groupe pop.

— M'en fiche, j'ai dit.

Mais la curiosité l'a emporté.

— Ton groupe pop ? Avec qui ?

— Moi tout seul, il a fait. C'est un groupe solo : John-A. and the Carpets.

— Jean-A. et les Carpettes ? C'est pourri, comme nom.

Il s'était assis en tailleur dans le noir et s'était mis à faire des chlong et des chboing sur sa guitare.

— La ferme, maintenant. Tu m'empêches de me concentrer.

J'ai haussé les épaules.

— Comment tu veux l'apprivoiser ? Tu connais aucun accord, banane.

— Pas la peine, il a dit. Je compose mes propres morceaux.

Il y a eu une autre rafale de chlong et de chboing, puis il s'est mis à faire couiner ses cordes. Je me suis bouché les oreilles. On aurait dit une craie qui crisse au tableau et vous fait grincer des dents.

— Comme ça, il a dit, ça rend moyennement, mais avec un ampli à fond et de la lumière stroboscopique, ça risque d'être énorme.

Le pire, c'est quand il s'est mis à chantonner. Déjà que sa voix déraille naturellement...

— Loviou bidou-oua... (*chboing, chlong !*) Loviou bidou-oua, mailleu loveuh... (*chboing, chlong !*)

Je me suis fourré la tête sous l'oreiller pour ne pas entendre la suite.

— Alors, qu'est-ce que tu en penses ? il a demandé après un dernier chboing triomphal.

— Sincèrement ? j'ai dit. C'est papa qui avait raison : t'aurais mieux fait de te mettre à la flûte à bec.

la cerise sur le gâteau

– Je vais donner un concert au lycée pour la fin d'année, il a poursuivi en sautant à bas du lit, excité comme une puce. Juste avec mes morceaux perso et des choristes qui dansent derrière.

Il avait allumé la lampe du bureau et se trémoussait comme un malade, pieds nus dans son pyjama trop court.

– *John-A. and the Carpets!* T'imagines ? Avec la recette du concert, je m'achète une batterie et je pars en tournée mondiale dans toute la France !

– Et c'est qui, « mailleu loveuh » ? j'ai demandé.

Ça l'a coupé net dans son élan.

– Qui ? il a fait. De quoi tu parles ?

– La fille de ta chanson. Me prends pas pour une banane en anglais, John-A. C'est pour Isabelle, ta copine de classe, que tu écris des chansons d'amour ?

Il est devenu cramoisi.

– T'es malade ? D'abord, c'est pas ma copine, et en plus, elle a changé de place.

– T'as une autre voisine, alors ?

– Oui. Marie-Pierre. Je suis le seul garçon en latin, je te rappelle.

J'aimais mieux Isabelle, comme prénom, mais Marie-Pierre, c'était pas mal non plus.

– Et elle est comment ?

Il a réfléchi un instant.

– Physiquement ? Je l'ai à peine regardée, en fait. Tu vois Falbala, dans Astérix et Obélix ? Eh ben, presque aussi moche.

– Ouah ! Elle doit être horrible, alors.

– Tu l'as dit. Mais qu'est-ce que ça peut faire ? Y a que la musique dans ma vie. Pas le temps pour les filles, mon petit vieux.

Il n'avait pas tort pour l'anglais, en tout cas. Grâce au temps qu'il passait à grattouiller sur sa guitare, ses résultats se sont mis à monter en flèche.

– Finalement, ce séjour linguistique n'était pas une si mauvaise idée que ça, chérie, a jubilé papa quand le bulletin de Jean-A. est arrivé.

– J'ai peur que nous n'ayons du mal à lui trouver une famille indigène pour relever son niveau de latin, chéri, a fait remarquer maman.

Une famille aux petits oignons

Dans cette matière, bizarrement, les notes de Jean-A. avaient chuté d'un coup.

« Semble plus intéressé par ses camarades que par le cours », avait noté le professeur.

Jean-A. est devenu blême. C'était bien la première fois qu'il avait une mauvaise appréciation sur un bulletin.

– C'est la faute des filles, il a expliqué. Avec leurs bavardages, impossible de travailler.

– C'est vrai, a compati papa avec un soupir, que la gent féminine est souvent terriblement…

– Pardon ? a fait maman.

– Euh… je disais que ce n'était pas une excuse, chérie, s'est rattrapé papa. J'ai bien l'impression que Jean-A. consacre plus de temps à sa nouvelle carrière de yé-yé qu'à ses déclinaisons.

Au lieu de se fâcher, il a eu une autre idée géniale : Jean-A. n'avait qu'à rebaptiser son groupe *Janus-A. cum carpetibus*. Il ne chanterait qu'en latin, comme à la messe, et comme ça, il retrouverait vite son niveau d'avant.

Et puis, pour faire bonne mesure, papa vérifierait désormais ses devoirs tous les soirs en rentrant du travail.

– Tu me prends pour un moyen ? a protesté Jean-A. J'ai plus l'âge qu'on me fasse réciter mes leçons !

Papa est resté inflexible.

– Ou tes notes remontent très vite, mon grand, ou je confisque cette poêle à frire… pardon, cette guitare. Nous sommes bien d'accord ?

Jean-A. a quitté le salon furieux, en maugréant que personne ne le comprenait dans cette famille. Quelques instants après, on entendait des dzoing-dzoing déchirants qui montaient de la chambre.

– C'est l'âge bête, a soupiré maman. Ça lui passera…

– Est-ce que ze l'aurai, moi aussi, l'âze bête ? a zozoté Jean-E.

– Bien sûr, a dit papa en soupirant à son tour. Tout le monde y passe un jour ou l'autre.

– Toi aussi, alors, tu y es passé ? a demandé Jean-C.

Papa a ouvert des yeux ronds.

– Moi ?

la cerise sur le gâteau

— Tu avais des ceveux longs et un pantalon oranze, comme Zean-A. ?

Papa a fait trois petits plop avec sa pipe.

— Eh bien… c'était une autre époque, et…

— Ce que veut dire votre père, a expliqué maman, c'est qu'il a été jeune, lui aussi, bien sûr. N'est-ce pas, chéri ?

C'était difficile d'imaginer papa à l'âge de Jean-A., avec les cheveux qui lui tombent sur les lunettes et sa façon de traîner les pieds comme s'il tirait partout un boulet de bagnard.

— À ton époque, a demandé Jean-C., y avait déjà des filles en cours de latin ?

— Ce n'est pas pareil, a expliqué papa en toussotant. Le latin est très important quand on veut devenir médecin. Jamais je ne me serais laissé distraire par des… euh… camarades.

— C'était déjà un mot féminin, à ton époque ? a demandé Jean-C.

Mais papa n'avait visiblement aucune envie de continuer par une leçon de vocabulaire.

— Il est tard, il a dit. Vous avez tous certainement vos chambres à finir de ranger et vos cartables à préparer.

— On est samedi soir, chéri, a fait remarquer maman. Les enfants n'ont pas classe demain.

— Flûte alors, a fait papa d'un air navré, comme si c'était son propre dimanche qui tombait à l'eau.

— Est-ce qu'exceptionnellement on peut regarder *Chapeau melon et bottes de cuir* ? j'ai demandé.

C'est le feuilleton préféré de papa et maman. Comme il ne passe qu'après neuf heures et demie, le samedi soir, on n'a jamais le droit de le regarder avec eux alors qu'on adore John Steed et Tara King.

Papa a paru hésiter un instant. Mais quand Jean-F. s'est mis à chanter à tue-tête la musique du générique, il n'a plus hésité du tout.

— Au lit tout le monde, il a ordonné. Et que personne ne s'avise de se relever en cachette pour regarder le feuilleton par le trou de la serrure.

On a tous pris l'air offusqué.

Une famille aux petits oignons

– Vous ne voyez pas de quoi je parle, peut-être ? a fait papa en nous toisant, les bras croisés.

C'est le problème quand on a un père qui a été jeune avant nous : il connaît tous les trucs, impossible de faire des coups en douce sans se faire prendre.

– Nous ? on a protesté en chœur. On n'a jamais fait ça, parole d'honneur !

– Même qu'on n'a jamais vu que vous mangiez une tablette entière de chocolat au lait pendant chaque épisode, a précisé Jean-D.

Je lui ai balancé un coup de coude pour le faire taire. Quelle banane ! Et dire qu'il n'était pas encore entré dans l'âge bête !

Trop tard, cependant. Le mal était fait.

Papa a désigné la porte de l'index.

la cerise sur le gâteau

– Au lit immédiatement. Et n'oubliez pas qu'il existe une excellente école pour les enfants de troupe.

J'étais à peine couché que résonnaient déjà, derrière la porte du salon, les premières mesures de *Chapeau melon et bottes de cuir*.

C'était trop injuste. Tout ça à cause du fichu caractère de Jean-A. et de cet imbécile de Jean-D. !

Quand je serai adulte, je me suis promis, d'abord je ne tomberai jamais amoureux. Ensuite, j'aurai une télé rien qu'à moi dans ma chambre, en plus d'un chat et de la collection complète du Club des Cinq. Et surtout, je me ferai naturaliser fils unique à la mairie, pour ne plus avoir de frères en plein âge bête qui me gâchent mes samedis soir avec leur sottise.

Un dimanche chez les Jean

Chez nous, le dimanche n'est pas un jour comme les autres.

On n'a pas école, bien sûr, mais on n'a pas non plus le droit d'avoir des copains qui viennent faire du vélo dans la cour, ni de filer dans la colline, à peine levés, pour grimper dans les arbres ou se tirer dessus comme des malades avec la sarbacane et le pistolet à fléchettes de Jean-C.

Maman est très organisée. Comme papa travaille beaucoup à l'hôpital et que c'est son seul jour de congé, le dimanche est réservé aux activités familiales. Pas question de faire la grasse matinée ou de traîner en pyjama.

– Debout, là-dedans! claironne papa en faisant le tour des chambres. Tout le monde à table! Il n'y aura pas de deuxième service, qu'on se le dise.

Il est déjà tout habillé, un tablier de cuisine noué autour de la taille parce que c'est lui qui prépare le petit déjeuner ce jour-là. Et à l'entrain avec lequel il tire les rideaux, on devine qu'il est fin prêt pour une journée entière d'activités familiales.

la cerise sur le gâteau

On n'a pas encore ouvert l'œil mais on est déjà épuisés par sa bonne humeur. On n'a plus qu'une idée en tête : disparaître sous l'oreiller, en râlant comme des marmottes dérangées dans leur hibernation par un chasseur impatient.

– Il faudra penser à me ranger cette tanière... euh... cette chambre, jeunes gens, remarque papa, un sourcil dressé, en effectuant un repli prudent entre les chaussettes sales, les pochettes de disque et les illustrés à moitié découpés répandus sur le sol.

On a beau bâiller un *Hon hon!* inaudible, comme s'il nous arrachait du beau milieu d'un rêve, papa est sans pitié.

– *Hurry up, boys!* Et je vous préviens : le dernier arrivé débarrassera la table.

Dans la salle à manger, le petit déjeuner est déjà servi. Maman a mis sa robe de chambre chinoise, et une odeur de bain moussant et de dentifrice flotte autour d'elle quand on l'embrasse, encore tout ébouriffés de sommeil.

– Bien dormi, mes Jean ? Il fait un temps superbe. Je sens que ça va être une magnifique journée.

– Pom pom pom! fredonne papa en servant le chocolat. Qui veut de délicieux toasts brûlés ?

Papa est très fort comme médecin, mais heureusement qu'il n'a pas besoin de grille-pain pour soigner ses patients. Il a mis un disque sur l'électrophone et monte le son à son passage préféré.

– Quoi de plus tonique qu'un réveil en musique ?

– Oh, non! Pas encore *La Moldau* ! gémit Jean-A. en se bouchant les oreilles avec une grimace horrible.

Jean-F., sur sa chaise haute, se goinfre déjà de céréales, un bavoir autour du cou, ses petites jambes trépignant en cadence. Jean-E. est si mal réveillé qu'il en oublie de zozoter. Quant à Jean-D., il s'entraîne à beurrer ses biscottes sans les casser, ce qu'il n'a jamais le temps de faire durant la semaine.

On a vu ça un jour à la télévision, dans une émission de conseils pratiques : il suffit de mettre deux biscottes l'une sur l'autre et de beurrer celle du dessus. Mais Jean-D. est aussi habile de ses dix doigts que ses GI Joe. On dirait qu'il manipule une grenade dégoupillée et, à la fin, ça ne rate pas : ses biscottes lui explosent à la

Une famille aux petits oignons

figure, couvrant la nappe de deux fois plus de miettes que s'il n'en avait beurré qu'une seule.

– Bon, dit papa avec une patience inhabituelle, si tu prenais plutôt de cette savoureuse confiture maison ?

Personne n'ose le dire, parce que c'est maman qui l'a faite, mais on déteste la confiture maison. Comme on doit apprendre à goûter à tout, maman raffole des recettes originales. Sa dernière spécialité, c'est la confiture de tomates vertes, un truc acide avec plein de pépins qui se fichent entre les dents.

– De la confiture de tomates ? a grimacé Jean-A. la première fois. Beurk ! Je mange pas de légumes au petit dèj', moi.

– Les enfants, a expliqué maman qui ne rate jamais une occasion d'enrichir nos connaissances, même au petit déjeuner, apprenez que la tomate est un fruit, contrairement à ce que l'on croit communément. C'est très sain, plein de vitamines et, en plus, ça rend aimable.

Jean-A. s'est senti visé par cette dernière remarque.

– M'en fous des vitamines, il a grommelé dans sa barbe.

– Pardon ? a fait papa.

– Je disais, s'est rattrapé Jean-A., que cette… euh… chose de tomates est vraiment… euh… mémorable.

– C'est bien ce que je croyais avoir entendu, a conclu papa qui n'a aucune envie de se mettre en pétard un dimanche matin.

Jean-C. arrive toujours bon dernier, les cheveux dressés sur le crâne comme si une bombe atomique était tombée sur son lit. Il s'assied en bâillant, claque une ou deux fois du bec et se rendort presque instantanément dans son bol de chocolat.

Il faut dire que Jean-C. est un peu somnambule.

Un matin, papa et maman l'ont trouvé endormi devant la porte de leur chambre, son cartable sur le dos et le gilet de sa panoplie de Josh Randall enfilé à l'envers par-dessus sa veste de pyjama.

Depuis ce jour, chaque fois que ma collec' de porte-clefs ou la montre étanche que j'ai reçue à Noël disparaissent dans les tiroirs de son bureau, Jean-C. prend l'air d'un grand blessé pour expliquer :

– C'est pas ma faute si je suis somnambule. J'ai dû te les piquer en dormant, sans m'en apercevoir.

la cerise sur le gâteau

Somnambule ou pas, comme il arrive toujours en dernier, c'est lui qui débarrasse la table tous les dimanches matin. Ça lui fait les pieds, à cette banane.

De toute façon, le petit déjeuner est vite expédié. Avec ce beau temps, pas question de s'éterniser à l'intérieur.

– J'ai une idée formidable, a dit papa, ce dimanche-là. Le musée de la Marine présente une passionnante exposition sur les maladies tropicales. Nous pourrions…

– Nous y sommes déjà allés dimanche dernier, chéri, a rappelé maman qui ne raffole pas des maladies tropicales.

– Tu es sûre, chérie ?

– C'est là qu'il y avait des photos géantes de lépreux ? a demandé Jean-C.

– Bon, a fait papa avec une moue de regret. Tant pis… J'ai une autre idée formidable. Que diriez-vous d'une longue promenade hygiénique jusqu'aux forts militaires du Faron ?

– Une promenade ? on a répété. Tu veux dire : à pied ?

Le mont Faron, c'est la montagne qui domine Toulon. On y était montés une fois, en téléphérique. Vu l'altitude, on en avait pour des heures à crapahuter en file indienne dans les ronces et les caillasses.

– Emportons un pique-nique, a continué papa avec entrain. Arrivés là-haut, on bivouaquera au grand air en étudiant de près ces remarquables spécimens de l'architecture militaire.

Au mot de « pique-nique », on s'est tous regardés d'un air catastrophé.

Déjà, on déteste manger des œufs durs et des sandwiches au pain de mie assis en tailleur sur une couverture, avec des aiguilles de pin qui nous transpercent le derrière. En plus, c'était fichu pour *La Séquence du spectateur*, une de nos émissions préférées. Elle passe à midi, tous les dimanches. Les gens téléphonent au standard pour choisir les films qu'ils veulent voir, et ils en passent les extraits les plus poilants. Comme on ne va presque jamais au cinéma, on ne raterait cette émission pour rien au monde.

– Pas question de s'abrutir devant la télévision par ce beau temps, a dit papa comme s'il avait lu dans nos pensées.

Une famille aux petits oignons

Il s'est tourné vers maman.
– Que penses-tu de ma merveilleuse idée, chérie ?
– Eh bien, a toussoté maman, si cela fait plaisir à tout le monde… Mais est-ce que Jean-E. et Jean-F. ne sont pas un peu petits pour…
– Au contraire, a expliqué papa. Il n'y a pas d'âge pour apprendre. Ce sera une journée saine et instructive. Quoi de mieux pour un dimanche ? N'est-ce pas, les gars ?

Le silence de mort qui a accueilli sa proposition l'a un peu douché.
– Sauf si vous préférez visiter l'École des enfants de troupe, bien sûr, il a ajouté en guise de plaisanterie.

Mais ça n'a fait rire personne.
– J'aimerais autant me casser le fémur, a grincé Jean-A. quand on s'est retrouvés dans la chambre pour se préparer.
– Tu l'as dit ! En plus, vu qu'on est les grands, je parie que c'est encore nous qui allons porter le pique-nique.

Le temps qu'on passe tous à la salle de bains et qu'on s'habille en traînant des pieds, le ciel s'était couvert méchamment.

Papa, équipé de ses chaussures de montagne, rongeait son frein en regardant les nuages qui s'accumulaient.
– J'ai bien peur que notre pique-nique ne tombe à l'eau, chérie, il a dit sombrement.

Quand la première goutte s'est écrasée sur la vitre, papa n'a pas perdu sa bonne humeur. De toute façon, personne n'était prêt.
– Changeons notre fusil d'épaule, il a dit. Le temps est trop incertain pour une promenade à pied. Si nous allions plutôt visiter les vestiges de cette charmante abbaye romane que les cousins Fougasse nous ont recommandée ?

Mais le temps de changer Jean-F., que personne ne surveillait et qui jouait à marquer des paniers dans la cuvette des toilettes avec des rouleaux de papier neufs, il tombait des cordes. Le ciel était noir, le tonnerre grondait. Impossible d'atteindre le garage sans se faire tremper comme des soupes.

La bonne humeur de papa tournait à l'orage, elle aussi. Il tirait nerveusement sur sa pipe éteinte en regardant le jardin noyé de pluie.

la cerise sur le gâteau

— Ça va se lever, chéri, a assuré maman. Nous sortirons plus tard. Si tu faisais réciter son latin à Jean-A. pendant que je prépare une collation dominicale ?

— Rien ne pourrait me faire plus plaisir, a grommelé papa.

On a mangé les sandwiches au pain de mie et les œufs durs à table, en regardant la pluie qui tombait sans finir. Pas de *Séquence du spectateur*, bien sûr : personne n'avait envie d'être expédié aux enfants de troupe juste pour avoir demandé d'allumer la télé, et papa n'avait pas vraiment l'air disposé à regarder des extraits de films poilants.

À cause de Jean-F., il a passé l'après-midi en salopette à déboucher les toilettes.

Papa est très fort en bricolage, mais là, il ne devait pas avoir les outils qu'il fallait parce qu'on l'entendait jurer derrière la porte et que, à la fin, c'est la chasse d'eau qui s'est mise à déborder.

— Quel est le tartempion de plombier de malheur qui m'a installé un matériel pareil ? il a rugi.

— Tout le monde aux abris, a déclaré Jean-C.

Quand papa bricole, il vaut mieux ne pas se trouver dans les parages. On est restés enfermés pendant deux heures dans nos chambres, à écouter la pluie ruisseler sur les vitres. Même Jean-A. n'avait pas le cœur à gratter sur sa guitare.

— Vous faites quoi ? a demandé Jean-C. en entrebâillant la porte.

— Rien, a répondu Jean-A.

— Nous non plus… On peut le faire avec vous ?

— Qu'est-ce que tu veux faire avec nous puisqu'on ne fait rien, banane ?

— On s'ennuie.

— Va te casser les pieds ailleurs, j'ai dit.

Jean-C. s'est replié dans ses quartiers sans protester. On se barbait tellement qu'on n'avait même pas le courage d'organiser une bonne bagarre générale.

— Faudrait supprimer les dimanches, a murmuré Jean-A. C'est trop démodé, comme jour.

J'ai hoché la tête.

— En plus, c'est la veille du lundi…

Une famille aux petits oignons

— Vivement demain matin ! a fait Jean-A.
— Tu rigoles ? On a lycée demain, je te signale. T'es pressé de retrouver Marie-Pierre ?

Il a ricané.

— Pauvre banane ! C'est de l'histoire ancienne, Marie-Pierre. Le prof a mis une autre fille à côté de moi.
— Pas de chance, j'ai dit. Et elle est comment, la nouvelle ?

Jean-A. a haussé les épaules avec indifférence.

— Véronique ? Potable. Enfin, pour ceux qui aiment les cheveux bouclés et les taches de rousseur… Mais ne va pas te faire des idées débiles, surtout : il n'y a que le latin entre nous.
— Bien sûr, j'ai fait. Tu me prends pour une banane ?

Vers cinq heures, maman est venue nous chercher.

C'était l'heure du film de l'après-midi. D'habitude, papa et maman ne veulent pas qu'on s'avachisse bêtement devant la télé, le dimanche. Mais là, c'était *Winchester 73*, un super western, la pluie tombait toujours et, avec papa qui avait fini de bricoler, maman a dû penser que c'était le bon moment pour lancer une activité familiale.

On en était juste au milieu du film, ça canardait dans tous les coins quand papa s'est rappelé qu'avec tout ça, on avait oublié la messe.

En fait, personne ne l'avait oubliée. On priait juste de toutes nos forces depuis le matin pour que lui ne s'en souvienne plus.

— Je crois que j'ai un peu de fièvre, a gémi Jean-C., qui a toujours les oreilles aussi écarlates que son chinchilla quand il regarde la télé.
— Il me reste un problème de robinet à finir pour demain, a prétendu Jean-D.

Quant à Jean-E. et Jean-F., ils étaient trop petits pour ressortir si tard, a décidé maman.

C'est comme ça qu'on a filé à la messe de la paroisse, Jean-A., papa et moi, en tirant une tête de cent pieds de long, tandis que les moyens et les petits restaient bien au chaud à regarder crépiter la winchester 73 du héros et les bandits tomber comme des mouches dans le corral assiégé.

Une famille aux petits oignons

C'était vraiment le bouquet.

Mais au retour, on a quand même bien rigolé. Arrivé dans notre rue, papa nous a pris chacun à notre tour sur ses genoux et nous a laissé tenir le volant de la voiture pendant qu'il gardait le pied sur l'accélérateur.

On n'allait pas bien vite, parce que c'était la 2CV marron glacé de maman, mais comme il ne pleuvait plus, papa avait enlevé la capote. Avec le vent de la course, on se serait cru Michel Vaillant bouclant à toute berzingue le dernier tour des Vingt-Quatre Heures du Mans.

Enfin, moi surtout, parce que Jean-A., avec ses binocles et les mèches grasses qui lui tombaient sur les yeux…

N'empêche, ça a été une super fin de dimanche.

Mon nom est B., Jean-B.

C'est moi qui avais vu l'affiche le premier, juste avant les vacances d'hiver. Le soir était tombé, je sortais du lycée et j'étais resté un long moment devant la vitrine éclairée du cinéma Vox, bouche bée, mon vélo à la main.

Les gens faisaient déjà la queue pour la première séance. Je devais avoir l'air complètement hypnotisé parce que la caissière, au guichet, me surveillait du coin de l'œil comme si j'avais eu un super pouvoir et que j'avais pu regarder le film gratis à travers les murs du cinéma.

Les diamants sont éternels… Le nouveau James Bond ! Rien que le titre était magique !

Je suis rentré dans un état second, mon vélo filant à une vitesse supersonique alors que j'effleurais à peine les pédales.

– Un nouveau James Bond ? a dit papa quand, hors d'haleine, je lui ai annoncé la grande nouvelle. Tiens donc.

Sa pipe au bec, il a versé une giclée d'eau gazeuse dans son whisky,

Une famille aux petits oignons

sans plus d'émotion que le chef des services secrets anglais quand il apprend que le monde est menacé de destruction intégrale.

Il s'est tourné vers maman.

– Après tout, pourquoi n'y emmènerions-nous pas les grands pendant les vacances, chérie ? il a dit, avant d'ajouter, en envoyant vers elle de petits signaux de fumée codés : S'ils ont été sages, bien sûr…

Jean-C. a manqué en tomber du fauteuil qu'il partageait avec Jean-D.

– Quoi ? Juste les grands ? Et moi alors ?

– C'est vrai, a renchéri Jean-D. Et nous alors ?

– Moi aussi, ze veux aller voir Zames Bond si ze suis saze ! a zozoté Jean-E.

– Mon nom est Pond, James Pond ! a postillonné Jean-F. en mettant tout le monde en joue avec sa cuillère de compote.

Papa a secoué la tête.

– Pas question. Vous êtes encore trop petits.

– Je suis le plus grand des moyens ! s'est défendu Jean-C.

– Et moi, ze suis le plus grand des petits ! a zozoté Jean-E.

Ils s'apprêtaient à défendre chèrement leur peau, mais maman y a mis le holà.

– Votre père a raison, elle a déclaré. Ce genre de spectacle ne convient pas à des enfants de votre âge.

– Et pourquoi ? s'est offusqué Jean-C.

– Eh bien, parce que… parce qu'il y a des scènes de violence qui peuvent vous impressionner…

– Et des jeunes femmes… euh… en maillots de bain très courts, voilà, a complété papa avant de reporter son attention sur Jean-F. en ouvrant des yeux ronds. Mais au fait, chérie, comment notre petit dernier connaît-il par cœur les répliques de ce genre de films ?

– Aucune idée, chéri, a dit maman en regardant à son tour Jean-F. avec effroi.

– James P-ond ! a postillonné Jean-F. à travers sa compote. *Pif ! paf !* Prends ça dans la figure, chacal !

Le soir, pour avoir la paix, maman fait manger Jean-F. avant

la cerise sur le gâteau

tout le monde. Mais là, avec ses imitations à la noix, il risquait de tout faire rater.

– Je ne suis plus très sûre que ce soit une si bonne idée que ça d'emmener les enfants voir ce film, a dit maman d'un air catastrophé en lui essuyant la bouche.

– J'ai presque douze ans ! j'ai dit. Et puis papa a promis…

Jean-A., lui, semblait se moquer totalement d'aller voir ou pas le nouveau James Bond. Il se contentait de soupirer en nous regardant, comme si on avait été de misérables têtards s'agitant dans un bocal.

– Eh bien, nous verrons, a éludé papa. Tout dépendra de votre comportement durant les vacances…

Ça n'a pas manqué.

La première semaine de vacances est passée, puis la deuxième, et on n'est pas allés au cinéma. « On verra », disait papa chaque jour, et on a vite compris que ça voulait dire qu'on ne verrait rien du tout.

Chaque matin, avec Jean-C., on ouvrait mon cahier d'agent secret. J'y avais collé une reproduction de l'affiche, au milieu de mes plans de prototypes et de mes meilleures techniques de prises paralysantes.

– Ne pose pas tes doigts gras dessus, j'avais prévenu.

L'affiche des *Diamants sont éternels* occupait toute une page. James Bond se tient debout dans une sorte de pince articulée, son Walther PPK à la main, au-dessus d'une base secrète en train d'exploser. Avec lui, il y a deux femmes qui répandent dans l'espace des poignées de diamants et, tout autour, des hélicoptères et des nageurs de combat qui se canardent à qui mieux mieux.

– Ça a l'air trop bien ! soupirait Jean-C. Tu crois que les deux femmes sont des méchantes ?

Comme Jean-C. n'est qu'un moyen, il ne connaît rien à la vie des agents secrets.

– Bien sûr, banane. Sinon, elles ne porteraient pas des maillots de bain si courts alors que James Bond est en smoking.

– Mince alors ! il disait. T'as raison. Ça a vraiment l'air trop bien !

Une famille aux petits oignons

Tout est la faute de Jean-C.
De papa et maman aussi, qui n'avaient qu'à tenir leur promesse.
Le premier mercredi après la rentrée, Jean-C. m'a pris à part.
– Tous mes copains y sont allés pendant les vacances.
– Les miens aussi, j'ai dit avec accablement.
– J'en ai marre d'être la seule banane de ma classe. Puisque papa et maman ne veulent pas nous emmener, j'y vais sans eux, il a décrété.
– T'es malade ? Et si tu te fais prendre ? D'abord, la caissière du cinéma ne laissera jamais entrer un moyen.
– On n'aura qu'à dire qu'on retrouve nos parents qui sont déjà à l'intérieur, il a proposé en sortant de leur enveloppe les sous que papy Jean et mamie Jeannette nous avaient envoyés pour Noël.
– « On » ? j'ai répété. Parce que tu crois que je vais t'accompagner ?
Il a ricané en glissant l'argent dans sa poche.
– Je parie que t'es pas chiche, il a fait.

La cerise sur le gâteau

Je n'ai pas hésité longtemps. L'attente et la déception m'avaient gâché les fêtes de Noël. En plus, si je voulais devenir espion, il fallait que je m'entraîne à exécuter des missions secrètes. Comment récupérer une tête nucléaire dérobée par les Russes ou retrouver un sous-marin échoué par cent mètres de fond dans une fosse infestée de requins si je n'étais même pas capable d'aller voir en douce avec Jean-C. *Les diamants sont éternels* ?

– Vous allez où ? a demandé Jean-A. en nous voyant filer tous les deux.

– Dans la colline, on a fait.

Un instant, j'ai failli lui proposer de nous accompagner. Jean-A. adorait les James Bond autrefois, avant sa poussée de croissance.

– Pauvres bananes ! il a ricané. À votre âge, vous jouez encore aux cow-boys et aux Indiens ?

Tant pis pour lui, j'ai pensé, avant de filer avec Jean-C.

Le film était encore mille fois mieux que ce qu'on avait imaginé.

Quand on en est sortis, on n'a pas pu parler pendant de longues minutes, Jean-C. et moi. Il avait les oreilles plus cramoisies qu'après une journée entière devant la télévision. J'étais dans un drôle d'état, moi aussi, ébloui et un peu triste en même temps, comme quand il vient de vous arriver quelque chose d'extraordinaire dont on sait qu'il ne se reproduira plus.

On est restés un moment plantés devant le cinéma, incapables de partir, puis on a couru comme des dératés jusqu'à la maison, avec l'impression d'avoir la cervelle traversée par des rafales de mitraillettes automatiques et des explosions de grenades aveuglantes.

– Qu'est-ce qui t'arrive ? m'a demandé Jean-A. T'es tombé amoureux ou quoi ?

– Occupe-toi de tes oignons, j'ai dit.

J'étais complètement tourneboulé, en fait, comme après un rêve dont on n'a pas envie de se réveiller. J'allais devoir attendre tellement longtemps avant que ma vie devienne aussi passionnante que celle de James Bond !

En tout cas, on avait bien réussi notre coup, Jean-C. et moi. Pendant que papa et maman nous croyaient dans la colline, on

Une famille aux petits oignons

se goinfrait d'esquimaux au premier rang, les yeux écarquillés, en regardant 007 s'évader du quartier général des méchants à bord d'un module lunaire motorisé.

J'avais quand même un peu mauvaise conscience de les avoir trompés aussi facilement. Depuis qu'on était allés en cachette voir le cirque Pipolo, Jean-A., Jean-C. et moi, l'été dernier, c'était la première fois que je leur racontais des histoires pour sortir sans permission.

Mais le mensonge est le prix à payer quand on veut devenir agent secret. Il faut faire croire aux autres qu'on a une vie absolument normale. Personne ne doit savoir qui vous êtes réellement, pas même vos frères ni vos parents, sinon on risque de les torturer avec un luxe de raffinement incroyable pour leur faire avouer vos véritables activités.

Je n'ai pas fait long feu ce soir-là. Dans mon cahier d'agent secret, j'avais collé d'autres affiches de films de James Bond, aux titres plus excitants les uns que les autres : *James Bond contre docteur No... Opération Tonnerre... On ne vit que deux fois...* Je les ai passés et repassés dans ma tête jusqu'à tomber dans le sommeil comme une bûche.

Le lendemain, à la récré, j'avais l'impression d'être un héros revenu d'une mission ultradangereuse. Avec mes copains, on a dû se raconter le film au moins six cents fois.

Mais quand papa est rentré à la maison, ce soir-là, on a tout de suite su que ça allait barder pour nos matricules, Jean-C. et moi.

– Au salon, et que ça saute ! il a ordonné entre ses dents en nous tirant de nos devoirs.

– J'ai une division super dure à finir... a bien essayé Jean-C.

Mais au regard que lui a lancé papa, il a vite compris que ses problèmes de retenues attendraient.

Quand on s'est retrouvés tous les trois au salon, la porte fermée, avec papa qui se mordillait l'intérieur de la joue, les sourcils froncés par la colère :

– L'un d'entre vous, messieurs, aurait-il l'extrême obligeance de m'expliquer ce que sont ces... choses ? il a demandé.

la cerise sur le gâteau

Quand papa nous appelle « messieurs », ça n'est jamais bon signe.

En découvrant ce qu'il brandissait, mon cœur s'est arrêté d'un coup. Les tickets de cinéma ! Je les avais laissés dans la poche de mon pantalon, où maman avait dû les trouver en l'enfournant dans la machine à laver.

Je faisais vraiment un fier agent secret ! C'est la règle n° 1, pour tout espion en opération : ne jamais laisser derrière soi d'indices compromettants.

– Eh bien ? a dit papa.

– De vulgaires confettis ? a proposé Jean-C.

– Pas exactement, a fait papa. Ces « confettis », comme tu dis, sont d'authentiques tickets de cinéma. Délivrés hier après-midi par le cinéma Vox pour la projection du dernier James Bond.

– C'est pas à nous, alors, a affirmé Jean-C. À cette heure-là, on était dans la colline.

Papa s'est pincé l'arête du nez avec une grimace de souffrance, comme quand on s'est glacé les sinus en avalant trop vite une cuillère de sorbet.

– Dans la colline ? il a répété, la voix enflant dangereusement. Tiens donc... Et par quel tour de passe-passe ces tickets de cinéma ont-ils atterri DANS VOS POCHES, MESSIEURS ?

Jean-C. s'est tourné vers moi.

– Quelqu'un a dû nous faire une blague, tu crois pas, Jean-B. ? Je vois pas d'autre explication.

Papa a poussé une sorte de mugissement.

– EST-CE QUE VOUS ME PRENEZ TOUS LES DEUX POUR UN IMBÉCILE ?

On a passé un sale quart d'heure. C'est surtout moi qui ai pris, en fait. Parce que je suis le plus grand.

Plus papa criait et plus Jean-C. se décomposait.

– Je voulais pas y aller ! il a gémi. Je suis trop jeune et trop impressionnable pour ces films de violence. C'est Jean-B. qui m'a forcé !

– Quoi ? j'ai fait. Espèce de menteur ! C'est toi qui...

– SILENCE ! a ordonné papa. Je ne veux rien savoir de plus. Vous serez punis l'un comme l'autre. Pour commencer, interdiction formelle de retourner dans la colline jusqu'à nouvel ordre. Jean-C.,

Une famille aux petits oignons

tu seras de corvée de débarrassage de table jusqu'aux prochaines vacances. Quant à toi, Jean-B...

J'ai rentré les épaules, m'attendant au pire.

Mais j'étais bien en dessous de la réalité.

– ... je t'inscris séance tenante aux scouts marins, a poursuivi papa. Tu y apprendras la discipline et le sens des responsabilités !

J'ai voulu dire quelque chose, mais aucun mot n'est sorti de ma gorge.

– C'est tout, messieurs, a conclu papa en nous montrant la porte. Disparaissez dans vos quartiers jusqu'au dîner, et que ça saute !

On est sortis la tête basse en évitant de se regarder, Jean-C. et moi.

Les scouts marins ! J'étais anéanti.

Mon nom est B., Jean-B., et le ciel venait de me tomber sur la tête.

Les scouts marins

Papa adore les scouts marins.

Quand il était jeune médecin, il aurait voulu embarquer sur un bateau, naviguer sur toutes les mers du globe et soigner les maladies tropicales dont on avait vu les photos au musée de la Marine, quelques dimanches plus tôt.

Et puis il a rencontré maman. Comme il n'y a pas de place pour six garçons dans la cabine d'un navire de guerre, papa est resté à terre. À part un canoë gonflable à boudins, il n'a jamais eu de bateau non plus, mais il aurait adoré faire de nous une famille de marins. Quand il rentre à la maison le soir, je suis sûr qu'il nous imagine tous au garde-à-vous sur le pont, en uniformes de matelots bien repassés, tandis qu'il grimpe à bord d'un pas leste en lâchant de petits nuages de fumée avec sa pipe.

Pas de chance pour lui, on a tous le mal de mer.

L'été dernier, à la plage des Roches Rouges, on l'avait tanné pour louer un pédalo mais ça avait mal fini : on s'était disputés comme

Une famille aux petits oignons

des chiffonniers pour tenir le gouvernail, puis on avait tous eu envie de vomir l'un après l'autre et papa s'était retrouvé à pédaler tout seul, soufflant et râlant comme s'il ramenait vers le rivage un radeau rempli de naufragés.

– Bonne promenade ? avait demandé maman en nous voyant débarquer.

Papa avait levé les bras au ciel.

– Qui m'a donné un équipage pareil ? Six garçons et pas un qui ait le pied marin ! C'est décidé : à la rentrée prochaine, je les inscris tous aux scouts de mer !

Personne n'avait vraiment cru à sa menace. Papa se met en colère au quart de tour mais il oublie encore plus vite.

Sauf cette fois, et c'était moi qui allais écoper pour tout le monde.

– Est-ce que ce n'est pas une punition un peu sévère, chéri ? m'avait défendu maman, qui déteste les bateaux presque autant que nous.

Papa avait tenu bon.

– Rien de mieux que l'air du large et la fréquentation des gens de mer pour forger un caractère. Tu verras, chérie, cela fera le plus grand bien à notre Jean-B.

Les scouts marins, c'est une sorte d'école de voile dans laquelle on porte un béret, un foulard autour du cou et d'horribles pulls en laine aussi rêches que du cordage.

Quand Jean-A. m'a vu la première fois en uniforme de scout marin, il s'est roulé sur le carrelage comme s'il avait eu des convulsions.

– Tu vas où avec cette bouse de vache sur la tête ? il a dit quand il a pu reprendre sa respiration.

Je me suis regardé dans la glace. Il n'avait pas tort. Pas facile de porter un béret quand on a, comme nous les Jean, les oreilles salement décollées. Surtout avec un short et des chaussettes montantes bleu marine.

J'ai filé vers le port en rasant les murs, le béret fourré dans la poche, en priant le ciel de ne pas croiser un copain.

J'avais toute la ville à traverser et, le temps que je trouve le quai

la cerise sur le gâteau

où était amarré notre bateau école, les gars de ma meute étaient déjà à bord.

Le chef scout avait l'air en rogne.

– Détache le bout et grimpe, Calamar ! il a lancé.

– Le bout ? j'ai répété. Le bout de quoi ?

Les autres se sont mis à ricaner comme si j'avais été un débile mental.

– Le bout d'amarrage ! La corde, quoi ! s'est impatienté le chef scout. Tu retardes tout le monde, Calamar !

Je me suis dépêché d'obéir. Mais quand j'ai voulu monter, la caravelle s'est brusquement écartée du quai et je suis tombé à l'eau, me raccrochant comme je pouvais au bateau qui s'est mis à tanguer méchamment, menaçant de précipiter tout le monde par-dessus bord.

J'avais vraiment réussi mon entrée. Les gars de la meute s'esclaffaient et sifflaient, me laissant barboter dans une eau si froide que j'avais l'impression d'être pris jusqu'à la taille entre les dents d'un piège à loup.

Une famille aux petits oignons

— Donne ta main, m'a fait une voix charitable.

J'ai attrapé celle qu'on me tendait et me suis hissé péniblement à bord. J'étais trempé, grelottant, et je ne m'étais jamais senti aussi humilié de toute ma vie.

— Merci, j'ai bredouillé.

— De rien, a fait mon sauveur. Première fois aux scouts marins ?

— Oui, j'ai avoué.

— Ça se voit, il a fait.

Mais il n'y avait pas de moquerie dans sa voix. Il était plutôt frêle, la capuche de son ciré rabattu sur la tête. J'ai essoré mon béret et me le suis enfoncé jusqu'aux yeux. Si seulement j'avais pu disparaître dessous, comme un lapin dans le chapeau d'un magicien !

Je ne me rappelle pas grand-chose de cette première sortie.

On était tassés comme des sardines, un gilet de sauvetage orange sur le dos, avec le chef scout qui gesticulait en nous expliquant comment manier le foc ou la grand-voile. Chaque fois qu'on virait de bord, il fallait s'écraser au fond du bateau pour éviter de se faire déquiller par la bôme.

On a dû quitter la rade parce que, à un moment, la mer s'est mise à s'agiter. La caravelle avait au moins deux tonnes de coquillages accrochés sous la coque. On se traînait, face au vent, le cœur au bord des lèvres chaque fois qu'une vague plus grosse soulevait la proue.

— Regarde ! m'a fait soudain mon voisin en me collant son coude dans les côtes.

On avait fait demi-tour et on repassait les balises marquant l'entrée du port. Une longue forme sombre et luisante était apparue à tribord. Une sorte d'étui à cigare métallique, surmonté d'un aileron, qui nous a doublés sans bruit, fendant l'eau grise au ras des flots.

J'en ai eu le souffle coupé.

— Un sous-marin !

— Il en passe souvent à cette heure-ci. C'est le moment où ils rentrent de manœuvre.

On l'a regardé s'éloigner dans le soir qui tombait.

— J'en avais jamais vu en vrai, j'ai avoué quand il a disparu complètement.

— Tu t'appelles vraiment Calamar ?

la cerise sur le gâteau

– C'est pas mon nom, j'ai dit. C'est juste mon totem. Et le tien, c'est quoi ?

– J'en ai pas.

– T'es scout et tu n'as pas de totem ?

– Je suis pas scout. Je suis jeannette.

– Jeannette ? j'ai répété. Mais alors, tu es une fille ?

Je devais avoir l'air stupide parce qu'elle a ri.

– Ça se voit pas ? elle a dit en ôtant sa capuche.

Ça ne se voyait pas tellement, en fait. Elle avait des cheveux courts tout ébouriffés, un petit menton volontaire et des joues piquetées de minuscules taches de rousseur.

– Qu'est-ce que tu fais chez les scouts, alors ? j'ai demandé quand je suis revenu de ma surprise.

– Y a pas de jeannettes de mer à Toulon. Mon père a eu une autorisation spéciale pour que je sois intégrée dans une meute de garçons.

Je n'en croyais pas mes oreilles.

– T'es volontaire pour être scout marin ?

– Bien sûr, elle a fait. J'adore naviguer. Plus tard, je serai commandant de sous-marin.

– Sans rire ? j'ai dit. Ils prennent des filles ?

Elle a eu à nouveau son petit rire cristallin.

– Qu'est-ce que tu crois !

– Tu lanceras des torpilles et tout ?

Elle a haussé les épaules, examinant ses mains entre ses genoux.

– J'espère pas. Seulement si je suis obligée. Mon rêve, ça serait de plonger sous la banquise. Le seul truc que je ne sais pas, c'est si je pourrais y emmener mon chat.

– Je croyais que les chats n'aimaient pas l'eau.

– Le mien si. Il boit même au robinet.

Pour une fille, c'était une drôle de fille. Bizarrement, je n'étais pas du tout intimidé de parler avec elle.

Les autres, trop occupés à se chamailler pour tenir la barre ou border les voiles, ne faisaient pas attention à nous.

– J'ai eu un chat, moi aussi, j'ai dit. Un petit chat de gouttière qui s'appelait Diabolo.

– C'est un joli nom, elle a dit.

401

Une famille aux petits oignons

– Tu trouves ? Ça fait penser à « diablotin ».
– Ou bien à diabolo menthe… Tu l'as plus ?
– Il est mort, j'ai expliqué.
– Zut, elle a murmuré. Qu'est-ce qu'il lui est arrivé ?
– Le typhus. Il était tout petit.
– C'est moche…

Elle ne connaissait pas Diabolo mais elle avait l'air sincèrement peinée pour moi. Elle m'a posé des tas de questions pour savoir comment il était, puis on a parlé de son chat à elle, un gros matou nommé Pouchkine.

– Si gros que ça ? j'ai plaisanté. Tu vas avoir du mal à le cacher dans ta cabine, alors, quand tu seras commandant de sous-marin.
– Remarque, elle a dit, ça peut être utile à bord, un matou comme Pouchkine. Surtout s'il y a des souris qui rongent les circuits électriques des torpilles.
– En plus, ça ne consomme pas beaucoup d'air, un chat.
– Et toi, elle a demandé, tu veux faire quoi plus tard ?
– Je ne sais pas encore, j'ai dit. Agent secret ou écrivain.

Elle a paru réfléchir un moment.

– Le deux sont bien, elle a dit finalement. Et pourquoi tu n'écrirais pas des histoires d'agents secrets ? Comme ça, tu n'aurais pas besoin de choisir.
– J'en écris déjà, j'ai dit. Enfin, j'ai commencé…

On a continué jusqu'au retour au port sans rien écouter de ce qu'expliquait le chef scout. Mais quand il a fallu accoster, c'est à elle qu'il a confié la manœuvre. Elle a pris la barre et, en deux temps trois mouvements, elle a rangé la caravelle le long du quai sans même toucher les bouées de protection.

J'ai sifflé entre mes dents.

– Pour une jeannette, t'es un vrai loup de mer !

Elle a eu une petite grimace méprisante.

– C'était fastoche. Même pour ces crétins, elle a ajouté pendant que les autres se dispersaient en se bombardant avec leurs bérets comme des malades.

Ce n'est qu'en sautant à mon tour sur le quai que je me suis aperçu que je tremblais de froid dans mon uniforme trempé.

Hélène

Le lendemain, j'avais quarante de fièvre.

Je suis resté au lit toute la semaine.

– Rien de mieux que l'air du large, disais-tu, chéri ? a ironisé maman.

Papa est très fort comme médecin.

– Un simple rhume, c'est tout, il a diagnostiqué en me tendant un cachet et un verre d'eau sucrée. Avec ça, notre Jean-B. sera prêt à reprendre la mer en un rien de temps.

J'avais la tête en coton, mal partout, même à des muscles que j'ignorais avoir. Mais j'en ai rajouté un peu, histoire de me faire plaindre et de passer pour la victime d'une punition injuste.

– Bizarre, la fièvre ne baisse pas, s'étonnait papa chaque matin, quand je lui rendais le thermomètre que j'avais chauffé en douce sur le radiateur.

À mesure que les jours passaient, il avait l'air de moins en moins fier de m'avoir expédié aux scouts marins.

Une famille aux petits oignons

Vu mon état, pas question que j'aille en classe. Le matin, je restais couché pendant que les autres se bagarraient en râlant dans la salle de bains. Maman m'apportait un plateau au lit, puis tout le monde partait et je me rendormais avec délices dans la maison silencieuse.

Le reste de la journée, je relisais ma collec' de Club des Cinq. Ce n'était plus trop de mon âge, mais j'avais fini tous les Bob Morane de la bibliothèque municipale.

Mon personnage préféré de la série, c'est Mick, le second. Il est téméraire et n'en fait qu'à sa tête, exactement comme moi, alors que François, l'aîné, est aussi casse-pieds que Jean-A., même s'il n'a pas de lunettes.

J'aime bien Annie, aussi. Comme toutes les filles, elle est fragile, trouillarde et se met toujours dans de sales draps. Forcément, avec ses cris de souris, elle énerve Claude, l'autre fille, qui est un vrai garçon manqué. Mais moi, au contraire, ça me donne envie de la protéger, de voler à son secours chaque fois qu'elle est kidnappée par une bande de redoutables trafiquants ou tombée dans les oubliettes d'un château en ruine.

En fait, j'aurais adoré avoir une sœur comme Annie. Comme on est six frères, il n'y a pas de filles à la maison, à part maman, bien sûr. Il n'y en a pas dans nos classes non plus, vu qu'on n'est pas dans des établissements mixtes, sauf Jean-A. qui n'a pas l'air de s'en sortir très bien : à cause de sa poussée de croissance, il tombe raide dingue de toutes ses copines de classe.

Moi, comme je ne fais pas de latin, aucun risque que ça m'arrive. Au pire, ça serait d'une fille comme Annie. Le genre sage, avec des cheveux mi-longs retenus par une barrette.

Quelquefois, je me demande à quoi aurait ressemblé notre famille si papa et maman n'avaient eu que des filles.

C'est papa qui n'aurait pas été à la fête. Impossible de menacer des filles de les inscrire aux scouts marins, ni de leur faire visiter le dimanche les navires de guerre qui font escale dans le port de Toulon. Déjà qu'on traîne dans la salle de bains le matin pour faire semblant de prendre nos douches et de nous brosser les dents, il serait devenu fou avec six filles coquettes qui se lavent *vraiment* et

la cerise sur le gâteau

qui passent leur journée devant la glace à se coiffer et à faire des mines.

Même maman n'a pas l'air tentée. Elle dit souvent qu'élever six garçons est un jeu d'enfant, qu'il suffit d'être très calme et très organisée. Est-ce qu'elle aurait été assez calme et assez organisée pour élever six sœurs Dalton ?

Le samedi suivant, j'étais en pleine forme.

– Pas question que tu ailles aux scouts marins dès aujourd'hui, a dit papa, catégorique. Tu es encore trop faible.

– L'air du large va me forger le caractère ! j'ai protesté. Et puis, une punition est une punition. Je l'ai bien méritée !

Rien à faire. J'ai dû attendre une longue semaine pour retourner au port. Mais à peine arrivé, j'ai regretté d'être là.

« Des nouvelles de notre jeannette ? » a demandé le chef scout en faisant l'appel. « Non, non », ont ricané les autres. Comme il pleuvait, on n'est pas sortis en mer. On a passé l'après-midi dans le petit local de la meute, à faire des nœuds d'amarrage impossibles et à se cracher dessus dès que le chef de meute avait le dos tourné.

– T'en fais, une tête ! Tu t'es disputé avec tes copains ? m'a demandé Jean-A. quand il m'a vu rentrer, la mine sombre et le béret dégoulinant de pluie.

– J'ai pas de copains aux scouts, j'ai dit. Occupe-toi plutôt de ta guitare pourrie.

Une famille aux petits oignons

– T'en veux un coup sur la caboche ?
– Essaye un peu pour voir.
Pour un après-midi raté, c'était un après-midi raté.
Mais ce qui me rendait le plus furieux, c'était d'avoir tellement attendu ce moment. Est-ce que je n'avais pas des milliards d'autres choses plus intéressantes à faire ?
– M'en fous, j'ai pensé. Ils peuvent toujours s'accrocher : samedi prochain, j'irai pas !

La semaine d'après, j'ai failli ne pas la reconnaître.
Elle n'avait plus son ciré mais un gros pull bardé d'écussons et un pantalon de velours retroussé sur les chevilles. Jamais je n'aurais pensé qu'un béret scout pouvait aller à quelqu'un : elle le portait relevé en arrière, pas écrasé sur la tête, comme nous, ce qui arrondissait son visage et soulignait les taches de rousseur sur ses joues.
– Salut, elle a dit.
– T'étais pas là la semaine dernière ? j'ai demandé bêtement, alors que je connaissais la réponse.
Elle a fait la grimace.
– Ma mère... Elle m'a inscrite de force à un concours de piano.
– La vache ! j'ai dit. Moi, c'est mon père qui m'a inscrit de force ici.
– T'es obligé de venir tous les samedis, alors ?
– J'ai pas le choix.
– C'est dur, elle a dit, avant de tirer une photo de sa poche. Tiens, j'ai quelque chose à te montrer.
– C'est qui ?
– Pouchkine. Mon chat.
Je l'ai regardé un moment avant de réaliser qu'il ne me restait même pas une photo de Diabolo. J'en avais pris quelques-unes avec l'appareil de papa, mais Jean-F. avait ouvert le boîtier pour s'amuser et toute la pellicule avait été fichue.
– Il a l'air doux, j'ai dit en hochant la tête. C'est normal qu'il ait les yeux fermés ?
– C'est le flash, elle a expliqué. En fait, il est nyctalope. Tu sais ce que ça veut dire ?

la cerise sur le gâteau

– Oui. Qu'il peut voir la nuit. Comme Bob Morane.

Elle a rempoché sa photo parce que le chef scout nous appelait pour former l'équipage.

On s'est retrouvés séparés aux deux bouts du bateau. Comme il soufflait un mistral force 4, la caravelle filait toutes voiles dehors et on n'était pas trop de dix à tirer sur les écoutes. À chaque bord, on prenait des paquets d'écume dans la figure, mais elle n'avait pas l'air de s'en apercevoir. Les yeux plissés par la concentration, elle tenait la barre, retenant son béret de l'autre main pour ne pas qu'il s'envole.

Mon rôle à moi, c'était juste de me pencher en arrière avec les autres quand le voilier gîtait trop. Mais quand on est rentrés au port, j'avais l'impression qu'on venait tous les deux d'arracher à la tempête un navire en détresse.

– Pour notre jeannette, hip hip hip! hourra! a lancé le chef scout au moment de débarquer.

– Hip hip hip! hourra! on a tous crié en chœur.

J'ai fait un bout de chemin avec elle pour rentrer.

– Tu vas pas t'y mettre, toi aussi, elle a pesté.

– Moi? Qu'est-ce que j'ai fait?

– Ce ban ridicule, tout à l'heure… Ces crétins vont m'applaudir chaque fois que je fais quelque chose simplement parce que je suis une fille?

– J'ai pas de sœur, j'ai dit en matière d'excuse. J'ai pas l'habitude de ce qu'il faut faire.

– T'es fils unique?

– Non, j'ai cinq frères.

Elle a sifflé entre ses dents.

– C'est pas de chance.

– Tu l'as dit…

On a continué un moment en silence. J'avais mon vélo à la main mais je n'étais pas pressé de sauter dessus.

– Tu lis quoi? elle a demandé à un moment en montrant le bouquin qui dépassait de ma poche.

J'ai eu un petit rire désinvolte.

– Ça? Oh! un vieux Club des Cinq de mes frères.

Une famille aux petits oignons

Je n'avais aucune envie qu'elle me prenne pour une banane.

– J'adore ! elle a dit au contraire. C'est lequel ?

Je le lui ai montré. *Le Club des Cinq et le trésor de l'île*, que j'avais dû dévorer au moins douze fois.

– Moi aussi, elle a dit. Et c'est qui, ton personnage préféré de la bande ?

– Mick. À part Dagobert, bien sûr.

– J'en étais sûre. Moi, c'est Claude ma préférée. Je rêverais d'avoir une île déserte comme elle, juste en face de ma maison.

– Et Annie ? j'ai demandé, mine de rien. Tu la trouves comment ? Elle a eu une drôle de petite moue.

– Une cruche. Je déteste les filles qui pleurnichent sans arrêt.

– Moi aussi, j'ai dit, avant d'ajouter, histoire de changer de sujet : Au fait, c'est quoi ton prénom ?

– Hélène. Et le tien ?

– Jean-B.

– C'est mieux que Calamar, elle a remarqué en riant.

– Tu l'as dit.

On était arrivés près de la gare. C'était là que nos chemins se séparaient et on a filé chacun de notre côté sans se retourner.

— C'est qui, Hélène ? m'a demandé Jean-C. un matin.
— Qui ça ? j'ai grincé en entrouvrant péniblement les paupières.
Jean-A. a ricané avant de sauter à pieds joints depuis le lit du haut.
— Ne fais pas ton innocent. T'as répété son nom plusieurs centaines de fois cette nuit dans ton sommeil.
J'ai plongé sous les draps pour éviter la chaussette sale qu'il me lançait.
— Hélèèène, Hélèèène ! il a bêlé en se trémoussant sur la descente de lit. Allez, raconte, c'est qui ?
— Personne, j'ai marmonné, avant de lui expédier mon polochon en plein dans la figure.
— Et ça ? il a demandé en me collant mon cahier de textes sous le nez. « LN, LN… » C'est un message codé, peut-être ?
— Repose ça ou t'es mort, j'ai fait.
— Essaye un peu pour voir.

La cerise sur le gâteau

Il a balancé mon cahier de textes avec sa couverture gribouillée sur le bureau avant d'ajouter :
– Tu serais pas en train de faire une poussée de croissance, toi aussi ?
– Je grandis, nuance, j'ai grommelé. Ça n'a rien à voir ! En plus, j'ai pas de leçon à recevoir d'un âge-bêteux.
– Pauvre banane, a ricané Jean-A. Moi, au moins, je rêve pas des filles à haute voix.

Ça a été un drôle de trimestre.
Depuis le retour des vacances de Noël, j'avais pris près de dix centimètres. En classe, maintenant, je dépassais presque tout le monde. Même les profs l'avaient remarqué. Impossible de me cacher quand je rêvassais pendant les cours ou que je griffonnais dans mon cahier de brouillon au lieu d'écouter. Ça ne ratait pas, je me faisais prendre à chaque fois.
– Pouvez-vous m'expliquer ce que c'est que ÇA, jeune homme ? a demandé le prof de français, un jour qu'on préparait d'arrache-pied le prochain contrôle de grammaire.
J'étais tellement absorbé par mon travail que je ne l'avais même pas entendu venir. Il a attrapé ma feuille et l'a montrée à toute la classe.
– Euh… un plan de sous-marin, m'sieur, j'ai bredouillé.
– Tiens donc. Et cette chose, là, sur la couchette ?
– C'est Pouch… euh… juste un chat, m'sieur.
– Un chat, dans un sous-marin, a répété rêveusement le prof. Vous vous destinez à une carrière de peintre abstrait, Jean-B. ?
– Non, m'sieur…
– Eh bien, pour votre peine, vous me copierez cinq cents fois pour demain : « Il eût été préférable que je révisasse et que j'apprisse mes leçons de conjugaison. » Avec signature des parents, bien entendu…
Ce soir-là, ça a bardé pour mon matricule.
– Qui m'a donné des grands pareils ? s'est emporté papa. Nous n'allons tout de même pas avoir deux adolescents dans la famille !
– J'ai bien peur que si, chéri, a soupiré maman.

Une famille aux petits oignons

– Je te préviens, Jean-B., a menacé papa. S'il est impossible d'obtenir de toi que tu révisasses et que tu apprisses, eh bien… je te désinscris séance tenante des scouts marins !

La menace m'a fait froid dans le dos et je me suis remis à travailler. Mes notes ont remonté rapidement mais le cœur n'y était pas.

Dans la cour, ceux de ma classe continuaient à se montrer leur collec' de porte-clefs, à faire des pronostics pour les soirées du championnat et à se mettre des peignées à la moindre occasion.

– Tu viens, Jean-B. ? ils me demandaient. Qu'est-ce que tu fiches tout seul ?

– Bof ! je disais.

Même aller dans la colline avec Grandrégis pour tirer des péno comme des malades ne me disait plus rien.

– On se fait une partie de Risk ? proposait Jean-C. le mercredi aprèm', quand il traînait de chambre en chambre en cherchant quelqu'un à embêter.

– …

– Si on prenait ta descente de lit comme tatami et que je te montrais mes dernières prises de judo imparables ?

– …

– On fait quoi alors ?

– Bof.

Jean-C. repartait en tempêtant dans la maison :

– Ça sert à quoi d'avoir des frères aînés si on peut jamais rien faire avec eux ?

– C'est l'âge bête, soupirait maman.

L'âge bête, moi ? Et puis quoi encore ! Personne ne me comprenait dans cette famille. Je n'avais envie de rien, c'est tout.

Jean-A., au moins, avait sa guitare pourrie. Un copain lui avait refilé un pantalon avec des franges, genre Davy Crockett. Papa et maman auraient fait une attaque s'ils l'avaient vu dedans. Alors il l'enfilait en cachette et se plantait devant le miroir de la chambre avec sa guitare en faisant semblant de chanter en play-back.

Le soir, on faisait nos devoirs côte à côte tous les deux, comme autrefois. Sauf qu'on entassait des piles de livres entre nous pour que l'autre ne voie pas ce qu'on faisait.

la cerise sur le gâteau

— Tu recopies les préparations de latin que te filent tes copines ? je ricanais.

— Je parle pas aux scouts marins, grinçait Jean-A. Si tu mangeais plutôt ton béret ?

La vérité, c'est que je n'étais pas préparé du tout à avoir une fille pour meilleur copain.

Quand on se retrouvait au local scout, le samedi, on se disait à peine « Salut » et on passait l'après-midi chacun de notre côté sans plus s'adresser la parole. Les autres n'auraient pas compris que je sois copain avec la seule jeannette de la meute. Comme elle était mille fois meilleur marin qu'eux, ils n'arrêtaient pas de rigoler bêtement et de devenir écarlates quand le chef scout les mettait en binôme avec elle.

— Tu comprends pourquoi je rêve d'avoir une île déserte comme Claude ? elle soupirait. Je pourrais sauter dans un bateau quand je voudrais et planter là tous ces crétins…

— … Et moi, mes frères ! je soupirais à mon tour, avant de me demander si je faisais partie, avec Pouchkine, de ceux qu'elle aurait emmenés sur son île.

Quelquefois, je la ramenais à vélo. C'était facile, elle ne pesait presque rien sur mon porte-bagages. On se quittait toujours au même carrefour, un peu comme des voleurs. « Salut ! » « Salut ! » De retour à la maison, je me jetais sur mon lit sans même enlever mes grosses chaussures trempées d'eau de mer et j'attaquais le nouveau Signe de Piste qu'elle m'avait prêté.

— C'est bien ou pas ? me demandait Jean-A., en louchant vers mon livre par-dessus son *Salut les copains*.

— Bof, je répondais.

— C'est qui qui te l'a passé ?

— Personne.

— Tu lis des livres de filles, maintenant ?

— Quoi ?

— Y a un nom écrit sur la couverture, je te signale.

— Comme si j'allais croire un bigleux, je répondais en planquant le livre derrière mon oreiller. Pourquoi tu n'irais pas faire

Une famille aux petits oignons

la manche avec tes pieds sales et ta guitare au lieu de jouer avec mes nerfs ?

– Vous allez la fermer, oui ? criait Jean-C. à travers la cloison.

– Vous voulez qu'on vienne vous mettre une raclée ? renchérissait Jean-D.

Je ne répondais même pas. À quoi ça aurait servi ?

Bof…

Le dîner de grands

Je ne recommande à personne d'avoir des frères. Surtout un aîné et quatre plus petits.

Si vous voulez savoir ce que c'est qu'une famille de six garçons, imaginez six fils uniques forcés de vivre ensemble sous le même toit. On voudrait tous avoir un endroit rien qu'à nous et, surtout en grandissant, personne pour fourrer son nez dans nos affaires. Même si papa et maman sont très organisés, on n'a jamais un moment pour parler avec eux seul à seul : leur dire quand ça ne va pas, quand on a le cafard, par exemple, ou qu'on voudrait disparaître dans un bathyscaphe plutôt que d'aller en devoir de maths.

Alors, pour compenser le fait qu'on est une famille nombreuse, papa et maman ont eu une super idée : une fois par mois, depuis qu'on habite à Toulon, ils invitent l'un d'entre nous au restaurant.

Sauf Jean-F., bien sûr, parce qu'il est trop petit et qu'ils n'ont aucune envie de passer leur soirée à le regarder tambouriner dans

Une famille aux petits oignons

sa purée en faisant des imitations de winchester à chargeur automatique.

Papa et maman, qui ont des principes éducatifs, appellent ça « la soirée d'écoute individualisée ». Un petit moment de fête réservé à chacun et qui permet de faire le point.

Pour que ce soit vraiment réussi, on a le droit de choisir son restaurant. La dernière fois, c'était au tour de Jean-C. Comme il avait voulu aller au chinois et qu'il est nul pour manger avec des baguettes, papa et maman sont rentrés avec des grains de riz plein les cheveux et l'air de regretter amèrement leurs bonnes idées éducatives.

Les autres, pendant ce temps-là, restent seuls à la maison sous la responsabilité des aînés. On est archi-jaloux de celui qui sort, bien sûr, mais c'est quand même une bonne soirée : maman nous a préparé un apéritif dînatoire qu'on a le droit de manger devant la télévision, à condition naturellement d'être tous au lit à neuf heures pétantes.

— Promis juré ! assurent ceux qui restent.

— À moins, naturellement, précise papa, que certains d'entre vous n'aient choisi d'être invités prochainement à la cantine des enfants de troupe…

Sauf que, manque de pot, la veille du jour où c'était enfin mon tour, papa nous a convoqués au salon, Jean-A. et moi.

Visiblement, il avait préparé son coup avec maman. Peut-être même que l'idée venait d'elle.

— Mes Jean, il a dit, je crois qu'il est temps d'avoir un dîner de grands. Juste tous les trois. Tu n'y vois pas d'inconvénient, Jean-B. ?

— Et ma soirée d'écoute individualisée ? j'ai protesté. Les autres ont tous eu la leur ! Pourquoi je devrais la partager avec Jean-A. ?

Ce dernier n'avait pas l'air ravi non plus de la proposition de papa.

— Eh bien, ce sera une soirée d'écoute individualisée en groupe, voilà tout, a expliqué papa. Il y a longtemps que nous ne nous sommes pas retrouvés entre hommes pour un moment de franche et saine camaraderie.

la cerise sur le gâteau

– Et on mangera où ? a demandé Jean-A.
– C'est une surprise, a dit papa.

J'avais beau être ultradéçu de m'être fait voler ma soirée d'écoute individualisée, on n'était pas peu fiers, ce soir-là, quand on a sauté dans la 2CV avec papa.

Les moyens et les petits, en pyjama sous le porche, nous ont regardés partir avec envie comme si on décollait pour la Lune.

– Inutile de nous attendre, a lancé papa en agitant la main par la vitre de la portière. On risque de se bourrer toute la nuit d'énormes pizzas croustillantes en sirotant des sodas ! Pas vrai, les gars ?

– Et comment ! on a gloussé.

– Je te rappelle que les grands *aussi* ont classe demain, a fait remarquer maman qui ne perd jamais le sens des réalités.

– Bah, a fait papa. Ce n'est pas tous les jours qu'on se tape la cloche entre hommes. Pas vrai, les gars ?

– Et comment ! on a répété pendant que papa démarrait sur les chapeaux de roue.

Il avait bien choisi son endroit. On adore les pizzas, Jean-A. et moi, et on a commandé tous les trois les super géantes à l'huile piquante que maman ne veut jamais qu'on prenne, de peur qu'on se détraque l'estomac et qu'on en laisse dans notre assiette.

– Vous êtes sûrs que vous ne préférez pas une petite salade verte et des brocolis nature ? a plaisanté papa quand elles sont arrivées.

– Beurk ! on a fait.

– Vous avez bien raison, mes Jean, a dit papa en attaquant sa pizza. À votre âge, on a besoin de nourriture solide.

Papa est très fort comme médecin, alors on en a profité pour commander, en plus, une portion de frites chacun. On était au bord de l'explosion à la fin, mais on a quand même pris une glace, histoire d'en profiter à fond.

Quand on en est arrivés au dessert, papa a pris une profonde inspiration. Il s'est essuyé trois fois la bouche et a toussoté.

– Les enfants…

Jusque-là, on avait parlé de tout et de rien. Mais on aurait bien dû se douter que papa ne nous avait pas proposé ce dîner de grands

Une famille aux petits oignons

juste pour qu'on se fasse éclater l'estomac en commentant les résultats de football.

Il a retoussoté avant de poursuivre :

– Vous voilà tous les deux entrés… eh bien… dans une période nouvelle de la vie. Votre maman et moi avons pensé que je pourrais… eh bien, en tant que papa et que médecin, répondre à… enfin, aux questions que vous vous posez sans doute.

On s'est regardés avec Jean-A.

– Des questions ? Mais sur quoi ?

– Eh bien, sur l'adolescence, a expliqué papa. C'est un âge difficile, où l'on s'interroge souvent sur… euh… le sens de la vie et sur les sentiments que l'on… enfin, que l'on commence à éprouver pour les… euh… personnes du sexe opposé…

– Les quoi ?

Jean-A. m'a donné un coup de coude.

– Papa veut dire les filles, banane.

– Ah.

Ça a jeté comme un froid.

– Dans une famille de garçons, a continué papa, de plus en plus mal à l'aise, il n'y a pas de… euh… jeunes filles, par définition, n'est-ce pas ? Alors, c'est un sujet qui peut légitimement… eh bien, vous préoccuper…

Il avait l'air tellement gêné que je me suis fouillé désespérément la cervelle pour trouver une question à lui poser.

– Est-ce que…

– Oui ? m'a encouragé papa.

– Non, rien.

Il s'est tourné vers Jean-A.

– Toi qui es l'aîné, est-ce qu'il y a des choses qui te… euh… tracassent et dont tu voudrais qu'on parle ? Après tout, tu es dans un lycée mixte et…

Jean-A. a fait une moue méprisante.

– Tu sais, moi, à part le latin…

Papa a hoché gravement la tête.

– Autre chose, mes grands ?

– Non, on a fait.

la cerise sur le gâteau

Papa a poussé un grand soupir de soulagement.
– Eh bien, je suis vraiment ravi que nous ayons eu entre hommes cette conversation franche et sans tabou, il a dit. Nous pourrons recommencer quand vous voudrez. D'accord, mes Jean ?
– Et comment ! on a répondu.
Papa était tellement content de s'en tirer à si bon compte qu'il a laissé un énorme pourboire au garçon.
À peine sorti du restaurant, il a allumé sa pipe. Dans la 2CV, il chantonnait « pom pom pom ! » et s'amusait à faire crisser les pneus comme s'il venait d'échapper par miracle à un tremblement de terre de magnitude 12.
– Bonne soirée ? a demandé maman quand on est rentrés.
– Excellente ! a dit papa. Pas vrai, les gars ?
– Et comment !
– Un vrai dîner entre hommes, a développé papa avec enthousiasme. Sans petits, sans moyens et sans…
– Sans qui, chéri ? a fait maman en dressant un sourcil interrogateur.
– Euh… sans tabou, chérie, s'est rattrapé papa.
– Ah bon, a fait maman. Et si les hommes allaient se coucher dare-dare, maintenant ? Ils ont classe à huit heures, demain.

Une famille aux petits oignons

On peut toujours compter sur elle pour ne pas perdre le nord. Mais c'était un peu normal aussi qu'elle soit pressée d'aller au lit : c'est elle qui s'était tapé les petits et les moyens pendant qu'on rigolait comme des bossus en se gavant de pizzas croustillantes et de chocolats liégeois.

– Bonne nuit ! on a lancé en décampant sans demander notre reste.

– *Damned !* a pesté Jean-A. quand on a été dans la chambre. Papa était de super bonne humeur. On aurait dû en profiter pour réclamer une rallonge d'argent de poche.

– T'as raison, j'ai pesté à mon tour. Une belle occasion manquée !

L'anniversaire de Jean-A.

Depuis quelque temps, papa et maman n'arrêtent pas d'emprunter des livres à la bibliothèque municipale. *Adolescents : comment les comprendre… Le Conflit des générations… Ces jeunes qui nous font peur…*

Ils les potassent au salon, le soir, en se lisant des passages à haute voix et, à la façon dont ils prennent des notes, on dirait qu'ils étudient une espèce rare et dangereuse dont l'arrivée inévitable menace la vie sur Terre.

Heureusement, notre dîner de grands a beaucoup rassuré papa.

– Tu vois, chérie, on se fait une montagne de l'adolescence de ses enfants. Mais au fond, ce n'est pas si compliqué.

– Il suffit d'un peu d'organisation…

– Et de maintenir un dialogue franc et ouvert avec nos jeunes. Nous nous en tirons très bien, tu ne trouves pas ?

– Si si, a dit maman avec fierté. Tous ces livres, finalement, font beaucoup d'histoires pour rien.

Ce qui a fait toute une histoire, par contre, c'est l'anniversaire de Jean-A.

Une famille aux petits oignons

– Mes copains ont tous des parents hyper compréhensifs, il a dit. Pourquoi je serais le seul garçon de ma génération à ne pas pouvoir organiser une boum pour mon anniversaire ?
– Une quoi ? a demandé papa.
– Un après-midi dansant, a traduit maman.
– Un après-midi dansant ? À la maison ?
– J'ai bien peur que oui, a confirmé maman.
Ils se sont regardés tous les deux comme s'ils venaient de découvrir un colis piégé au milieu du salon.
– Et qui comptes-tu inviter à cette… euh… boum ? a finalement demandé maman.
– Des gens de la classe, a expliqué Jean-A. en rougissant jusqu'aux oreilles.
– Il veut dire des garçons *et* des filles, a traduit papa.
– Des filles ? a répété maman. À la maison ? Mais pour quoi faire ?
Visiblement, elle n'avait jamais imaginé que ça puisse arriver un jour.
– Je crains que des cavalières ne soient indispensables dans un après-midi dansant, a observé papa.

Ils ont dû se replonger dans leurs livres avant de donner une réponse parce qu'on n'en a plus entendu parler durant quelques jours.
– S'ils disent non, je commence une grève de la faim illimitée, a menacé Jean-A.
Quand la réponse est tombée, j'ai cru qu'il allait exploser de joie.
– Autorisation exceptionnelle accordée, a résumé papa à contre-cœur. Il ne sera pas dit que nous serons les seuls parents rétrogrades du monde civilisé. Mais pas question que les petits et les moyens assistent à cette… euh… petite sauterie. Elle aura lieu dans ta chambre, et je me réserve le droit d'y passer la tête de temps en temps pour contrôler le bon déroulement des… euh… festivités.
– Merci, papa, merci, maman ! s'est écrié Jean-A. en leur sautant dans les bras. Vous êtes vraiment les vieux les plus cool de…
– Pardon ? a fait papa.
– … les deux plus chou de tous les parents !

la cerise sur le gâteau

– J'aime mieux ça, a dit papa. Et comme c'est aussi la chambre de Jean-B., je compte sur toi pour l'intégrer à votre petit groupe. C'est bien entendu ?

– Si tu crois qu'un scout marin va me gâcher ma boum, a prévenu Jean-A. quand on s'est retrouvés tous les deux, tu peux toujours te brosser.
– Ordre de papa, j'ai dit. Tu préfères que je sois au milieu de tes copines, en pyjama, à vous regarder vous trémousser comme des malades ?
Il est devenu vert de rage.
– C'est *mon* anniversaire !
– C'est aussi *ma* chambre !
– D'accord, a fait Jean-A. avec un soupir exaspéré. Tu peux venir mais comme larbin : seulement pour t'occuper du buffet.
– Tu me prends pour une banane ? J'invite des copains ou rien.
– D'accord, il a dit. Juste un, alors. Et pas question que ce minus et toi dansiez avec une seule de mes copines.
– Aucun risque. Je danse pas avec les asperges.
– Tu ne sais même pas ce que c'est qu'un slow ! a ricané Jean-A.
– Bien sûr que si. C'est quand on tient une fille dans ses bras et qu'on marche sur place comme des robots.
– N'importe quoi, il a dit.
– Je t'ai vu t'entraîner en cachette avec un balai, j'ai ricané.
– Moi ? Répète un peu pour voir !

Le grand jour est arrivé très vite.
On avait débarrassé la chambre pour faire une piste de danse et Jean-A. l'avait décorée avec des posters de ses groupes favoris. À la place des lits et du bureau, on avait disposé le long des murs tous les sièges qu'on avait pu trouver dans la maison. Avec les petites lampes recouvertes de foulards indiens, ça faisait une ambiance du tonnerre.
– Tu as vraiment besoin de fermer les rideaux ? avait demandé maman en contemplant avec effroi sa maison sinistrée. Vous n'allez pas passer l'après-midi dans le noir alors qu'il fait si beau !

Une famille aux petits oignons

Jean-A. avait levé les yeux au ciel.

– C'est une boum de jeunes, maman. Personne ne danse en plein soleil de nos jours !

Elle avait quand même obtenu qu'on installe le buffet dans le jardin. Il y avait de la citronnade, des jus de fruits bourrés de vitamines, des bols de friandises joliment présentés sur une nappe en papier crépon.

Mais le clou du goûter, c'était l'énorme gâteau d'anniversaire qu'elle avait préparé la veille : il prenait une étagère entière dans le réfrigérateur, avec « BON ANNIVERSAIRE JEAN-A. » en lettres de nougatine écrit sur le glaçage.

Il fallait au moins ça parce que, à part une petite poignée de copains, Jean-A. avait invité à sa boum *toutes* les filles de son cours de latin.

On aurait dit que maman n'en avait jamais vu de toute sa vie. Il faut dire qu'elles étaient déjà surexcitées alors que la boum n'avait pas commencé. Maman et papa se tenaient sur le seuil pour les accueillir, mais comme il y avait une pancarte « C'est par là » accrochée à la porte, la plupart filaient droit à la chambre en leur adressant tout juste un « Salut ! » inaudible.

– Bah, a observé papa en tirant flegmatiquement sur sa pipe. Ne nous formalisons pas pour si peu. Nous sommes des parents dans le coup, n'est-ce pas, chérie ?

– Est-ce que Jean-A. n'avait pas dit qu'il invitait des filles ? s'est étonnée maman en battant des paupières.

– Si, chérie. Pourquoi ?

– Ce ne sont pas des filles : ce sont des *jeunes filles* ! Certaines ont même des talons hauts !

– Bah, a répondu papa. Il faut croire que nous n'avons pas vu notre Jean-A. grandir, voilà tout.

Les petits et les moyens avaient été consignés dans leurs chambres, avec interdiction absolue d'en sortir sous peine d'être expédiés séance tenante aux enfants de troupe. Agglutinés à la fenêtre, les yeux écarquillés, on aurait dit qu'ils assistaient à l'arrivée du Tour de France.

Dans la chambre, déjà, l'ambiance battait son plein.

la cerise sur le gâteau

Jean-A. avait demandé à chacun d'apporter des disques, et tout le monde se disputait pour passer le sien sur l'électrophone que nous avait prêté papa.

– Attention ! répétait Jean-A. Le bras est hyper fragile !

De toute façon, personne ne dansait. Les filles s'étaient regroupées dans un coin et gloussaient entre elles pendant que les garçons se lançaient à la figure les pochettes de 45 tours en ricanant comme des bossus.

– Tu écoutes vraiment Ricky Storm ? Ça ne m'étonne plus que tu aies des poussées d'acné, mon p'tit vieux.

– Je rêve ! Qui a apporté le dernier Michelangelo and the Monkeys ? Y a plus personne qui danse là-dessus depuis au moins trois siècles !

Avec la lumière d'ambiance, les copains de Jean-A. paraissaient tous un peu bizarres. Il y avait un tout petit, un immense tout maigre avec une coiffure de hérisson et le troisième était encore plus binoclard que Jean-A.

– C'est pas mes copains, il m'a avoué après. Règle n° 1 quand tu organises une boum chez toi : invite les garçons les plus moches du lycée, comme ça les filles ne veulent danser qu'avec toi.

C'était hyper bien joué. Il faudrait que je m'en souvienne quand viendrait mon anniversaire.

– Qu'est-ce que tu en penses ? m'a demandé Jean-A.

J'ai dû le faire répéter parce que quelqu'un avait monté l'électrophone à fond.

– Des filles de ma classe ! il m'a hurlé dans l'oreille. Pas mal, non, pour des latinistes ?

Comme il faisait noir, on les voyait mal. Surtout que c'était le premier slow de la boum et qu'elles s'étaient toutes trouvé quelque chose d'archi-important à faire pour échapper aux faux copains moches de Jean-A.

– Tu danses pas ? j'ai hurlé à mon tour.

– Tu m'as regardé ?

– Ça sert à quoi d'avoir organisé une boum, alors ?

Il portait le pantalon en daim à franges de Davy Crockett et une chemise violette aussi étroite qu'une combinaison de plongée. Il a soupiré.

la cerise sur le gâteau

– Impossible d'avoir une fille à ton anniversaire sans ça. Mais tu vas voir : après mon récital pop, tout à l'heure, elles se battront pour danser avec moi.
– Je croyais que t'aimais pas ça.
– J'aime pas *inviter* à danser, nuance. Tu comprendras quand tu seras grand.
– Ça va, les jeunes ? a lancé papa en passant la tête par la porte. Pas encore de pieds écrasés ni de morts par asphyxie ?
La musique était si forte que personne ne l'a entendu.
– C'était qui ? m'a demandé une fille.
– Mon père, j'ai répondu.
– Il a l'air trop sympa. T'as vraiment de la chance. Le mien est aussi sévère que mon dico français-latin.
Est-ce que c'était Véronique ? Ou Marie-Pierre, ou Isabelle, les soi-disant anciennes de Jean-A. ?
Il faisait au moins quarante degrés dans la chambre, tout le monde était en nage. Quand les filles se sont lancées dans un jerk endiablé sur Michelangelo and the Monkeys, j'ai réalisé que je n'aurais jamais dû inviter Hélène à l'anniversaire de Jean-A.

Depuis François Archampaut, je n'ai plus de meilleur copain. À part Grandrégis, bien sûr, l'ancien meilleur copain de Jean-A., mais je ne le voyais pas venir jerker à la boum du type qui avait criblé les mollets de sa sœur avec une carabine à patate.
Ça m'était venu comme ça, juste parce que l'anniversaire tombait un samedi et que j'allais rater les scouts marins.
– Samedi qui vient ? Chez toi ? elle avait dit.
– C'est l'anniversaire de mon grand frère, j'avais expliqué d'un air détaché, comme si c'était hyper naturel dans ma famille d'inviter une fille à la maison. Il est dans un lycée mixte, j'avais ajouté, alors il y aura plein de monde et de la musique à fond.
Elle avait eu une grimace d'hésitation.
– J'essaierai de venir. Je ne te promets rien.
Hélène habite de l'autre côté de Toulon, sur la presqu'île, dans une maison avec un grand jardin qui donne sur la mer. Je l'y avais raccompagnée, une fois, et il m'avait fallu près d'une heure à vélo,

Une famille aux petits oignons

en pédalant comme un perdu pour arriver à la maison avant le dîner.

Le jour de l'anniversaire de Jean-A., j'avais guetté un long moment au portail en espérant la voir arriver. Puis j'avais rejoint les autres. Je surveillais ma montre, sursautant chaque fois que la porte s'ouvrait. Mais ce n'était que papa qui inspectait la petite sauterie, comme il l'avait promis, ou les moyens évadés de leur chambre qui essayaient d'entrer avant de détaler à toutes jambes pour ne pas se faire prendre.

À mesure que l'après-midi passait, je m'étais fait une raison. Hélène n'avait peut-être pas eu envie de venir, finalement. Ou elle n'avait trouvé personne pour l'amener chez nous. J'étais déçu, bien sûr, mais je n'étais pas certain finalement qu'elle aurait été à sa place au milieu des copines de latin de Jean-A.

– Tiens, un rescapé, a lancé papa comme je sortais de la chambre, à moitié ébloui de retrouver la lumière du jour. Tu tombes bien, Jean-B., ton invitée vient d'arriver.

Mon cœur a failli s'arrêter.

Hélène était assise sur une chaise de jardin, un verre de citronnade à la main, en pleine discussion avec maman.

Est-ce qu'elle était là depuis longtemps ? Quand elle m'a vu, elle s'est levée d'un bond.

– Ta charmante amie nous racontait vos exploits aux scouts marins, a poursuivi papa. J'ignorais qu'on y acceptait les jeannettes.

– C'est la seule, chéri, a dit maman.

– À mon époque… a commencé papa.

– Si tu les laissais plutôt rejoindre la fête ? a proposé maman. Cette jeune fille est trop bien élevée pour que tu abuses de sa gentillesse.

Je devais être écarlate. Je n'avais parlé à personne de mon invitation, comptant qu'Hélène passerait incognito au milieu des copines de Jean-A. Pourquoi est-ce que je ne l'avais pas attendue plus longtemps au portail ? Maintenant, c'était trop tard : papa et maman savaient que je connaissais une fille et pourquoi je ne râlais plus comme un putois pour me rendre aux scouts marins.

la cerise sur le gâteau

Comme elle attendait debout, sans rien dire, son petit sac en toile à la main :
– Elle vient pas pour l'anniversaire, j'ai bégayé. On doit réviser nos… euh… des trucs de voile… dans la colline.
– Dans la colline ? a répété papa. Drôle d'idée. À mon époque, aux scouts marins, on faisait plutôt de la voile sur l'eau.
Mais déjà j'avais filé avec Hélène.
– N'oubliez pas de revenir pour le gâteau ! nous a crié maman, toujours pratique.

Monsieur le mé-mé...

La colline, c'est un immense terrain derrière la villa, auquel on accède par un trou du grillage.

Il y a des restanques qu'on peut dévaler à fond de train, des buissons où construire des cabanes, des amandiers si serrés par endroits qu'on peut passer de branche en branche sans jamais mettre pied à terre.

C'est notre terrain de jeux préféré, à nous les Jean. Au début, on a dû s'y faire une place à coups de lance-pierres et de figues pourries, mais depuis qu'on a signé la paix avec les Castors, il y a bien assez de place pour nous tous dans la colline.

J'ai montré à Hélène les restes de la cabane qu'on avait construite avec Jean-A., nos coins favoris pour se planquer des Castors ou faire des réunions secrètes. Je lui ai montré aussi le pont de singe qu'on avait installé entre deux arbres, pour passer au-dessus d'un rang de fils barbelés sans se faire déchirer les mollets.

– Je peux monter ? elle a demandé.

– Bien sûr. Attends, je vais t'aider.

En fait, elle grimpait aux arbres aussi bien que moi. Elle portait

la cerise sur le gâteau

des chaussures plates, un pantalon de toile claire et un chemisier sans manches. On s'est amusés à traverser dans un sens puis dans l'autre, en s'imaginant qu'on était des explorateurs franchissant un précipice vertigineux sur une passerelle de lianes, ou des pirates prenant un navire à l'abordage.

Après, on a ramassé des amandes encore vertes qu'on a décortiquées, assis sur des pierres couvertes de mousse. On était loin de la villa, mais on entendait distinctement la musique de la boum.

Heureusement que notre voisine, Mme Schwartzenbaum, est sourde comme un pot. Sinon, elle aurait passé un sale après-midi.

– Tu aurais peut-être préféré danser avec les autres, j'ai dit.

Elle a secoué la tête.

– J'aime mieux être dehors.

– Ça tombe bien, j'ai fait. Moi aussi.

Elle a croqué dans une amande. Elle devait être encore acide parce qu'elle a fait une grimace avant de demander :

– Tu me feras lire une des histoires que tu écris, un jour ?

Sa question m'a surpris. Brusquement, j'ai réalisé qu'il y avait bien longtemps que je n'en avais pas commencé une.

– Je ne les ai jamais montrées à personne, j'ai dit. Tu ne te ficheras pas de moi si c'est nul ?

– Bien sûr que non.

– Alors, d'accord.

J'ai montré la direction de la maison abandonnée.

– Tu veux voir l'endroit où j'ai trouvé Diabolo ?

– Tu parles ! elle a dit.

On est revenus en courant juste au moment où maman apportait au jardin le gâteau d'anniversaire de Jean-A.

Ses copains et ses copines, très rouges, étaient rassemblés autour du buffet et se jetaient sur les boissons.

– C'était bien, le dzerk ? a demandé Jean-E. à une fille qui le regardait comme si elle avait rencontré son premier extraterrestre.

– Le quoi ?

– Jean-E. a un cheveu sur la langue, a expliqué Jean-C.

Les petits et les moyens avaient été libérés pour le goûter, avec interdiction formelle d'embêter les invités de Jean-A. sous peine de repartir illico dans leurs chambres.

Jean-F., coiffé d'un casque de panoplie, courait de l'un à l'autre, un glaive en plastique à la main, en criant : « *Ave Caesar, morituri te salutant!* »

Jean-D., de son côté, essayait de rallumer les bougies du gâteau qui s'éteignaient une à une à cause de la brise. Comme il est nul de ses dix doigts, le glaçage a été bientôt recouvert de tellement d'allumettes et de coulées de cire que le message en lettres de nougatine était devenu « BN AVRE J-A. ».

Quant à Jean-C., il ne faisait rien. Il regardait juste les filles, bouche ouverte, comme s'il était sur le point de commencer une crise de croissance carabinée.

– C'est tes frères ? m'a demandé Hélène.
– Oui, j'ai dit.
– Ils sont chou tous les cinq.
– Tu trouves ? Tu ne les as pas bien regardés, alors.
Elle a soupiré.
– Essaye un peu les sœurs et tu verras…

la cerise sur le gâteau

– Si nous coupions plutôt ce délicieux gâteau ? a proposé papa en brandissant la pelle à tarte.

– Quelle bonne idée, a dit maman qui avait hâte, elle aussi, que la fête se termine.

La pelouse était couverte de pop-corn, de serpentins et de papiers déchirés.

– T'as été gâté ? j'ai demandé à Jean-A.

J'avais manqué le moment où il ouvrait les cadeaux de ses copains.

– Génial, il a dit. J'ai eu le dernier tube de Michelangelo and the Monkeys en six exemplaires.

– Zut alors, j'ai dit.

– Au contraire ! Comme ça, je pourrai l'échanger contre le prochain Ricky Storm quand il sortira.

Du menton, il a montré Hélène qui aidait Jean-F. à remettre d'aplomb son casque de gladiateur.

– C'est qui, la petite, là-bas ? il a demandé tout bas pour qu'elle ne l'entende pas.

– Une copine d'une de tes copines, j'ai fait sur le même ton.

– Zut alors, il a dit. Dommage que la boum soit finie !

– T'aurais eu aucune chance, j'ai ricané. Elle danse pas avec les binoclards.

Jean-A. n'a pas eu le temps de répondre parce qu'on l'appelait pour souffler les bougies. Après le carnage de Jean-D., il n'y en avait plus qu'une seule d'allumée, mais les filles l'ont quand même applaudi à tout rompre comme s'il venait d'éteindre d'un seul coup un volcan en éruption.

– Il apprend le latin, ton petit frère ? m'a demandé Hélène quand elle m'a rejoint.

– Jean-F. ? Non. Pourquoi ?

– Il m'a dit un drôle de truc sur Jules César…

– Laisse tomber, j'ai dit. Tu veux du gâteau ?

Même s'il est très fort en bricolage, ça n'avait pas été une mince affaire pour papa de couper des parts égales vu qu'on était dix-sept avec les invités de Jean-A.

Jean-E. faisait le service, distribuant les assiettes à mesure. Mais

Une famille aux petits oignons

aucune des invitées n'avait faim tellement elles s'étaient bourrées de friandises durant la boum.

Forcément, maman n'a pas très bien pris que des filles remettent en cause ses talents de pâtissière.

Mais là où ça a dégénéré, c'est quand elles se sont toutes mises à crier et à trépigner sur place en découvrant ce qui leur frôlait les jambes.

Jean-C. avait sorti Batman de sa cage et son chinchilla faisait des sprints sur la pelouse, tout excité par les serpentins et les miettes de pop-corn.

– Un rat ! a crié l'une des filles.

– Un RAT ? ont répété les autres en lâchant leur assiette.

– C'est pas z'un rat, c'est un cincilla ! a tenté d'expliquer Jean-E.

Mais personne ne l'écoutait. Les filles couraient dans tous les sens en hurlant, poursuivies par Batman qui ne savait où donner de la tête. Les faux copains moches de Jean-A., peut-être parce qu'aucune n'avait voulu danser le slow avec eux, ricanaient comme des bossus en les montrant du doigt, le tout sous le regard effaré de papa et maman, leur assiette à la main, qui tentaient de ramener le calme.

La panique était à son comble quand une voix inconnue a lancé depuis le portail :

– Bonsoir ! Est-ce bien ici que…

Papa s'est retourné d'une pièce.

– Que QUOI ? il a tonné. Vous ne voyez sans doute pas qu'on est occupés ?

Il a blêmi brusquement en découvrant le visiteur.

– M… monsieur le mé… Monsieur le médecin-chef ?

L'autre a eu l'air presque aussi surpris que papa.

– Tiens donc ! Quelle coïncidence !

C'était un homme de taille moyenne, moustache et cheveux en brosse, avec l'air d'avoir commandé toute sa vie des légions de centurions romains.

– Mes respects, mon… onsieur le médecin-chef, a bredouillé papa en claquant des talons comme pour se mettre au garde-à-vous. Entrez, entrez ! Pour une bonne surprise, c'est une bonne surprise !

la cerise sur le gâteau

– Désolé de vous déranger en pleines… euh… réjouissances familiales. Je viens juste chercher ma fille.

– Votre fille, monsieur le mé-mé-chef ? a bégayé papa en cherchant parmi les copines de Jean-A.

– Bonsoir, papa, a dit alors Hélène qui, entretemps, avait réussi à attraper Batman et le caressait entre les oreilles pour le calmer.

J'ai eu l'impression que la terre s'ouvrait sous mes pieds.

Hélène ? La fille du médecin-chef de papa ?

– Tu t'es bien amusée, ma chérie ? a fait ce dernier en contemplant avec intérêt la pelouse saccagée, les filles écarlates et Jean-A. en pantalon à franges et chemise violette, la guitare en bandoulière.

– C'était super, elle a dit, avant de rendre Batman à Jean-C. Il est vraiment trop chou, ton chinchilla.

Papa, des confettis plein les cheveux, semblait anéanti.

Une famille aux petits oignons

– Vous resterez bien prendre quelque chose avec nous, est intervenue maman. De la citronnade tiède, un jus de fruits vitaminé ?
– Rien, merci, vous êtes très aimable, a dit le père d'Hélène.
Puis, se tournant vers papa :
– Nous nous voyons lundi à l'hôpital, n'est-ce pas ?
– Affirmatif, monsieur le mé-mé ! a bégayé papa.
Juste avant de passer le portail, Hélène m'a adressé un petit signe de la main qui voulait dire : « Désolée de partir si vite… On se voit samedi aux scouts marins ? »
Puis elle a sauté dans la voiture de son père et ils ont disparu.

la cerise sur le gâteau

– C'est vraiment la cerise sur le gâteau ! a marmonné papa.

Il était effondré dans une chaise longue, sa pipe éteinte à la bouche. Les invités de Jean-A. étaient partis, on avait mis un peu d'ordre dans le jardin mais on aurait dit qu'il était le dernier survivant d'une catastrophe nucléaire.

– Ça veut dire quoi, la cerise sur le gâteau ? a demandé Jean-D.

– Eh bien, a commencé maman qui ne rate jamais une occasion d'enrichir notre vocabulaire, c'est une expression imagée qui signifie…

– … La goutte d'eau qui fait déborder le vase, l'a coupée papa.

– Est-ce que tu n'exagères pas un peu, chéri ?

– Moi, *j'exagère* ? Je te rappelle, chérie, que nous avons six garçons aux oreilles décollées, un chinchilla parfaitement intenable et ta mère qui appelle toutes les semaines pour s'assurer que nos enfants consomment assez de produits laitiers… Comme si ça ne suffisait pas, nos aînés entrent en trombe dans l'adolescence, notre petit dernier connaît par cœur *tous* les génériques de séries

Une famille aux petits oignons

télévisées et mon médecin-chef prend notre maison pour un lieu de perdition ! Et tu dis que j'exagère ?

– C'est aussi une magnifique soirée de printemps, a corrigé maman, c'est l'anniversaire de Jean-A., et je te trouve enfin particulièrement injuste avec ma mère.

– C'est vrai, s'est excusé papa. Mais que va penser de nous mon médecin-chef ?

– Il doit t'envier de n'avoir que des garçons, a remarqué maman. Pense que nous pourrions avoir six filles !

Papa a réprimé un frisson.

– Tu as raison, il a dit. Mais à la vitesse où nos Jean font leur poussée de croissance, nous n'allons pas tarder à voir rappliquer à la maison toute la gent féminine de la région !

– Aïe aïe aïe ! a murmuré maman en frissonnant à son tour. Je n'avais pas pensé à ça.

– Moi, ze vous zure, zamais ze danserai le dzerk avec des filles ! a zozoté Jean-E.

Ça n'a pas eu l'air de les rassurer vraiment.

– Et moi qui me vantais à l'hôpital d'avoir un fils scout marin, a gémi lugubrement papa. Grâce à sa jeannette de fille, mon médecin-chef va savoir que Jean-B. vomit même en pédalo !

J'ai failli protester, mais j'ai senti que ce n'était pas tout à fait le moment de la ramener. Les moyens restaient à distance prudente et Jean-A. avait préféré changer son pantalon pop et sa chemise violette pour les vêtements plus convenables que maman nous commande à La Famille Moderne.

– Bon, a dit maman qui n'est jamais à court de bonnes idées, si nous profitions plutôt de cette belle soirée de printemps pour offrir ses cadeaux à Jean-A. et pour finir ce délicieux gâteau d'anniversaire ?

– Chic ! on a crié tous en chœur. Les cadeaux ! Les cadeaux !

– D'accord, a dit papa avec un soupir. C'est toi qui as raison, chérie : c'est presque reposant, finalement, de se retrouver seulement tous les huit.

– Tous les neuf, a corrigé Jean C. en montrant Batman, couché sur son épaule, qui se remettait lui aussi de ces émotions.

– Alors, un doigt de whisky et que la fête commence ! a lancé

la cerise sur le gâteau

papa en s'extirpant avec effort de son transat. Après tout, ce n'est pas tous les jours que notre aîné a quatorze ans. Et puis flûte pour mon médecin-chef !

– Chéri ! l'a grondé maman avec indulgence.

– Quoi, chérie ? Nous n'avons tout de même pas de leçon éducative à recevoir de quelqu'un qui n'a eu que des filles, si ?

Ça a été une super fin d'anniversaire.

Maman a mis une nappe de crépon neuve sur la table du buffet et on a ressorti du réfrigérateur la citronnade, les jus de fruits et des glaçons pour le whisky de papa.

Quand tout le monde a été servi, il a levé son verre.

– À notre Jean-A. ! il a déclaré. Que cette année lui apporte tout ce qu'il désire : maturité, coupe de cheveux dégagée autour des oreilles et résultats brillants en latin !

– Est-ce que tu ne confonds pas nos désirs avec les siens, chéri ? a demandé maman.

Papa a ouvert des yeux ronds.

– Tu crois, chérie ? Alors, à notre Jean-A., tout simplement.

– À Jean-A. ! on a répété.

Puis ça a été le moment des cadeaux.

Jean-A. était assis sur une chaise de jardin, tout ému d'être le héros de la fête. On a couru dans nos chambres chercher nos paquets et on a défilé par ordre de taille en chantant à tue-tête *Happy birthday to you*.

Jean-F., qui n'a pas encore d'argent de poche, lui avait fait un dessin représentant la voiture de Satanas et Diabolo. Quant à Jean-E. et Jean-D., ils s'étaient mis ensemble pour lui racheter le cadre en coquillages qu'ils avaient cassé au cours de la dernière bataille de chaussettes sales.

– Merci, merci, répétait Jean-A. Vous n'auriez pas dû !

Jean-C., qui ne fait jamais rien comme tout le monde, avait trouvé un drôle de cadeau au magasin de musique.

– Une collection d'ongles arrachés ! s'est écrié Jean-A. en tournant et en retournant la petite boîte transparente entre ses doigts sans oser l'ouvrir. Merci, c'est trop beau !

Une famille aux petits oignons

– C'est pas des ongles, a expliqué Jean-C. C'est des bidules… enfin… des machins pour gratter les cordes de ta guitare.

– Des médiators ? s'est exclamé Jean-A. J'en rêvais ! Je peux vous jouer quelque chose tout de suite ?

– Tout à l'heure, avec plaisir, a toussoté papa. Tu n'ouvres pas d'abord le cadeau de Jean-B. ?

Je m'étais creusé la tête moi aussi pour lui offrir quelque chose d'original.

– Le dernier disque de Michelangelo and the Monkeys ! Merci, Jean-B. !

Mais le clou de la soirée, c'était le cadeau de papa et maman.

Un paquet si gros qu'ils avaient dû le cacher dans le garage et se mettre à deux pour l'apporter au jardin.

Jean-A. n'en croyait pas ses yeux.

– C'est pour moi ?

– Oui. Mais j'espère que toute la famille en profitera aussi.

– Une batterie ? s'est exclamé Jean-A. en coupant les rubans. C'est génial !

– Euh, pas exactement, a expliqué papa. D'après le marchand, ça s'appelle un baby-foot.

– Un quoi ? a répété Jean-A.

– C'est un mot emprunté à l'anglais, a commencé maman, qui veut dire littéralement…

Mais Jean-A., depuis son séjour linguistique, est très fort en langues vivantes. S'il était déçu que ce ne soit pas une batterie, ça ne s'est pas vu du tout.

– Wouah ! il a fait. Comment vous saviez que j'en rêvais ?

Papa et maman ne s'étaient pas moqués de lui. C'était au moins un baby-foot de compétition, avec une caisse en bois verni et des tiges chromées tellement silencieuses qu'on pourrait y jouer en cachette la nuit sans réveiller personne.

– Wouah ! a fait Jean-C. à son tour. T'as vu les joueurs ? On dirait des vrais.

– Peints à la main, a précisé papa. Et aux couleurs de tes équipes préférées, mon Jean-A.

– Allez les Verts ! Allez les Verts ! s'est mis à tonitruer Jean-F.

La cerise sur le gâteau

– Est-ce qu'on pourra tous y zouer ? a zozoté Jean-E.
– Bien sûr, a dit papa qui brûlait d'impatience de faire une partie. Si l'heureux récipiendaire n'y voit pas d'inconvénient, bien sûr…
– C'est qui, le récipient d'air ? a demandé Jean-C. qui ne comprend jamais rien.
– Récipiendaire, a commencé maman, est un mot un peu savant qui désigne celui qui reçoit un cadeau. Par exemple, un baby-foot de jardin d'un prix exorbitant.
– C'est moi, a résumé Jean-A. Mais je vous préviens, je prends pas de bananes dans mon équipe.

Ce qui est bien, avec le baby-foot, c'est qu'il y a huit rangs de joueurs, quatre de chaque côté. Alors, même maman s'y est mise. Pour que ce soit équilibré, papa a pris Jean-F. avec lui. Mais comme sa tête arrivait à peine à hauteur des poignées, il a fallu l'installer sur sa chaise haute et le regarder toute la soirée trépigner des jambes tout en faisant des roulettes avec son goal.

– On va vous massacrer, les gars, a ricané Jean-A. qui était avec maman, Jean-C. et moi.
– Vous entendez ça, les miens ? a ricané papa. Pas de quartier ! Tous derrière votre capitaine !

On a fait au moins dix-huit parties. Papa était déchaîné. Même s'il était très fort au baby-foot dans sa jeunesse, ça n'a pas suffi pour nous départager. Jean-A. avait beau accuser Jean-D. de tricher en marquant les points et Jean-F. de bloquer la balle avec la main, on terminait chaque fois sur un match nul.

Ce qui nous a fait tout drôle, c'est quand maman a dit, d'une toute petite voix :
– Les enfants, je crois que je viens de marquer le but de la victoire.
– Ça alors, a dit papa. J'ai bien peur que votre maman n'ait raison : on vient d'être battus par une faible femme, les gars.
– Par une quoi ? a demandé maman.
– Hourra ! a crié notre équipe. Vive maman !
– C'est pas zuste, a zozoté Jean-E. Les équipes étaient dézéquilibrées. Zean-F. zoue comme une banane !

la cerise sur le gâteau

– Bah, a dit papa. Demain, on fera la revanche et tu verras ce qu'ils vont prendre.

De toute façon, il faisait trop nuit pour continuer. C'est à peine si on voyait encore la balle.

Alors maman a sorti les restes du gâteau d'anniversaire de Jean-A. Comme presque personne n'y avait touché, on a eu droit chacun à deux parts. Ça tombait bien parce que le baby-foot nous avait donné une faim de loup.

– Il n'est pas bon, mon gâteau ? a murmuré maman qui n'en revenait toujours pas que les invitées de Jean-A. aient pu bouder son goûter.

– Un vrai délice, chérie, l'a rassurée papa, avant de recracher discrètement dans sa paume un bout d'allumette calciné. Ces jeunes filles étaient trop excitées pour avoir faim, voilà tout.

Ça n'a pas eu l'air de convaincre maman complètement.

– Nos garçons se régalent en tout cas, il a ajouté. Ça a été une belle fête d'anniversaire, n'est-ce pas ?

– Exquise, a dit maman. Et une très bonne année, finalement.

Elle a réfléchi un instant avant d'ajouter :

– Tu crois qu'il nous faudra partager un jour ce genre de moments avec…

– Six belles-filles ? J'en ai bien peur, chérie, a assuré papa en allumant sa pipe. Mais pourquoi s'en inquiéter à l'avance ? Ce jour-là viendra bien assez tôt. Et puis, qui sait : peut-être que ce sera…

– … La cerise sur le gâteau ? a proposé maman.

– C'est l'expression que je cherchais.

– Ça veut dire quoi, la cerise sur le gâteau ? a demandé Jean-D. qui n'écoute jamais rien.

– Eh bien, a expliqué maman, c'est une sorte de supplément inattendu, une petite friandise qui s'ajoute à quelque chose de délicieux et qui le rend parfait. C'est ce que tu voulais dire, chéri ?

– Affirmatif, a dit papa.

– Moi, a promis Jean-D., je me marierai jamais.

– De toute façon, a remarqué Jean-C., avec tes oreilles décollées, tu trouveras jamais une fiancée.

– Ça n'a rien à voir, a rétorqué Jean-D. Regarde Jean-A. : il a les

Une famille aux petits oignons

oreilles décollées lui aussi, des lunettes de bigleux et ça l'empêche pas d'en avoir plein, des fiancées.

– Moi ? s'est indigné Jean-A. J'ai des QUOI ?

– Des amoureuses. On t'a vu danser tout l'après-midi avec elles comme un malade.

– C'est ma faute, peut-être, si je suis dans un lycée mixte et qu'elles me courent toutes après ?

– T'avais qu'à pas inviter que des faux copains moches à ta boum, j'ai dit.

– Pauvres minus ! a ricané Jean-A. Vous avez de la chance que ce soit mon anniversaire, sinon ça aurait salement dégénéré.

– On se bat pas avec un récipient d'air, nous, a rétorqué Jean-C.

– Moi, quand ze serai grand, a zozoté Jean-E., ze me marierai avec Solanze Rouzoreilles.

– C'est qui, celle-là ? a demandé Jean-C.

– Sa maîtresse, a répondu Jean-A. en imitant deux dents de lapin avec ses doigts.

– Quand tu auras l'âge de te marier, elle aura au moins dix mille ans, ta maîtresse, a rigolé Jean-D.

– T'es zaloux parce que ta maîtresse à toi, elle a de la moustace, a zozoté Jean-E.

– Quoi ? s'est emporté Jean-D. Répète un peu pour voir !

Alors, forcément, ça a dégénéré.

– La cerise sur le gâteau, disais-tu, chérie ? a observé papa avec attendrissement tandis qu'on se chamaillait comme des chiffonniers en se poursuivant à travers le jardin.

– Ou la fin des haricots, peut-être, a suggéré maman avec un soupir. Qui sait ?

– Nous verrons bien, a conclu papa en la prenant dans ses bras. Mais finalement, je crois que nous avons bien fait de ne pas les expédier en pension tous les six aux enfants de troupe. Tu ne crois pas, chérie ?

Cette nuit-là, dans la chambre sens dessus dessous de notre villa de Toulon, j'ai pris mon cahier secret, une poignée de Carambar rescapés de la boum et ma lampe électrique.

la cerise sur le gâteau

Tout était silencieux dans la maison. Jean-A., sur le lit du haut, dormait comme un sonneur et l'air tiède du printemps entrait par le volet entrouvert.

Je me suis calé confortablement sur mon oreiller et j'ai commencé mon roman.

J'avais déjà l'histoire en tête : celle de cinq frères mongols, les sinistres Dzjan, qui s'enfuient dans une faille de l'espace-temps après avoir dérobé au gouvernement britannique un missile à tête nucléaire.

Seuls l'agent spécial John-B., alias 002, et sa fidèle copilote Léna peuvent les retrouver et les mettre hors d'état de nuire.

Ils se lancent à la poursuite des Dzjan à bord de leur caravelle 16, un vaisseau de combat équipé d'un périscope et d'un système de contrôle de l'apesanteur, pour empêcher que la litière de leur chat se renverse chaque fois qu'ils font des loopings dans des pluies de météorites…

Je ne savais pas encore quelle serait la suite de mon histoire. Mais j'avais vraiment hâte de la faire lire à Hélène quand je l'aurais terminée.

Table des matières

L'OMELETTE AU SUCRE, *9*
Les Jean, *11*
Noël au Mont-d'Or, *19*
À la piscine municipale, *35*
Un jeudi du Club des Cinq, *44*
Le camp scout, *54*
La ménagerie, *64*
La grève, *71*
L'omelette au sucre, *79*
Les grandes vacances, *89*

LE CAMEMBERT VOLANT, *103*
Jean-X., *105*
La surprise de papa, *114*
Une télé sur la Lune, *124*
Le déménagement, *133*
Super Jean, *142*
La pêche au dinosaure, *153*
Il pleut, *164*
La visite des cousins Fougasse, *172*
Le camembert volant, *184*

LA SOUPE DE POISSONS ROUGES, *197*
Photo de famille, *199*
La rentrée des classes, *203*
La pendaison de crémière, *211*
À la plage, *223*
La colline aux Castors, *230*
Le piège alsacien, *239*

Le jeu des métiers, *244*
La carabine à patate, *251*
La boum, *259*
Le secret de Jean-A., *266*
La soupe de poissons rouges, *271*

DES VACANCES EN CHOCOLAT, *287*
La grande nouvelle de papa, *289*
Les Roches Rouges, *298*
Une soirée au cirque, *308*
J - 0, *317*
La carte postale, *327*

LA CERISE SUR LE GÂTEAU, *333*
Aïe aïe aïe!, *335*
Les filles, *344*
John-A., *352*
Diabolo, *360*
L'âge bête, *371*
Un dimanche chez les Jean, *380*
Mon nom est B., Jean-B., *389*
Les scouts marins, *397*
Hélène, *403*
Bof…, *409*
Le dîner de grands, *415*
L'anniversaire de Jean-A., *421*
Monsieur le mé-mé…, *430*
La cerise sur le gâteau, *437*

Du même auteur chez Gallimard Jeunesse

FOLIO CADET
L'Invité des CE2, n° 429

FOLIO JUNIOR
Agence Pertinax, Filatures en tout genre, n° 799
Bon anniversaire !, n° 1176
Le Collège fantôme, n° 1108
Magnus Million et le dortoir des cauchemars, n° 1630

Histoires des Jean-Quelque-Chose
L'Omelette au sucre, n° 1007
Le Camembert volant, n° 1268
La Soupe de poissons rouges, n° 1438
Des vacances en chocolat, n° 1510
La Cerise sur le gâteau, n° 1694

Enquête au collège
1 - *Le professeur a disparu*, n° 558
2 - *Enquête au collège*, n° 633
3 - *P. P. Cul-Vert détective privé*, n° 701
4 - *Sur la piste de la salamandre*, n° 753
5 - *P. P. Cul-Vert et le mystère du Loch Ness*, n° 870
6 - *Le Club des inventeurs*, n° 1083
7 - *Sa Majesté P. P. Ier*, n° 1659

GRAND FORMAT LITTÉRATURE
Magnus Million et le dortoir des cauchemars

Enquête au collège
Intégrale - 1 (volumes 1 à 3)
Intégrale - 2 (volumes 4 à 6)
Sa Majesté P. P. Ier (volume 7)

Histoires des Jean-Quelque-Chose
La Cerise sur le gâteau (volume 5)

ÉCOUTEZ LIRE
L'Omelette au sucre
Enquête au collège (volume 2)

ALBUMS
Louise Titi

Rita et Machin
en collaboration avec Olivier Tallec

Le papier de cet ouvrage est composé de fibres naturelles, renouvelables, recyclables et fabriquées à partir de bois provenant de forêts gérées durablement.

Mise en pages : David Alazraki / Maryline Gatepaille

Loi n° 49-956 du 16 juillet 1949
sur les publications destinées à la jeunesse
ISBN : 978-2-07-066049-0
Numéro d'édition : 266119
Premier dépôt légal : février 2009
Dépôt légal : mai 2014

Achevé d'imprimer sur Roto-Page
par l'imprimerie Grafica Veneta S.p.A.
Imprimé en Italie